A E
& I

Carlota

Autores Españoles e Iberoamericanos

Laura Martínez-Belli

Carlota

Diseño de colección: © Compañía
Diseño de portada: Estudio la fe ciega / Domingo Martínez.
Fotografía de portada: Heritage Images / Contributor / Getty Images
Fotografía de la autora: Blanca Charolet

© 2017, Laura Martínez-Belli
c/o Schavelzon Graham Agencia Literaria
www.schavelzongraham.com

Derechos exclusivos en español para América Latina

© 2017, Editorial Planeta Mexicana, S.A. de C.V.
Bajo el sello editorial PLANETA M.R.
Avenida Presidente Masarik núm. 111, Piso 2
Colonia Polanco V Sección
Deleg. Miguel Hidalgo
C.P. 11560, Ciudad de México
www.planetadelibros.com.mx

Primera edición: febrero de 2017
ISBN: 978-607-07-3824-1

Impreso en los talleres de Litográfica Ingramex, S.A. de C.V.
Centeno núm. 162-1, colonia Granjas Esmeralda, Ciudad de México
Impreso y hecho en México - *Printed and made in Mexico*

A los países de mi vida.

Y a quienes al cruzar el mar cambiaron no sólo de cielo,
sino también de espíritu.

Sucede a veces que al pasar un ciclón que ha arrancado todo, subsiste un árbol, una columna, una sección de muro como testimonio de lo que fue.

Eso fue lo que pasó con la emperatriz Carlota.

PIERRE DE LA GORCE

El 5 de febrero de 1857 los liberales mexicanos promulgaron una nueva constitución que en teoría emanaba de la voluntad popular; sin embargo, la realidad era otra, pues la nueva asamblea representaba a una minoría. La nación se sumergió en una feroz guerra civil conocida como Guerra de Reforma.

Tres años después, el 17 de julio de 1860, el Gobierno triunfante de Benito Juárez se declaró en suspensión de pagos, y las naciones acreedoras, España, Inglaterra y Francia, organizaron una expedición militar a México para exigir el cumplimiento de sus obligaciones. La deuda era de ochenta y dos millones de pesos: setenta se debían a Inglaterra, nueve a España y tres a Francia. La expedición, integrada casi por diez mil soldados, desembarcó en Veracruz el 17 de diciembre de 1861. El Gobierno de Juárez prometió entonces pagar lo adeudado, y finalmente se firmaron los Acuerdos de La Soledad el 19 de febrero de 1862. Las tropas españolas e inglesas se retiraron de inmediato, pero los comandantes franceses no aceptaron el convenio y se quedaron en Veracruz.

En esos días la nación mexicana estaba por cumplir cuarenta años de vida republicana y el balance era aterrador: tres regímenes federales y dos centralistas; tres constituciones; doscientos cuarenta cuartelazos, rebeliones y pronunciamientos que a su vez habían producido sesenta cambios en la presidencia de la República; la mitad del territorio nacional perdido; los bienes de la Iglesia enajenados; escuelas, universidades, hospitales y asilos desaparecidos, y ahora una nueva invasión por ejércitos extranjeros.

En este momento convulso de la historia nacional, los herederos de la que una vez fue la aristocracia mexicana se dieron el lujo de imaginar. Imaginaron un México con un príncipe europeo y católico que expresara la grandeza y soberanía de un pueblo opulento y majestuoso. Imaginaron un México distinto.

Imaginaron el Segundo Imperio.

INTRODUCCIÓN

Sus manos. Esas manos acostumbradas a blandir una espada se deslizan ahora por su espalda. Toda ella es un gato erizado. Tiembla. Y, sin embargo, sabe que ese cuarto, esa cama, es el único lugar en el mundo. Él aún no hace más que eso, rozarla con los dedos, desabrochar los botones por la espalda. Nada más y nada menos. Pero ella puede anticipar el golpe de la ola que se aproxima. Él toca despacio, con miedo a que sus manos puedan quebrarla. Pero sabe lo que hace. Lo ha hecho muchas veces, aunque en carnes menos tersas. Menos nobles. La respiración, agitada. El nervio, latiendo en partes desconocidas hasta ahora. Se humedece. Siente la necesidad de abrir las piernas pero no lo hace. Se contiene con la ayuda de las fuerzas de la naturaleza. Teme. Pero quiere. Quiere sentir. Por fin. Por fin siente. Su piel le habla, le suplica seguir sintiendo. Que esas manos no se detengan nunca, que busquen. Que la encuentren. Ella inclina la cabeza hacia atrás y entonces él la besa. Le besa el cuello. No sabe a nobleza, sino a mujer. Con una mano la sostiene por la espalda y con la otra le acaricia las clavículas. Su boca. Esa boca, que tantas veces le ha hablado en la proximidad del silencio, empieza a recorrerla. Debajo de las orejas. El centro del cuello. Es ella quien no resiste más y busca sus labios. Le corresponde. Siente una lengua recia, carnosa, firme, contra la suya. Ella acelera el ritmo y entonces él le dice: «Despacio, tranquila, déjame hacer a mí». Ella, abochornada, se detiene. Pero él la mira. La mira con esos ojos que le hacen saber que no hay otro momento, no hay otro presente que ese que viven, amándose, tocándose, sintiéndose. Son dos personas por vez primera. Sin apelli-

11

dos ni nombres. Un hombre y una mujer. Sin más. Entonces ella abre los labios y lo deja hacer. Necesita alargar el instante. Lo deja descubrirla. Ella siente que va a explotar. Pero no, aún no. Ni remotamente puede imaginar lo que se avecina. Él la alza en brazos y la acuesta en la cama. La desnuda sin dejar de besarla. Ella sigue temblando y se tapa la cara con las manos. No quiere ver. No quiere. Sólo quiere sentir esas manos, esa boca recorriéndola. Le teme a la desnudez. No quiere verlo. Pero entonces él se posa sobre ella. Le susurra al oído. La mira a los ojos mientras la penetra. Ella lo recibe jugosa como un mango maduro. Quiere dejar escapar un leve grito pero se contiene. Siente que esa parte que le faltaba por fin está completa. Él se mueve. Y ella siente que quiere moverse a su ritmo, acompañarlo en ese vaivén. Cierra los ojos y se le escapa un rezo. Pero entonces él le tapa la boca. «Calla», le ordena. Y la mira. Ella obedece. «Bésame», suplica. Y él la besa mientras se mecen juntos, rompiéndose de placer.

PRIMERA PARTE

I

1

México, julio de 1866

Jamás, en los últimos dos años, había cruzado por su cabeza la idea de huir de su propio imperio. Dos años y dos meses en México. Eso había sido todo. Una aventura titánica e ingenua. Un sueño imperial en ultramar. Dos años de gloria prestada e ilusoria. Setecientos noventa días con cada una de sus noches. Un tiempo muy corto y a la vez demasiado largo. El tiempo para creer que, si se estiraba lo suficiente, podría rozar el universo con las yemas de los dedos. Y, sin embargo, ahí estaba ahora, huyendo a bordo de un coche de caballos en medio de una lluvia torrencial, de regreso a la Europa que les había escupido en la cara. Lo sabía bien. Lo sabía con el pesar de quien abandona la obra de su vida sin remedio. Debía volver.

Carlota se asomó por la ventana. Entre las gotas de agua que lo empañaban todo, apenas pudo distinguir un vasto paisaje de árboles sacudidos por un viento iracundo que los azotaba con saña bíblica. Un rictus de tristeza le curvó las cejas y los labios. Qué despedida más apropiada. Ella bien podría ser uno de esos árboles vapuleados por el destino. El paisaje le dolió en las entrañas y de un plumazo cerró la cortinilla de terciopelo verde bordada con el águila imperial. Si no hubiese sido emperatriz, si tan sólo hubiera sido una mexicana sin corona, hubiera llorado. Desde el interior del carruaje podía escucharse el asustado relinchar de los caballos y el tronar del cielo. Ya se lo habían advertido. Los caminos eran peligrosos en esa época del año; nadie en su sano juicio emprendía camino hacia el puerto de Veracruz atravesando la neblina de las cumbres de Acultzingo en época de lluvias y de fiebre amarilla, pero Carlota, que siempre había tenido fortaleza e insensatez en igual proporción, en cuanto supo que sus emisarios diplomáticos habían fallado y que las intenciones de Napoleón III de retirar sus tropas seguían siendo firmes, dio instrucciones de partir de inmediato para intervenir personalmente. Además, muy a su pesar, sabía que esperar a que pasaran las lluvias era el único lujo que no podría darse. No podía. Todo se desmoronaba ante sus ojos. El Imperio, Maximiliano. Ella. Todo. Debía hacer algo para evitarlo. No sería la primera vez que Luis Napoleón habría de escucharla, así le costara implorar de rodillas.

El mal estado del camino la zarandeaba sin descanso como a una canica bailando en una caja de zapatos. En un intento por controlar el rebotar de su cuerpo, Carlota se removió en su asiento. Tras un segundo de duda, se abrazó, cobijándose. Tentada estaba de acariciarse el vientre, cuando de pronto el carruaje se inclinó sobre dos ruedas al esquivar una enorme piedra, obligándola a asirse a una de las puertas. Su dama de compañía, Manuelita de Barrio, lívida, aterrada ante la idea de volcar, ahogó un grito de pavor que se tiñó de vergüenza ante la severa mirada de la emperatriz, inmersa en un silencio rotundo que cayó con la misma fuerza de la tormenta. Carlota estaba acostumbrada a reprimir el miedo con la entereza de una mártir que ardiera en leña verde, y eso no iba a cambiar ahora sólo porque una lluvia torrencial enlodara aquella cumbre al borde del precipicio. Así había sido su vida desde que tenía memoria: un continuo bordear el vacío. Y controlar cualquier signo de debilidad era un don que Carlota había logrado domar a la perfección. Además, dudar sobre la seguridad del camino era una nimiedad en ese océano de preocupaciones. Eso era mejor dejarlo en manos de Dios. Su Dios no la dejaría morir desbarrancada. No los abandonaría a su suerte en un desfiladero. Su Dios la guiaría hasta las puertas del Vaticano para entrevistarse con Pío Nono e interceder por un imperio apenas naciente. El Imperio no podía perderse. Maximiliano debía resistir.

La abdicación equivalía a una condena. A extenderse un certificado de incapacidad. Lo había visto en su abuelo, quien al abdicar el trono de Francia sólo había traído deshonra y desprestigio para la dinastía. Abdicar el trono de México los catapultaría en dirección a Miramar, a las miradas de conmiseración. Abdicar no era un acto digno de un príncipe de treinta y cuatro años, sino de viejos individuos faltos de espíritu. No había en el mundo propiedad más sagrada que la soberanía. Un trono no se abandona como quien huye de una asamblea dispersada por la policía. No tenían derecho a abandonar una nación que los había llamado. Ya lo había dicho Luis el Grande: «Los reyes no deben rendirse». Así pensaba ella: «El emperador no debe rendirse». Pues mientras hubiera en México un emperador habría Imperio, aunque fueran seis pies de tierra. Habían llegado como campeones de la civilización, como regeneradores y libertadores, y no se irían con la excusa de que no había nada que liberar ni nada que civilizar, nada que regenerar. Todo eso se lo había dejado por escrito a Maximiliano. «Uno no abdica», le había dicho. Debía esperarla. No. Los peligros del camino hasta Veracruz eran, sin duda, el menor de sus problemas.

De pronto sus pensamientos se desdibujaron; todo empezó a girar a su alrededor, como si de veras el carruaje hubiera perdido el rumbo y por un instante su Dios la hubiese abandonado. A lo lejos, entre ecos difusos, escuchó la voz de su dama de compañía llamarla en susurros:

—¿Alteza? ¿Su Majestad? ¿Se encuentra bien?

Carlota parpadeó un par de veces antes de volver a sentir el suelo bajo sus pies. Clavó sus ojos en la dama, intentando reconocerla. Ella repitió:

—¿Necesita algo, mi señora? Se ve muy pálida.

Carlota reaccionó poco a poco.

—No, no, estoy bien… Un mareo. Nada más. Denme agua.

Manuelita se apresuró a ofrecerle un poco.

—¿Se ha mareado Vuestra Merced? Tanto movimiento… No se preocupe, Majestad, ya pasa, ya pasa.

Y tras sacar un abanico de entre las faldas, procedió a abanicar a la emperatriz con ímpetu.

Aquel no sería el primer vahído de Carlota durante el viaje de regreso. Muchos otros desmayos tendrían lugar en el trayecto, todos atribuidos al movimiento del mar o al de la tierra. Aunque Carlota sabía que sólo era cuestión de tiempo, nueve meses exactamente, para que se descubriera la verdadera razón de sus desvanecimientos.

No hizo falta tanto. Las malas lenguas empezaron a propagar la noticia de que la emperatriz estaba embarazada desde mucho antes de que embarcara rumbo a Europa. A escondidas, a media voz y vigilantes de no ser escuchados, en las cantinas del golfo de México se escuchaba cantar: «Adiós, mamá Carlota, la gente se alborota al verte tan gordota», en lugar de la conocida melodía compuesta para alabarla y despedirla con los honores que merecía: «Adiós, mamá Carlota, adiós, mi tierno amor». Pero ella o nunca la escuchó o fingió no hacerlo. Porque, al fin y al cabo, ¿qué importancia tenía llevar en el vientre a un bastardo frente a la responsabilidad de salvar un imperio?

2

De pie, al tiempo que intentaba sin éxito acompasar el ritmo del corazón, Carlota contemplaba embelesada la imagen que le devolvía el espejo. Aquello era una novedad. Nunca antes se había visto tan hermosa. Sus padres la habían educado en la austeridad y rara vez se ataviaba con telas que no fueran de color gris. El pecado de la vanidad, sometido desde la infancia en favor de cultivar el intelecto, emergía con la furia de una erupción. No podía reprimir el placer que le provocaba verse así —quizá por primera y única vez—, como si por fin su físico pudiera mostrar la emoción del espíritu. Llevaba un vestido amplio de raso de seda bordado en plata y un largo velo de encaje de Gante sujeto por una diadema de flores de azahar y diamantes. Con ambas manos se planchó la gran falda, con cuidado de no aplastar ni estropear la campana del vestido. ¿Qué pensaría Maximiliano al verla así, vestida de novia, rebosante de hermosura y juventud? ¿Cómo se vería él? Sintió el rubor de sus mejillas. Apenas era una chiquilla de diecisiete años llena de ilusión por la vida, tan fresca como un manto de hierba verde en el que sentarse a retozar. Sin embargo, ante todo y sobre todo, Carlota de Sajonia-Coburgo y Orleans, a punto de desposar al príncipe de su vida, era una mujer enamorada.

Respiró hondo. Clavó sus ojos en el rostro del espejo. El rostro de una niña que está a punto de dejar de serlo. Su abuela, la reina María Amelia de Borbón-Dos Sicilias, la había puesto al tanto de sus deberes matrimoniales. «No debes temer, mi niña», le había dicho en un intento amoroso por cubrir el vacío dejado por su madre, una madre que la había dejado sola a los diez años, enseñándole demasiado pronto el significado de la orfandad. «No temas, niña. La consumación del matrimonio es un acto natural, como comer o respirar». Qué lejos estaba su dulce abuela de conocer su alma, pensó entonces, pues ella no sentía temor sino todo lo contrario. Las horas se le hacían eternas pensando en el momento de fundirse con su archiduque, quien desde el primer momento le había parecido un hombre galante, culto y extremadamente atractivo. Deseaba estar con su Max y sólo pensarlo le aceleraba el pulso. Volvió a verse por última vez para reconocer a la mujer en pugna por salir del espejo. Levantó la barbilla. Altiva. Tenía porte de reina y al pensar aquello casi pudo intuir el peso del destino mirándola de vuelta. Sacudió la cabeza y luego, disimulando muy mal una sonrisa, encaminó sus pasos hacia el Salón Azul del Palacio Real de Bruselas, donde Maximiliano de Habsburgo, en la plenitud de sus veinticinco años, ataviado con uniforme de contraalmirante, esperaba nervioso.

En sus momentos más mezquinos, Carlota había deseado para ella una boda como la de su concuña, la emperatriz Sissi, que se había casado con Francisco José, el hermano de Maximiliano, con bombo y platillo. Pero ellos, al no ser primogénitos, habrían de conformarse con una boda sencilla dentro de palacio. Cuando las telarañas de la envidia empezaban a corroerla, Carlota meneaba la cabeza intentando sacudirse los malos pensamientos y se decía a sí misma que su vida sería igual o más dichosa que la de su concuña, a la que aborrecía en sus más oscuros pensamientos.

Ninguno de los herederos de las casas reales europeas asistió al enlace; no obstante, atestiguó el matrimonio su abuela, la reina María Amelia de Borbón-Dos Sicilias, que no se habría perdido el enlace por nada del mundo. Carlota era la luz de sus ojos y la había criado con el mismo amor con que crio a sus hijas. A pesar de su aparente rudeza y severidad, no pudo reprimir una lágrima de emoción al ver entrar a su bienamada nieta del brazo de su padre. En representación de la reina Victoria de Inglaterra, prima de Carlota por parte de padre, acudió su consorte, el príncipe Alberto, y también el hermano de Maximiliano, Carlos Luis, que viajó desde Viena para asistir a la ceremonia. Carlota avanzaba con tiento, pisando firme a cada paso, consciente de que aquel camino la conduciría no sólo hacia el amor, sino también a la gloria. Estaba segura de que Maximiliano

—y por ende ella— estaba destinado a grandes empresas. El velo le impedía ver con claridad; aun así, divisaba la figura esbelta e inconfundible de su esposo al otro extremo del salón. Intentaba mirar de soslayo a los invitados a la ceremonia y saludaba a todos con una leve inclinación de cabeza, cuando, de pronto, muy cerca de Maximiliano aunque en segundo plano, distinguió dos figuras que llamaron su atención: dos hombres jóvenes, apuestos y muy serios, la observaban como leones. Carlota se incomodó y por un segundo bajó la mirada. Inmediatamente alzó la vista hacia su padre, que la miró con cariño y le susurró:

—Camina segura, flor de mi corazón.

Se trataba —lo supo después— del conde Charles de Bombelles y del ayudante de cámara húngaro Sebastián Schertzenlechner. Al pasar junto a ellos, sin saber muy bien a ciencia cierta por qué, a Carlota se le encogió el estómago.

Cuando estuvo frente a Maximiliano, él esbozó una sonrisa de complicidad amorosa que flotó unos segundos para desvanecerse casi enseguida en la más absoluta indiferencia. «Debe de estar extasiado, como yo», pensó ella. Porque nada más verlo, Carlota reforzó ese sentimiento de enamoramiento que la embargaba completamente. De nuevo le había parecido el más elegante de los hombres sobre la faz de la Tierra, su porte de marinero de guerra hacía que le temblaran las piernas. Pero, por más que ella le sonriese, Maximiliano, enfundado en una postura fría y ceremoniosa, volvía una y otra vez la vista hacia el sacerdote. Carlota lo atribuyó a la solemnidad del momento. ¿Qué noble pierde los papeles dejando que lo traicionen sus pasiones en un acto tan concurrido como es un casamiento? Su Max no era así de banal. Ya habría tiempo para galanterías en la intimidad. Porque ese era un momento público y su padre bien le había enseñado que antes del ser estaba el deber ser. Jamás —la había instruido desde niña— un monarca da signos de flaqueza o debilidad, así se encontrase en el patíbulo. Un Habsburgo jamás titubeaba ni dejaba al descubierto sus emociones en público. Así de grande era su Maximiliano, así de señorial. Y si pensaba que se veía hermosa, no iba a empequeñecer su espíritu diciéndoselo ahora. «Esperaré», se dijo. Y eso hizo.

Esperó toda la noche y la siguiente y después de la siguiente, con el corazón compungido y el alma encandilada. Por más que intentaba entender a qué podría deberse aquel comportamiento, no comprendía. «Cómo me extraña esto», se decía. Carlota se quedó esperando por siempre a que su amado Maximiliano, que poco a poco empezaba a deshacerse en jirones frente a ella, le brindara una muestra de cariño, ya no digamos de lujuria. Maximiliano la dejó secarse lentamente, como una uva al sol, hasta que no quedó en ella más que la vergüenza y la tristeza de saberse no deseada en absoluto. La mujer del espejo no pudo salir nunca y la niña de diecisiete años permaneció condenada al secano de un deseo incumplido. Maximiliano solía pasar las noches en un barco de su escuadra mientras Carlota, sumida en la angustia y en la más absoluta de las soledades, reposaba en el castillo preguntándose una y mil veces qué había hecho mal. Un día, presa de la decepción más grande, mientras tomaba el té con su hermano Felipe, el conde de Flandes, le confesó entre taza y taza:

—Ay, hermano, este matrimonio me dejó como estaba. —Él la miró atentamente y abrió los ojos de par en par, pensando que no la había escuchado bien.

—¿Qué has dicho?

Carlota, avergonzada y consciente de lo que una aseveración como esa significaba, recapacitó.

—No me hagas caso, Felipe. Es sólo que estoy cansada. Todo marcha muy bien.

Los dos clavaron sus ojos en el té, tratando de obviar el terrible fantasma de la duda que desde entonces se instalaría en sus corazones.

3

Dos meses después del casamiento, Leopoldo I, que no confiaba en demasía en los talentos de su yerno, solicitó a Francisco José que les procurara una buena posición a los jóvenes archiduques, a lo que el emperador de Austria, quien tampoco tenía demasiada fe en las habilidades políticas de su hermano, accedió a regañadientes. Se trasladaron al territorio austríaco de Lombardo-Véneto, con capital en Milán. Aunque en un principio Carlota pensó que aquel sería su hogar, pronto tuvo que aceptar que no le quedaría más remedio que aprender a aburrirse con gracia.

No eran queridos allí. El reino tenía alma italiana pero soberanía austríaca, y el pueblo les hacía ver todo el tiempo que no eran bienvenidos. Por las calles se oían gritos de «*610, sei uno zero*» («eres un cero»), que no pretendían otra cosa sino la humillación de hacerles sentir que no pintaban nada ahí. Estaba de moda «Va, pensiero», el coro del tercer acto de una ópera que había compuesto Giuseppe Verdi, abrumado por la inmensa tristeza de perder a su esposa y sus dos hijos. Los italianos lo adoptaron como su himno, un himno que retumbaba en sus corazones exigiendo soberanía: «¡Oh, patria mía, tan hermosa y perdida!». A pesar de que Maximiliano era próximo a las ideas liberales y hasta cierto punto carismático, no hacía sino quedar mal con todos los bandos; los italianos lo veían como el representante de una fuerza de ocupación extranjera y los austríacos consideraban que era demasiado afín a las ideas nacionalistas. Carlota podía ver la consternación en su rostro cada vez que recibía una carta de Francisco José: no necesitaba ser adivina, tan sólo veía cómo se le descomponía el gesto. Ella no lo importunaba con preguntas de las que sabía la respuesta, conocía muy bien el pesar que produce leer malas noticias. Pero cuando él se alejaba y la dejaba sola durante días en palacio, acudía a los cajones de su escritorio para, como chiquilla, leer la correspondencia. Entonces, consternada, confirmaba lo que ya sabía. El soberano de Austria, hermano mayor de su marido, con pulso violento le escribía frases como: «No puedo esperar que coincidas con mis decisiones, pero que no se aliente a la oposición la idea de que tú estás con ellos». Carlota sabía que a Maximiliano eso le tenía sin cuidado. Le tenía sin cuidado separarse de un régimen al que consideraba indolente. Le tenían sin cuidado muchas cosas, menos la restauración del palacio de la Villa Real de la Monza, a kilómetros de Milán; Maximiliano disfrutaba con el boato de las cortes y pretendía recrear la suya al estilo de las del siglo XVIII. Le gustaba entretenerse en escoger guardias con espadas curvas y decidía personalmente los trajes dieciochescos de los lacayos. También quería que hubiese pajes moros y que la cena fuese servida, entre sinfonías de música de orquesta y chambelanes, por sirvientes negros. Se vanagloriaba de ser el único monarca con sirvientes de razas exóticas. Carlota entonces pensaba que quizá Maximiliano hubiera estado mejor junto a una Sissi, una mujer bella por fuera y vacía por dentro, a la que el lujo y el poder embelesaban como las sirenas a los marineros. A Carlota tanto exceso la horrorizaba. Desde niña su madre y, después de morir esta, su padre, le habían enseñado la importancia de usar los vestidos hasta romperlos, y una vez rotos, saber lucir los remiendos con la misma dignidad. En el castillo belga la austeridad de los monarcas y de la Corte transpiraba en cada tela. Por eso, entre otras cosas, Carlota no soportaba a su concuña. Convivían poco, pero no hacía falta más para que entre ellas surgiera cierta animadversión. Incluso alguna vez la austríaca llegó a nombrar a Carlota el Pato Belga. Lejos de enervarla, esto no hizo sino confirmarle lo lejos de su inteligencia y linaje que estaba Isabel de Baviera. Sissi tampoco le caía bien a su suegra, la archiduquesa Sofía: la consideraba caprichosa, mimada, necia y desde luego no la creía capacitada para guiar y educar correctamente a sus vástagos. Carlota, aunque jamás lo dijo en voz alta, lo pensaba también.

Pero Carlota nunca se permitía un segundo de dubitación. Sabía que gobernar era una carga disfrazada de privilegio. No esperaba tranquilidad ni gratitud. Ser monarca implicaba tomar decisiones difíciles y, sobre todo, había que estar preparada para no gustar a todo el mundo. Vaya si lo sabía. Su padre se lo recordaba cada día y cada noche. «El deber, Carlota, el deber». Ese deber les venía dado por Dios omnipotente y sólo ante Él debían rendir cuentas. «Los hombres se equivocan en sus juicios, Carlota; el Todopoderoso no». Así, hacía de tripas corazón y cargaba su cruz como la cargó Jesucristo, y escribía cartas a su abuela en las que la palabra que más repetía era «dichosa». ¡Cuán dichosa era! Dichosa en su interior. Dichosa por vivir en ese bello país. Dichosa por todo lo que le agradaba. Dichosa porque Dios se lo había dado todo. Aunque alguna vez, mientras escribía, la boca le sabía a hiel, consciente de que por cada línea de mentiras tendría que confesarse. Porque dichosa no era. No lo era en absoluto. Estaba casada con un hombre de apariencia romántica pero que con cada uno de sus actos se tornaba cada vez más impotente. Impotente y afeminado. Carlota empezaba a reconocer en su mirada la de un ser libertino de gustos extraños, aunque a veces, en las noches en que extrañaba un cuerpo caliente junto al suyo, deseaba ser el objeto de sus perversiones, fueran las que fueran. Para colmo de males, al despertar se encontraba agobiada por la situación de los dominios italianos: vivían en medio de un polvorín. Malestar por todas partes. Los italianos no querían que Austria se tornara más humana, sino que se marchara.

Para congraciarse con el pueblo Maximiliano decidió organizar, como era su costumbre, una función en La Scala de Milán. A Carlota aquello no le pareció buena idea, pero empezaba a comprender que a él lo motivaba más la belleza que las reuniones políticas. Hasta entonces casi no lo había visto gobernar. De estar en su lugar, habría organizado reuniones con los principales actores políticos para ver de qué manera se podrían solucionar los asuntos que más preocupaban a los italianos, para sentar ciertas bases y que la sangre no llegase al río. En lugar de eso, Maximiliano organizaba conciertos y comidas opíparas, rodeado siempre por veinte o treinta aduladores.

Carlota lo encontró una tarde decidiendo el color dorado de los sobres que se disponía a mandar a los principales miembros de la sociedad lombarda y veneciana para invitarlos a la ópera; suspiró, un tanto decepcionada y un tanto envidiosa. A veces, cuando el hastío llamaba a su puerta, deseaba poder contagiarse de la ilusión de su marido al emprender algún proyecto: así todo sería más fácil. Llevaba un tiempo sintiéndose apaciguada, apática, sin ganas de nada. Dar un paso le costaba un mundo. Se asomaba por la ventana y pensaba cómo se podía estar en un lugar tan hermoso y sentirse tan hueca, tan amarrada. Tenía que haber algo más. Como si el futuro estuviera esperándola en la acera de enfrente y ella no se atreviera a cruzarla.

Volvió sus pasos hacia Maximiliano, que seguía entusiasmado en su lista de invitados, imaginando lo honrados que se sentirían todos ellos al recibir un sobre real lacrado con sus iniciales. Se colocó tras él para darle un beso en la cabeza cuando de pronto, escapando de su abrazo, él exclamó:

—¡Cuidado! ¡Me moverás la peluca!

Incapaz de moverse un centímetro, ella se congeló. Petrificada: así estaba. Por dentro y por fuera. Por fin, se atrevió a hablar:

—¿Peluca?

Disimulando su disgusto, Maximiliano contestó con la mayor naturalidad de la que fue capaz:

—Me protege del frío por completo y de cualquier dolor de muelas. Además, no se nota nada…

Carlota, tragando saliva y aún sin moverse, le dijo:

—No, no. No se nota nada.

Días después llegaron a La Scala. A Maximiliano por poco se le cayó la peluca de la impresión al entrar al recinto: no había una sola butaca vacía. Lleno total. Al principio, su vanidad se hinchó como el pecho de una paloma, hasta que de pronto sus ojos fueron desconociendo a cada uno de los ocupantes de los asientos; ahí no estaba la crema y nata de Milán. Con horror, Maximiliano fue haciéndose a la idea del inmenso, gigantesco desaire del que acababa de ser objeto. Ninguno de los invitados se dignó asistir. En su lugar, cada uno de esos nobles cuyo nombre y apellido Maximiliano había mandado escribir en tinta dorada decidió mandar a sus sirvientes. Carlota sujetó a Maximiliano fuertemente por el brazo y siguieron avanzando. Él quiso decir algo, pero no pudo; ella le propinó un ligero codazo en las costillas para que siguiera adelante. Desde el palco e investida de la dignidad que jamás la abandonaba, alzó la mano para saludar a todos los asistentes con un saludo real. Después, en voz baja, le ordenó a Maximiliano:

—Siéntate y, por lo que más quieras, no hagas notar tu disgusto.

Él obedeció.

Fue la ópera más dramática a la que tuvieron que asistir en los años que les quedaban por vivir. Esa misma noche, como si el universo confabulara con saña contra ellos, Sissi y Francisco José tuvieron a su primer hijo varón; un niño que, sin haber siquiera abierto los ojos, mandaba de un puntapié a Maximiliano al tercer sitio en la línea de sucesión mientras él se tragaba unas lágrimas de vergüenza escuálidas, débiles y raídas como los cabellos que su peluca ocultaba.

4

Al otro lado del mar, Constanza Murrieta había tenido la gracia de nacer mujer en un mundo gobernado por hombres. En voz alta, su padre había rogado a Dios por otro varón que continuase forjando la saga familiar, ayudando a la causa militar y conservadora que él tanto defendía, y nunca aprendió a disimular su disgusto. La niña vio la luz el mismo día en que, para vergüenza de todos los mexicanos, la bandera de las barras y las estrellas ondeó sobre el Palacio Nacional: tal fue su entrada a la vida, y nada pudo hacer para evitar nacer en el frenesí de un día convulso como aquel. Aunque su llegada se esperaba para después, el retumbar de los cañones en plena Ciudad de México hizo que su madre se pusiera de parto prematuramente. Era el 14 de septiembre de 1847, mes paradójicamente patrio, pues por aquellos días se conmemoraba la Independencia; ese año no fue así y los únicos gritos que se oyeron fueron los de gente horrorizada al comprobar que los soldados estaban siendo masacrados por francotiradores apostados en los tejados. Los mexicanos defendieron la ciudad con uñas y dientes y, a falta de municiones, aventaron hasta macetas a los estadounidenses, pero al final no hubo más remedio que sucumbir. A veces Constanza pensaba que la confusión de nacer en un territorio ocupado fue lo que tornó su vida en un crisol de señas de identidad que terminaron por convertirla en una mexicana disfrazada de extranjera en su propio país.

Al otro lado del Atlántico, Europa asistía también al nacimiento de un nuevo mundo. Los antiguos regímenes autoritarios estaban siendo vapuleados por oleadas de revoluciones liberales, la Primavera de los Pueblos las llamaron, y por todas partes, desde Francia hasta Hungría, surgían manifestaciones de carácter nacionalista apoyadas por el movimiento obrero. Todas esas revueltas fueron fuertemente reprimidas por las altas esferas del poder. Ese año Emily Brontë publicaba *Cumbres borrascosas* bajo el pseudónimo de Ellis Bell; se instituyó un único huso horario en Gran Bretaña, convención que luego se extendería al resto del planeta; y España inauguraba entre palmas su primera Feria de Abril. El año también veía nacer a Thomas Alva Edison y a Graham Bell, mientras el general Santa Anna ocupaba la presidencia de México por novena ocasión. En medio de todo aquello, los gringos creyeron por un momento que México les pertenecía y decidieron avasallar su soberanía, no sin muchos muertos en ambos bandos.

Los Murrieta Salas eran cinco. Los dos hermanos mayores, Joaquín y Salvador, eran militares de carrera, como el padre, y desde muy pequeños cargaron con la losa de ser los hijos del mayor Vicente. Después de Salvador nació una bebé que, incapaz de superar los fríos de un duro invierno, murió a los pocos días; de ella nadie jamás quiso hablar, como si así se estuvieran ahorrando algún tipo de sufrimiento. Fue Constanza la única en entender que a su madre esa niña siempre le hizo falta: quedó maltrecha del ánimo más que del cuerpo, pero era una mujer joven y fuerte y en algún lugar del alma debió encontrar la energía para concebir un tercer hijo. Antes de nacer, el mayor Vicente decidió que, de ser varoncito, ese niño sería cura, y nació Agustín: desde muy pequeño se le dirigió en el camino de la santidad, como le gustaba decir a Vicente con la boca bien abierta. Lo vistieron siempre de negro y le enseñaron el latín; a la sombra de un árbol del patio, le explicaban que el sacerdocio no sólo significaba consagrar la vida a Dios, sino al poder. Tal vez incluso podría llegar a obispo. «¿Te imaginas? Serías Monseñor Murrieta». Agustín se reía ante la ocurrencia, así que a partir de ese momento ordenó que todos en la casa le empezaran a llamar Monsi. Llegada la hora, a ninguno extrañó que Agustín tomara los hábitos con la naturalidad con que un río llega al mar.

Un par de años después de nacer Constanza, el telégrafo llegó a México y Refugio engendró a la pequeña Clotilde, una niña tan hermosa como frágil de salud; el más leve ajetreo la sumía en imparables ataques de tos que hacían que su madre entrara en pánico, aún asediada —a pesar de los años— por el fantasma de la muerte infantil.

Todas las noches su madre rezaba fervorosa, apretando con fuerza el rosario, pidiendo a la Virgen de Guadalupe que cuidara a su preciosa hijita. Y es que Clotilde era en verdad muy bonita; mucho más linda que Constanza. Había nacido con el pelo negro, tan negro que parecía destellar reflejos azul marino, pero, aunque sus ojos eran verdes, parecían grises al estar siempre cubiertos por un rictus de tristeza. Amalgamándolo todo como una piña, doña Refugio Salas emergía con la fuerza de un témpano de hielo; en algún lugar entre el estoicismo de los varones y la debilidad de Clotilde estaba Constanza.

Cuando era niña se convenció de que las mujeres nacían sólo para dos cosas: ser madres o monjas. Era lo que siempre había visto alrededor. A poco que estirara el cuello veía cabezas con el pelo recogido recibiendo órdenes por parte de sus hombres, ya fueran maridos, padres, hermanos, curas o soldados. La suerte natural de las mujeres de cierto estrato social privilegiado, como ella, era servir al varón y apoyarlo en todas sus decisiones. Acompañarlos en el camino hacia la gloria; la de ellos, claro estaba. A cambio las proveían de comida, techo, y las llenaban de hijos para ser las abnegadas madres de otros hombres iguales. Así lo estipulaban las Sagradas Escrituras; lo sabía bien porque cada noche, después de cenar, leían el evangelio. Una vez, Constanza quiso leer el *Cantar de los cantares* y antes de que pudiera darse cuenta, hipnotizada con el poético erotismo encerrado en esas páginas de papel cebolla, su padre le cruzó la cara con una cachetada. Esa noche Refugio, mientras le desenredaba la trenza, le susurró al oído algo que se grabó en su memoria como si la hubieran marcado con hierro candente: «No te cases nunca».

A veces, cuando veía a su madre ojeando el *Journal des Modes,* revista donde se aconsejaba el uso de las mantillas de blonda, amplios sombreros con plumas y como complementos perlas y brillantes, o cuando la veía decidir con ansiedad qué modelo hacer traer de París o Londres hasta Tampico o Veracruz para alguna recepción en casa de un militar importante, sacudía la cabeza y pensaba que debía de haber escuchado mal. Su madre, en su sano juicio, jamás podría haberle deseado algo semejante.

Cuando tenía diez años, una tarde de febrero, Refugio le ordenó alistarse para ir a misa.

—¿Nosotras dos solas?

—Sí, niña. Agarra tus guantes.

Tal vez fue por su manera de caminar, pero Constanza intuyó que no se dirigían a la iglesia. Su paso era acelerado, nervioso, y cada diez metros su madre volteaba la vista para verificar que nadie las observara.

—Madre, ¿qué ocurre?

—Nada, hija, sigue caminando.

Obedeció sin chistar durante el resto del camino hasta que llegaron a un carruaje que las esperaba apostado en una esquina, a pocas cuadras de casa.

Llegaron a un sitio completamente desconocido para Constanza, en el centro de la ciudad. Había muchas mesas, una tras otra, y pensó que estaban en un colegio. Refugio pasó a un salón donde varios escribanos estaban entrevistando a mucha gente: familias enteras, niños recién nacidos, parejas jóvenes. Casi ningún anciano. Tras esperar una larga media hora, un señor les pidió que tomaran asiento. Refugio permaneció de pie.

—Buenas tardes.

Refugio respondió con una inclinación de cabeza.

—¿Nombre?

—María del Refugio Salas López.

—¿Nombre de padre y madre conocidos?

—Augusto Salas y Zeneida López.

—¿Edad?

—Treinta y cinco años.

—¿Situación familiar?

—Casada.

—¿Nombre del marido?

—Vicente Murrieta Molina.

—¿Hijos?

—Cinco.

Y Constanza escuchó cómo su madre decía a ese hombre cada uno de los nombres de sus hermanos, con sus edades y fechas de nacimiento, mientras ella, aburrida hasta el tuétano, hacía grandes esfuerzos por ocultar sus bostezos. Llevaban ahí más tiempo incluso que cuando debía acompañar a Clotilde a sus clases de piano y tenía que escucharla una y otra vez tocar la tecla equivocada. Harta del tedio, se alejó de su madre para merodear entre las mesas; todos los ahí presentes mencionaban en letanía los interminables nombres y lugares de su vida. De pronto se detuvo para contemplar a una catarina que hacía esfuerzos por salir de un vaso de agua aparentemente abandonado sobre una de las mesas. Con la mirada buscó al dueño, pero no vio a nadie cerca. Se disponía a rescatar al animalillo cuando de repente salió de la nada un muchachito no mucho mayor que ella, con las chapas enardecidas por el frío y leves ojeras bajo los ojos, que, habiendo visto lo que Constanza se disponía a hacer, tomó el vaso con brusquedad, reclamando así su posesión. Constanza comprobó con estupefacción que el susodicho estaba decidido a darle un buen trago. Hizo un ademán, pero el niño apartó el vaso de su alcance; no estaba dispuesto a compartir el agua con nadie, mucho menos con esa niña bien vestida de blancos guantes. Conocía a las de su clase, y no les tenía aprecio. Se llevaba el vaso a los labios cuando Constanza, no supo cómo ni por qué, se escuchó gritando en voz alta:

—¡Detente! —Acto seguido asestó un guantazo en la mano del niño, que, sobresaltado, soltó el vaso y la miró con ganas de estrangularla. Constanza vio, sin poder evitarlo, cómo el vaso caía lentamente y se reventaba al estrellarse contra el suelo.

—¡Pero qué te pasa, babosa! ¡Ese era *mi* vaso!

—Lo siento. Había un bicho, y…

—¿Y sólo por eso me avientas un manotazo? Escuincla tonta…

—Te lo hubieras tragado de no ser por mí.

—¡Estás loca! ¡Casi me revientas el vaso en la boca!

Un hombre de cejas más pobladas que su bigote llegó hasta ellos haciendo notar sus pisadas, agarró al niño de una oreja y lo sacó de la sala diciendo:

—¡Siempre es lo mismo contigo! ¡Te dije que te estuvieras en paz, chamaco!

Y lo sacó en volandas con la facilidad con que, de haber tenido oportunidad, Constanza hubiera sacado a la catarina del vaso. El niño gritaba ayes mientras hacía esfuerzos por avanzar, manteniendo apenas el equilibrio sobre la punta de sus pies. A Constanza ni la miró.

Ella miró de reojo en busca de su madre, pero debía de haberse ido a otra salita, porque ahí no estaba. En lugar de asustarse, se alegró de que no hubiera presenciado el incidente; le habría caído una buena tunda. Otra niña hubiera ido a refugiarse tras la protección de un padre por si venían a jalarle las orejas, pero Constanza estaba hecha de otra madera. En vez de eso, decidió ir a buscar al chiquillo; no tenía que haber sido tan escandalosa. Ya se lo tenía dicho su madre: las damas no vociferan ni hacen aspavientos, mucho menos manotean vasos mientras bebe la gente. Se sintió muy tonta, imprudente y culpable, como si acabara de mandar a un hombre al patíbulo.

Lo encontró en un pequeño patio, sentado en una silla de mimbre, haciendo con los pies círculos en la tierra.

—Ya vete, niña. Sólo traes problemas —le dijo él sin alzar la vista.

—Vengo a disculparme. No era mi intención tirarte el vaso, ni que te regañara tu papá.

El niño hizo una mueca.

—No es mi papá.

A Constanza le extrañó muchísimo que alguien que no fuera su padre se atreviera a tratarlo así. En su casa Vicente podía darles chancletazos y hasta cinturonazos a sus hermanos, pero cuidado con que alguien más osara ponerles un dedo encima.

—¿Y cómo dejas que te trate así?

El niño juntó las cejas.

—Eres más boba de lo que creí.

—No soy boba.

—Ya déjame solo.

—No hasta que aceptes mis disculpas.

El niño resopló.

—Además de boba eres muy necia.

—No me insultes. Nada más quiero irme con la conciencia tranquila.

—Ese es tu problema, no el mío.

Constanza frunció el ceño. En verdad no pensaba que fuera tan difícil obtener su perdón. En casa todo lo arreglaban así, una disculpa y santas pascuas. Se quedó de pie frente a él con los brazos cruzados hasta que de pronto, sin ninguna razón aparente, él alzó la vista y la miró: Constanza se erizó completamente. La miraba de tal forma que se sintió desnuda. La incomodidad empezó a pesar más que el orgullo; pensaba darse media vuelta y no volver a saber de ese niño maleducado, cuando escuchó la voz de su madre llamándola desde una ventana:

—¡Constanza!

La niña volteó, asustada y aliviada a la vez. Su madre le hizo un gesto para que fuera enseguida. Sin decir nada, se volvió y acudió en su dirección. Fue entonces cuando escuchó su voz:

—Adiós, Constanza… Nos volveremos a ver.

Los vellos de los brazos se le erizaron totalmente porque pudo notar un dejo en el tono de su voz, algo que nunca antes había detectado en la de nadie. No era odio ni coraje, ni siquiera era burla: era malicia.

Mientras una mujer corpulenta de pechos como alforjas sujetaba uno de los pulgares de su madre, lo impregnaba en tinta y plasmaba su huella en la hoja donde habían volcado toda la información referente a los Murrieta Salas, Refugio preguntó:

—¿Qué hacías hablando con ese niño?

—Nada.

—¿Quién es?

—No sé. No me dijo su nombre.

Entonces la señora que entintaba los dedos, que ansiaba salir de la rutina de estampar huellas en documentos, dijo:

—¿Ese? Ese es el recogido de Comonfort.

Refugio arqueó las cejas.

—¿Cómo dice?

—Sí, bueno, que nadie sepa que yo le conté, porque si saben que ando diciéndolo, me cuelgan. Pero sí, nos lo trajeron de la calle, andaba perdido, llevaba varios días sin comer, pobrecito, y no saben de dónde viene ni quiénes son sus padres. Nada. Lo trajeron aquí y el señor Comonfort, un día que vino a pasar inspección, se hizo cargo de él.

Constanza nunca antes había entablado conversación con ningún niño de la calle ni nada que se le pareciera. Su vida siempre había estado alejada de la pobreza y de las miserias del mundo; sus padres habían puesto especial cuidado en que así fuera. Y entonces, como por arte de magia, el niño aquel, a quien minutos antes habría querido borrar para siempre de su vida, se transformó en la persona más interesante del mundo. Constanza no sabía quién era Comonfort e ignoraba por qué lo habían llevado a ese lugar, pero no reparó en esas nimiedades. La que parecía escuchar con un interés especial era Refugio, que asentía a cada palabra de la mujer.

—¿Y cómo se llama?

—Modesto… Modesto García, creo.

«Modesto», pensó Constanza. Qué nombre tan poco apropiado.

—¡Listo! —dijo la gorda, cerrando el cuaderno de golpe.

Refugio dio un leve saltito en su silla, como si hubieran dado una palmada frente a su nariz para sacarla de su ensimismamiento, y tras un «gracias» de cortesía, se levantó agarrando a Constanza por el brazo.

Al salir de allí Refugio sacó un pañuelo de su bolso y ante el total asombro de Constanza, que nunca antes había visto a su madre hacer algo tan vulgar, se escupió el dedo para después tallarlo con fuerza.

—Prométeme que no le dirás a tu padre que vinimos al Registro Civil.

—¿Quiere que mienta?

—Promételo, Constanza.

—Lo prometo —dijo seria. Luego preguntó—: ¿Qué es el Registro Civil?

—¿No viste? Es donde a partir de ahora deben quedar registrados los nacimientos, casamientos y defunciones. Es una nueva ley del presidente Comonfort… Ley que celebro, desde luego —dijo en un balbuceo como si hablara sola.

«Comonfort», pensó Constanza.

—¿El que recogió al niño?

Refugio se detuvo tras comprobar que el dedo, aunque enrojecido, estaba limpio. Miró a su hija, que pareció escudriñar sus ojos; la niña también buscaba algo en ella. Ambas sabían que pensaban muchas cosas que no se dirían.

—El mismo.

—Mamá…

—Mande, hija.

—¿Pero por qué no quiere que padre se entere? ¿Estamos haciendo algo malo?

Refugio tomó aire. Jamás se permitía hablar mal de su marido ante nadie, y no lo iba a hacer ahora.

—Tu padre no es un mal hombre, Constanza, pero se resiste a los cambios. Se ha resistido siempre.

Refugio se ajustó el sombrero y se planchó la falda con las manos. Tomó una gran bocanada de aire, como si con sus palabras acabara de hacer una declaración de independencia.

Con una inocencia que empezaba a perder, Constanza preguntó con timidez:

—Pero, si quería mantener el secreto, ¿por qué me trajo aquí?

La mujer se agachó para ponerse a la altura de la niña y verla directamente a los ojos.

—Porque quiero que veas que el mundo es más grande y complejo de lo que piensas, hija. Vienen cambios y debes saber distinguirlos. No lo olvides nunca.

Luego, en voz baja, casi en un susurro, mientras disimulaba una media sonrisa, añadió:

—Hay otro México, Constanza, un México librepensador y moderno.

Y ella le creyó. En parte porque la palabra de su madre valía oro molido, en parte porque a partir de ese día la imagen de Modesto, un niño de su edad que vagabundeaba por las calles a la buena de Dios, se le aparecía cada vez que intentaba dormirse, y en parte porque después de aquello vinieron tres años de una guerra civil que enfrentó a conservadores con liberales. Sus hermanos partieron al frente, Clotilde tuvo que abandonar sus clases de piano y Vicente se quedó para conspirar desde la capital contra el Gobierno de Juárez, quien había establecido su sede en Veracruz.

II

1

En el carruaje Carlota tuvo tiempo suficiente para pensar hasta el tormento. Una y otra vez recordó la amargura con que Maximiliano había afrontado la despedida. Sentía, al igual que en una premonición, que el abrazo con que se despidieron en Ayotla, a veinte kilómetros de la capital, sería el último que se darían. Carlota no quería soltarlo; por primera vez en sus años de matrimonio lo sentía cercano, vulnerable, y le costó mucho trabajo separarse de ese cuerpo cálido que tantas noches había extrañado. Cuánto amor se llevaba. Cuánto amor tirado por un caño. Presionada por las miradas del resto de la comitiva, posadas sobre ellos, Carlota encontró la fuerza para separarlo poco a poco de su pecho. Entonces vio que Maximiliano, su Max, el emperador, ahí parado frente a todos, estaba llorando.

—¿Por qué lloras? Sólo me voy por seis meses —dijo ella con una sonrisa que se le atoró a medio camino.

Maximiliano bajó la cabeza, incapaz de mirarla a los ojos. Ella le sujetó la cara con ambas manos y lo obligó a verla. Por unos instantes creyó que iba a decirle algo, pero él no supo qué contestar. Carlota habló entonces:

—No te preocupes, todo va a estar bien. Yo arreglaré esto —dijo y al oírse se descubrió, como tantas veces, consolándolo con voz maternal. En sus nueve años de matrimonio Maximiliano había tenido tiempo suficiente para convertirse en eso, una especie de hijo al que cuidar y proteger con la esperanza de que algún día extendiera las alas para volar.

Por toda respuesta, Maximiliano afirmó con la cabeza. Si quiso decirle algo, jamás lo hizo, tan sólo rompió a llorar, derrumbándose como una criatura indefensa. Ella, sin saber muy bien cómo reaccionar, aturdida por su debilidad de carácter, lo besó en los labios y luego se subió al carruaje lo más rápido que pudo. Se sentó rígida en su asiento, firme como una estaca, sin permitir quebrarse ni un ápice.

—¡Arranque, arranque de una vez! —gritó al cochero.

En cuanto los animales partieron, Carlota se cubrió la cara con las manos y lloró entre rezos y votos lo que no había llorado en años. Era cierto que el emperador no había sido un buen marido pero tampoco se sentía con derecho a juzgarlo, pues si de alguien había sido la culpa de enamorarse de un hombre al que le gustaba contemplar su reflejo en uniforme más que levantarle las enaguas era de ella y de nadie más. Pero entonces era muy joven y poco o nada sabía de la vida. Confundió delicadeza con sensibilidad. ¿Cómo iba a saber que a su adorado Max, más que gobernar, le interesaba qué árboles sembrar en Miramar? ¿Cómo saber que la vegetación de un México exuberante, tan misterioso como virgen, le quitaba más el sueño que complacer a una mujer? Su matrimonio había sido un continuo silencio compartido, un mar de complicidades donde ambos fingían no saber lo que el otro hacía y cubrían sus pecados con un tupido velo de deber. Ella hacía de tripas corazón cada vez que Maximiliano reía junto a Bombelles, su amigo íntimo desde la niñez y del que, fiel como un perro, jamás se separó por voluntad. Tampoco se dio por enterada cuando Sebastián Schertzenlechner, el ayudante de cámara húngaro de ojos azules, rubio y alto como una torre, fue contratado por Maximiliano y se instaló en palacio con el único objetivo de echar leña a los hornillos. A veces los observaba. Aunque Maximiliano jamás se permitió ninguna ligereza en su presencia, ella aprendió a escudriñarlo con la minuciosidad con que su marido observaba su colección de mariposas. Cuando Schertzenlechner entraba a la habitación para echar más leña al fuego, a Max se le detenía la respiración. Luego tosía. Y muchas veces, justo en ese momento, se le ocurría ir a algún sitio alejado porque recordaba algún pendiente. Sebastián abandonaba también la habitación segundos después. Carlota, en sus más íntimos pensamientos, siempre deseó que algún día alguien la viera como Maximiliano veía a Sebastián. Pero tenían un proyecto común que debían mantener hasta la muerte. El Imperio era más grande que ellos: más grande que su felicidad, mucho mayor que el deseo. Y si ser mártires era el precio a pagar, lo pagarían con intereses. Juntos, aunque estuvieran separados por un océano de traiciones y dudas. Se prometió entonces proteger al emperador de todos, incluso de los mejores franceses.

Mientras avanzaban entre una nube de polvo, Carlota vio a los guardias ayudar al emperador a subir a otro carruaje; Maximiliano estaba débil y enfermo y ya no se preocupaba en disimular sus malestares. Carlota deseó que llegara con bien a Chapultepec, su Miramar en el Valle de México, un remanso de paz en el que por las mañanas podían verse las montañas nevadas y escuchar el canto del cenzontle.

Aunque bien sabía que en este viaje cargaba a cuestas con la felicidad y el destino de México, un dolor en el centro del estómago le hacía presentir otro horror. Cuando este sinsabor le inundaba la boca con sabor a hiel, se obligaba a pensar en que debía ser fuerte y cabal, pues fallar en esta misión no era una opción. Debía ser más Carlota que nunca. Más emperatriz que nunca. Debía estar a la altura y no permitir que las dudas empañaran sus sentidos. Antes de partir, Maximiliano le había pedido que pusiera en orden todas las gestiones y los asuntos financieros. Debía convencer a un experto en milicia de regresar con ella a México (aunque casi todos los altos mandos del Ejército habían expresado su deseo de permanecer en Francia); también debía conseguir la firma del concordato con el Vaticano, misión en la que habían fracasado varios emisarios enviados con anterioridad, y como reto personal, por si hacía falta más presión, se había prometido lograr que Viena devolviese a México el penacho de Moctezuma.

Sin embargo, las complicaciones del viaje pronto le hicieron olvidar el desgaste emocional. No había tiempo para conmiseraciones. La lluvia en las montañas le ponía los pelos de punta y las damas de compañía lucían tan pálidas como los encajes de sus vestidos. Cerca de Córdoba se rompió una de las ruedas del carruaje al pasar por encima de una enorme roca. Lentamente descendieron del vehículo; Carlota agradeció la forzosa detención para poder estirar las piernas. Su camarista, Mathilde Döblinger, se le acercó y le dijo:

—Majestad, debemos refugiarnos en una posada del camino. No podemos avanzar con estas condiciones.

—No podemos detenernos, Mathilde. Si nos retrasamos perderemos el barco.

—Son causas de fuerza mayor, Majestad. Habrá que pernoctar aquí hasta mañana, cuando consigamos un carruaje de repuesto.

Carlota echó un vistazo a los hombres y mujeres que la acompañaban; todos se veían curiosamente tranquilos, como si la vida no les corriera prisa. Y entonces Charles de Bombelles, el amigo de su marido, el rival con el que competía por sus atenciones y miradas de afecto, se atrevió a decirle:

—Verá qué bonito es Córdoba, Majestad.

Carlota estalló en cólera.

—¡No me venga con majaderías, Bombelles!

Gritó tan fuerte que los colores se le subieron al rostro, encendiéndola como si acabara de sofocarse. Sus manos empezaron a temblar. Pero Carlota, al oírse voz en grito, ya no quiso o no pudo detenerse:

—¡No estamos aquí para dar un paseo! ¡El destino de México depende de este viaje! ¡El futuro del emperador, del Imperio! ¿Usted cree que por más bonito que sea el paisaje voy a detenerme a contemplarlo?

Bombelles, azorado, bajó la cabeza.

—Disculpe, Majestad, no era mi intención alterarla.

El doctor Bohuslavek, su médico personal, que la acompañaba, salió al quite:

—No se altere, Majestad. No es conveniente alterarse de esta manera en su… Cálmese, por favor.

El doctor dio dos pasos para acercarle unas sales a la nariz y ella se las aventó de un manotazo.

—No me venga usted también con delicadezas de salud. Estoy perfectamente. ¡Una mujer tiene derecho a gritar cuando escucha sandeces! ¡Faltaría más!

Todos guardaron silencio, sin atreverse a abrir la boca y decir algo que ameritase recibir los gritos de la emperatriz en la oreja. Jamás la habían visto así. Parecía estar fuera de sus cabales.

Carlota los observaba con una ira desconocida. De pronto quiso abofetearlos a todos: se imaginó azotándolos uno a uno con los calzones bajados, dejándoles las nalgas en carne viva. Respiró. Intentó calmarse. Miró al cochero.

—Usted —dijo dirigiéndose a él—, ¿no estará intentando retrasarnos para perder el barco?

—Por supuesto que no, Majestad. Ha sido un accidente. La piedra estaba en el camino, nada pude hacer para esquivarla... —dijo sin atreverse a mirarla a la cara.

Carlota entonces los sermoneó como si hablara desde un púlpito:

—Nadie va a detenerme jamás. ¿Me oyeron? ¡Nadie! Díganles a los espías que mandaron para impedirme llegar a tiempo a Francia que no lograrán su cometido. ¡Nunca!

Mathilde entonces se atrevió a hablar en nombre de todos:

—Señora, tranquilícese. Nadie quiere deteneros. ¿Espías? ¿Entre nosotros? Pero si somos los de siempre. Mírenos... Estamos para servirle, para ayudarla.

De pronto, Carlota pareció recobrar la calma tras el ataque de nervios. Los miró despacio, reconociéndolos en sus caras de espanto. Sintió vergüenza.

—Está bien —dijo—. Pero exijo entonces que nos traslademos en caballo hasta Paso del Macho y ahí tomemos un tren.

El doctor Bohuslavek se acercó nuevamente a ella, al verla más apaciguada.

—Eso no es recomendable, dadas sus..., dadas las condiciones, Su Majestad. Pernoctemos aquí. Mañana a primera hora llegará el nuevo carruaje. No nos retrasaremos y podremos tomar el barco.

Carlota les dio la espalda. Se llevó las manos a la cara y se cubrió el rostro durante unos segundos. Se sentía agotada; furiosa y agotada. Furiosa por haber perdido los estribos de aquella manera; agotada porque el viaje estaba siendo extenuante hasta el delirio. Por fin, bajó las manos y dándose media vuelta dijo:

—Vayamos a la posada, pues. Intentemos descansar.

Al día siguiente llegó el carruaje de repuesto y partieron sin contratiempos, pero el episodio del día anterior había dejado sobre el séquito un nubarrón de malestar que los acompañó durante el resto del viaje como el viento escolta al huracán.

Después de varios días de atravesar con temeridad caminos que las lluvias habían convertido en pistas de lodo, llenas de deslaves y piedras que impedían avanzar en los pasos más estrechos, por fin llegaron al puerto de Veracruz, desde donde zarparían hacia Saint Nazaire. Habían sobrevivido a los caminos y a la fiebre del vómito en la peor época del año. Carlota dio gracias a Dios en voz baja y se santiguó. Estaba sucia, olía a sudor y a lágrimas: aquel hedor la mareaba, se le metía por la nariz con virulencia. Pero intentaba contenerse, respiraba hondo y deseaba que la sal del mar se llevara esa horrible sensación de asco constante.

El *Impératrice Eugénie*, un navío de la Compagnie Générale Transatlantique, aguardaba atracado su abordaje. Estaban a punto de subir a bordo cuando Carlota se percató de que, al ritmo del viento, en lo alto del mástil ondeaba la bandera francesa. Se le compungió el rostro y se le arrugó el corazón. Francia les había dado la espalda, los había vendido a kilómetros de distancia, abandonándolos a su suerte. La Francia de las peores traiciones no sería la que ondeara su bandera durante las semanas de travesía. Nada más poner un pie en cubierta se dirigió al capitán Cloue, quien había salido a recibirla sin demasiada alegría. Antes de que pudiera darle la bienvenida, ella le exigió con firmeza:

—Comprenderá, capitán, que no navegaré en un barco donde no ondee la bandera mexicana.

Sorprendido, el oficial intentó argumentar con razones que, aunque verdaderas, resultaron abruptas y carentes de tacto:

—Disculpe, Majestad, pero apenas ayer se nos avisó de su llegada… Incluso tuvimos que dejar en tierra a varios pasajeros que llevaban esperando largo tiempo para poder darle cabida a usted.

Carlota pudo sentir el malestar en la garganta del capitán. Supo que sería un viaje incómodo: resultaba evidente que el hombre estaría más feliz trasladando a un montón de civiles en lugar de a una emperatriz con exigencias protocolarias. Pero Carlota sabía disimular; Dios sabía lo mucho que le había costado aprender a hacer el trabajo de un hombre enfundada en las faldas de una mujer. Así que interrumpió al oficial a media frase:

—Ya me han oído. No toleraré navegar en un navío donde no se reconozca la grandeza del Imperio.

—Pero el tiempo apremia…

—Pues más vale que se dé prisa, capitán.

Y tragándose una impaciencia del peso de un ladrillo, añadió:

—Esperaremos el tiempo que haya que esperar.

Luego se dio media vuelta y, dirigiéndose a Manuelita de Barrio —que había aprendido a reconocer cuándo una orden podía postergarse un poco más de la cuenta y cuándo no—, dijo:

—Esperaré en el edificio de la comandancia. Avíseme cuando el capitán esté en condiciones de partir.

El capitán la observó alejarse con paso decidido y supo que aquel sería un viaje muy, pero muy largo.

Zarparon un par de días después. Desde el puerto todos vieron cómo se alejaba la emperatriz con su séquito: sus damas de compañía, encabezadas por Manuelita de Barrio; el ministro del Exterior, el conde de Orizaba; el comandante de la guardia palatina de Chapultepec; el tesorero de Miramar y de Chapultepec; una dama de alcoba; un secretario; la señora Mathilde Döblinger, su camarista, y su médico personal, el doctor Bohuslavek. Y por supuesto, Charles de Bombelles, a quien Maximiliano había pedido velar por la emperatriz en su travesía.

En sus noches de insomnio, que fueron muchas, Carlota no dejaba de pensar en lo conveniente que sería para Bombelles que ella sufriera algún tipo de accidente. ¿Quién consolaría a Maximiliano si ella moría? Y entonces cerraba los ojos y sólo veía al bueno de Charles, tan correcto y sereno, sonriendo malevolente en la oscuridad.

2

Philippe Petit empezaba a estar harto de la simpleza de su vida. Trabajaba como carpintero en Amberes bajo el mando del señor Walton, un hombre que nunca tuvo con él alguna consideración más que la de darle techo, un plato de sopa y un trozo de pan tras un día eterno puliendo maderas. A Philippe el trabajo no le disgustaba, el sonido de las gubias contra la madera lo relajaba y le ayudaba a poner la mente en blanco, porque, si se atrevía a pensar, no le costaba ningún esfuerzo imaginar un futuro tal vez no mejor, pero sí distinto. Prefería hipnotizarse con el sonido de la lija contra las ásperas superficies hasta dejarlas tan pulidas como si fueran de mármol. Así pasaba sus días desde los trece años.

Era el quinto hijo de una familia de ocho miembros. Al morir sus padres, sus hermanos y él tuvieron que buscarse la vida. Pagaban un alquiler por la casa donde vivían y los dueños no dudaron ni un segundo en echarlos cuando supieron que no podrían pagar el precio de la renta. Al tratarse de menores de edad, les dijeron que no podrían seguir juntos, pues nadie en su sano juicio podría hacerse cargo de seis huérfanos de una sola vez; lo lógico era separarlos e irlos colocando según sus habilidades y edades en distintas familias o casas de acogida. Ante la amenaza de la separación, Arthur, el hermano mayor, se comprometió a mantenerlos a todos y una noche los seis huyeron por el campo hacia las montañas. Allí encontraron una cueva donde se refugiaron: la primera noche Philippe sintió tanto miedo y frío que pensó que no sería capaz de soportar una más. Se abrazaron unos a otros para darse calor, pero también para combatir la inmensa soledad. Fue en ese momento, sin velas y en silencio, cuando Philippe conoció la crudeza de la noche, pero estaban juntos y eso era lo que importaba. La segunda noche prendieron un fuego. La tercera, el pequeño Noah empezó a toser sangre. Arthur supo entonces que no podían huir de su destino. Podía soportar muchas cosas, pero no ver morir a su hermano pequeño por necedad, así que decidió volver al pueblo y colocar a cada uno en hogares donde al menos pudieran crecer sin pasar demasiadas penurias. Philippe, entre lijadas, a veces recordaba las palabras de su hermano: «Volveré por ti», le había prometido, y de eso hacía ya diez años. Todos los días intentaba no pensar en la familia que una vez tuvo; le dolía demasiado. Prefirió llenar sus días trabajando duro y hablando poco, pero últimamente empezaba a sentir que no quería morir con esas manos de carpintero. Tal vez había otras cosas que podía hacer con ellas, otros caminos que recorrer. Tenía veintitrés años y, a pesar de sus escarceos amorosos en los tugurios de Amberes, no tenía a nadie con quien regresar por la noche: en su vida tan sólo estaba el señor Walton con su sopa, sus maderas y su parquedad. Pero el dolor más insufrible de todos era que empezaba a sentir, con la certeza con que sabía que el sol saldría por la mañana, que el día siguiente sería exactamente igual al anterior. La rutina, ese era su pequeño infierno personal. Philippe se fue a dormir, como todas las noches, con la esperanza de que un milagro cambiara el rumbo de su vida. Cerró los ojos sin saber que, al igual que el batir de las alas de una mariposa podía desatar un vendaval al otro lado del mar, una petición de Leopoldo I en el parlamento belga haría temblar los cimientos de su destino.

3

Philippe despertó, como todos los días, con el llamado de un gallo. No recordaba lo que era abrir los ojos de forma natural, cuando el cansancio hubiera abandonado su cuerpo. Se levantó, se lavó la cara y las axilas con un poco de agua de una jícara en la habitación, se puso unas botas mal anudadas y bajó a la cocina. Como cada mañana, calentó agua para hacerse un poco de té; cuando hirvió, se sirvió una taza a la que le dio vueltas con una cucharilla a pesar de no haberle puesto leche, por el puro placer de dibujar diminutos remolinos en el líquido. Dio un sorbo y se quemó la lengua. «¡Ah!», exclamó mientras retiraba la taza de sus labios con brusquedad, y al hacerlo derramó un poco de té sobre la mesa. «¡Maldición!», dijo en un susurro, porque no quería despertar aún al señor Walton; le gustaba la soledad de la cocina a esa hora temprana.

Buscó un paño para secar la mesa. Si algo había aprendido en tantos años de oficio era que la madera se hinchaba con el agua y él, convertido en un perfeccionista o en un quisquilloso, no podía permitirse una torpeza como aquella. Junto a la mesa, a medio leer, encontró un periódico viejo; lo tomó sin dudar y lo colocó para absorber lo derramado. Posó el cuerpo sobre la mesa y colocó ambas manos en los extremos del papel, que poco a poco fue humedeciéndose al contacto con el líquido. De pronto, sus ojos se fijaron en una noticia que cambiaba de color a medida que se mojaba; antes de que el papel quedara inutilizado, levantó el periódico, absolutamente absorto en lo que acababa de leer. La improbable hinchazón de la madera pasó a un segundo plano cuando Philippe leyó:

A petición de Leopoldo I, rey de Bélgica, el Parlamento autoriza la formación de un regimiento para custodiar a la princesa belga Carlota, que irá a México para ser emperatriz.

Por tal motivo, se solicitan dos mil hombres solteros, no mayores de treinta y cinco años, con certificado médico y carta de recomendación atestiguando su moralidad. A los miembros del Ejército belga que se enlisten se les otorgará un grado militar inmediatamente superior al que ostentan y los años al servicio de la Legión belga-mexicana serán tomados en cuenta para su pensión. El servicio deberá durar seis años, con un año de vacaciones. Aquellos que, al terminar el servicio, deseen regresar a Bélgica podrán ser repatriados y obtendrán una indemnización. A los voluntarios civiles…

Philippe abrió los ojos de par en par. Civiles. «También reclutan civiles», pensó. Continuó leyendo:

A los voluntarios civiles se les contratará por una suma de sesenta a cien francos y se les ofrecerá un grado militar. Recibirán entrenamiento militar para que aprendan a realizar sus funciones. Al finalizar sus seis años de servicio, quienes deseen quedarse en México recibirán donaciones de tierra, ya fueran soldados u oficiales.

No podía ser cierto. Un trozo de tierra, los voluntarios podrían tener su propia tierra. En México… ¿Dónde estaba eso? ¡Daba igual! Y además un sueldo. Y un grado militar. Demasiado bueno para ser verdad.

Philippe dejó el periódico sobre la mesa y permaneció unos minutos en silencio. A lo lejos oyó que el señor Walton acababa de despertar: a voces le pedía que pusiera la tetera al fuego. Antes de salir de la cocina rumbo al taller, Philippe volvió sobre sus pasos, arrancó el pedazo de papel mojado y, con cuidado de que no se rompiera, lo metió en el bolsillo de su pantalón.

4

Constanza creció entre dos mundos sin apenas percibirlo. Dos mundos que cohabitaban con naturalidad a pesar de sus enormes diferencias. Uno era machista, con militares y curas que soñaban en voz alta con regímenes autoritarios y férreos que controlaran a la bola de revoltosos venidos a más que desestabilizaban el orden establecido. Presidiendo ese mundo como un Dios todopoderoso estaba su padre, don Vicente, a quien debían obediencia y respeto. El hombre había perdido una pierna en la Batalla de Palo Alto, cuando aún tenía fe en que México pertenecía a los mexicanos. El sonido del bastón que le precedía impuso siempre un miedo atroz, como el redoble de los tambores antes de un fusilamiento. El otro mundo era mucho más doméstico y, sin embargo, en él Constanza era capaz de respirar la ilusión del libre albedrío. Ese otro mundo estaba capitaneado por su madre, su Refugio. Quizá sin pretenderlo, o quizá con plena conciencia, ella le enseñó a mirar con otros ojos: ojos críticos que cuestionaban todo, ojos capaces de preguntarse porqués. En el fondo veía en ella algo que alguna vez debió de haber habitado en sí misma, algo latente antes del matrimonio, antes de las crianzas. Algo perdido en el camino del sometimiento y la rutina.

Vivían en una hermosa casa de la que Vicente se sentía muy orgulloso y que protegió a toda costa durante los años de guerra. Había mandado construirla antes de prometerse con Refugio, cuando empezó a sentir que el anzuelo lanzado daba jaloncitos y que ella accedería a su propuesta matrimonial, cosa que sin duda alguna sucedió gracias a un fino trabajo de persuasión. Se felicitaba por las puertas que le abría la incipiente y bien habida fortuna familiar, resultado de mucho sacrificio y buen hacer. No cualquiera podía construirse un patrimonio de la nada, pero él era un Murrieta y, aun en las peores agitaciones, su sentido común y olfato político le habían hecho reconocer al gallo ganador. Al menos esa era la versión oficial de los hechos: la verdadera historia correspondía más a que, al casarse con Vicente, Refugio había aportado al matrimonio una fábrica de hilados y tejidos de algodón que su familia tenía en Chalco, de la que eran propietarios gracias a que sus abuelos habían sabido hacer buenos negocios con la estirpe minera de la Nueva España. Él, a cambio, aportó un apellido de buena crianza y todos quedaron satisfechos con la negociación.

Tal vez por saberse rico por primera vez en su vida, la construcción de la casa se convirtió, después del Ejército, en la vocación más querida de Vicente. Conocía a la perfección los materiales empleados en cada habitación, distinguía peldaño a peldaño la procedencia de los mosaicos de la escalera. Se había prometido que, los años que le quedaran por vivir, aquella sería una casa de abolengo. Supo que iba por buen camino cuando la cuadra entera empezó a conocerse por albergar la casa Murrieta, y es que la residencia era un continuo hervidero de gente: tenían mucho servicio, pero además a Vicente le encantaba hacer cenas y comidas para «agasajar» —eufemismo que utilizaba en lugar de «comprar favores»— a altos funcionarios del Ejército y de la Iglesia. Él era así, le gustaba pensar que tenía la sartén por el mango. Más crecido, Agustín solía unirse a las tertulias; a Clotilde y a Constanza les pedían, sin embargo, guardar silencio y las mandaban a sus cuartos cuando había invitados. A Constanza aquellas visitas nunca le parecieron de confianza, aunque tampoco podía decirse que las considerara enemigas: eran más bien serpientes a la espera de la muda de piel. Llegaban muy serios, con impecable uniforme militar y el gorro bajo el brazo, saludaban cortésmente y luego se encerraban a discutir asuntos de política en la biblioteca, donde no requerían la presencia de sus mujeres. Ellas esperaban en la sala, platicando de banalidades propias de su género, o al menos pretendían hacerlo.

Sus días transcurrían entre el bordado y el evangelio. Las tres mujeres, sumidas en una complicidad silenciosa, escuchaban al padre y marido arreglar el país, cuando no el mundo. Según él, México se estaba viniendo abajo lentamente por culpa de los liberales; poco a poco el país se salía de control. A su modo de ver, desde el Plan de Ayutla, que en 1855 había derrocado al presidente Santa Anna, las decisiones tomadas eran una majadería tras otra; de seguir así, terminarían con Benito Juárez de presidente. Ese hombre, entre otras aberraciones, estaba expidiendo leyes de administración de justicia para eliminar la competencia de los tribunales eclesiásticos y militares en asuntos civiles.

—¿Pero quién se cree para venir a decidir nada en este país? Advenedizo. Un indio de presidente… Hazme el favor. ¿Adónde vamos a ir a parar?

Cuando Vicente empezaba a escupir sapos y culebras en contra de Comonfort o de Juárez, Refugio se picaba el dedo con la aguja y se excusaba para ir a lavarse la herida.

No es que fuera un mal hombre, pero la educación que dio a sus hijos había sido escasa en caricias y sus modales eran demasiado toscos. Nunca fue especialmente cariñoso y jamás lo vieron dar un beso a su mujer en público, mucho menos a ninguno de sus hijos. Mantenía unas formas tan correctas que alguna vez Constanza se preguntó cómo habría conquistado a su madre, si ni siquiera le hablaba mirándola a los ojos. Sin embargo, los quería a su manera; su forma de demostrarlo consistía en no permitir que su apellido estuviera jamás en boca de nadie, que siempre tuvieran un techo donde cobijarse y sobre la mesa un plato de comida caliente. Más allá de eso no podían esperar de él mayores complicidades. Ni siquiera cuando era aún una niña pequeña a la que le gustaba ser tomada en brazos, Constanza se sintió con la confianza de sentarse en su regazo; su padre imponía respeto y temor en igual proporción, y para ella una cosa siempre fue sinónimo de la otra. Temía por igual a su cojera y a su bastón: verlo avanzar hacia su despacho arrastrando la pierna y escuchar el golpeteo de ese apoyo de madera y fierro contra el suelo la hacían retirarse a toda prisa hacia sus aposentos. Con todo, bajo esa apariencia de fiereza latía un corazón bondadoso, aunque Vicente se había pasado media vida tratando de ocultarlo: desde niño conocía el dolor de la guerra y la muerte que esta provocaba. Se nacía para sobrevivir y nadie pudo jamás convencerlo de lo contrario. Sólo se dirigía a sus hijas para pedir algo de beber o para preguntar por sus oraciones o quehaceres, y muchas veces Constanza prefirió ahorrarse la fatiga de una conversación protocolaria.

Desde los primeros años en la milicia Vicente se había comprometido con Santa Anna, por quien estaba dispuesto a morir si era necesario; con el paso de los inviernos y los rangos se había ido convirtiendo en un *santannista* acérrimo. En la lucha junto a él había sacrificado sus mejores años, sus mejores amigos y la pierna derecha, deshecha por la metralla. Creía en Antonio López de Santa Anna igual que creía en la Santísima Trinidad; creía en su inteligencia y en su idea de México. Apoyó cada una de sus decisiones y en más de una ocasión se metió en alguna reyerta por defender lo que pensaba sobre su forma de gobierno. Pero pasaron los años, se perdieron territorios, valores y principios, y del mismo modo en que Vicente contribuyó a construir la imagen de grandeza de Santa Anna, un día se dio cuenta de que estaba ayudando a desacreditarla. A su juicio, la fama se le había subido a la cabeza y estaba cometiendo excesos como hacerse llamar Alteza Serenísima, entre otras grandilocuencias. La gota que derramó el vaso fue que únicamente le guardase luto a su mujer cuarenta días para después casarse por poderes con una jovencita que bien podría haber sido su hija: aquello le pareció una grave falta a la moral de cualquier bien nacido. A Constanza siempre le pareció curioso que fuese una causa sentimental y no política la que facilitara a su padre dar el tiro de gracia a la figura que durante tanto tiempo personificó sus ideales. En las noches de tormenta, cuando la reuma le hacía padecer fuertes dolores en la pierna, lo oía despotricar contra Santa Anna y mentar a la madre que lo pariera.

Por eso Refugio, aunque no le hiciera mucha gracia, sin chistar lo dejaba desquitarse a gusto en contra de los liberales; entendía que su marido tan sólo era un hombre decepcionado, vapuleado por la vida, herido en lo más hondo por el dolor de haber luchado por una causa que al final le terminó debiendo.

Desde su propia trinchera, Refugio descubrió otra forma de librar batallas. Aunque la voz de Vicente era la que con más fuerza retumbaba en casa, todos sabían que era la suave palabra de Refugio a la que tenían que prestar atención. Ella, de buena gana y con modales tan almidonados como sus vestidos, se encargaba de mantener el orden en el caos. Nadie daba un paso sin su autorización y, cuando Vicente daba una instrucción que contradecía las suyas, ningún empleado movía un dedo así él vociferase, aunque ella, quién sabe bajo qué artimañas, se las apañaba para hacerle creer a su marido que las decisiones las tomaba siempre él. Era la perfecta casada, la perfecta ama y señora de sus dominios. Pero al caer la noche se dejaba seducir por sus pasiones y daba rienda suelta a sus sueños más secretos. Cuando todos se retiraban, entraba en la recámara de Constanza para darle un beso y, tras hacerle la señal de la cruz sobre la frente, le escurría el tomo de algún libro que sólo estaba permitido leer a los varones: así, con ese sencillo gesto, se cobraba las que le debían. Criar a una mujer librepensadora sería su manera de rebelarse contra un orden establecido al que nunca supo dar la vuelta. Cuando alguna vez Constanza intentó preguntarle de dónde sacaba esos libros o por qué se los daba, posaba los dedos sobre sus labios y luego, con voz bajita, le decía: «Regrésalo antes de que amanezca». Esa era la única condición. Al principio Constanza leía despacio, titubeante y con mucho miedo a ser descubierta, pero el miedo se le fue quitando con la misma rapidez con que aprendió a hilvanar una palabra con otra. El mundo se le fue haciendo infinitamente más ancho, más grande, más interesante. Así conoció la geografía política de una Europa que parecía desmoronarse como una galleta de mantequilla y, sin comprenderlo en su totalidad por la ingenuidad de sus años, leyó *El espíritu de las leyes* con la intuición de estar ante un documento importante.

La lectura clandestina se volvió su secreto y por las mañanas, cuando despertaba como un mapache, Refugio cubría sus ojeras con afeites. Alguna vez estuvo a punto de aventarse de cabeza, y de paso a su madre con ella, cuando en medio de las discusiones de sobremesa en las que sus hermanos debatían sobre temas políticos sentía la imperiosa necesidad de soltar una arenga; Refugio entonces abría los ojos de par en par desde el otro lado de la mesa, exigiéndole con la rigidez de su mirada que mantuviera la boca cerrada. Así dedujo que a Clotilde no le daba a leer libros prohibidos, porque cuando en la mesa sucedían estos episodios en los que el aire se podía cortar con cuchillo, la más pequeña permanecía ajena a todos, tosiendo en su pañuelo de seda. En el fondo Refugio pensaba que la fragilidad del cuerpo de Clotilde era el reflejo de la de su mente. A sus ojos, Constanza siempre fue la más fuerte, pero, con la misma seguridad con que se sentía orgullosa, también temía, pues sospechaba que tanta fortaleza llevaría implícita una penitencia.

En casa de los Murrieta la vida siguió su curso, ajena a las guerras y a las traiciones; los hermanos mayores abandonaron el hogar, Clotilde mejoró con la velocidad con que retoñan las flores de pascua, y la cabeza de Constanza empezó a entender que bajo un mismo territorio cohabitaban varios Méxicos a punto de chocar como trenes. Lo que no podía imaginar era que cuando eso sucediese ella estaría en medio.

III

1

Durante tres semanas y media, Carlota decidió encerrarse en su camarote. El ruido de las máquinas la estaba volviendo loca, aseguraba; no la dejaba dormir y tenía intensos dolores de cabeza cada vez más insoportables. Daba vueltas y vueltas en la cama; sentía que el viaje en barco era mucho peor que en el carruaje. Estaba mareada. Tenía náuseas. Vomitaba todas las mañanas y, en contra del pensamiento inicial, el olor a mar la aturdía aún más. Un día, pálida y cansada, se dirigió a la señora Döblinger, su fiel camarista, y le pidió:

—Mathilde, necesito que recubran todo mi camarote con colchonetas.

—¿Cómo dice?

—Necesito que hagan algo para aminorar el ruido de las máquinas, parecen reverberar en mi cabeza.

—Como usted ordene.

Mathilde salió del habitáculo extrañada por la petición de la emperatriz. No era una mujer excéntrica, jamás pedía cosas insensatas ni podía considerarse caprichosa; más bien al contrario. A lo largo de esos años la había visto adaptarse a comer con tortillas y a disfrutar de la cajeta, soportar otros climas y paisajes hasta mimetizarse con los usos y costumbres del mexicano. Por eso le extrañaba tanto que ahora saliera con peticiones de esa índole. «En verdad no debe de soportar el ruido», pensó, y sin más dio las instrucciones para cumplir con la tarea encomendada.

El camarote pronto quedó cubierto, pero a cambio de un poco más de aislamiento —tampoco mucho—, la temperatura se elevó hasta alcanzar los grados de un horno: el aire no corría por las ventanillas y Carlota sudaba constantemente. La señora De Barrio, agobiada por el aire viciado reinante en la pieza, intentaba convencerla de salir a dar paseos por la cubierta:

—Le dará el aire, mi señora. Le hará bien.

Tras largas negociaciones, la dama de compañía lograba distraerla un rato para acabar con ese encierro voluntario, y entonces subía a cubierta a dar una pequeña caminata. Pero entonces permanecía callada, absorta en sus pensamientos, preguntándose una y mil veces cómo iba a solucionar en unas semanas lo que no se había podido solventar en los dos años del Imperio. Se sentía presionada todo el tiempo y para combatir la ansiedad mordía pañuelos con fruición; a veces los destrozaba de la fuerza que ponía en ello. Cuando los nervios le pasaban malas jugadas, soltaba el brazo de su dama de compañía y, en su desesperación, le decía:

—No puedo permitirme perder el tiempo paseando en cubierta como una damisela, Manuelita. Tengo que escribir alegatos, hacer cientos de anotaciones, cálculos. No puedo, no puedo…

—Pero, mi señora, unos minutos no representan nada… Francia no se va a ir a ninguna parte.

—¡Ay, Manuelita! Es usted tan ingenua. Francia ya se ha ido. ¿Acaso no se da cuenta? Minutos, meses, años…, todo es tan relativo. —La emperatriz de pronto parecía vagar en los pasadizos de su memoria. Luego, abruptamente, se daba media vuelta y sin detener el paso le gritaba—: Me retiro a trabajar al camarote.

—¡Pero ese lugar es un horno! —replicaba la señora De Barrio—. Se va a enfermar si se encierra ahí. El aire está muy viciado. No me extraña que se maree estando allí metida, Majestad.

Carlota se detuvo en seco. Se dio la vuelta y dijo:

—Estos mareos me van a acompañar durante un tiempo, por más aire fresco que corra.

La señora De Barrio arqueó una ceja.

—¿Por qué lo dice, Majestad?

La emperatriz reanudó el paso mientras le contestaba.

—Por nada, Manuelita, por nada.

Desde que partieron en ese viaje insensato, como él mismo lo llamaba, el doctor Bohuslavek sometía a Carlota a constantes revisiones para controlar su estado de salud, en parte porque Maximiliano se lo había encargado efusivamente antes de partir y en parte porque sospechaba que esos mareos y náuseas en nada se debían al estado de las carreteras, a la navegación o a las altas temperaturas. La observaba de cerca desde que habían dejado atrás Orizaba. Al principio temió que pudiera ser el tifo, pero pronto lo descartó. Lo que padecía Carlota lo había visto muchas veces a lo largo de su profesión y no era motivo de alarma sino de festejo, máxime tratándose de una soberana joven y sana, lista y presta para dar herederos a su trono. Hasta un ciego podía darse cuenta de que la emperatriz iba embarazada. Tres meses, calculaba el doctor Bohuslavek, no más. Los peores para viajar, sin duda, y por tanto la vigilaba cauteloso. Últimamente la emperatriz tenía arrebatos exorbitados, ataques de nervios, perdía la prudencia. Eso tampoco le gustaba. Cuando Carlota retornó a su camarote, el doctor la esperaba junto a la puerta.

—Doctor, ¿qué hace usted aquí?

—Vengo a revisarla, Majestad. Me preocupan sus mareos.

Carlota lo hizo pasar con un gesto al horno de su camarote.

—Pero si estoy bien, doctor. No tiene que revisarme cada cinco minutos.

—En su estado considero una negligencia no hacerlo, Excelencia —contestó él.

Al principio Carlota contuvo la respiración, pero poco a poco fue soltando aire, liberando su tensión.

—¿Desde cuándo lo sabe?

—Desde hace unas semanas.

—Ya veo.

—¿Cómo se ha sentido? Aparte de los vómitos y malestares…

—Pues mal, doctor, mal. Estoy asqueada todo el tiempo y ya no sé si es por la criatura o por el revoltijo de angustias que traigo en la cabeza.

—¿Lo sabe el emperador, Majestad?

Carlota abrió los ojos antes de contestar:

—No. No se lo he dicho.

—¿Y me permite preguntar por qué, Excelencia?

—No quise decirle nada hasta estar segura.

—Pero este heredero podría cambiarlo todo. Su Majestad debería informárselo.

Carlota se sentó en un pequeño sofá de dos plazas que ocupaba el centro del espacio.

—Sí. Lo sé. Es el heredero que tanto hemos esperado.

Su voz arrastraba un lamento largo. Quiso taparse la cara con ambas manos para refugiarse de los ojos de Bohuslavek, pero se contuvo con todas sus fuerzas para sostenerle la mirada.

El doctor Bohuslavek permaneció de pie frente a ella sin decir nada. Carlota, atajando cualquier comentario, le ordenó:

—Gracias, doctor, puede retirarse.

—Si Su Majestad me necesita, estaré cerca.

El bochorno que Carlota sintió al verlo salir no era comparable con el que reinaba en la habitación.

Sabía que no podría ocultar el embarazo. A pesar de haber partido a toda velocidad, a pesar de haber huido de los rumores, el embarazo la perseguiría desde las entrañas. Era inevitable, algo así no se podía ocultar. Si el bebé que esperaba hubiera sido de Maximiliano todo hubiera sido distinto. Les habían dado tres años para dar un heredero al trono, así que el tiempo corría en su contra. En un matrimonio joven, tres años era un tiempo más que prudencial y razonable para dar a luz a un hijo, pero dado que Max había sido incapaz de consumar el matrimonio, aquello resultó imposible: sólo María Santísima había podido dar a luz siendo virgen. Pero la culpa siempre había recaído en ella, Carlota; a los ojos del mundo ella era la estéril, porque ¿qué otra razón podría haber para no concebir? Los rumores de su infertilidad habían corrido como pólvora desde el momento en que el bueno de Maximiliano decidió adoptar a un indígena en Querétaro para convertirlo en un Habsburgo, así de paternal era él. Lo bautizó y lo adoptó a espaldas de Carlota y de los conservadores que se habían tomado la molestia de cruzar el mar en busca de un príncipe europeo, para que ahora viniera él a adoptar a un niño de piel morena. El pequeño príncipe vivió sólo dos días y, aunque había sido bautizado como tal, fue enterrado como un indígena. Para borrar su arrebato, Maximiliano intentó después adoptar a alguien más acorde con su linaje, y en ese contexto lo más lógico era encargarse de los nietos del otro emperador mexicano: Iturbide. Agustín, de dos años, y Salvador, de casi quince, deberían ser los herederos al trono cuando Maximiliano falleciera; mientras, estudiarían en Europa. Todo se fue al traste cuando la madre de los niños, a pesar de haber sido convencida en un principio, decidió que prefería tener hijos plebeyos si con eso a ella se le permitía ser madre. Para alegría de Carlota, se los llevó. En el fondo, Carlota no perdía la esperanza de algún día parir a su propio heredero, hecho con su sangre y con sus empeños.

Tantas veces deseó estar encinta… Lo había rogado cada noche de cada día, suplicándole a Dios Padre que la hiciera concebir. Y ahora ahí estaba ella, a sus veintiséis años, a bordo de un barco rumbo a Europa, presionada por todos, por su marido, por el Imperio, por demostrar que la aventura mexicana no había sido una locura ni producto de un delirio de grandeza, mientras se sentía más sola y embarazada que nunca.

2

A raíz de la nueva constitución, desde mediados de 1857, la casa de los Murrieta se convirtió en un hervidero de señores ensombrerados con cara de preocupación. Se celebraban allí más reuniones que en las oficinas de Gobierno; el ir y venir de hombres con levitas y guantes blancos se había vuelto tan cotidiano como el mal humor del patriarca. Don Vicente recibía a sus invitados con total discreción y los hacía pasar a su despacho a puerta cerrada; molestia innecesaria, pues a medida que avanzaban las horas las discusiones se podían escuchar desde el pasillo. Por el elevado tono de las voces, Constanza escuchaba sin mucha dificultad cómo unos llamaban a Juárez traidor, otros decían que Ocampo y Juárez estaban alucinados, mientras Vicente, cual juez en la corte, intentaba poner orden a golpe de bastón.

Constanza deseaba con el mismo fervor con que rezaban las monjas poder ser partícipe de esos debates. Como sabía que aquello era imposible, con total alevosía, tras un reconocimiento rápido del terreno para no ser vista, acercaba la oreja a la puerta.

—¡Pero Vicente, si otorgan franquicias sobre el istmo de Tehuantepec y parte de la frontera que equivalen a un condominio! —decía uno a voz en grito.

—Y además —agregaba otra voz—, otorgan a perpetuidad derecho de paso libre de impuestos a los gringos entre Guaymas y Rancho de Nogales, entre Camargo y Matamoros o donde les sea conveniente en la frontera de Tamaulipas.

Las voces se intensificaban cada vez más, los malestares se tornaban vigorosos, el apasionamiento era feroz, y entonces Constanza ahogaba el asombro y la diversión que le producía escuchar una barbaridad de palabras malsonantes escupidas por bocas tan dignas.

Para los contrarios a Juárez, las Leyes de Reforma no sólo promulgaban la libertad de cultos y la nacionalización de los bienes eclesiásticos, lo cual clamaba al cielo; también instauraban el matrimonio civil, la secularización de los hospitales, el cese de la intervención del clero en los cementerios y la extinción de las comunidades religiosas.

—Tenemos que hacer algo —coincidían todos.

—¿Y qué podemos hacer, tomar las armas otra vez? —preguntaba uno.

—Ya no puedo soportar otra guerra y creo que México tampoco —decía otro con languidez—. Enterré a mis cuatro hijos en tres años.

—Pero no podemos quedarnos de brazos cruzados viendo cómo el país se despeña por un barranco.

—Juárez nos llevará a la ruina.

Y a cada intervención el bastón de don Vicente golpeaba el suelo, marcando el ritmo cual metrónomo mientras pensaba en silencio que, en efecto, algo habría de hacerse. Algo. Pero ¿qué?

Los días, meses y años pasaron mientras todos contemplaban, a veces desde el asombro, a veces con incredulidad, cómo se iban promulgando una tras otra las Leyes de Reforma; y así, entre reuniones y gritos, México fue transformándose ante las miradas pesimistas de unos y las ilusiones de otros. Refugio se maravillaba con que la modernidad hubiera llegado al país: le fastidiaba la idea de que se supieran una nación independiente (en teoría), pero siguieran gobernados por hijos de virreyes, de criollos nacidos en esta tierra, acomplejados por no ser ni de aquí ni de allá. Lo había visto demasiado tiempo, demasiadas veces. Se había hartado de Santa Anna y estaba de Su Maldita Excelencia (como lo llamaba en su fuero interno) hasta la coronilla. Prefería por mucho a Juárez. Le gustaba; lo admiraba y respetaba, y en el mutismo de su corazón deseaba que toda la bola de personalidades reunidas en su sala jamás se pusieran de acuerdo hasta que aprendieran a fluir como las piedras arrastradas por el mar.

Por las noches, sin embargo, alejados de las voces externas a su hogar, como si la luna trajera sosiego a sus almas politizadas, Refugio y Vicente hablaban con calma. Con su mujer era un hombre distinto, desconocido para todos salvo para ella. Ni siquiera sus hijos conocían esta faceta: la del hombre que dudaba y necesitaba consejo, el hombre en busca de una palabra de apoyo o de crítica. No siempre lo dejaba emerger, pero cuando eso ocurría, Refugio sabía que su marido escuchaba, al menos hasta que la luna se desvanecía y volvía a reinar un sol prepotente que no permitía a ningún otro astro brillar más que él.

—Refugio, he estado pensando —le dijo una de esas noches fugaces.

Ella se acurrucó a sus espaldas para que él pudiera sentirla pero no verla; sabía que su marido hablaba mejor sin tener que mirarla a los ojos. Él sintió sus pechos firmes pegados a su columna.

—Creo que ya sé qué debemos hacer para salvar al país.

—¿Al país o el pellejo, Vicente?

Él fingió no escucharla.

—Creo que debemos volvernos monárquicos... Los mexicanos, quiero decir. ¿No te parece? Deberíamos tener un rey.

Refugio cerró los ojos, o al menos eso pensó que había hecho porque de pronto sólo pudo ver oscuridad.

—¿Pero qué barbaridad estás diciendo, Vicente?

—Sí... Es lo más lógico. Piénsalo bien: cuando mejor estuvo México fue cuando tuvo emperadores aztecas.

—¿Y de dónde vamos a sacar a un *tlatoani* a estas alturas, Vicente? —preguntó Refugio con sorna.

—No seas ridícula, mujer. Hablo de un príncipe europeo.

—¿Un europeo? Ahora sí desvarías, Chente.

—¿Y por qué no? La Independencia trajo el desastre. Los mexicanos no se saben gobernar. Necesitamos una figura de autoridad fuerte, alguien criado para reinar, alguien que sepa liderarnos en paz.

Refugio no daba crédito a las palabras que salían de la boca de su marido. ¿Acaso había perdido completamente el juicio? ¿Acaso estaban todos locos o ciegos? ¿Acaso no sabían reconocer la soberanía que México había conquistado a base de sangre, sudor y lágrimas? Refugio soltó la espalda de su marido y, sin cambiar de lado, se apoyó en el codo derecho. Quería estar erguida para decir lo que estaba por decir.

—Vicente, México no es un país monárquico. Se presentan como tales algunos trasnochados (que suelen visitarnos con frecuencia, por cierto) sólo porque ven perdido el poder o afectadas sus finanzas, pero de aristócratas no tienen nada.

Con esfuerzo, Vicente se volvió hacia ella. Refugio prosiguió:

—Y aunque se juntaran todos esos que ahora se dicen monárquicos, sabes muy bien que no serían ni una milésima parte de la población. El resto, lo sabes perfectamente, combatiría a la monarquía, ¡y de un extranjero!, menudo disparate, con lo que tuviera a mano.

Vicente resopló. No estaba acostumbrado a que le llevaran la contraria.

—Tal vez al principio, pero si pidiéramos el apoyo de Europa... Si vinieran tropas extranjeras hasta que la situación se estabilizara...

—¿Estás hablando de perpetrar una intervención? Te escucho y te desconozco, Vicente. ¿No te acuerdas de la humillación que fue ver la bandera gringa ondeando en Chapultepec? ¿Se te ha olvidado ya que perdiste la pierna luchando contra los que querían invadir el territorio? Sacrificaste tu vida, tu juventud; nos sacrificaste a todos, a los niños. A mí. Y ahora... ¿los vas a invitar a venir?

—Los tiempos cambian.

—Y por lo visto cambian aún más las personas.

Silencio.

Refugio estaba encendida como un farol. Para sofocar las ganas de abofetearlo, agarró una almohada y la apretó contra su pecho.

—Sólo te pido que me apoyes en esto, Refugio.

—Me pides que traicione todas mis creencias, que no es lo mismo.

—Lo has hecho siempre, querida.

Silencio. Trago con sabor a hiel. Vicente tenía la virtud de saber decir las palabras justas para ser hiriente, muy hiriente. En efecto, ella podía ser liberal de pensamiento, pero vivía como la más conservadora. Se había casado por la Iglesia como la gente decente, nunca se había opuesto a las demandas impuestas por su padre ni por su marido, había criado a un cura y a dos militares, tenía a sus hijas en casa cosiendo y haciendo punto de cruz, mientras en la intimidad de sus pensamientos abogaba por un mundo opuesto. Sí, no había tenido las agallas suficientes y eso Vicente lo sabía tan bien como ella. Era culpable por omisión, por guardar silencio como consecuencia de la inercia.

Refugio tomó aire y lo soltó despacio.

—Sé sincero conmigo, Chente: ¿esto es una decisión tomada? ¿Para eso han sido las reuniones e intrigas de los últimos meses?

—Sí.

Otro silencio.

—Espero que puedas vivir con ese cargo en la conciencia —le dijo ella por fin.

—Mi conciencia está tranquila —contestó él.

Refugio volvió a acostarse. Ahora era ella quien daba la espalda a su marido; no quería que viera que estaba a punto de soltar el llanto.

Y de pronto, cuando Vicente creía que volverían a sumirse en el silencio durante muchos días, la escuchó sentenciar:

—La cabeza del infeliz que traigan rodará por el suelo el día que le falte el apoyo de Europa.

Vicente se acostó bocarriba. Las palabras de su mujer lo atormentaron hasta el amanecer.

4

Otra persona, a kilómetros de distancia, tampoco podía dormir. En su despacho, con los lentes puestos y la cabeza gacha, Benito Juárez leía con estupefacción la carta que los estadounidenses le habían hecho llegar. Como ya suponía, le comunicaban que no podrían intervenir en caso de que México entrara en guerra con las potencias europeas; ellos mismos luchaban y perdían hombres como moscas en su propia guerra civil. Sin embargo, se ofrecían a pagar la deuda externa. Benito se acomodó en el asiento y, en la comodidad de la soledad, se desabotonó el primer botón del cuello. Como buen abogado, sabía muy bien que los ofrecimientos de buenos samaritanos siempre venían acompañados de letra pequeña.

Juárez entrecerró los ojos, ya de por sí pequeños, hasta casi hacerlos desaparecer cuando llegó a una línea: «Ofrecemos liquidar la deuda exterior siempre y cuando México se obligue a reembolsar dicha suma en un período de seis años, con intereses».

Hasta ahí todo en orden. Juárez no esperaba que se le prestara dinero gratis. Continuó leyendo y entonces se topó con un fragmento que lo hizo ponerse de pie y reclinar el peso de su cuerpo sobre sus nudillos. Ahí estaba: la maldita letra pequeña.

Acercándose el papel a los ojos, volvió a leer: «A cambio, exigimos en garantía las tierras públicas y minas de los territorios de Baja California, Chihuahua, Sonora y Sinaloa, que serán propiedades empeñadas a los Estados Unidos al expirar el término de los seis años».

Juárez se quitó los lentes y los aventó sobre la mesa.

—Están pendejos —dijo para escucharse.

Estaba claro que no accedería a extorsión semejante. Si los estadounidenses pretendían que les vendiera el territorio por partes, podían esperar sentados. Se secó la frente con un pañuelo. Sabía que no le quedaba otra salida. Tenía que tomar una decisión triste, pero inevitable. México no tenía más opción: las guerras lo habían empobrecido, lastimado, pero aún tenía dignidad.

—La soberanía no se enajena por un crédito —se dijo.

Soltó aire. No quedaba más remedio que incumplir el Tratado de Londres y cancelar el pago de la deuda externa. México se declararía, oficialmente, en suspensión de pagos. Ni Francia ni España ni Inglaterra verían un peso, al menos no de momento. Pero, de todos esos países, uno en particular le preocupaba más que el resto. Estaba a punto de arrancarle los bigotes al gato y ese gato se llamaba Napoleón III.

5

La *aventure mexicaine* había empezado. Ingleses y españoles decidieron dar por terminada la Alianza Tripartita. Los primeros porque estaban a la espera de un pago que, si bien se veía lejano, al menos no se negaba, y los segundos porque, en cuanto vieron las intenciones de Francia de invadir el país, prefirieron ver los toros desde la barrera. Sería una guerra entre franceses y mexicanos, mexicanos y franceses. Y nadie más.

Juárez lo sabía. Lo había intuido desde el principio no sólo por su olfato político, sino porque conocía el estado de las finanzas, la situación estratégica de México entre dos océanos y el afán colonialista de Napoleón III. Se sentó en su despacho y apoyó los codos sobre la mesa. El peso de su cabeza recayó sobre las manos unos minutos; luego tomó pluma y papel y redactó un manifiesto en el que llamaba a los mexicanos a defender su independencia. Pensó en que José María Morelos y Pavón se habría retorcido en la tumba si hubiera sabido que un hijo suyo pateaba el trasero de los héroes que les dieron patria y libertad no hacía mucho: Juan Nepomuceno Almonte, hijo natural del sacerdote insurgente, deshonraba la memoria de su padre al ir a besar los anillos de Napoleón III y traer a México un emperador más extranjero que rubio. «Traidor», se le escapó a Juárez entre los dientes. Pero una vez recuperada la concentración, prosiguió con su manifiesto: «Espero que preferirán todo género de infortunios y desastres, al vilipendio y al oprobio de perder la independencia o de consentir que extraños vengan a arrebatarnos nuestras instituciones y a intervenir en nuestro régimen interior».

Juárez se reclinó en el asiento. Le gustaba usar palabras como aquellas: *vilipendio, oprobio.* Quién le iba a decir cuando pastoreaba ovejas en su pueblo que algún día se vería en la necesidad de escribir algo semejante. Qué lejos había llegado, y a qué alto precio. El poder era así de infame: quitaba y daba con la misma intensidad. Dejó que su vista se perdiera unos segundos en el aire. Pensaba. Pensaba tantas cosas. Le parecía absurdo tener que hacer un llamado como aquel. Luchar por ideas políticas y formas de gobierno podía entenderlo, pero tener que pedir a los mexicanos que tuvieran fe en la República, en *su* República y nación, era el colmo. Hizo una mueca con la boca y retomó la pluma: «Tengamos fe en la justicia de nuestra causa, tengamos fe en nuestros esfuerzos y unidos salvaremos la independencia de México, haciendo que triunfe no sólo nuestra patria, sino los principios de respeto y de inviolabilidad de la soberanía de las naciones futuras».

Leyó cuidadosamente lo que acababa de escribir. Sí, pensó, le había quedado bien. Tomó de nuevo la pluma y estampó su firma.

Juárez no conocía personalmente a Maximiliano y ni ganas tenía. Se lo imaginaba como cualquier güero barbado, subido en una parra de poder con aires de conquista. Tenía de él una vaga idea que no le interesaba concretar, tan sólo había oído rumores de que era algo delicado; algo liberal también. Sin embargo, en su fuero interno creía que debía establecer algún tipo de comunicación con él: no por gentileza sino por colmillo político. En el momento en que aquel austríaco pusiera un pie en México, tendría que matarlo. Una afrenta como la que estaba a punto de cometer no podía solucionarse de otra manera, aunque él mismo era un hombre de leyes, aprendidas a fuego lento, peldaño a peldaño. La ley era su templo y eso incluía la ley marcial. Siempre la ley. Siempre conforme a derecho y por derecho. Eso era lo que lo había impulsado hacia adelante: la certeza de saber que el hombre sin leyes era un bárbaro, un hombre de las cavernas. Y como él no era un hombre primitivo, sabía que debía actuar de buena fe, sin alevosía ni ventaja, que cada paso dado tenía que ser un firme avance hacia el mantenimiento de la soberanía y la justicia. *Justicia,* esa era su palabra favorita. La segunda era Margarita, el nombre de la mujer que lo amaba tal como era, sin ningún atributo más que los que llevaba desnudo. Le parecía imposible que un hombre de Estado como Maximiliano no se diera cuenta del sinsentido de su empresa. ¿Qué hombre sensato, noble o no, decide atravesar el mar para gobernar una tierra que no le pertenece? Ni los animales hacen eso. Si en alguien debía caber la cordura, pensó Juárez, sería en él, porque las cuerdas siempre se rompían por el punto más débil y la debilidad nunca había sido un rasgo de su personalidad.

Mandó llamar a uno de sus hombres de confianza y le encargó que viajara a Miramar para reunirse con el susodicho príncipe. La petición no le hizo demasiada gracia al otro. Viendo su expresión de desconcierto, Juárez explicó:

—Si el Habsburgo viene después de lo que vas a decirle, ya no quedará en mi conciencia, sino en la suya.

—¿Y qué debo decirle exactamente, presidente?

—Pues enseñarle la otra cara de la moneda, desde luego. Al hombre lo tienen embelesado creyendo que México le tenderá una alfombra de rosas nada más poner el pie en Veracruz. Hay que decirle que sólo encontrará desprecio y plomo.

—Entiendo…

—Hay que decirle que las cartas de adhesión que le entregan son una argucia para engañarlo.

—Pero ¿para qué avisarle, presidente? ¿Para qué ponerlo sobre aviso?

—Porque eso hacen los hombres decentes.

Y luego agregó:

—Y para que luego no digan que no les avisé.

No de muy buena gana, el hombre partió hacia Trieste, donde fue recibido semanas después por un Maximiliano atónito e incrédulo que en todo momento dudó de las palabras del emisario de Juárez. Aunque hubiera resistencia al principio, estaba convencido de que poco a poco México iría bajando la guardia. Eso le habían dicho todos. No obstante, la gentileza de Juárez le llegó al alma y entonces, haciendo honor a la nobleza y la generosa benevolencia de las que estaba investido, Maximiliano, con una sonrisa que al emisario le pareció de lo más estúpida, le dijo:

—Dígale a Juárez que sin lugar a dudas tendrá un lugar en mi gabinete.

6

Hacía frío esa tarde. El aire de la primavera aún traía vientos frescos que por la noche obligaban a buscar cobijas y mantas que ayudaran al cuerpo a mantener el calor. Pero a Juan Nepomuceno Almonte las noches heladas lo tenían sin cuidado. Era un hombre que sabía que el poder no soportaba el vacío. Desde su llegada a Europa no había hecho otra cosa que conspirar para que los conservadores pudieran hacerse con el Gobierno de México, encabezados por un príncipe europeo y católico. Estaba decidido a anular por la fuerza al insensato de Juárez, junto con su república y sus reformas. Instigaba, daba bandazos a conveniencia, amarraba navajas a discreción. De él nunca podía saberse qué pensaba, pues a todo el mundo daba atole con el dedo; a veces en francés, otras en inglés, muchas en español, pero siempre les daba a todos por su lado para que sus intereses no se viesen afectados. Y sus intereses ahora estaban posados en el Imperio: un imperio en el que, si todo salía bien, él resultaría bien parado. Poder. Ese era el motor de sus días y de sus razones. Empezaba apenas a sentir la gloria de mandar. Cuando él hablaba, los reyes escuchaban; lo recibían en palacio, lo sentaban a la mesa junto a nobles y gente de alcurnia. Y pronto empezó a imaginar que no libraría el final de su vida, al contrario de su juventud, en un campo de batalla plagado de muerte y desolación, sino tras una mesa en un despacho. Gobernar. Esa era la ensoñación que ocupaba los días de su vejez. No en vano había sembrado a su favor y esperaba ejercer la regencia del Imperio mientras Maximiliano y Carlota llegaban a México. «Regente», se decía cuando se veía al espejo. Y al pensar esto, la vanidad le hacía cosquillas en la base de la nuca.

Atendiendo a su buen juicio, una de esas noches frías un general francés acudió a él para preguntarle por la mejor forma de avanzar por el territorio una vez que dejaran la zona costera de Veracruz y subieran las peligrosas cumbres de Acultzingo. Almonte lo alentó con entusiasmo:

—Ya han logrado ustedes lo más difícil, no en vano su Ejército es el mejor del mundo. Ahora sólo tendrán que avanzar hacia la Ciudad de México pasando por Puebla, lo cual es pan comido.

—¿Por qué dice eso?

—Puebla es conservadora y católica. Es hostil a Juárez. Seguramente serán recibidos con júbilo por los poblanos. Hasta es posible que los acojan entre flores —dijo Almonte enseñando una hilera de dientes blancos que contrastaba con su oscura piel.

El general francés sonrió de vuelta por reflejo, como quien emula el bostezo de quien tiene frente a sí. Almonte prosiguió:

—Además, les he allanado el terreno. Como saben, me estoy encargando de que el Ejército francés sea bienvenido en México.

El general sabía que los mexicanos no los estaban recibiendo con los brazos abiertos, sino todo lo contrario; era un pueblo bravo y aguerrido que cuando no tenía municiones usaba piedras contra las bayonetas. Esa imagen bucólica que les vendía Almonte de mexicanos aventándoles flores desde los balcones no se había materializado, al menos no de momento.

A Almonte le pareció intuir cierta desconfianza en los ojos del francés. Con toda calma y serenidad, el mexicano le dijo:

—No tiene nada de qué preocuparse, general. *Ne vous inquiétez pas.* Puebla será un paseo por las nubes.

7

El paseo por las nubes se transformó en un camino al infierno. Ni flores ni vítores ni nada parecido encontraron los franceses al llegar a Puebla. El clima tampoco los recibió en son de paz, pues durante cinco horas tuvieron que combatir contra más de cuatro mil hombres bajo una torrencial lluvia de proporciones bíblicas. Era el 5 de mayo de 1862. Y Almonte, por primera vez en años, sintió que el suelo bajo sus pies era un fango blando y resbaladizo.

En París los ríos de tinta eran sólo equiparables a los ríos de sangre vertidos sobre Atlixco. Se decía que los informantes mexicanos habían mandado a los franceses a morir, los llamaban espías o pendejos, y en ambos casos se sentían igual de ofendidos; con esos aliados no necesitaban enemigos. Además, se les había dicho que el Ejército mexicano era desorganizado, pueril, inexperto. Empezaban a creer que México se les escapaba de las manos tanto como sus conocimientos sobre él. La calle era un reflejo de la tensión que reinaba en palacio. Eugenia de Montijo se mordía los padrastros cuando no la veía nadie. Napoleón III estaba furioso, furioso como pocas veces. Una batalla decisiva no podía perderse. Habían luchado apenas cuatro contingentes contra el Ejército francés: una humillación. En la Corte estaban tristes, pero lo disimulaban cubriéndose bajo un manto de tranquilidad mientras tomaban el té. Napoleón deambulaba sombrío y parecía meditar constantemente. Se cancelaron las fiestas y las cacerías de ciervos. Y el séquito, como si se contagiase de la pesadumbre de los monarcas, caminaba cabizbajo y sin alzar la voz. Napoleón, como si le quemase, no hacía más que sentarse a la mesa y empezar a quitarse y ponerse el anillo nupcial.

Almonte, apenado y con miedo en las entrañas, acudió una tarde al llamado de Eugenia de Montijo. Iba nervioso, preparado para una posible lapidación moral. Había preparado todas las respuestas. Incluso él mismo se había recriminado en silencio por su insensatez. ¡Cuándo en la vida se iba a imaginar que los poblanos plantarían cara al mejor ejército del mundo! Porque eso eran los franceses... ¿O se estaría equivocando? Pero ahora ya nada podía hacer. Se presentó tranquilo en apariencia, aunque aterrado por dentro. Llevaba mucha energía y tiempo, años, invertidos en el proyecto del Imperio —él no sería emperador, pero seguro un alto cargo del Gobierno— como para que ahora se le viniera a alborotar el gallinero por culpa de unos miles de valientes. Nada más ver a la emperatriz sintió que le tamborileaba el pecho; después esperó una queja, una indirecta tal vez, pero no hubo nada. Fue Almonte quien decidió dar el primer paso:

—Alteza, entiendo que estén molestos por el terrible resultado de la Batalla de Puebla.

A lo que Eugenia tan sólo contestó:

—Son incidentes que ocurren en la guerra.

—No podía imaginar...

—La guerra no se gana con suposiciones, Almonte. Espero que haya aprendido la lección.

—Por supuesto, Alteza.

8

Mientras tanto, desde el exilio en la isla inglesa de Guernsey, un escritor francés rebosaba de gozo. Se sentía feliz y orgulloso, como si el mismísimo Ignacio Zaragoza, el general que había llevado a los mexicanos hacia la victoria, hubiera sido su hijo. Todo lo que fuera plantarle cara al Segundo Imperio y triunfar era para él motivo de júbilo y de esperanza para la humanidad. Repudiaba a Luis Napoleón con cada poro de piel y si estaba en el exilio era, entre otras cosas, por haberlo bautizado Napoleón el Pequeño. Porque eso representaba el monarca para él: un ser mínimo de ínfima inteligencia. Pero mientras hubiera gente como los poblanos habría esperanza, pensó pletórico. Ni corto ni perezoso, al tiempo que soltaba pequeñas exclamaciones que, sin serlo, recordaban mucho a la risa, comenzó a escribir una carta de su puño y letra.

Un poco más lejos, en Miramar, se respiraba incertidumbre y desasosiego. Carlota caminaba de lado a lado de la habitación, angustiada y llena de extrañeza. Las noticias que llegaban desde Francia eran desalentadoras. El ejército que debía escoltarlos hacia el trono imperial, el ejército garante de su investidura, acababa de sufrir una derrota descomunal. Carlota no sabía qué pensar. El fantasma de los italianos abucheándolos desde la sombra la aturdía, y rezaba para que no fueran a encontrarse con la misma situación a miles de kilómetros de distancia. No más desprecio. No más. Maximiliano debía de estar sufriendo la misma agonía, pensó. Nerviosa y harta de darle vueltas al asunto, acudió al despacho de su marido: al fin y al cabo las penas compartidas pesaban menos, o algo así le había oído decir a su abuela alguna vez.

Lo encontró leyendo con sumo interés.

—¿Interrumpo?

Maximiliano salió de su ensimismamiento y la invitó a pasar.

—¡Oh! Pasa, Carlota, tienes que ver esto —le dijo.

Ella se acercó para leer sobre su hombro. Pensó que tal vez estaría revisando las cartas de adhesión, esas que los diplomáticos mexicanos le hacían llegar por sacos, donde se recogía la buena voluntad y el expreso deseo del pueblo de México de tener un emperador; esas misivas que tanta esperanza les infundían en tiempos de duda. Pero no: al acercarse vio que se trataba de un libro sobre la flora y fauna de México. Atónita y conmovida, Carlota quiso decir algo, pero prefirió escoger sus palabras antes de hablar. Él se adelantó:

—Es fascinante el gran número de animales que van a México para cumplir sus ciclos reproductivos. ¿Ves? —dijo señalando un dibujo.

Por un instante muy corto Carlota deseó que el influjo de México, si es que había tal, surtiese efecto en ella del mismo modo que en los animales. ¿Sería verdad que algún tipo de dios azteca favorecía la maternidad de manera milagrosa, de una forma que escapaba al entendimiento? ¿Habría alguna razón científica por la cual la naturaleza confluyera en esa parte del globo para bendecir a las especies y a su descendencia? Quizá —soñó— en México se convertiría en madre. Y luego, sacudiendo la cabeza y sintiendo un gran remordimiento, se obligó a olvidar aquellos pensamientos herejes de dioses inexistentes.

—¡Qué lugar tan espléndido! ¿No te parece? —prosiguió Maximiliano ajeno a los pensamientos de su mujer, que viajaban por rumbos más dolorosos y vergonzantes.

—Sí, sí lo es —contestó Carlota en un balbuceo.

—A partir de mañana recibiremos clases de español y de náhuatl. Ya he girado instrucciones a un sacerdote español…

—Maximiliano —interrumpió ella—, ¿te has enterado de la derrota del Ejército francés en Puebla?

—Oh. Sí, me lo han comunicado. Pero no temas: Napoleón me asegura que sus planes no han cambiado.

Carlota tomó aire ligeramente antes de decir:

—¿No crees que estamos disponiendo de la piel del oso antes de matarlo?

Maximiliano la miró con sequedad.

—¿Acaso ya no deseas para mí el trono de México?

—No es una cuestión de deseo. Necesito estar segura, porque una vez embarcados no habrá vuelta atrás.

—¿Seguridad? No hay tal seguridad, Carlota. Sabes como yo que habrá resistencia por parte de Juárez, eso es de esperarse, pero al final el Imperio vencerá. Ya lo verás.

—¿Estás seguro de que no prefieres quedarte en Miramar?

La pregunta hirvió en el orgullo de Maximiliano.

—Me he retirado hasta el fondo, alejándome de mi hermano, con quien no congenio. Creo que él me tiene celos, cela la libertad de mis viajes... Le escandalizan mis ideas liberales. Como él detenta el poder y es el soberano, me ha hecho a un lado. Pero no estoy seguro de poder morir en el silencio de Lacroma.

Carlota apretó los labios. A ella, aunque jamás lo había confesado a nadie, también le horrorizaba la idea de vivir contemplando el mar hasta los setenta años.

Maximiliano prosiguió:

—Y ahora, de la nada, a mis treinta y un años, aparece el trono mexicano, que me da la oportunidad de liberarme de una vez por todas de los escollos y de la opresión de una vida sin acción; de una vida sin un fin, sin propósito.

Carlota se acercó hasta él y le tomó las manos.

—Está bien, querido —le dijo—. No perdamos la fe.

Carlota abandonó a su marido y lo dejó zambullirse en unos libros de animales y tierras tan exóticos como desconocidos. Ella, en cambio, se dedicó a leer sobre asuntos más específicos conforme a su rango. Quería conocer el país hacia el que se dirigían, la nación de la que sería emperatriz. Se sumergió en tomos como ladrillos sobre política y economía. Se bebió todo lo que encontró sobre historia de México, desde la Conquista de los españoles hasta la Independencia, desde los movimientos que la precedieron hasta los acontecimientos de mediados del siglo XIX. Se aprendió todo a conciencia y al dedillo hasta que en su corazón fue creciendo un sentimiento de profundo respeto hacia el pueblo mexicano, y casi sin percibirlo empezó a sentir algo muy parecido al amor por su cultura, sus costumbres, sus luchas. Y se obligó a que el sentimiento naciente de admiración por ese país lejano ocupase el espacio que Maximiliano seguía sin llenar en su vacío corazón.

9

Un par de meses después, una de tantas tardes en que la ausencia de nubes permitía ver los volcanes cubiertos de nieve en la lejanía, Constanza recibió un libro de manos de su madre; la sintió tensa, incluso temblorosa.

—Madre, ¿qué ocurre?

Por toda respuesta, Refugio le dio el libro mirándola a los ojos. Había emoción en ellos. Le costó un instante soltar el tomo. Luego dijo:

—Léelo bien. Y, por el amor de Dios, que no lo lea tu padre.

Y se marchó.

Constanza frunció el ceño. «Qué extraño», se dijo. Era la primera vez que sentía temor —¿o era precaución?— al recibir un libro prohibido de manos de su madre. Llevaban años haciéndolo y nunca las habían descubierto. No había razón para temer ahora. ¿O sí? ¡Claro que no se lo iba a dar a su padre! ¿Acaso alguna vez había tenido un desliz, un descuido que pusiera en peligro esa ventana por la que podía asomarse al mundo? Constanza leyó el título. Era un libro sobre leyes. Se le escapó un soplo de aire que le hizo flotar un segundo los cabellos del flequillo. Le dio la vuelta, miró la contraportada. Nada. A simple vista era un libro aburrido, pero su madre le había dicho claramente «Léelo bien». Entonces se acurrucó en las almohadas y lo abrió: del interior cayó una carta ajada, una carta viajada. Una carta leída muchas veces por mucha gente; se notaba porque estaba manoseada, abrazada, besada, y no era una carta de amor. Constanza la tomó con cuidado y leyó con atención.

Habitantes de Puebla:

Tenéis razón en creerme con vosotros.
No os hace la guerra Francia. Es el Imperio.
Estoy con vosotros, vosotros y yo combatimos contra el Imperio.
Vosotros en vuestra patria, yo en el destierro. Luchad, combatid, sed
terribles y, si creéis que mi nombre os puede servir de algo, aprove-
chadlo. Apuntad a ese hombre a la cabeza con el proyectil de la libertad. Valientes hombres de México, resistid.

Victor Hugo

Quién le iba a decir a Refugio que, apenas un año después de que
Constanza leyera la carta, las tropas francesas sitiarían Puebla. El con-
traataque de los franceses era de esperarse, pero nadie podía imaginar
la dureza con que lo llevarían a cabo. Refugio tardó un tiempo en
asimilar que Joaquín, su primogénito, estaría en primera fila cuando aquello sucediese. Un asedio. La peor de las experiencias en una
guerra, pero de las más efectivas. Un bloqueo militar a muerte. Esta
vez, para no volver a pecar de confiados, las tropas de intervención
sumaban treinta y cinco mil hombres, a los que se agregaron los propios mexicanos conservadores. La estampa de la plaza no podía ser
más desoladora: Puebla estaba sitiada a cal y canto. Aquello se convirtió en una ratonera de la que nada entraba ni salía con vida. Estaba rodeada por ciento setenta y seis cañones: una tapia de muerte
con olor a pólvora. El general Zaragoza, quien había luchado con
bravura el mayo anterior, ya no estaba. No fue el combate el que lo
mató, sino la fiebre tifoidea. Una muerte poco digna para semejante valiente. Otros ocuparon su lugar, pero a pesar de la voluntad por
cubrir el vacío que había dejado, nada pudieron hacer frente a la de-
sigualdad de fuerzas. Ni todos los zacapoaxtlas del mundo hubieran
podido frenar aquello. Aunque Puebla se tornó de pronto en zona
de guerra, no fueron las balas las que más muertes causaron. Durante sesenta y dos días todo ser viviente dentro de la ciudad sufrió el
horror del sitio. No había comida. No había agua. La gente moría
de hambre y de sed. Los cadáveres, apilados unos sobre otros, formaron alfombras que cubrían las calles y los sobrevivientes aprendieron

a esquivarlos con la mirada, en un intento por hacer creer al corazón que vivirían para enterrarlos cuando todo acabase. Hambrientos, empezaron a comerse cuanto animal encontraban, incluso a los domésticos, y pronto no hubo ni una sola mascota a la que acariciar porque, intuyendo su destino, salían corriendo en cuanto veían aproximarse a un hombre. Los jefes militares tuvieron que aceptar que no perdían contra los franceses, sino que vencía el hambre. Sin más salida, el único camino para sobrevivir no era otro que la rendición.

Uno a uno fueron apresando a los generales, que se entregaban con las manos en alto. A pesar de la derrota, los hombres hacían enormes esfuerzos por conservar la dignidad frente a un altivo mariscal francés de mirada limpia; de ser mexicano lo habrían considerado uno de esos hombres a los que hay que seguir, pero era el más francés de los franceses. Se llamaba Aquiles Bazaine y nadie aún había encontrado su talón.

—¿Nombre? —preguntó en un español tan gutural como el francés.

—General Porfirio Díaz —contestó el prisionero.

Ambos se sostuvieron la mirada. Díaz, sin importarle si lo entendía o no, le dijo:

—Nos acabó el hambre.

Bazaine lo miró con atención. Algo le decía que debía recordar a ese hombre, derrotado y entregado frente a él; pero fingiendo no comprender, prosiguió.

—¿Nombre? —volvió a preguntar pasando revista.

—Mariano Escobedo —contestó otro más.

Así, de uno en uno, hombre a hombre, se fue poniendo punto final a la victoria de unos y a la derrota de otros. «Una batalla no hace una guerra», se decían descorazonados. Puebla no resistió más y se rindió.

Juárez se replegó al reconocer que doce mil republicanos nada podían contra el Ejército de intervención.

—Nos retiramos por la fuerza del enemigo, no porque vayamos a establecer ningún compromiso con él —dijo al galope.

Sus hombres llevaban angustia y tristeza en los ojos, y entonces Juárez, para infundir —e infundirse— esperanzas, gritó sin detenerse:

—Nos asiste el derecho. ¡Andando!

Su esposa, Margarita, embarazada, también emprendió la retirada. Avanzaron lentamente hacia el norte; durante los siguientes tres años establecieron ahí una presidencia itinerante a la espera de un momento más propicio.

—¿Propicio para qué? —le preguntó una noche Margarita.

—¿Para qué va a ser? Para la venganza.

IV

1

Llegaron por fin al puerto de Saint Nazaire el 8 de agosto de 1866. Carlota esperaba ser recibida por una corte, algo acorde con su rango. En lugar de ello, únicamente dos personas esperaban el navío. Carlota respiró hondo y, disimulando una decepción gigantesca que amenazaba con hacerla trastabillar, descendió despacio. De pronto, y para su sorpresa, empezó a distinguir que la bandera que se izaba para su recibimiento no era verde, blanca y roja, sino la de otro país. Uno de los miembros del concilio ciudadano del puerto, que había viajado recientemente a Perú, trajo consigo una bandera de allí, y ante la preocupación de la autoridad portuaria por carecer de una bandera mexicana para recibir a la emperatriz, se les hizo fácil izar aquella en su lugar. «Seguro no notan la diferencia», sentenciaron desconociendo por completo el alma patriótica y el orgullo de Carlota.

Nada más verla, la emperatriz puso el grito en el cielo.

—¡Pero qué infamia es esta! —gritó.

El alcalde, que había llegado al desembarco, empezó a balbucear con nerviosismo:

—Discúlpenos, Su Majestad; nuestra ciudad apenas ha nacido. Pero sabremos atenderos como os merecéis.

Carlota no pudo disimular su indignación.

—Señor alcalde, le agradezco, ¿pero cómo es que el señor prefecto no se encuentra aquí para darnos la bienvenida? Las tropas no han presentado armas, la Corte de México recorrerá entonces vuestra ciudad sin escolta. Le ordeno conducirnos inmediatamente al tren.

Juan Nepomuceno Almonte y su mujer, los únicos miembros del Servicio Exterior que habían acudido al recibimiento, asustados ante la furia tan poco protocolaria de la emperatriz, intercedieron en voz baja:

—Discúlpelos, Su Majestad… Al parecer no conocen los usos diplomáticos y reglas de protocolo.

—¡Inaudito, inaudito! —Y luego, recordando la bandera peruana, dijo entre murmullos—: Yo sé más de China que lo que esta gente sabe aquí de México.

Carlota entonces se calmó, convencida de que Dios la estaba poniendo a prueba. «Humildad, Carlota, humildad». Buscó con los ojos, con una mezcla de ira y tristeza, dónde estaban los demás miembros de esa desastrosa bienvenida: nadie salvo un par de imperialistas había acudido a recibirla. Estaba sola. Al parecer esa era la constante de su vida. A pesar de estar siempre rodeada de gente, empezaba a reconocer la soledad más grande de todas: la de estar acompañada. Sólo se tenía a ella. A nadie más.

Estaba en el continente europeo y, sin embargo, no se sentía en casa. Desde su llegada a México supo que moriría en esas tierras llenas de vegetación y sonidos cálidos. Llevaba a México metido en la piel, en el corazón, y por primera vez en su vida pensó que había encontrado no un lugar al cual llegar, sino al cual querer volver. México estaba lejos ahora. Muy lejos. Pero volvería. Pronto.

—Partamos cuanto antes hacia París —le dijo a Almonte.

En el trayecto en tren, Carlota se enteró por boca de Almonte de que Austria acababa de perder la Batalla de Sadowa. La derrota no sólo era terrible para Austria sino para Francia, pues ahora se veía más cercana la guerra con Prusia.

—¿Cuántos muertos? —preguntó Carlota.

—Treinta y cinco mil, Majestad.

«Treinta y cinco mil muertos», repitió en silencio. Más de los militares que habían mandado a México. Después de unos segundos de reflexión, la emperatriz prosiguió:

—Napoleón III va a necesitar a todas sus tropas de regreso. Esto va a ser más difícil de lo que suponía, y ya sabía que iba a ser difícil.

—Así es, Majestad. Además, ha de saber que la salud de Napoleón III ha menguado bastante. Apenas hace unos días acaba de regresar de su cura en las aguas termales de Vichy. Suele ir bastante.

—No estaba al tanto de su delicada salud.

—Y no sólo eso, el ambiente en las Tullerías es tenso. La gente señala a la emperatriz Eugenia como la culpable de hacer entrar en guerra a Francia, Majestad.

Carlota asintió con un movimiento de cabeza. Eugenia de Montijo era una mujer ambiciosa hasta la médula y siempre había sabido susurrar al oído de su marido con el afán de exacerbar sus instintos imperialistas. En carne propia lo sabía. Había sido ella quien propuso a Maximiliano de Habsburgo, archiduque de Austria, como posible emperador de México cuando la Asamblea de Notables acudió a Francia en busca de un príncipe europeo; entonces Napoleón III había jurado estar siempre a su lado, apoyándolos. Sólo habían pasado dos años de aquella promesa a todas luces incumplida.

—Don Juan, comunique a los emperadores franceses con un telegrama que llegaré a París mañana y que soy portadora de una misión especial encomendada por el emperador Maximiliano. Solicito una audiencia urgente.

—Así lo haré, Majestad.

Nada más recibir el telegrama, Eugenia de Montijo corrió hacia la recámara de su esposo.

—Carlota está en París.

—¿Carlota de Bélgica?

—La misma. ¿Cuál otra?

—Supongo que se cansaron de enviar emisarios que no pasan de la sala de espera.

—Te lo dije, Luis. Ahora tendrás que recibirla. Es una emperatriz.

Napoleón se recostó en su cama con dosel. Se veía envejecido y enfermo.

—¿Cómo podré evitarme la molestia de recibirla? Estamos al borde del colapso y lo único que me falta es lidiar con una mujer nerviosa que viene a reclamar un apoyo a todas luces ridículo.

Eugenia, que siempre respaldaba a su marido, le dio la idea:

—Mándale un telegrama diciéndole que estás indispuesto.

Napoleón reflexionó un instante. Luego ordenó:

—Encárgate de ello.

La contestación no tardó en llegar: Carlota recibió el telegrama con la negativa al día siguiente. Al desdoblar el papel, leyó:

Acabo de recibir el telegrama de Vuestra Majestad. He vuelto enfermo de Vichy y estoy obligado a guardar cama, encontrándome por ello en imposibilidad de salir a su encuentro. Si, como supongo, Vuestra Majestad va primero a Bélgica, me dará tiempo para reponerme.

Napoleón

Carlota hizo una bola con el papel al tiempo que gruñía de disgusto.

—¡Grrr! ¡Que vaya a Bélgica! Claro que no pienso ir. ¿A qué? ¿A saludar a Leopoldo y a Felipe, cuando México pende de un hilo? Por supuesto que no iré.

Carlota hablaba sola para poder escucharse. Necesitaba reafirmarse.

—Además, ¿en qué me han ayudado o apoyado mis hermanos ahora que Francia nos da la espalda? ¡En nada! De ninguna manera. ¡Yo me quedo!

Almonte había reservado todo un piso en el Grand Hotel para disfrazar a la emperatriz el hecho de no ser recibida en las Tullerías. Carlota se instaló en una habitación cómoda, grande, que olía a flores y a verano. Un general y un conde acudieron a presentarle sus respetos.

—Espero que esté usted cómoda en la habitación que se le otorgó, Majestad.

Carlota intentó de mala manera sonreír en respuesta a la cortesía. Los hombres, ante su silencio, agregaron:

—La emperatriz Eugenia vendrá a visitarla en cuanto usted esté dispuesta a recibirla.

Algo en el corazón de Carlota se empañó. Entendía el lenguaje protocolario; no en vano se había criado oyéndolo. Aquellas palabras no significaban otra cosa sino la negativa de Napoleón a recibirla en persona. Sabía reconocer cuando insultaban su inteligencia.

—Recibiré a la emperatriz de inmediato, así que ya pueden ir a buscarla.

Los hombres, un tanto incómodos, asintieron con un movimiento de cabeza.

—Y díganle también que pienso permanecer en la ciudad hasta haber cumplido con la misión encomendada; ni un día más. No tengo ningún interés ni familia en Europa que estén ligados a México.

Al quedarse sola, Carlota prorrumpió en llanto. No permitió a ningún miembro del personal de servicio entrar a su habitación a pesar de sus intentos por consolarla, pues los sollozos se escuchaban a través de la puerta.

2

Mientras el mundo se maravillaba con la lectura de *Los miserables*, la novela que acababa de publicar Victor Hugo y que era, según decían, un auténtico reflejo de la sociedad francesa de la primera mitad del siglo XIX, al otro lado del océano Vicente Murrieta se debatía entre sus propias ideas sobre leyes, política, justicia y religión, decidiendo a cuál de sus peones movería primero en aquella particular partida de ajedrez. El pulso le temblaba. Y no era asunto baladí, pues la pieza que estaba a punto de mover sería, nada más y nada menos, uno de sus hijos.

Desde que, junto a otros conservadores, empezara a fraguar la idea de solicitar a un monarca europeo que viniera a México a instaurar una monarquía —tal como iban las negociaciones en Viena, todo indicaba que el elegido sería el hermano del austríaco Francisco José, Maximiliano de Habsburgo—, no había pasado un momento en que no dejara de darle vueltas al asunto. Los Murrieta debían estar presentes en un momento histórico como aquel: sus hijos mayores, Joaquín y Salvador, formarían parte de los mexicanos que se encargarían, entre otras cosas, de viajar a Europa en busca del príncipe. Tanto a Joaquín como a Salvador la noticia no los tomaría de sorpresa, no en vano ellos también participaban en esas reuniones a puerta cerrada, y desde muy niños habían sido instruidos en la milicia y en la diplomacia. La idea de formar parte de un ejército imperial los entusiasmaba; para eso se habían preparado y estaban listos para cuando llegase el momento. Lo estaban desde hacía tiempo.

Pero Vicente tenía planes más ambiciosos, al menos para uno de ellos. Quería que fuese tomado en cuenta en la Junta de Notables que no sólo viajaría a Europa, sino que además hablaría con el futuro emperador en persona.

Sin embargo, algo no funcionaba en sus planes. En realidad, no podía mandar a sus dos hijos a aquella encomienda. Debía escoger a uno. Como en el ajedrez, no podía mover las piezas sin pensar primero por qué y para qué. Una mala jugada podía significar la ruina. Cada avance, por insignificante que pareciese, debía responder a una causa que sólo se vería con claridad cinco o seis jugadas después. ¿A quién mandar de avanzada? ¿Por qué? ¿Para qué? La decisión no resultaba sencilla porque sus hijos, si bien eran hombres preparados y de suma inteligencia, eran muy distintos. Cada uno tenía sus dotes, pero a veces, según el escenario, ciertas virtudes podían convertirse en defectos.

Joaquín era el primogénito y por tanto el primero en la línea de toma de decisiones. Al faltar su padre, Joaquín sería el señor de la casa; así se le había inculcado y transmitido desde que tenía memoria. En un futuro, Dios quisiera muy lejano, ocuparía el lugar del patriarca. Él se haría cargo de su madre y hermanas en caso de que su progenitor, Dios lo guardase muchos años, abandonara este mundo sin que ellas hubieran podido encontrar esposo. Joaquín cargaba esa losa desde que asomara la cabeza entre las piernas de su madre y resultara ser el primer hijo varón. Había sido criado a imagen y semejanza de Vicente, para bien y para mal. Todo lo que sabía lo había aprendido de su padre, desde la forma de dar órdenes al servicio hasta la manera de bromear entre copas; era su calco sin bastón. Incluso, alcanzada la edad adulta, parecía hablar con su mismo timbre de voz. Había sido buen alumno, buen hijo y buen soldado. Era, diría Refugio, el hijo que toda madre deseaba tener, y es que quizá la combinación de la dureza de Vicente con la humanidad de ella acabó dando como resultado a un hombre cabal, una mezcla a partes iguales de severidad y dulzura. Cuando niño nunca daba problemas, jamás respondía con altanería, no contradecía y encima cumplía con sus obligaciones y deberes de buena gana. Ya más crecido, se tornó un joven galán, atlético y devoto, cariñoso con sus hermanas y poco adepto a las faldas. Y al convertirse en adulto, antes de entrar en combate escribía cartas amorosas a sus seres queridos donde les infundía valor en caso de su propia pérdida y esperanzas en su pronto regreso, pero a la hora de combatir al enemigo luchaba con la convicción de un valiente, sin temor a la muerte y con un gran amor a la vida.

Salvador, por otro lado, se distinguía de su padre en casi todo. Era sensible y desde pequeño había que reñirlo porque pasaba largos ratos hablando solo, discutiendo con quién sabe qué interlocutores sobre cuestiones de todo tipo. También era buen hijo, pero, para gusto de su padre, demasiado parecido a Refugio. No tenía el sentido de responsabilidad que parecía emanar de cada poro de Joaquín. Hablaba sólo cuando se le preguntaba, no por timidez sino porque disfrutaba al pensar en voz baja. No se le escapaba una ni perdía detalle, pero daba la impresión de que los demás no eran conscientes de su agudeza mental ni su rapidez de juicio. Lo creían siempre en la luna, soñando sueños imposibles, esperando siempre un futuro que estaba muy por delante de él. Como su hermano, también recibió formación militar. Esa era la costumbre familiar y nunca manifestó interés por querer hacer otra cosa. Si le hubieran preguntado, tal vez habría dicho que quería ser arquitecto, ingeniero o pintor, porque para él la felicidad consistía en construir; destruir lo podía hacer cualquiera. Resultó ser un buen soldado al que no le gustaba figurar demasiado. Las condecoraciones no lo ilusionaban tanto como a Joaquín, que ostentaba el uniforme lleno de ellas. Alguna vez Salvador había visto a su hermano contener las lágrimas mientras las limpiaba. Para él, las únicas condecoraciones que valían la pena eran las de la carne: atesoraba las cicatrices con humildad y respeto, tanto las que causaba como las que lo marcaban. Le costaba enormemente ver al enemigo en el muchacho que peleaba contra él, no tenía sangre para eso. Ser militar era el ejercicio de disciplina más grande y difícil al que se enfrentaba cada día. Creía que la mejor batalla era la que no se libraba. Prefería mil veces negociar la paz a ganar la guerra y, sin embargo, se ponía el uniforme todas las mañanas. Se encomendaba a la Virgen y rezaba para no tener que matar a nadie ni ese ni ningún otro día. A pesar de ello, blandía la bayoneta sin compasión como un gladiador en el circo romano. Matar o morir, esa era su lucha. Jamás lo había confesado. Jamás. Esa procesión la llevaba por dentro.

Y, sin embargo, Vicente lo sabía. Los conocía a la perfección, a los dos. Los había visto crecer, los había observado madurar hasta caer del árbol. Conocía sus corazones y miedos con la habilidad de un psíquico. Los había visto padecer y sufrir, y aun deseando haber podido intervenir para aminorar sus cargas, jamás se permitió hacerlo. Su manera de ser un buen padre era enseñar a los hijos a soportar el fracaso tanto como el triunfo, enseñarles a sobrellevar la embriaguez del éxito y permitirles llorar en paz. Los dejaba solos, vigilando con discreción, enorgulleciéndose de sus victorias al igual que de sus derrotas, porque conocía en carne propia —en su propia pierna— el valor inconmensurable de las caídas que obligan a levantarse. Nunca les daba un abrazo, jamás un beso, pero desde una distancia prudencial de vez en cuando arreaba una palmada en la espalda y una lección de vida con la ilusión de decir algo que los acompañara por siempre.

Sí, los conocía bien, aunque ellos pensaran que no los entendía en absoluto.

Sabía a quién debía mandar, por qué y para qué.

Los mandó llamar a su despacho, cerró la puerta y les comunicó la noticia.

Se oyeron reproches. Dudas. Acusaciones. Se calentaron los ánimos, y entre hermanos empezaron a ventilar al sol esos trapitos sucios que tenían guardados en el baúl a la espera de la ocasión oportuna. Vicente, harto de tanta necedad, hizo tronar su bastón contra el suelo tan duramente que el pomo de marfil amenazó con desprenderse.

—No tengo por qué explicar mi decisión. ¡Se acata y punto!

Joaquín abandonó el despacho con la cabeza baja y la clara idea de que su padre acababa de cometer un craso error.

Salvador partiría a Miramar.

3

Conseguir la carta de recomendación del señor Walton supuso a Philippe más de un quebradero de cabeza. Le costó convencer al hombre de que quería ser parte del regimiento de la emperatriz en México. Cuando se lo comentó, el señor Walton pensó que el muchacho bromeaba y se rio con tal fuerza que un acceso de tos se le vino encima, asfixiándolo. Philippe le acercó un vaso de agua. En cuanto pudo hablar, lo primero que dijo fue:

—¡Esa sí que es buena! El aprendiz de carpintero convertido en soldado. ¡Y de la emperatriz, nada más y nada menos! Ay, muchacho, si lo que quieres es matarme de risa, vas a conseguirlo...

Philippe estaba acostumbrado a los desplantes de su patrón, pero esta resultó una nueva humillación. Le había gritado, lo había reñido, pero nunca antes se había reído en su cara de una propuesta expuesta con absoluta seriedad.

—Lo digo en serio —dijo Philippe—. Necesito que me dé una carta de recomendación. De lo demás me encargo yo.

—¿Pero de qué hablas, muchacho? ¿Has perdido completamente el juicio? Abre los ojos. ¿Por qué te crees que esa oferta de trabajo está tan bien recompensada? Tierras, sueldos, grados militares... Les da lo mismo si mandan a un soldado que a un mendigo. Necesitan carne de cañón, muchacho...

Pero Philippe no escuchaba. Desde que había leído el anuncio, su corazón no hacía otra cosa que soñar con la aventura. Imaginaba cómo sería vivir alejado de todo lo que hasta ahora conocía. En el fondo, nunca había salido de esa cueva húmeda que tanto lo había horrorizado en la niñez. Si esperaba algún punto de quiebre en su vida, era este; este era el momento de prescindir de toda duda y dejarse ir con todo. Esta era la oportunidad de demostrar de qué madera estaba hecho, y nada le daría más gusto que morir en el intento.

El señor Walton continuaba con su alegato:

—Peste, fiebres, vómitos... Allá están sin civilizar, muchacho. Déjate de grandezas colonialistas de hombre blanco y ponte a trabajar, que se hace tarde.

Philippe supo que esa carta le costaría más trabajo del que en un principio pensó. Jamás se imaginó que el señor Walton no lo dejaría partir. Desde que llegó a vivir bajo su techo siempre se sintió una carga, un estorbo. Cuando Arthur decidió que colocaría a sus hermanos desperdigándolos como canicas en un prado, al último al que le consiguió refugio fue a Philippe: en ningún lado se sentía cómodo y de todas las casas huía hasta que un día llegó a la carpintería Walton. Quedó maravillado con las cosas que ahí vio. La especialidad del taller eran los mascarones de proa, así que nada más entrar se topó con los pechos desnudos de una sirena de pelo al viento recibiéndolo de frente. Philippe observaba embelesado cuando de pronto se oyeron los pasos fuertes de un mamut. Del cuarto del fondo emergió un hombre gordo que se balanceaba de lado a lado al andar, tan corpulento que a Philippe le recordó al forzudo de los carteles del circo: el espeso bigote se le juntaba con las patillas dibujando un infinito, y con las manos hubiera podido destrozar manzanas de un apretón. Rebuznaba al respirar, sin duda por la enorme barriga que le impedía verse los pies. Cuando se aproximó, Philippe inconscientemente retrocedió.

—Abre la boca —le ordenó sin preguntar su nombre.

Philippe preguntó:

—¿Para qué?

—¡Tú ábrela, muchacho, si no quieres que te la abra yo con esto! —y señaló una especie de pinzas que reposaban sobre la mesa.

Philippe abrió la boca con timidez. Walton le apretó los cachetes con unos dedos como morcillas y le revisó los dientes.

—Bien —dijo por fin—. Puedes quedarte.

Eso fue todo. Una revisión superficial de muelas, nada más. Ni un «bienvenido», ni una presentación formal ni una palmadita en la espalda. Así, entre dientes y barnices, entró Walton en su vida.

Creció bajo la tutela de ese hombre que hablaba poco, cosa que Philippe al principio agradecía. El silencio los fue convirtiendo en cómplices a su manera. Juntos tallaban desde la mañana hasta la noche y, al concluir un trabajo bien hecho, Walton se quedaba un buen rato mirando la pieza, absolutamente complacido. No decía nada ni lo felicitaba; su forma de hacerlo era encargándole nuevas piezas en mejores maderas. Aprendieron a entenderse sin cruzar la frontera que los llevaría hacia la amistad: Walton levantó entre ellos una barrera que jamás derribó y Philippe nunca hizo nada por atravesarla. Era un *statu quo*. Lo curioso es que poco a poco se acostumbraron a la presencia del otro. Con el tiempo, Walton le enseñó a Philippe las técnicas de la marquetería, la talla, el torneado y la taracea, y él empezó a sentirse cómodo creando maravillas de un pedazo de madera. Aquel lugar, a pesar del silencio y de la poca delicadeza, fue un refugio en el que creció sin temor al frío del invierno y aprendió a abrazar la soledad propia de su oficio. Sin embargo, cada vez que daba forma a algo se sentía en compañía, si bien era cierto que a veces deseaba poder conversar con alguien sobre otras ilusiones que se extendieran más allá de las cuatro paredes del taller. Pero esa era su vida y así había aprendido a vivirla.

Después de que Philippe se sintiera herido en lo más hondo al ver que la propuesta de marchar hacia México no había provocado sino la burla de su patrón, continuó trabajando sin volver a mediar palabra. Lo que el señor Walton ignoraba era que en ese mar de silencio había de todo menos calma. Philippe no cesó un instante de pensar en que si Walton era el único obstáculo entre él y su futuro, tomaría cartas en el asunto. Se descubrió entonces maquiavélico. Necesitaba un plan. Necesitaba encontrar el punto débil de su patrón. «¿Acaso no tenemos todos uno?», pensaba. Algo que le permitiera atormentarlo, si era necesario, hasta arrancar de sus dedos esa maldita carta de recomendación, y por primera vez reconoció lo poco que sabía de aquel hombre. Quería saber si había tenido amores, por qué vivía solo y por qué —sobre todo eso— cuando él no era más que un muchacho lo había recibido en el mausoleo de su soledad.

Walton no dejaba que Philippe entrara en el cuarto del fondo, jamás le había permitido entrar ahí bajo ningún concepto; ni para limpiar ni para buscar material. Alguna vez se había tenido que ingeniar la manera de teñir un barniz para pintar el gorro frigio de un mascarón al quedarse sin pintura, porque el señor Walton nunca quiso darle la llave del almacén. Le racionaba todos los materiales. Cada vez que Philippe le pedía algo, Walton replicaba con un «¿para qué lo necesitas?». Había que justificar hasta la última gota empleada en un trabajo. Y cuidado con que no le cuadraran las cuentas un día, porque se las hacía pagar con horas extras o sin cenar, lo que ocurriera primero; así que no era difícil suponer que allí escondía o al menos atesoraba algo. Debía averiguarlo.

Durante un mes entero, Philippe ahorró hasta el último céntimo que Walton le dio. Por tanto menguar el consumo de alimentos bajó un par de kilos. Pero necesitaba hacerse con la mayor cantidad de dinero posible: quería permitirse pagarle a su patrón el mayor de los festines. Tras mucho esfuerzo y sacrificio, por fin llegó el momento.

Philippe despertó con el gallo, como siempre, bajó a la cocina a hacer té, como siempre, y esperó, como siempre, a que el señor Walton le gritara desde lo alto que pusiera la tetera. Pero cuando bajó, no se encontró solo como siempre: Philippe lo estaba esperando.

—Buen día —lo saludó cortésmente.

Walton frunció el ceño y, extrañado, aspiró con fuerza sus mocos.

—¿Qué haces aquí pasmado, muchacho? Vete a trabajar, que se hace tarde.

—Sí, enseguida, patrón. Es sólo que me preguntaba… ¿sabe usted qué día es hoy?

—¿Hoy? Hoy es miércoles, muchacho.

—Sí, sí, miércoles. ¿Pero sabe qué celebramos hoy?

Walton se puso en jarras. Empezaba a sentirse incómodo con la conversación.

—¡Lo único que vamos a celebrar es que te voy a dar un par de pescozones en el cogote como no te vayas a trabajar!

—Hoy hace diez años que usted me recibió, señor.

Walton suspiró. Parecía echar cuentas.

—¿Y eso qué?

—Pues me preguntaba si después de trabajar podría invitarlo a una cerveza.

Walton se cruzó de brazos.

—¿Una cerveza?

—Si me lo permite, señor, como muestra de agradecimiento.

—Mmmm. Podría ser. Tú termina el trabajo. Luego ya veremos.

Y así dieron por zanjada la conversación más íntima que habían tenido en mucho tiempo. Philippe había lanzado la moneda al aire; ahora sólo debía esperar a ver si caía cara o cruz, y cayó de su lado. Al terminar de trabajar, Walton, que parecía haber estado reflexionando toda la tarde, irrumpió en el área de su pupilo, le hizo un gesto y entonces Philippe supo que sólo era cuestión de cuánta cerveza podría tomar ese hombre, que por las cuentas de su peso sin duda sería mucha.

4

El problema más grande que tuvo Philippe aquella noche fue cargar con el peso muerto del señor Walton escaleras arriba. El hombre pesaba más que un león marino y el pobre muchacho tuvo que arrastrarlo por los pies para poder llevarlo hasta su cama. Le tomó varias horas manipular la inmensidad de ese hombre, borracho hasta la inconsciencia, de la cantina hasta la casa y en el camino le dio varios golpes en la cabeza.

«Al despertar va a matarme», pensaba Philippe.

Pero todo había salido bien. Por un momento le preocupó que a su patrón jamás se le subiera el alcohol. ¡El hombre parecía beber por un embudo! Pero justo cuando empezaba a temer que pasaría otro mes teniendo que ahorrar más que el anterior porque la cerveza no le hacía ni cosquillas, Walton se deshizo en lágrimas y empezó a decirle que lo quería como a un hijo.

«Ya está», pensó Philippe y luego dejó que la madeja se deshiciera sola.

Cuando lo hubo dejado en su cama, estaba empapado por el esfuerzo. Se sentó en los peldaños de la escalera a tomar aire. Se llevó la mano al bolsillo de su chaqueta y palpó con los dedos para sentir el objeto en su interior. A lo lejos se escuchaba el roncar de Walton.

—Pobre hombre —se compadeció Philippe—, mañana tendrá una jaqueca del tamaño de una catedral.

No quiso tentar más a su suerte y, tras recuperar el aliento, corrió al taller para abrir los cajones mejor resguardados del escritorio de Walton.

Resultó que su patrón era un hombre tan solitario por fuera como por dentro: nada encontró allí que pudiera darle pistas de su pasado. Lo que sí halló fue algo mucho más interesante acerca de su presente; Walton, tan cascarrabias y tacaño, llevaba una doble contabilidad, dos libros de cuentas. No pagaba los impuestos.

—Vaya, vaya… —dijo entre dientes—. Así que eso era.

Walton era aburrido hasta para guardar secretos.

¡Y pensar que a él lo tenía casi a pan y agua teniendo esos números! Si bien agradecía no haber crecido desamparado y haber aprendido un oficio a su lado, de pronto Philippe sintió mucha rabia. Empeñaba su vida junto a un mezquino que sería enterrado con un montón de monedas, pero que no era capaz de tener un gesto de cariño con la persona que lo había acompañado y le había hecho té todas las mañanas de los últimos diez años. Cualquier remordimiento, cualquier duda que navegara en su corazón se disipó.

Tomó los libros de la contabilidad y se encerró en su habitación.

5

Los berridos de Walton a la mañana siguiente se anticiparon al gallo: el hombre despertó sintiendo que un ejército de elefantes marchaba en su cabeza. Bajó con dificultad a la cocina y se sentó en una de las sillas, apoyando el peso de su cabeza sobre los antebrazos. En la penumbra descubrió a Philippe esperándolo.

—Me voy —le dijo.

—Sí, vete, vete. Ve a trabajar, que se hace tarde.

—No. Me voy de aquí. Para siempre.

Walton levantó con esfuerzo la cabeza. Entreabrió los ojos.

—¿Qué dices, muchacho?

—Que me voy. Me voy a ofrecer como voluntario del regimiento belga en México.

Walton volvió a dejar caer la cabeza.

—No seas necio, muchacho. No puedes irte.

Por toda respuesta, Philippe resbaló sobre la mesa una carta de recomendación redactada por él mismo, dando fe de su excelente moral.

—Fírmela y me voy.

—¡No te voy a firmar nada! —gritó Walton como energúmeno, al tiempo que golpeaba la mesa con un puño.

—¡Fírmela o diré lo de los libros!

—¿Qué libros?

—¡Estos! —Philippe se los mostró. En su mano sostenía dos grandes libros rojos.

Desafiando al malestar de su cuerpo, Walton se puso de pie y se abalanzó sobre el muchacho; Philippe, rápido de reflejos, no se dejó alcanzar. La larga mesa los separaba. Walton empezó a toser.

—Déjeme ir. Firme la carta y me iré para siempre. Nadie se enterará de sus fraudes jamás.

—¿Cómo sé que no abrirás el hocico?

—Mire… Lo único que quiero es largarme de aquí. Irme lejos. No me interesa lo que haga usted con su vida ni con su dinero. Por mí puede esconderlo todo, me da igual. Sólo firme la carta y no me volverá a ver ni a saber de mí jamás.

Walton se dejó caer en la silla, que por poco se rompe con el peso recibido de golpe. De pronto, su tono de voz se dulcificó:

—¿A qué vas, muchacho? Probablemente mueras en el camino.

—¿Y eso a usted qué más le da?

Walton alzó los ojos. Quiso decirle: «A mí sí me importa», pero no supo cómo. Pensó que, en efecto, jamás había sabido querer a alguien.

—Ayúdeme —le rogó entonces Philippe.

Walton acercó la carta. La leyó, tomó una pluma y de mala gana estampó su firma en ella.

—Estás completamente loco, muchacho.

6

A mediados de 1863, con un grupo de conservadores mexicanos, Salvador Murrieta partió hacia Trieste. La comitiva estaba formada por diez hombres, uno de ellos cura —apodado el Doctor, por su sapiencia— en representación de la Iglesia católica, y el resto acérrimos conservadores de la mejor cepa: todos ellos llevaban a sus espaldas legados políticos o de gestas. Varios eran egresados del Colegio Militar de Chapultepec, algunos habían defendido a la patria —irónicamente— de la invasión estadounidense junto a los Niños Héroes en el 47. Sentado en primera fila, Almonte ocupaba el lugar de honor y lo flanqueaba un par de diplomáticos de renombre, acostumbrados al boato de las cortes europeas y versados tanto en idiomas como en modales. Los otros eran un general del Ejército nacido francés y nacionalizado mexicano, un banquero, el director de un diario monárquico, el director del Colegio de Minería, un hacendado, el nieto de un corregidor y, en representación de las buenas familias mexicanas, Salvador Murrieta. Allí estaban todos ellos, muy lejos de México, al otro lado del mar, haciendo un último esfuerzo por recuperar una idea de nación perdida entre la lucha armada y el desconcierto.

Salvador, ataviado de traje y con un lazo negro al cuello, pretendía aparentar más años de los que tenía, pero junto al grupo de hombres de canas blancas y largas patillas, lo cierto es que destacaba más por su juventud que por su vestimenta. No le molestaba ser imberbe, al menos ya no. Hacía tiempo le hubiera incomodado ser el único desprovisto de barbas en una mesa como aquella. Una vez decidió dejarse poblar el bigote. Por semanas contemplaba con desesperación que su rostro, a pesar de embadurnarlo con aceites y afeitarse con navaja, apenas se cubría de una débil pelusa. Decidió entonces, con más resignación que aceptación, que su mandíbula lucía mejor lampiña, y desde ese momento se prometió no volver a envidiar más la perilla de nadie. Lo malo de su joven apariencia era sin duda la condescendencia con que lo trataba el resto de los Notables, que lo consideraban un oyente sin voz ni voto, un ornamento como los candelabros de cuatro brazos sobre las mesas de mosaico. A sus espaldas, algunos decían sentirse incómodos con la imposición de incluir al joven Murrieta, pero no les convenía disgustarse con don Vicente si querían seguir recibiendo préstamos a buen interés cuando fuese necesario. Salvador fingía no darle importancia porque no le molestaba guardar silencio, siempre y cuando no tuviese algo relevante que decir, y tal era el caso en Miramar. Pero sabía que su padre lo había enviado precisamente para ver y callar: no se fiaba ni de su sombra y lo había mandado a él, su hijo pequeño, no para opinar, sino para regresar con un minucioso y verídico reporte de todo lo acontecido en ultramar. Por más que le pesase la indiferencia de la comitiva, lo habían mandado de escucha y nada más.

Miramar era la última parada de un recorrido en busca de un monarca que había empezado mucho antes: años de búsqueda los guiaron hasta allí, porque el nombre del archiduque Maximiliano no había sido el primero en la terna. Estaban en Trieste gracias a la labor diplomática de algunos que llevaban meses susurrando a las españolas orejas de Eugenia de Montijo, la esposa de Napoleón III, y a la ambición exacerbada de otros. Todos los príncipes a los que se les ofreció el imperio dijeron no. Todos menos uno: un hombre al que le cautivó la idea de volver a ser útil, a sí mismo, a su familia. A Austria. Un hombre dispuesto a sacrificarse hasta las últimas consecuencias, como Cristo entre bandidos. Un hombre educado como repuesto para un trono que no le correspondía en la línea sucesoria. Un hombre lo suficientemente ingenuo como para creer que los cientos de cartas que los Notables mexicanos le entregaban correspondían al sentir de un pueblo enajenado hasta el absurdo, un pueblo que reconocía públicamente su incapacidad para autogobernarse. Un hombre así necesitaban, y Eugenia de Montijo sabía, al igual que distinguía la ce de la zeta, quién era ese hombre.

Salir de México le abrió los ojos a Salvador. Como buen observador que era, nada más pisar terreno extranjero empezó a visualizar las cosas desde otra perspectiva. A diferencia de los demás, que sentían ensanchar su mexicanidad por respirar aires europeos, y aunque fingieran estar en su salsa morían por compartir mesa con la nobleza y la burguesía, Salvador no perdía oportunidad para escaparse a leer periódicos y escuchar las opiniones de la gente de a pie. Así se enteró de que a la comitiva mexicana la llamaban «los títeres de Napoleón»; ya de por sí al hombre lo llamaban con cierta sorna el Pequeño para diferenciarlo del otro, el Grande, el verdadero y auténtico Napoleón que había conocido Francia. Decían que era manía de los Napoleones regalar coronas. El trono que estaba por ocupar Maximiliano sería apoyado por las bayonetas francesas, no por la voluntad de la mayoría de mexicanos. La República Mexicana estaba siendo violentada en uno de los acontecimientos históricos más aberrantes del siglo, leía Salvador con vergüenza, porque en el fondo de su corazón sabía, sentía, por mucho que estuviera aleccionado en lo contrario, que aquello tan anhelado no tenía pies ni cabeza. Desconocía si alguno de los Notables albergaría las mismas preguntas o al menos dudas similares, pues ninguno de ellos soportaba la crítica y era imposible, por no decir impensable, poner la misión en duda. Ninguno hablaba salvo para regocijarse por el Imperio que estaba por llegar: soñaban despiertos con un México monárquico, señorial, que reviviría las glorias pasadas de templos mayores ahora convertidos en castillos modernos. México se europeizaría para alejarse de la sombra de los gringos, que amenazaban con engullirlos como un lobo feroz disfrazado de oveja. Las glorias volverían y las penas se irían. La cultura, la modernidad, la igualdad, la legalidad y la fraternidad besarían al águila del nopal. La grandeza de México sería aún mayor en el Imperio; todo era por México y para México. Y si por la cabeza de alguno de esos hombres alguna vez pasó la más mínima sombra de duda, se disipó con los gritos de «¡Viva México, viva el emperador!».

No eran los Notables los únicos ciegos y sordos a las críticas. Eugenia de Montijo, con tenacidad y obstinación españolas, defendía la idea del Imperio mexicano más que cualquier conservador. Había hecho suya la idea desde que un diplomático de ese país le comentase casi por casualidad, en una corrida de toros en Bayona, lo bien que le vendría a México tener un monarca europeo. A partir de entonces el pensamiento se fue gestando en su cabeza, no sólo por ampliar sus dominios de emperatriz sino también de esposa. Luis Napoleón jugaba al amante con una italiana; Eugenia sabía de esas infidelidades, pero por cada una de ellas le cobraba a su marido una fracción de poder, y esta vez la rebanada del pastel sería México. Por los pasillos de las Tullerías se comentaba el hecho, no siempre de manera halagüeña. Que la Intervención Francesa había levantado ampollas en el continente americano era evidente; el mismo Abraham Lincoln puso la Guerra Civil en pausa para escribirle a Napoleón una carta de su puño y letra a modo de advertencia:

> Un monarca extranjero implantado en tierra mexicana, en presencia de fuerzas navales y militares, constituye un insulto a la forma republicana de gobierno, que es la más difundida en el continente americano. Los Estados Unidos brindarán respaldo a la República hermana y a favor de la liberación del continente de todo control europeo, como ha sido la principal característica de la historia americana del pasado siglo.

Napoleón ignoró la carta de Lincoln.

Una tarde, mientras Eugenia tomaba el té con el embajador estadounidense en París, este se atrevió a comentarle que al archiduque le esperaba un fin trágico.

—En cuanto el Norte gane la Guerra Civil en mi país, los franceses tendrán que abandonar el territorio mexicano, *that is a fact.*

Eugenia detuvo el trago a medio beber y alejó la taza de la boca.

—*Monsieur*, le aseguro que si México no estuviese tan lejos y mi hijo no fuese tan pequeño, lo colocaría al frente del Ejército francés para que escribiera una de las páginas más bellas de la historia.

El embajador contestó burlón:

—Dé gracias a Dios por ambas cosas, Majestad; por que México esté tan lejos y su hijo sea aún un niño.

Se despidieron de mala manera y el embajador nunca más fue recibido en las Tullerías.

7

Philippe se reunió con el primer grupo de voluntarios en la plaza mayor de la pequeña villa de Audenarde, al norte de Bélgica, entre Bruselas y Gante. De seiscientos hombres, sólo cuarenta eran militares. Casi ninguno había peleado una guerra y no estaban acostumbrados a ningún tipo de disciplina. Pero Philippe, por primera vez, se sentía comandante de su destino: hasta ahora siempre habían sido los demás quienes habían decidido por él. Ser el responsable de sus propios actos le asustaba un poco, pero el temor a equivocarse era mucho menor que la inconmensurable sensación de libertad.

De repente, los pocos militares que había se formaron en señal de respeto ante un hombre que se aproximaba a caballo. Verlo aparecer al trote hizo que todos enmudecieran. Un chico imberbe que se había presentado a Philippe como «Albert, de Bruselas» dijo en voz alta: «¡Es el rey Leopoldo!», y un soldado que estaba a su izquierda le pegó con la palma de la mano en el pescuezo.

—¡Ignorante! Ese es tu comandante.

Todos miraron extrañados al soldado, sin saber quién era el hombre al que se refería; el militar se quedó mirandolos incrédulo.

—Dios quiera que nunca tengamos que entrar en combate —dijo al darse cuenta de que estaba rodeado por una bola de insensatos.

Otra voz se atrevió a preguntar a lo lejos:

—¿Quién es?

—Es el teniente coronel barón Alfred van der Smissen. Más vale que no lo olvides —contestó alguien a su espalda.

Cuando Van der Smissen desmontó, empezaron a sonar marchas militares que inmediatamente insuflaron a Philippe un sentimiento patriótico y militar. Los demás también parecieron contagiarse de un orgullo hasta ese momento desconocido. El teniente coronel empezó a pasar revista. Todo el destacamento estaba impecablemente ataviado en uniforme. Uno a uno los fue revisando y de cuando en cuando intercambiaba un par de palabras con alguno. Había de todo. El gesto de Van der Smissen era rígido y —Philippe pensó— también el de un hombre preocupado. Conocía bien esa mirada. La había visto dos veces en su vida: cuando Arthur lo dejó para siempre en el taller de carpintería y cuando Walton supo que su secreto estaba al descubierto. Y es que, en efecto, Van der Smissen era un militar de carrera condecorado por sus méritos en el campo de batalla, pero nunca antes se había encontrado en la situación de dirigir a un batallón peor preparado que ese. Para mayor preocupación, la misión encomendada se situaba al otro lado del mundo, nada más y nada menos. Decidió preguntarles por sus profesiones, y confirmó así sus peores sospechas: su batallón, el que Leopoldo I mandaba para custodiar a su bienamada hija, estaba compuesto en su mayoría por jornaleros, sastres, barberos, carpinteros, jardineros, unos pocos estudiantes, un compositor, dos escribanos y un mendigo.

Intentando disimular su disgusto, Van der Smissen dio su primera orden:

—Aborden los furgones hacia Angers.

Philippe no cabía en sí de gozo. Siempre había querido conocer la región del Loira.

Varias horas después de haber emprendido el viaje, Philippe empezó a olvidar la emoción inicial. Octubre no era un mes caluroso en absoluto, pero al no estar acostumbrado a la rigidez del uniforme, se sentía sofocado. Hubiera dado lo que fuera por enfundarse en su chaleco de piel de oveja y quitarse el sombrero, pero nadie, ni siquiera el mendigo, osaba descubrirse. Asomaba ya la noche cuando por fin llegaron a su destino. Todas las incomodidades del traslado quedaron atrás gracias al recibimiento de la gente. Por todos lados se veían banderas belgas con el escudo de armas de México; Maximiliano se había encargado de hacérselas llegar.

Un par de días después zarparon hacia Veracruz desde el puerto de Saint Nazaire. Al abordar la nave Philippe pensó, como tantos otros, que lo más difícil había pasado ya: llevaban tres días de trayecto y los hombres, indisciplinados e inexpertos, comenzaban a estar hartos. Qué equivocados estaban. La adversidad y la inclemencia fueron doblegando el ánimo de los más bravos; a las pocas semanas fueron atacados por corsarios. Quienes sobrevivieron al ataque no pudieron contra la fiereza del tifo, y los que lograron burlar a la enfermedad fueron víctimas de robos en Martinica. Pero aunque algunos se llevaban las manos a la cabeza maldiciendo la hora en que se les había ocurrido embarcarse en semejante aventura, Philippe sólo tenía ojos para maravillarse ante la novedad. A falta de maderas que tallar, escribía. Cambió las gubias por la pluma y se preocupaba por dejar constancia de todo lo que sucedía a bordo del *Louisiana*, el vapor francés que los transportaba. Con ellos viajaban además un capitán francés, un príncipe alemán, unos criollos del Caribe y un par de familias mexicanas. Llegar a la isla de Cuba fue para Philippe un descubrimiento: se maravillaba con los olores de la caña de azúcar, del café, el tabaco y el cobre que surgía en forma de montañas rojas entre el verdor, desafiando a la naturaleza. Llevaban casi un mes navegando. Ya estaban próximos a su destino: México. La emperatriz Carlota. En los atardeceres, antes de que la noche robase protagonismo al día, Philippe cerraba los ojos para sentir el viento sobre la piel dorada por el sol y entonces sabía, con la certeza con la que emerge una nueva fe desconocida, que al descender del barco no llegaría a otra patria, sino a un nuevo principio.

SEGUNDA PARTE

I

1

—Tu hermano no puede exigirte algo así —le dijo Carlota a Maximiliano con gesto atónito.

Por toda respuesta, Maximiliano le extendió una nota que había llegado en el último correo, el recorte de un periódico austríaco con un fragmento del discurso que el emperador, su hermano Francisco José, había pronunciado en la apertura de sesiones del Reichsrat. Impaciente y con ansia, Carlota leyó a vuelo de pájaro: se decía que la aceptación del trono de México estaba sometida a un pacto de familia.

—¿Qué pacto de familia? —preguntó Carlota temiendo lo peor.

—Francisco José me pide que renuncie de manera completa e irrevocable a todos los derechos de un Habsburgo.

—¿Dinásticos también?

—A todos, Carlota.

—¡Pero eso es inaceptable!

—Lo es. Pero habré de firmarlo si quiero ser emperador de México.

Hubo un silencio un tanto largo. Ambos mascullaban sus pensamientos, caminaban por el despacho. Carlota releía el papel mientras Maximiliano miraba sin rumbo. Tras unos minutos, Carlota habló:

—¿Te das cuenta, Max, de lo que eso significa? Te obligan a quemar las naves, como Cortés.

—¿Crees que no lo sé?

Otro silencio.

—Debes mostrarlo a los juristas de la Corte, seguramente puede ser considerado nulo.

—Eso no importa.

—¿No? —preguntó Carlota extrañada.

—Francisco José quiere mi ruina. Siempre la ha deseado, y esto me lo demuestra. Nada tenemos que hacer en Austria. Nunca me dejarán gobernar, por más irrisorio que sea el territorio. Me pudriré en el olvido y la quietud. Debería encerrarme en mis aposentos y olvidarme del asunto.

Carlota bajó la cabeza. ¿Cómo pudo enamorarse de un hombre sin carácter? ¿Dónde se había perdido la gallardía, dónde las ganas de comerse el mundo? ¿Estuvieron ahí alguna vez o se las había imaginado? Intentaba hacer memoria de qué le había atraído de ese hombre y recapitulaba. Tal vez fuera el desdén que ambos mostraban hacia la vida cotidiana, a las aspiraciones para llegar a la cumbre, aunque desde luego pasar la juventud sin hacer nada nunca había estado en el mapa. Por más pesada que fuera la cruz, siempre creyó que Maximiliano sería capaz de cargarla. ¿Por qué no enfrentar a Francisco José? Si tan sólo ella hubiera sido hombre… Si le dieran oportunidad, ella comandaría una armada. Entonces, investida por el orgullo que poseía bajo las amplias faldas, su voz se abrió camino entre la incertidumbre:

—Tendrás un imperio. Eso es lo que Francisco José no puede soportar. Firma el documento, Maximiliano, y quememos las naves.

Carlota sintió que su marido la miraba con cierto dolor y un leve aire de desprecio, pero no dijo nada. Quiso abrazarlo pero él la apartó sin brusquedad, sin aspavientos; sencillamente se retiró dando un paso atrás. A falta de alguien que recibiera su cariño, Carlota se abrazó colocando los brazos en cruz sobre su pecho.

—¿Cómo puedes decirme algo semejante? ¿Quieres que renuncie a mi patria, al país de mis primeras alegrías? ¿Que abandone mi dorada cuna y se rompa el lazo sagrado que a ella me une? —le dijo entonces Maximiliano.

—Lo que pasa es que tienes miedo de descubrir que tu espíritu sólo sabe soñar, pero no gobernar. No tienes la fuerza para mirar de frente a la posición con la que se te inviste.

Él quedó boquiabierto; ella seguía serena, con desprecio en la mirada.

Maximiliano se tragó a disgusto lo que fuera a decirle y luego abandonó la habitación.

Carlota se quedó pensativa, tensa, triste y profundamente enojada con el hombre con quien se había casado y a quien, muy a su pesar, empezaba a conocer.

Maximiliano se retiró a la *Gartenhaus*, la casa del jardín, y con el pretexto de sentirse enfermo se encerró allí durante tres días.

Así era él: cuando algo no le gustaba se levantaba y se daba la vuelta. Prefería meter la cabeza bajo la tierra. A Carlota no le sorprendió. Lo sabía desde Madeira, desde la luna de miel que resultó ser de hiel. Aquello aún le dolía en el alma. Le costó tiempo entender. Al principio se negaba a admitir lo inadmisible, pero poco a poco no tuvo más remedio que aceptar la evidencia, como José aceptó la virginidad de María. Tenían poco tiempo de casados, apenas un par de años, pero Carlota aún esperaba que se produjese la magia. Entonces, como si por fin se hubiesen escuchado sus plegarias, Maximiliano le comentó su interés por realizar una travesía por el Atlántico.

—Iremos a Brasil —le dijo.

Con la ilusión de sus diecinueve años, Carlota se emocionó. Empezó a organizar los preparativos. Atracarían en la hermosa y cálida Málaga y de ahí partirían hacia Algeciras, luego a Gibraltar y llegarían a Madeira. Carlota albergaba pensamientos íntimos donde imaginaba toda suerte de complicidades matrimoniales: charlas en cubierta, paseos a media tarde, recorrer sus cuerpos al anochecer. Sabía que los matrimonios de Estado carecían de romanticismos, pero no el suyo: el suyo había sido un enlace entre dos príncipes enamorados. Habían pasado dos años desde su casamiento y las intrigas políticas, aunadas al tenso ambiente al que habían estado sometidos, les hicieron distanciarse, pero este viaje vendría a colocar los puntos sobre las íes. Su cuerpo de mujer estaba listo para amar. Lo estaba desde hacía tiempo.

Pero Madeira desbarrancó todo por un acantilado. Al llegar a la isla, Maximiliano sintió que el corazón se le arrugaba como una uva pasa; Carlota se le acercaba y él la hacía a un lado. «No puedo verte», le decía, y la dejaba angustiada en la congoja. Carlota tuvo que preguntar entre los miembros de la Corte si alguien sabía qué sucedía. Nadie osaba soltar prenda, pero ella notaba que Maximiliano entraba en una profunda depresión hasta que un día, a base de amenazas, alguien le contó.

—El archiduque pena por su primer amor.

—¿Su primer amor? —preguntó Carlota.

—La jovencita María Amelia de Braganza, mi señora. Murió aquí, en Madeira.

—¿La hija del difunto emperador de Brasil?

—Así es, mi señora. El archiduque estuvo prometido con ella en secreto durante un año antes de anunciar su compromiso, pero luego ella murió de tuberculosis.

—¿Cuándo fue esto? —atinó a preguntar Carlota.

—Hace cinco años, mi señora.

Carlota le ordenó que se retirara. Necesitaba estar a solas.

Por el resto de la tarde permaneció contemplando el paisaje a través de una ventana, esperando a que Maximiliano llegara a buscarla, si es que llegaba. Volvió entrada la noche y ella fue a buscarlo. Él tenía los ojos rojos.

—¿Por qué nunca me hablaste de ella? —le preguntó.

Como Maximiliano no se atrevía a mirar a su mujer a la cara, contestó mirando a sus zapatos:

—Creí haberla olvidado. Tonto de mí.

Competir con una muerta era lo único que le faltaba. Carlota pensó que tal vez a eso se debía el desinterés de su marido hacia ella. Tenía que saber.

—¿La amabas?

—Creí que su vida aseguraría la tranquila felicidad de la mía.

Carlota tragó saliva. ¿Acaso no era eso lo que ella era ahora? Él prosiguió:

—Era una criatura perfecta que dejó este mundo ingrato como un ángel puro de luz para volver al cielo, su verdadera patria.

Carlota reconoció en su forma de hablar el mismo tono empleado en las cartas que le escribía antes de contraer matrimonio. Era la voz de un romántico. La voz en la que había creído reconocer el amor, la poesía. Ahora sabía que esa era la voz de un hombre únicamente capaz de amar musas, enamorado del amor no consumado; un hombre incapaz de amar la carne y el hueso. Al menos no sus carnes, no sus huesos. Carlota lo observó mientras hablaba. Maximiliano daba vueltas a un anillo escapulario en el que hasta ese momento no había reparado.

—¿Qué anillo es ese?

—Ah. Este —dijo él ocultando cierto nerviosismo— es *su* anillo.

—¿Puedo verlo? —preguntó Carlota disimulando el amargor en su propia saliva.

Él se lo quitó, dubitativo; ella lo abrió. Carlota casi se desmaya cuando comprobó que ahí conservaba cabellos de mujer. Cabellos de ella.

Se miraron sin necesidad de palabras. Ella le regresó el anillo con cierta repulsión y, anonadada, comprobó que se lo volvía a colocar cual viudo amoroso.

—¿Querrías visitar su casa conmigo? —preguntó de pronto.

Carlota abrió los ojos de par en par.

—¿Te gustaría?

Maximiliano asintió.

Carlota accedió pensando que tal vez de aquella manera, aunque no estuviera presente físicamente, podría ver a su diablo a la cara; quizá de esa forma la enterraría de una vez por todas.

Al día siguiente Carlota visitó la casa y pudo ver a Maximiliano deshacerse en añicos ante ella, frágil como un niño de pecho. No sintió ni ternura ni lástima por ese hombre conmovido hasta la vergüenza: tal comportamiento no era digno de un archiduque, de un Habsburgo, y por un momento muy breve pudo verlo con los mismos ojos con que lo veía Francisco José.

Carlota durmió esa noche sola otra vez, sin la ilusión de las mujeres enamoradas. Un pedazo del amor que sentía se petrificó, duro y seco. No desapareció; permaneció allí, con ella, pero muerto. Sin sangre que lo calentase ni deseo que lo encendiese.

Al día siguiente, al despertar, buscó a Maximiliano por todas partes sin encontrarlo hasta que por fin, de boca de sus damas, se enteró de que su marido había decidido proseguir el viaje sin ella. «No es posible», pensó. Pero sí lo era. La mezquindad de Maximiliano acababa de materializarse de la manera más abrupta. ¿Cómo semejante gañán podía albergar tanto romanticismo y sensiblería? En lo que se suponía una luna de miel, abandonaba a su mujer en la isla, pero no la dejaba a su albedrío. Sin que aún se hubiera recuperado del pasmo, se presentaron ante ella dos hombres, un conde y un barón de confianza, a quienes Maximiliano había dado instrucciones de acompañar a Carlota hasta su regreso. Ella los acribilló a preguntas.

—¡A Brasil! ¿Pero cómo que se ha ido? ¿Por cuánto tiempo?

—No sabemos decirle, señora. El archiduque no lo indicó.

—¿Pero cómo es posible que haya emprendido viaje él solo?

Los hombres se miraron un instante antes de contestar.

—Eso no es del todo exacto… Partió en compañía de sus amigos, Excelencia.

Carlota palideció.

—¿Qué amigos?

El conde carraspeó antes de contestar.

—Lo acompaña Charles de Bombelles, mi señora.

Carlota sintió una punzada en el estómago; no le pasó desapercibido el gesto que el barón intentó esconder al fijar la vista en el suelo.

—¿Quién más? —preguntó Carlota.

Los hombres guardaron silencio.

—¡¿Quién más?! —gritó ella anticipando la respuesta.

—Sebastián Schertzenlechner —contestaron a media voz, avergonzados.

El maldito Schertzenlechner. Siempre estaba ahí, como una sombra. Desde que se conocieran en las clases de esgrima donde uno era el maestro del otro, Maximiliano había quedado cautivado por ese hombre. Francisco José le advertía que no era digno familiarizarse con los sirvientes, pero eso a Maximiliano le daba igual; al menos parecía hacer una excepción enorme con respecto a Sebastián. Se lo llevó a Lombardía. Se lo llevó a Miramar y ahora se lo llevaba a Brasil. Como el agua logra horadar la piedra, había ido introduciéndose poco a poco, despacio, sin ser apenas percibido. A Francisco José esta familiaridad le molestaba sobremanera, pero Max la utilizaba como un as bajo la manga en una especie de juego infantil en el que dejaba constancia de que, aun si se lo ordenara un emperador, no replegaría velas en cuanto a caprichos, y eso incluía sus afectos. Disfrutaba al hacer rabiar a su hermano y además la sonrisa de Sebastián lo hipnotizaba. Carlota también sentía repulsión hacia este personaje que se colaba en sus vidas al igual que la humedad en las paredes. Esa amistad siempre le despertó una sensación de sospecha que no acababa de comprender; sentía que se confesaba a cielo abierto, que se exponía vulnerable. Y ahora, de pronto, todo era cristalino. Al fin entendía por qué cada vez que lo miraba sentía un pesar tan grande, denso, que le impedía respirar. María Amelia de Braganza era un fantasma. Schertzenlechner no.

Consciente de la noticia que acababan de soltar, el barón pidió permiso para retirarse. Carlota, aún con los labios apretados, asintió con una inclinación de cabeza.

Tres meses esperó a Maximiliano. Tres largos meses en que aprendió a estar sola. Cien días fueron suficientes para irse haciendo a la idea del tipo de matrimonio en que se había embarcado. Muchas veces quiso llorar, pero no se dio permiso. Reprimió cada lágrima hasta la última gota. Al igual que cuando murió su madre, la pesadumbre hizo presa de ella, pero se juró no llorar. Nunca más, ni una sola lágrima. Las princesas —se decía— lloraban en seco.

2

Todos los días Carlota se preparaba para el proyecto que estaba a punto de emprender; en unos meses se convertiría en emperatriz. Intentaba mantenerse activa, daba paseos a caballo porque eso favorecía su figura, se daba baños de mar y hacía largos paseos. Las damas de la Corte, cansadas de no poder seguirle el ritmo, a veces preguntaban:

—¿No nos habéis dicho que es mejor el cultivo de la mente, Majestad?

A lo que ella contestaba con una sonrisa:

—Sin esta energía una se convierte en algo como de algodón.

Aunque no se atreviera ni a decirlo en el confesionario al padre Deschamps, le gustaba sentirse firme y fuerte por si algún día Maximiliano se decidía por fin a alzarle las faldas.

En la Corte todo el mundo hablaba de los mexicanos que habían acudido a Miramar para nombrar al archiduque emperador de México. Cierto ambiente entre la prudencia y la alegría reinaba por los pasillos.

Sin embargo, la reina María Amelia, abuela de Carlota, no compartía ni la prudencia ni la alegría. De hecho estaba muy preocupada: Carlota era la niña de sus ojos, de sus nietos la más querida. Desde que muriera su madre, la reina Luisa, a la que en vida llamaba «mi angelical Luisa», siempre había estado al pendiente de la más pequeña de sus hijos, a la que consideraba más frágil por ser mujer. Cuánta falta le había hecho su madre a la pequeña y qué buena reina había sido: tanto en el país valón como en el flamenco, no había estación de ferrocarril, hospital o restaurante que no tuviese en sus muros su retrato. La Buena Reina la llamaban los belgas, y justamente eso había sido también para María Amelia. Una pena haberla perdido tan pronto: para los belgas, para Leopoldo y para Carlota. Dejó un vacío demasiado grande e insalvable. María Amelia pensaba que fue entonces cuando Carlota conoció la soledad del alma. Una soledad que no se llenaba con nada, a pesar de intentarlo. Desde entonces había tratado de estar al pendiente de su nieta por medio de cartas: mantenían una relación epistolar grande, sólida y cariñosa que a ambas llenaba de momentos plácidos, pero sobre todo de una sinceridad espontánea que les permitía hablar de cualquier tema. Sin embargo, esa sinceridad se estaba difuminando a raíz de su matrimonio con Maximiliano. La reina María Amelia lo sentía, intuía que el carácter de Carlota había cambiado. Estaba más distante a pesar de su cariño. Más triste a pesar de su sonrisa; más sola a pesar de la compañía. Y desde el momento en que tuvo noticias del trono mexicano, a la reina madre le dolía el estómago. A su juicio era una soberana estupidez, una locura, un capricho; un disparate que sólo un necio podía atender. Por eso le llamaba tanto la atención que su Carlota, tan cabal y preparada, tropezara con esa enorme piedra. Por más que intentaba disuadir a su nieta, se topaba con un muro de razones. La niña, en efecto, era muy lista; aun así, la reina consideraba que debía intentar por todos los medios hacerla entrar en razón.

—Pero, hijita —le decía amorosa—, no entiendo por qué viene ahora esa obsesión por una corona, si cuando pudiste desposar a Pedro de Portugal lo rechazaste porque no querías un trono.

Carlota escuchó derecha, como un soldado de plomo.

—Es cierto, pero una cosa es buscar un trono y otra muy distinta rehusar uno.

—Esperaba para ti un mejor futuro, niña.

—Pero, abuela, si México es un país bellísimo… Además, siento que estamos llamados a reinar. Es como una vocación religiosa.

—La belleza del país no importa, niña, sino la estabilidad sobre la que se erige.

—Todos los tronos son inestables, abuela.

María Amelia probó entonces por el lado personal.

—¿Y la insensatez de renunciar a los derechos dinásticos?

—Max no ha renunciado ni una brizna a sus derechos de sucesión. Sigue siendo el segundo en la línea. Lo único que ha hecho es darse a sí mismo una ocupación. ¿Imaginas qué vida nos espera de quedarnos aquí? Construir otra casa, diseñar otro jardín y ocasionalmente partir en un largo viaje mientras yo me quedo aquí...

María Amelia pudo sentir un dejo de angustia y reproche; se le acercó, maternal, y le tomó la mano. Carlota prosiguió en voz baja:

—He conocido poco de la vida, abuela, pero deseo algo que amar. Necesito un horizonte más amplio que el que tengo ahora.

—Entonces no es por Maximiliano. Es por ti.

—Lo único que deseo es llevar una vida activa, útil, hacer algo bueno en el mundo. Quiero amar en círculos más grandes.

—Pero puedes hacerlo aquí, en Miramar.

—La vida en Miramar no puede ser más aburrida —soltó sin pestañear.

—Sólo tienes veintitrés años... no hay que vivir tan de prisa. Nada se te ha perdido en México. No tienes nada que ir a hacer allá.

—Entiendo perfectamente el peligro de esta empresa, créeme que lo sé. Pero también creo que tengo la fortaleza para soportarlo y afrontarlo, abuela.

—¿No estarías más feliz en Grecia?

—¿Insinúas que Maximiliano debe tomar este trono en vez del de México?

María Amelia sabía que Leopoldo I, su hijo, preocupado por los derroteros hacia los que se abocaban, había estado tratando con Francisco José la posibilidad de ofrecerles el trono griego. La revolución griega del año anterior había enviado a la pareja real al destierro. Carlota juntó ambas manos en señal de plegaria:

—Por el amor de Dios, abuela, Maximiliano jamás aceptaría la corona del rey Otto, después de saber que se la han ofrecido a media docena de príncipes.

—La de México se ofreció también a otros antes que a él, querida. La rechazaron el infante de España, don Juan de Borbón y Braganza, y también tu tío Antonio.

Carlota pasó un trago amargo.

—Pero no es lo mismo. Además, Maximiliano opina que el pueblo griego le parece perverso y falso. El mexicano es mucho más noble.

—¿No estás pecando de ambición, hija?

—No es ambición, abuela. Si los tronos hacen amar a los pueblos sobre los que se reina, decididamente amo los tronos. Pero si se obtiene este goce con el título más modesto, para mí es lo mismo.

La reina se reclinó en su asiento con tristeza, pensando que la inteligencia era, efectivamente, prima hermana de la soberbia.

Mientras Carlota intentaba tapar el sol con un dedo, Maximiliano se detenía en asuntos mucho más pueriles. Con muy poco calor, brillantes proyectos se evaporaban para dejar en su lugar grandes posos de sal compuestos por fantasías. En el fondo de su corazón creía que gobernar un polvorín se resolvería por gracia divina. Otros asuntos lo ilusionaban más: se imaginaba a sí mismo como un emperador romano cuya Corte sería recordada al paso de los años como los festines de Nerón: con lujo, buen gusto, boato. Se imaginaba emergiendo en el centro de cuadros de proporciones gigantescas que ocuparían los mejores muros de palacios a ambos lados del océano. Cuando cerraba los ojos se dedicaba a pensar a quién encargaría su retrato, y luego se quedaba dormido pensando qué llevaría puesto para tal fin. Al despertar, diseñaba en hojas blancas los escudos de su imperio, águilas coronadas sobre nopales o penachos con plumas como los de los antiguos monarcas aztecas; los mantos imperiales; lazos tricolores verde, blanco y encarnado. Dio vueltas y vueltas sobre cuál sería el lema que debería rematar el escudo, hasta que por fin decidió que sería: «Religión, independencia y unión». Sí… ese sería. Un cetro. Necesitaría un cetro imperial. También buscaba telas con las que tapizar las sillas imperiales. Cuando terminaba de idear asuntos decorativos, sacaba papel y pluma para redactar normas de protocolo y de etiqueta, así como nuevas medallas y condecoraciones que serían asignadas a su llegada a México. ¡Y su guardia palatina! Que no se le olvidase la guardia real. Quería una como la del Papa, una especie de Guardia Suiza, extravagante y organizada. Qué grande sería su imperio. Qué grande.

Y una de tantas tardes, presionado por su hermano y por la grandeza de sus ilusiones, firmó el pacto de familia: cerró las puertas de Europa para abrir las de México, y sintió que con eso le bastaba y sobraba.

3

En Trieste se despidió a los emperadores como héroes. Lágrimas, pañuelos, frases de buenaventura se escuchaban tras los vítores al tiempo que, diciendo adiós con la mano, Carlota y Maximiliano se embarcaban a bordo de la *Novara*, una fragata de tres mástiles y cincuenta cañones que no había sido diseñada para largas travesías; una pequeña embarcación cargada de carbón los escoltaba, no fuera a ser el diablo y fallasen los vientos. Allí, en el encierro del mar, Maximiliano tuvo tiempo de redactar un reglamento para el servicio de honor y ceremonial de la Corte. Al ser cuestionado por Carlota, que le preguntaba por qué dedicaba tanto tiempo a banalidades, él le respondió:

—¡Qué pregunta más necia! ¿Acaso no ves que la sociedad mexicana no está acostumbrada a las prácticas protocolarias de una corte? Este documento será sumamente útil.

—Sería más útil que le escribieras a Benito Juárez —repuso ella.

Maximiliano se puso nervioso. No le gustaba escuchar aquel nombre. Sin embargo, asintió.

—Sí, sin duda. Sin duda.

—Más vale que nos preparemos para lo peor y esperemos lo mejor —dijo ella antes de volver a dejarlo solo, en su imperio de papel.

A kilómetros de distancia, Juan Nepomuceno Almonte, con cargo de regente del Imperio, los esperaba. Ya se había encargado de anunciar en la prensa que a la llegada de los emperadores se haría entrega de títulos nobiliarios. Habría barones, duques, condes, marqueses mexicanos. «Buen día, marquesa», decían algunas mujeres al verse al espejo. «Con su permiso, condesa», pensaban otras. Y como colegialas que jugaran a apuntar sus nombres de casadas en los cuadernos, se sonrojaban al escuchar el sonido de sus nombres precedidos de un título. En casa de los Murrieta el servicio corría de arriba abajo, buscando en los roperos los títulos nobiliarios que durante tanto tiempo no habían sido sino objetos a los que quitar el polvo; Vicente se emocionaba con la idea de ser nombrado noble, mientras le ordenaba a Refugio que fuera organizando un baile de bienvenida para tan ilustres personajes. Un día llamaron a la puerta unas señoras encopetadas de finísima estampa, embutidas en trajes a la manera afrancesada, según ellas, que necesitaban la colaboración y relaciones de Refugio para organizar una colecta.

—Queremos obsequiarle a la emperatriz un tocador de plata maciza —explicaron.

—¡Qué excelente idea! —gritó Clotilde antes de verse afectada por un acceso de tos; Refugio a todo sonreía sin convencimiento mientras sentía la mirada inquisidora de Constanza a través de la sala.

Cuando las mujeres se fueron, Constanza recriminó a su madre:

—Una cosa es fingir demencia, madre, y otra dar cuerda a tanta estupidez.

—Lo sé, hija, lo sé. ¿Crees que no me hierve la sangre con todo esto? ¿Pero qué otra cosa puedo hacer?

A Constanza le daban ganas de zarandearla.

—¡Pues no las reciba más! Diga que está indispuesta. ¡Niéguese!

—No puedo hacer eso, hija.

—Pues entonces no venga todas las noches a decirme que los juaristas llevan razón cuando en casa no hacemos otra cosa que comer, beber y respirar Imperio.

Constanza no podía creer que su madre se negara a ir a contracorriente; pensaba que si alguna vez supo hacerlo, lo había olvidado ya. Entonces, Refugio aprovechó para comunicarle una noticia.

—Constanza, tengo que decirte algo. Siéntate —dijo mientras le indicaba con una palmada el sillón para que ocupara el lugar junto a ella. Constanza obedeció—. Tu padre quiere que formes parte de la Corte imperial.

—¿Pero qué dice usted, madre?

—Lo que oyes.

—Pero eso... No, madre, no me hagan eso. No podría. Se me notaría enseguida que no deseo estar ahí. No me pidan eso.

Refugio tomó las manos de su hija y Constanza se liberó de ellas con brusquedad. Si alguien hubiera estado vigilando, para guardar las apariencias Refugio hubiera tenido que darle un bofetón; pero estaban solas, así que permitió que su hija se rebelara a gusto. Era lo mismo que ella había tenido ganas de hacer cuando Vicente le dio la noticia. En el fondo, Refugio sentía que estaba entregando a cada uno de sus hijos al sacrificio, como si el tiempo no fuera sino una máquina imperfecta y, habiéndose imbuido del espíritu de antiguos cultos, estuviera lanzando a sus mejores descendientes a la lava de un volcán.

—Manden a Clotilde —suplicó Constanza—. Ella es dócil y encajará a la perfección en esa Corte absurda.

—Ella no puede ir, Constanza. Su salud es frágil y en la Corte no quieren enfermos.

—Antes prefiero entrar a un convento.

—Tú no sirves para eso, Constanza. Lo sabes tan bien como yo.

—¿Y qué diferencia hay entre enclaustrarme o abanicarme hasta el aburrimiento?

Y entonces Refugio, echando ojo de lado a lado de la sala, aprovechó para susurrarle algo al oído.

—En apariencia eso harás, sí, pero tu labor será más que eso. Te necesitan, Constanza; te necesitan más de lo que crees.

—¿Quiénes? —preguntó Constanza con disgusto.

Refugio habló bajito al tiempo que clavaba los ojos en los de su hija. Constanza tuvo que acercar el oído a su boca.

—Los juaristas, hija.

Constanza no entendió.

—Sí, hija, los juaristas te necesitan: necesitan a alguien cercano a la Corte, y nadie sospecharía jamás de una Murrieta. Nadie sospechará de ti.

—¿Quieren que sea una espía?

—Una informante. Alguien que les pase información fidedigna sobre lo que ocurre en palacio. Lo que se ve. Lo que se oye. Lo que se dice.

—¿Y a quién se supone que debo rendir cuentas?

—Llegado el momento se te informará.

Constanza enmudeció. Ninguna dijo nada. Ahora Constanza se acercó para tomar a su madre de las manos.

—Pero, madre, ¿usted cómo sabe eso? ¿Cómo…?

Y entonces Refugio tomó aire antes de decir:

—Muchos son los disfraces con que una mujer se viste, hija, para poder defender una idea. Para sobrevivir. El mío es el de esposa abnegada. Las hay monjas, las hay prostitutas, pero todas escogemos qué ser debajo del atuendo.

—¿Me está diciendo, madre, que usted es… republicana?

—Una de las mejores —contestó ella.

II

1

El traje negro de Carlota contrastaba con el atuendo claro con que Eugenia de Montijo se presentó a visitarla aquella veraniega mañana. Aún le guardaba luto a su abuela y, aunque no hubiera tenido que hacerlo, el negro le pareció el color más apropiado dadas las terribles condiciones de su misión.

Apenas pudo salir de su asombro cuando Eugenia entró en la habitación del Grand Hotel escoltada por dos amigas que vestían en colores pastel y ataviaban los arreglos de su pelo con flores silvestres.

—Qué gusto verla, querida. Permítame presentarle a la condesa de Montebello y a mi querida amiga la señora Carette.

—*Enchantée*—dijeron ambas al unísono.

Carlota, ignorando el protocolo, dijo:

—Me parece inapropiado que se aparezca usted con dos amigas como si la hubiera invitado a pasar un día de campo, cuando sabe que el motivo de mi visita responde únicamente a razones de Estado.

El aire en la habitación se podía cortar. Las mujeres nunca habían sido ninguneadas de manera tan directa.

Eugenia de Montijo puso en práctica toda su experiencia diplomática, que no era poca, para evitar que la sangre llegara al río.

—Por supuesto que no, querida. No se altere. Es sólo que esperaba que esa conversación pudiera tenerla personalmente con Napoleón.

—Eso esperaba yo también.

La condesa de Montebello, incómoda hasta la médula, decidió retirarse.

—Veo que es mejor tomar el té en otro momento —dijo al tiempo que se disponía a despedirse. Pero Eugenia, lanzándole una mirada severa, se lo impidió.

—De ninguna manera, condesa. Siéntese, por favor.

Las mujeres se miraron una a la otra y luego se sentaron de mala gana, obligadas por la severidad de Eugenia.

Carlota entonces decidió jugar con las mismas reglas. ¿Querían un duelo? Duelo es lo que tendrían.

—Necesitamos que las tropas francesas permanezcan en México —soltó a bocajarro.

Eugenia, que también dominaba la baraja, esquivó por la tangente:

—Todo eso podrá verlo después. ¿Qué tal su viaje? Espero que esté cómoda en el hotel, este lugar es una maravilla. Supe que tuvo un pequeño altercado en su recibimiento…

—Maximiliano aún es emperador y no va a abdicar, si es lo que ustedes esperan. Necesitamos que Francia tome una postura bien definida.

—Todo a su tiempo, querida, todo a su tiempo. ¿Cómo es la comida allá? Estoy segura de que estará encantada de poder volver a probar un *vol-au-vent* como se debe.

—No insulte mi inteligencia con ese tipo de comentarios absurdos. Exijo ver a Napoleón en el palacio de Saint-Cloud mañana mismo.

—Me temo que no será posible, querida. Bien sabe que Napoleón está indispuesto.

Carlota entonces se puso de pie e hizo lo que tenía ganas de hacer desde que Eugenia había atravesado el umbral; ella también era emperatriz y exigía respeto. A voz en grito, exclamó a todo pulmón:

—¡Si el emperador se niega a verme, irrumpiré!

Las tres mujeres abandonaron la habitación completamente azoradas; jamás habían tenido que soportar un comportamiento tan vulgar. Una dama —ya no digamos una princesa, nieta de reyes y prima hermana de la reina de Inglaterra— jamás alzaba la voz, mucho menos amenazaba.

—Esta mujer ha perdido completamente el juicio, Alteza —le dijo la señora Carette a Eugenia.

A lo que la condesa de Montebello agregó:

—A mí me ha parecido una mujer desequilibrada desde que abrió la boca. ¿Han visto cómo va vestida? ¡Nada más verla creí que me asfixiaría! De negro absoluto, como en un convento, con estos calores de agosto.

Eugenia las escuchaba en silencio. En efecto, la Carlota que la había recibido era una mujer con los nervios destrozados. Ella sabía muy bien lo que era sentirse presionada, lo que era tener a una nación en contra; Francia entera la tildaba de ambiciosa y manipuladora, y la creían causante de todos los males de Napoleón. Sin embargo, había aprendido a comer mierda sin hacer gestos. Jamás se permitiría gritarle a nadie como Carlota acababa de hacer con ella.

—Déjenla —dijo—. Cavará su tumba.

Ya en soledad, Carlota supo que se había excedido, pero era demasiado tarde. No sabía qué demonios le ocurría, por qué perdía los estribos con tanta facilidad. ¿Acaso serían los síntomas del embarazo? ¿Por qué nadie podía entender la angustia por la que estaba pasando? Quería lo mejor para México. Francia y Bélgica eran para ella unos primos lejanos ahora. Sólo habían pasado dos años, pero su nuevo hogar y el país que latía en sus venas estaban al otro lado del océano. Había aprendido a amarlo, a entenderlo. Se sentía mexicana. Necesitaba volver con buenas noticias y, en cambio, todos parecían tildarla de histérica, caprichosa, ambiciosa y egocéntrica.

Para colmo de males llevaba en el vientre a un bastardo y no sabía qué hacer para esconderlo. Con lo fácil que sería decir que ese hijo había sido engendrado por Max. Con lo fácil que sería tan sólo anunciar que el trono mexicano tendría un heredero. ¿Por qué no hacerlo? Mejor un heredero con la mitad de sangre real que ningún heredero. Tal vez debería decir que era hijo de Max y olvidarse de dilemas. La cabeza le daba mil vueltas. Estaba agotada, necesitaba descansar. Se recostó en la cama y dejó que el sopor alejara por unas horas tanto dolor y angustia.

2

Al día siguiente, Carlota se dirigió a ver al emperador; grosera o no, Napoleón había accedido a recibirla. Aunque se alegró con la noticia, maldijo no tener un poco más de tiempo para postergar la visita. Esa mañana había amanecido con el peor de los malestares. Casi no pudo dormir por culpa de los mareos y las náuseas, despertó vomitando. Todos los olores le daban asco. La camarista entró a arreglar su habitación y se encontró con la emperatriz hecha un ovillo en el suelo, vomitando en la bacinilla de la noche anterior. El espectáculo era lamentable. En cuanto se le avisó, la señora Döblinger acudió en su ayuda. Mathilde era un consuelo y un gran apoyo. Siempre le hablaba con voz suave y pausada, a corta distancia y con mucha persuasión. Al oírla, Carlota muchas veces pensó en su madre: de estar viva, así le hablaría. En privado, jamás frente a nadie, se dirigía a ella con palabras cariñosas, como: «Tranquila, mi niña; ya va a pasar, mi niña», y le daba a chupar limones que le ayudaran a ahuyentar los ascos del primer trimestre. Carlota entonces se dejaba arropar por ella.

—¡Ay, Mathilde, qué haría yo sin ti!

—Seguiría igual de valiente, mi niña —le decía mientras le acariciaba el pelo—. Y ya no llore tanto, le va a hacer daño a la criatura.

Carlota la miró con ojos de cordero degollado.

—Nadie debe saber que estoy en estado, Mathilde. No todavía. Este niño no ha podido llegar en peor momento.

—Soy una tumba, mi niña.

Y luego, con suavidad, la ayudó a vestirse.

En el carruaje, Carlota era un manojo de nervios. Retorcía entre sus dedos la mantilla que llevaba sobre los hombros. Le daba igual ajarla y estropearla. Estaba muerta de miedo. Debía mostrarse frente a Napoleón con la dignidad del rango con que había sido investida tan sólo un par de años antes, pero por dentro temblaba como un flan. Se apretó un dedo con la mantilla hasta parar la circulación de la sangre: cuando sintió que se le había entumecido, lo liberó de la tela y entonces empezó a morderla. A medida que se aproximaban al palacio, Carlota notó que, por primera vez desde su regreso, sería recibida como la emperatriz que era. Una guardia de honor flanqueó su paso.

Tras un recibimiento protocolario, condujeron a la emperatriz hasta el despacho de Napoleón III: estaba situado en la planta baja y a Carlota le pareció un área lúgubre y sombría. Nada más entrar, tuvo que contener la impresión que le produjo ver al emperador mucho más envejecido de lo que hubiera imaginado. A todas luces podía verse que Napoleón el Pequeño estaba muy enfermo.

—No dejéis que mi aspecto os engañe, Carlota. Aún me quedan fuerzas para refutar cada argumento —le dijo.

—Alteza, siento veros sufrir —dijo ella. Y luego, tal vez pensando en su Maximiliano, quien también padecía todo el tiempo a causa de su delicada salud, añadió—: Todos hemos sufrido mucho.

—Y bien, no habéis venido desde tan lejos para discutir mi estado de salud, ¿no es así?

—No, Alteza, bien lo sabéis.

—Lamentándolo mucho, no puedo hacer nada por vuestro Imperio. Debo hacer lo mejor para Francia.

—Pero jurasteis apoyarnos hasta el final. No hace más de dos años que firmasteis el Tratado de Viena. Teníais un proyecto de nación, aún podemos salvarlo.

—Es insostenible, Carlota. Vamos a entrar en guerra con Prusia: necesitamos todas las tropas en el continente.

—Si retiráis las tropas, México entrará en anarquía. Sabe Dios lo que será de nosotros. Os hemos pagado por ellas.

Y a continuación Carlota desplegó una serie de cartas perfectamente ordenadas donde le exponía los detalles financieros y militares de su encomienda. Se los sabía de memoria: los había estudiado al derecho y al revés en la travesía transoceánica. Y de todos modos, aunque no lo hubiera hecho, estaba al tanto de cada detalle, de cada toma de decisión. Cuando Maximiliano se ausentaba por largas temporadas para recorrer los recónditos lugares de su Imperio, Carlota se quedaba al mando y despachaba desde Chapultepec. Mientras Maximiliano se dedicaba a escribir teoría política, ella gobernaba. Hasta que los súbditos, cansados de ser mandados por una mujer, por muy emperatriz que fuera, le pidieron a Maximiliano que la relegara a labores más acordes con su género, como la beneficencia. Pero no: Carlota conocía muy bien lo que era gobernar. «Si yo hubiera sido hombre», pensaba. «Si tan sólo…».

Napoleón III se puso a hablar de México como si lo conociera. Carlota lo escuchaba atónita, dándose cuenta perfectamente de que aquel hombre, por más que alegara y argumentara, estaba muy lejos de entender lo que México significaba. Para él, México era un lugar en un mapa, nada más. A medida que la conversación se enardecía, Napoleón se veía avasallado. Estaba débil, cansado: físicamente acabado. Y aunque en sus momentos más mezquinos Carlota se alegró por saber que aquel traidor moriría envuelto en dolores y bañado en sus propios orines debido a una feroz incontinencia, no pudo evitar sentir cierta congoja por el inexorable paso del tiempo.

Napoleón, fatigado y con lágrimas en los ojos, alzó la voz:

—Comprended que no hay nada que pueda hacer.

Carlota sintió que se le enardecían las mejillas:

—¡Cómo osáis aseverar algo semejante! ¿Que no hay nada? ¿Nada? Como el jefe de un Imperio de treinta millones de almas que tiene la supremacía en Europa, dispone de capitales inmensos, goza del más amplio crédito del mundo, con ejércitos victoriosos siempre listos, ¿Vuestra Majestad no puede hacer nada por el Imperio mexicano?

Discutían a puerta cerrada pero afuera se escuchaban las voces intercaladas de uno y otra, interrumpiéndose en un eco inteligible.

Carlota colocó frente a los ojos de Napoleón extractos de cartas firmadas por él cuando temía que Maximiliano no aceptara el trono de México; cartas rebosantes de promesas ahora rotas y lealtades que juraban ser eternas.

—¿Dónde está la palabra del hombre que escribió estas cartas? Si Maximiliano aceptó el trono de México es por causa de vuestra merced.

Y entonces Napoleón, agitado y llevado contra la pared, se atrevió a decir:

—Más vale, doña Carlota, que desistáis en vuestro empeño o me veré obligado a haceros desistir.

Carlota abrió los ojos de par en par.

—¿Estáis amenazándome?

—Sería incapaz de una bajeza semejante —se excusó él—. Tan sólo digo que sería muy inconveniente que tuvierais que abandonar la causa mexicana por la que tanto lucháis por culpa de algún contratiempo. He sabido que no gozáis de óptimas condiciones de salud, al parecer. Además, os encontráis muy lejos de vuestro imperio.

Por primera vez desde que entrara al despacho, Carlota trastabilló. No sabía cómo interpretar aquel comentario. ¿Era una amenaza? ¿Sabía que estaba en estado? ¿A qué se refería con un contratiempo?

Se hizo un silencio.

De pronto, un lacayo irrumpió con una jarra de naranjada.

—Ah, ¡justo a tiempo! —dijo el emperador—. Llevo un buen rato esperando.

—Disculpadme, Majestad —contestó el lacayo con la cabeza gacha.

Carlota sintió la interrupción un tanto incómoda. No le gustaba que nadie la distrajera en medio de una discusión. Era una estrategia vista una y mil veces en palacio: cuando alguien quería distraer la atención de un tema o hacerle perder el hilo a un adversario, siempre irrumpía un sirviente con algún refrigerio. Un clásico de palacio y Napoleón lo usaba ahora contra ella. El calor era sofocante y las gotas de la condensación resbalaban por la jarra helada de cristal.

—Beba un poco, le sentará bien —invitó Napoleón.

Carlota vio cómo el propio emperador, prescindiendo de la presencia del lacayo, le servía un vaso. Volvió a insistir:

—Beba.

Aquello no era una petición. Era una orden. Carlota tragó saliva seca y se negó.

—No, gracias.

Napoleón frunció el ceño.

—Beba. Le hará bien.

—Prefiero no hacerlo —mintió. La garganta le raspaba después de tanto hablar. La jarra refrescante la tentaba como el diablo a Cris-

145

to en el desierto, pero algo en la mirada de Napoleón la hacía dudar. ¿Por qué quería con tanta insistencia hacerla probar aquel líquido del que él no estaba dispuesto a beber?

Algo en el interior de Carlota se congeló. «Quiere envenenarme».

Dubitativa, Carlota tomó el vaso. Le pareció que Napoleón estaba ansioso. Se llevó el vaso a la boca pero no dio un solo trago al líquido contenido. No podía ser verdad. «¿Envenenarme a mí?». El hecho de pensar que quisieran asesinarla la sacó de sus cabales, pero tampoco sería extraño: no sería la primera ni la última noble envenenada por causas políticas. Desde niña había visto cómo su padre no probaba bocado del plato hasta que la comida era saboreada por el catavenenos. Eso era más antiguo que andar a pie. Haciendo acopio de entereza, retomó el motivo de su visita:

—Volvamos al tema que nos concierne, Alteza.

—Vos sois la mujer más necia que conozco, Carlota.

Ella se lo tomó como un cumplido. Napoleón, agotado y adolorido, zanjó el asunto:

—Consultaré de nueva cuenta con los ministros antes de darle una respuesta final. Es lo único que puedo prometerle.

—Os lo agradezco, Alteza.

Y colocó el vaso sobre la bandeja de plata.

Carlota volvió al carruaje lo más rápido que pudo; quería correr pero sabía que aquel sería un comportamiento indecoroso. El calor y la rabia habían enrojecido sus mejillas como si fueran tomates maduros y los ojos vidriosos le anunciaban la caída de lágrimas en cascada. Subió al carruaje; en el interior la esperaban dos damas de compañía con cara de aflicción.

—¿Y bien, Majestad? —le preguntaron al verla.

Carlota, frustrada, confundida, asustada y exhausta, se abalanzó a los brazos de una de ellas y comenzó a llorar desconsolada al tiempo que decía en letanía:

—Hice todo lo humanamente posible, hice todo…

3

Lo primero que Philippe pensó al llegar fue que México era un país de enormes contrastes. El Pico de Orizaba los recibió a lo lejos, cubierto de bruma y nieve. Pensó entonces que en Bélgica no había visto montañas así de altas. La vista engañaba al tacto, porque el clima no era frío sino cálido y húmedo. Le costó disociar la idea de ver nieve pero sentir calor. Era como estar atrapado entre dos mundos. Y es que México era exactamente eso: dos mundos conviviendo sobre un mismo pedazo de tierra. Se podía pasar del infierno al paraíso en unos cuantos kilómetros. En un mismo día podían conocerse las cuatro estaciones: lo mismo llovía mucho en la mañana que pasaban a asfixiarse en un horno por la tarde. Caminaban por zonas desérticas y de pronto, al pasar un valle, se adentraban en parajes cubiertos de flores y de árboles con frutos desconocidos que se caían de las ramas de maduros. La aridez y la frondosidad convivían como los ángeles con los demonios.

Philippe no conocía el mundo, pero al aproximarse a Veracruz había escuchado a alguien decir que se parecía a Tierra Santa. Un hombre calvo de ojos grises corrigió:

—¡No seas idiota! En Oriente las techumbres tienen cúpulas y minaretes, y aquí las casas tienen azoteas planas.

Al alzar la vista, cientos de extraños pájaros de cabeza negra planearon sobre sus cabezas de forma amenazante: muchos se asustaron ante la presencia de un animal nunca antes visto.

—Son zopilotes —dijo uno de los hijos de la familia de mexicanos que venían con ellos—. Carroñeros.

Uno de los soldados tomó una piedra e intentó lanzarla hacia el que sobrevolaba cerca de su cabeza, a lo que el muchacho gritó:

—¡No lo haga! La multa por matar a un zopilote es de veinticinco pesos.

—¿Multa por matar a un carroñero? —preguntó burlón el soldado.

—Son los que limpian la basura de las calles —sonrió el chico.

A todos parecían haberles dado ojos nuevos. Los abrían de par en par, absortos y asombrados ante la novedad. Debían pasar allí seis años y a alguno de pronto le pareció una eternidad.

Philippe, a pesar de la emoción, pisaba con cautela. En su memoria aún retumbaban las palabras de Walton, hablándole de enfermedades y de peligros. Y aunque se maravillaba con la naturaleza, tenía muy presente que no estarían a salvo, al menos no hasta llegar a la ciudad. El puerto era insalubre, el aire llevaba un olor a inmundicia pestilente y los zopilotes parecían sobrevolar el lugar anticipando la muerte. A los pocos días, Philippe confirmó que hacía bien en temer: una docena de hombres cayeron enfermos por causa de la fiebre amarilla, otros empezaron a vomitar sangre. En un par de semanas vio morir de terribles fiebres y dolores a hombres jóvenes que, como él, se habían embarcado en busca de una aventura que había acabado en tragedia demasiado pronto.

Philippe se prometió entonces aplicar las medidas de higiene que les habían enseñado a bordo del barco y que él, con la insolencia de la juventud, había preferido obviar. No debía abusar de la «fuerza de nervios» que era, en palabras del médico, «siempre mala pero peor en los climas tropicales». Se debían evitar «los combates de amor físico, los esfuerzos musculares y los excesos de la voz». Philippe hizo un gesto con la boca: extrañaba los combates de amor físico, pero visto el panorama femenil que lo había recibido, esta le pareció una norma fácil de cumplir, al menos de momento. De todas las indicaciones —aunque no estaba seguro de cómo le ayudaría a evitar la fiebre amarilla—, la que más le gustó fue el precepto de dormir la siesta.

Su momento favorito era la noche. Le gustaba más que el día: entonces podía sentir el frescor del viento arrastrando olores a mar que alejaban la peste de la costa, pero sobre todo la amaba porque jamás en su vida había contemplado un cielo con más estrellas. Se sentaba en un banco de la plaza y desde ahí escuchaba el romper de las olas contra los muros de la ciudad, arrullado por la oscuridad. Cuanto más negra la noche, más bellas eran las estrellas y eso, de alguna manera, alimentaba su esperanza.

Sin embargo, Albert, de Bruselas, que se había convertido quizá no en un amigo pero sí en compañero de viaje, igual que muchos otros percibía en la noche el peor de los peligros: cada vez que cerraba los ojos pensaba que se le subirían al cuerpo un montón de serpientes o que una horda de indígenas con machetes les saltarían encima para asesinarlos durante el sueño.

—Esta gente es pacífica, Albert; no matarían ni a una mosca.

—Pues yo no estaría tan seguro. ¿Has visto cómo nos miran?

—Igual que nosotros a ellos.

—Es que son extraños. ¿Qué raza dicen que son?

—*Totonacas, tonatacas*, algo así.

—Sus cantos me asustan. Son lúgubres y quejumbrosos.

—Eso es porque no entendemos lo que dicen.

Después de un silencio, Albert dijo a media voz:

—Creo que a este país la muerte lo visita a menudo.

Philippe reía con las ocurrencias del muchacho. Aunque sólo fuera para infundirle valor, empezaba a apreciar a ese joven aventurero, miedoso como siete viejas. A Philippe eso le llamaba la atención. Debía tener una buena razón para atreverse a cruzar el mundo siendo tan cobarde. Tal vez, pensaba, algún día lo averiguaría. Y tras bromear un rato desde sus respectivas hamacas, le decía:

—Anda, duérmete, valiente. Ya pronto saldrá el sol.

4

En el camino hacia la Ciudad de México pasaron por Córdoba.

—¡Huele a naranjas! —exclamó Albert, reconociendo por fin aromas de su infancia.

En efecto, olía a naranjos, a limoneros, a café y por todas partes se veían conventos. Los soldados, cada uno a su modo, observaban con detenimiento las diferentes frutas que el paisaje les iba presentando. Aunque el doctor les advertía de los peligros de comer tanto en tierra caliente, hacía rato que habían decidido que le harían caso únicamente si caían enfermos, así que a todas horas arrancaban las naranjas que se encontraban por el camino porque eran jugosas y dulces. Philippe y Albert llegaron a una zona extensa con unos árboles que daban frutas parecidas a papas alargadas a las que había que quitarles la piel.

—¿Qué es esto? —preguntaron al joven mexicano que aún seguía con ellos.

—Plátanos. ¿No conocen los plátanos? —y el muchacho, extrañadísimo ante la ignorancia de los soldados, les explicó cómo se comían.

Llegaron a un convento donde se alojaron. Las familias proimperialistas dieron acogida a los oficiales en sus casas. Benito Juárez, presidente de México, había proclamado un decreto: todo aquel que ayudara a los intervencionistas sería fusilado por traición a la patria; incluso permanecer en los puntos invadidos y fungir algún cargo o nombramiento del enemigo era considerado alta traición. Sin embargo, aún quedaban quienes consideraban que los franceses y belgas venían a ayudar y que Juárez estaba arrinconado en el Paso del Norte por Bazaine, así que sus amenazas les parecieron lejanas y abrieron las puertas a los belgas de la manera más hospitalaria posible.

Ahí tuvieron oportunidad de convivir con los lugareños. Las casas eran humildes, sin el boato y la riqueza de algunas posadas europeas. El idioma era la barrera más alta que los separaba, pero entre intérpretes y algunos mexicanos que habían tenido ocasión de estudiar en Francia, fueron horadando los muros de la Torre de Babel.

Philippe y Albert observaban todo con detenimiento. Les llamaba la atención la manera en que los indígenas consideraban a sus animales: no tenían el respeto de echar a los perros de las iglesias, cosa que a los oficiales de mayor rango molestaba hasta la indignación. Pero la gente del lugar era sencilla y aquello no parecía incomodarlos en absoluto. Tenían especial predilección por los gallos. En una ocasión observaron a dos indígenas saludarse y, en lugar de preguntar por sus familias o por sus tierras, uno dijo al otro: «Y el gallo de usted, ¿cómo está?».

Albert miró a Philippe.

—Qué gente más rara —le dijo.

A lo que Philippe contestó:

—A mí me parece fantástica.

Entrada la tarde, la tropa tenía sed y pidieron permiso para entrar en unos establecimientos en los que se vendía una especie de aguamiel.

—¿Cómo se llama esto? —preguntó uno de los soldados señalando un barril cubierto con una tela.

—Pulque —contestó un hombre de tez morena y pelo azabache.

—¿Y es bueno?

—Buenísimo, mi señor. Sólo le falta un grado para ser carne. Acá lo tomamos pa' los trastornos de la panza, pa' la pérdida de apetito, pa' la flojera, hasta pa' que les suba la leche a las mamitas.

Los belgas no entendieron una palabra, pero no había que ser muy ducho para entender que aquella poción densa como el chocolate podía ser peligrosa. Empezaron a beber con prudencia, pero a medida que fue avanzando la noche se escucharon risas y llantos a partes iguales; a algunos porque el pulque les había aflojado la nostalgia y a otros porque les había aflojado el esfínter. Así pasaron los días, entre la descomposición del cuerpo y del alma, hasta que sin darse cuenta Philippe y los suyos llegaron a Puebla, donde los compatriotas de la Legión Extranjera los recibieron al unísono entonando el himno belga: cada nota logró borrar uno a uno los malestares y miedos del trayecto veracruzano.

La Ciudad de México estaba cada vez más cerca. Philippe nunca se había sentido más lejos de casa. Hacía casi dos meses que habían partido desde Saint Nazaire, pero le parecían años. Todos se veían más envejecidos, incluso él. La barba rubia le cubría el rostro haciéndolo ver mayor y el sol había curtido sus ojos, arañándolos en las comisuras. Hasta el bigote de Albert comenzaba a poblársele. Habían perdido peso por culpa de las diarreas al ingerir alimentos a los que no estaban acostumbrados. A veces, cuando llegaban muertos de hambre a un lugar de avituallamiento, los recibían con tortillas y gusanos de maguey. Hambrientos, comían aquellas viandas con cara de asco. El camino hacia la capital fue arduo y difícil. La vegetación, en comparación con la que habían dejado atrás, era estéril. Hacia donde mirase, Philippe veía magueyes, nopales y un montón de cactus. Les aseguraban que en época de lluvias la vegetación explotaba en verdor, pero viendo la aridez del paisaje era difícil imaginarlo de otro color que no fuera marrón. Atravesaron varios lagos, los más grandes con diques que impedían la inundación del lago de Texcoco, muy próximo a la ciudad. Philippe notó horrorizado que, de romperse alguno de esos diques, la capital quedaría sumergida, pero la gente parecía no notarlo, o si lo hacía, prefería vivir sin preocuparse por cosas que aún no sucedían. Con el tiempo, él aprendería también a vivir en el presente.

5

Cuando la *Novara* atracó en Veracruz no hubo un alma que saliera a recibir a los emperadores: las amenazas de Juárez, que sin duda incluían fusilar también a quienes les ofrecieran agua o bajaran el equipaje de las naves, estaban grabadas a conciencia en la memoria de todos los habitantes del puerto. Las risas que días antes pudieron sonar en las calles se fueron apagando a medida que se aproximaban a la costa; quienes estaban en el muelle corrieron a esconderse nada más verlos, no fueran a tener la mala suerte de ser interrogados por Maximiliano y verse en la obligación de contestar. Nada se movía. El puerto era un escenario desolado sin señal de vida. Nadie los atendió. Un gato tiró una cubeta de basura cuando salió despavorido. El corazón de Carlota, a pesar de estar lleno de angustia, encontró espacio para hacer una comparación:

—Se parece un poco a Cádiz, aunque un poco más oriental.

Los miembros de la Corte asintieron con formalidad, sin atrever a pronunciarse. Maximiliano permaneció sereno, aunque Carlota sabía que tanta templanza escondía un manto de sarcasmo que saldría en cualquier momento.

Sin protocolos ni mucha de la etiqueta que con tanto ahínco trazara Maximiliano, emprendieron el tortuoso viaje hacia la Ciudad de México a lo largo de caminos imposibles con piedras, lodo y lluvias torrenciales que parecían invitarlos a darse la vuelta. Iban en carruajes tirados por mulas que apenas daban oportunidad de apreciar el follaje impenetrable. Además, la caravana estaba expuesta a que en cualquier momento la asaltaran. El enemigo se esparcía por todo el terreno, oculto entre sombras. El ánimo de la comitiva rozaba la desolación. Nadie se atrevía a romper el hielo incómodo y se limitaban a dejarse mecer por el vaivén de las diligencias, que crujían como si fueran a desvencijarse de un momento a otro. Maximiliano mantenía la mirada en la ventana, contemplando la tierra de la que era señor, mientras Carlota intentaba mantenerse serena a la espera de cualquier eventualidad.

—No me extrañaría si el mismísimo Juárez nos asaltara en el camino —dijo de pronto, exhausta y molesta por las condiciones del viaje.

—No invoques al diablo, Carlota.

El ánimo necesitaba una visión, una imagen que los hiciera sentir que estaban en casa. Y esa imagen apareció en Orizaba: debían pernoctar allí pues los esperaba Almonte, nombrado regente imperial a la espera de la llegada de los emperadores. Como si los cielos se abrieran, todo fue distinto ahí. Carlota asomó la cabeza por la ventana y, maravillada por el paisaje, se le escapó una sonrisa. Buscó entonces la complicidad de su marido y le lanzó una mirada a Maximiliano. Él también estaba con la boca abierta. Un volcán nevado, rodeado de sembradíos de café, les daba la bienvenida.

A partir de entonces la esperanza ocupó un lugar en los silenciosos pensamientos de ambos. A medida que avanzaban se encontraban con bosques de cedros, de abetos, haciendas de grandes cultivos de caña de azúcar, de maíz, café y cacao. Jardines llenos de naranjos que arrastraban su aroma en el viento; las frutas se pavoneaban con todos sus colores; las granadas, los plátanos y las palmeras parecían danzantes. Carlota olvidó entonces cualquier agravio y empezó a reconciliarse con su nueva tierra. A medida que se adentraban en el interior, la amenaza de Juárez parecía disiparse pues surgían manifestaciones espontáneas de alegría, curiosos que se asomaban para ver el paso de los emperadores y les lanzaban flores. Un buen número de personas descalzas y vestidas de manta se abrieron paso para saludar a los jóvenes soberanos. Desde su asiento, Carlota los miró con atención:

—¿Quiénes son esos infortunados?

—Indígenas, Alteza. Trabajan la tierra.

—¿Labran su tierra?

—No, Alteza, la tierra no les pertenece.

Carlota frunció el ceño. Sacó un cuaderno de notas que llevaba siempre consigo y anotó con mala letra debido al movimiento del carruaje: «Proteger a los menesterosos».

El trayecto terminó por fin. Agotados y un tanto maltrechos, llegaron a la Ciudad de México: Carlota sintió que la capital era un pedazo de Europa en América. Pronto aparecieron arcos triunfales donde se leía «Eterna gratitud a Napoleón III», que enmarcaban la entrada al valle de Chalco; vivas al emperador y a Napoleón se dejaban escuchar entre gente que agitaba sus grandes sombreros. Una especie de delirio se había apoderado de millares de caballeros y damas de México. Algunos lloraban de emoción al paso de la carroza imperial, los padres abrazaban a sus hijos y los corazones de muchos latieron con confianza, entre ellos los de los emperadores.

A Carlota todo le parecía estupendo. Se regocijaba con las muestras de afecto de la gente y el amor del que ya llamaba «su pueblo», aunque algunos balcones se cerraban con estridencia al paso del cortejo. Había pasado un año desde que el Ejército francés tomara la capital, forzando así la salida de Benito Juárez.

—Las cosas marcharán bien aquí si los franceses nos apoyan —dijo entre dientes Carlota a Max mientras saludaba a los súbditos con la palma derecha bien abierta.

6

Decidieron que el Castillo de Chapultepec sería su residencia oficial desde el momento en que lo vieron. La construcción se alzaba cual portento de arquitectura en dirección a los dos volcanes que custodiaban el valle como seres reencarnados. La nieve sobre ellos dibujaba en uno la forma de una mujer dormida y, junto a ella, el que en otra vida fuera un guerrero enamorado se erguía para custodiarla.

—Será mi Miravalle —dijo y con una palabra Maximiliano se arrancó la nostalgia por su Miramar.

El Palacio Nacional no había sido lo que esperarían para la residencia de un emperador. La única noche que pasaron allí se tornó un recuerdo espeluznante porque el frío y las chinches de los colchones obligaron al emperador a acostar su soberana estampa sobre una mesa de billar, mientras Carlota intentaba mal dormir en un sillón. Después de aquello decidieron que allí sólo se oficiarían actos de gobierno. Pero el Castillo de Chapultepec, ¡ah!, eso era otra cosa. También necesitaba mantenimiento y mejorías, pero eso era una nimiedad para un emperador. Haría de ese castillo su propio Schönbrunn. Pronto encargó a doscientos albañiles bajo su dirección remodelar el lugar a toda máquina y, cuando los trabajos estuvieron avanzados, Maximiliano se llenó de enorme júbilo al encargarse de la decoración: decidía dónde colocar tapices, muebles y candiles traídos de Europa para tal fin; jarrones de Sèvres, cómodas Boulle y dos pianos que generosamente enviara Napoleón III ocupaban los lugares de honor. El castillo se embellecía día a día por obra y gracia del soberano, que no permitía a su mujer participar en ninguna de las decisiones que con respecto a la ornamentación se realizasen; de eso se encargaban él, Schertzenlechner y nadie más. En su opinión, su mujer no tenía buen gusto y no confiaba nada en ella: a ella le gustaba lo gris, lo austero, la sobriedad. Carlota no rezongaba y, en vista de que la jovialidad del emperador dependía de su amor al arte, a la poesía y a la literatura, decidió, como siempre, abocarse más a la política.

De lo que sí se encargó Carlota fue de escoger a las damas de su Corte. Constanza llevaba viviendo en Chapultepec una semana, donde a regañadientes se trasladó con la bendición y la encomienda de su madre y el orgullo de su padre, que contemplaba cómo todos sus hijos estaban involucrados, de una u otra manera, en las esferas del poder. Y no cualquier poder: uno real. Uno investido por el mismo Dios Padre.

—Debes lograr estar entre las damas de honor —le había recordado él.

—Sí, padre, ya me lo has dicho. El *petite service*.

—El *petite service*, así es, no el *grand service*, Constanza. Dama de palacio puede ser cualquiera, pero no de honor. Recuérdalo bien.

—Sí, padre —contestaba ella, parca.

—Y quita esa cara, muchacha, que ser parte de la Corte de la emperatriz es un privilegio. Varios amigos míos se han quedado con las ganas de que sus esposas sean llamadas.

—Pues otros hubieran preferido evitarse la fatiga —soltó Refugio desde atrás—. ¿No has oído lo que mandó decir don Pedro, el poblano, cuando requirieron a su esposa como dama?

—¿Qué dijo? —preguntó Constanza, a quien de pronto se le había despertado el interés.

—Pues que su esposa no podía ir, porque quien era reina en su hogar no podía ser sirvienta en casa de nadie.

Las mujeres se echaron a reír.

—Sandeces de don Pedro —añadió serio Vicente—. ¡Pues casi les cuesta el destierro! —protestó para interrumpir las risas de su hija y su mujer—. Se le fue la fuerza por la boca. La señora ya se presentó en Chapultepec, como Dios manda.

Refugio siguió contando:

—¿Y sabes que han nombrado dama a Josefa Varela? Dicen que es descendiente directa de Netzahualcóyotl…

Ahora Vicente fue quien se rio.

—¡Desde luego tiene el mismo color! —contestó con sorna, haciendo referencia al oscuro tono broncíneo de su piel.

La selección de las damas, en efecto, había sido cuidadosa y se invitó únicamente a las esposas e hijas de conservadores importantes y políticos de peso con cuidado de no ofender, cosa que de todos modos ocurrió con los que se quedaron fuera.

Y así, entre broma y broma, Constanza se presentó en el castillo haciendo de tripas corazón, con la certeza de que toda su vida estaba a punto de ponerse bocarriba.

La inspección de Carlota hacía recordar al pase de revista a un batallón: puso a todas las damas en fila, y a su paso, una a una se inclinaron en una reverencia. La emperatriz las miraba un segundo, les pedía que se presentasen y luego las iba haciendo dar un paso al frente. Constanza sintió que la emperatriz no era en absoluto una mujer débil ni una muñequita de seda, sino todo lo contrario. La amabilidad que aparentaba se alejaba mucho de la dulzura. Era más bien bastante seca y podría decirse que llevaba mucho tiempo sin reír.

—Dígame su nombre —ordenó de pronto a una señora de la fila.

—Manuelita Gutiérrez de Barrio —contestó presta la otra—, para servir a Dios y a usted, Alteza.

El orgullo de Carlota sintió renacer en alguna parte de su alma. Le gustó la manera en que aquella mujer, completamente desconocida, había sabido dirigirse a ella; las mexicanas, pensó, no andaban tan perdidas.

—Usted será dama de honor, doña Manuelita —dijo Carlota en un español que dejaba asomar un velado acento francés.

Manuelita inclinó de nuevo la cabeza. La emperatriz preguntó a la siguiente en la línea:

—¿Cuál es su nombre?

—Guadalupe Blanco —contestó la otra de carrerilla, sin ningún tipo de protocolo.

—Y dígame, ¿bajo qué virrey se construyó la Escuela de Minería?

Se hizo un silencio en la sala. La mujer quedó petrificada: ¿preguntas de examen? Eso no se lo esperaba. Nadie osó romper el silencio. Por fin contestó con un tímido y casi imperceptible:

—No sé.

Carlota la miró directamente a los ojos y le dijo:

—Regrese a la fila, por favor.

La mujer retrocedió, cargando a hombros su ignorancia.

A cada una de las mujeres que tenía frente a ella les hizo una pregunta: «¿Cuántos años tiene la catedral? ¿Quién es el autor de la fachada del Sagrario? ¿Cuándo se construyó el Palacio Nacional?», y a cada una de las cuestiones las mujeres, avergonzadas, contestaban un «no sé» tras otro hasta que le llegó el turno a Constanza. Ella dio un paso al frente con cara risueña, incluso podría decirse que divertida.

—¿Nombre?

—Constanza Murrieta, Alteza.

—¿Y podrías decirme, Constanza, cuál es el nombre del más ilustre mexicano de este siglo?

Constanza abrió los ojos de par en par. Dudó un segundo antes de contestar:

—¿Desea Su Majestad una respuesta diplomática o la verdad?

Los ojos que se abrieron ahora fueron los de Carlota.

—La honestidad siempre será valorada en esta Corte.

Constanza tragó saliva. Estuvo a punto de decir «Benito Juárez», pero temió que una respuesta como aquella la mandara al exilio o, lo que era aún peor, tirara por tierra los planes de espionaje, que de pronto le parecían de lo más exquisitos. Una espía dentro de la Corte. Aquella idea empezaba a cautivarla cada vez más. Y entonces, con astucia y pensando muy rápido, mintió Constanza en voz alta y en medio de la sala imperial al decir:

—Su Alteza Serenísima Antonio López de Santa Anna, Excelencia.

III

1

Carlota caminaba con paso firme, escoltada por su ministro de Relaciones Exteriores, para su segunda reunión con Napoleón. Llevaba varias noches sin dormir, aturdida por las preocupaciones, y cuando por fin lograba conciliar el sueño, Napoleón se le aparecía como el mismísimo diablo. Maximiliano le había escrito un par de cartas y la situación en el México de sus amores no podía ser peor. Era todo o nada, y no toleraría la nada por respuesta.

Nada más entrar, Carlota presentó al ministro con un «conoce las finanzas de México perfectamente», y ambos se sentaron tras una mesa de marquetería. Bajo esa apariencia frágil, Carlota parecía esconder debajo de las faldas un pelotón de artillería. Una vez más llevó a Napoleón contra las cuerdas. Una vez más lo llevó hacia los terrenos de lo legal con argumentos que le hacían al emperador avergonzarse ante lo evidente. Carlota exigía. Napoleón se excusaba. Y cuanto más presionaba una, más se amedrentaba el otro. Ella le recordaba sus promesas, todas rotas:

—¿Qué pensaríais vos de mí si cuando Vuestra Majestad estuviera en México os dijera repentinamente que no puedo cumplir con unas condiciones firmadas?

—Las circunstancias han cambiado. La guerra es la guerra.

—Y los acuerdos son los acuerdos, Majestad. Vos nos prometisteis que siempre contaríamos con vuestro apoyo.

—No hay nada que pueda hacer.

—No podemos dejar a los mexicanos a merced de los Estados Unidos.

El emperador se movía incómodo en su asiento.

—Francia perderá todo lo invertido en México si nos vamos. México posee grandes recursos —dijo Carlota—. Estamos pacificando el país y eso toma tiempo. México es un polvorín de guerras civiles continuas, por eso acudieron a nosotros. Los mexicanos desean la paz.

Napoleón se puso de pie, paseándose nervioso por la habitación. Qué lejos estaba de la grandeza de Bonaparte. A su lado, Napoleón III era un ser ínfimo, cobarde y sin palabra. De pronto, ante la sorpresa de Carlota, el emperador rompió en llanto.

Eugenia de Montijo, que había estado escuchando al otro lado de la puerta, entró en la habitación. Estaba furiosa: le había advertido a Napoleón que, pasara lo que pasara, no fuera a quebrarse. «Hombres», pensó con desprecio.

—Prosigamos con esta conversación en mi estudio —ordenó Eugenia—. Démosle al emperador unos minutos para recobrar la compostura.

Carlota, atónita, se levantó del asiento y siguió a Eugenia. Cuando entró, comprobó que en la sala aguardaban el ministro de Guerra y el ministro de Finanzas de Francia.

Las dos mujeres se sentaron a negociar. Eugenia era un hueso más duro de roer; defendía la decisión de su marido con una frialdad que fue sacando de quicio a Carlota. Ningún argumento era válido para hacerle ver que retirar las tropas de México sería un suicidio. Carlota sentía que los nervios estaban a punto de traicionarla; tenía seca la garganta y podía sentir la sien palpitándole a gran velocidad.

—No es culpa de Francia que no hayan sabido distribuir los recursos —dijo Eugenia.

—¡Pero si son los banqueros franceses quienes se apropian de los préstamos que deben llegar a México! —dijo Carlota alzando la voz.

—Nos estáis ofendiendo. Si hay alguien deshonesto y desagradecido aquí, son los mexicanos —dijo un ministro.

—Haga el favor de moderar sus palabras. ¡Usted no conoce la gallardía del mexicano!

Mientras hiperventilaba a causa del apretado corsé, Eugenia pidió calma.

—¡Están incumpliendo los Tratados de Miramar! —gritaba Carlota. Y para sorpresa de todos, recitó párrafos enteros de memoria.

Gritos y reclamos empezaron a oírse por toda la sala. Carlota insultó a Bazaine al decir que era un informante de Napoleón, un espía en la propia casa.

—Bazaine es uno de los mejores soldados que tenemos, quien conoce demasiado sobre el honor de Francia para arriesgarlo o comprometerlo —defendió Eugenia.

El ministro de Guerra respondió entonces, enervado, con una serie de injurias hacia Maximiliano.

—¡Exijo respeto al emperador! —dijo Carlota.

—Pero si el hombre no es capaz de venir en persona y manda de avanzada a su mujer.

Carlota apretó los labios.

—Basta, por el amor de Dios, basta —pedía Eugenia—. Creo que voy a desmayarme…

—¡Por el amor de Dios, Eugenia, deje de jugar a la damisela en apuros, que estamos discutiendo sobre política!

Y así, entre insultos y verdades, Carlota fue firmando su sentencia. Al día siguiente, Napoleón ordenó de modo irrevocable la evacuación inmediata y definitiva de las tropas de expedición. El fracaso de Carlota había sido colosal.

A pesar del desastre, Carlota no perdía la fe; creía que aún podía hacer algo para convencer a Napoleón. El ministro de Finanzas de México se presentó ante ella para darle personalmente la fatal noticia antes de partir: impávida, sin pestañear, lo escuchó en absoluta negación, sabiendo que hasta que no lo oyera de la propia boca del emperador, la batalla aún no estaba perdida. Además, Eugenia le había mandado canastas de flores y frutas que Carlota pensaba dejar pudrir sin probar cosa alguna. A medida que las solicitudes se quedaban sin respuesta, empezó a odiar a Napoleón con todas sus fuerzas. Tenía ganas de abofetearlo, de llamarle mentiroso, cobarde, imbécil. En un último esfuerzo, notificó a los ministros que los bonos de guerra no valdrían nada si ella partía sin obtener ayuda.

El 19 de agosto de 1866, a media tarde, Napoleón III, el causante de sus desdichas, se presentó en el Grand Hotel para hablar con Carlota. La decisión estaba tomada. Ella pidió clemencia:

—Si Vuestra Majestad autoriza un préstamo de noventa millones de francos para México, el Imperio podría salvarse. Lo devolveríamos en mensualidades.

A Napoleón le conmovió la fortaleza de la mujer. Aun en el último suspiro peleaba bocarriba. «Qué gran monarca hubiera sido», pensó. Se levantó del sillón con dificultad a causa de la artritis, se acercó hacia ella, la tomó de la mano y se la besó con gran ternura y un profundo respeto. Una única lágrima silenciosa resbaló por la mejilla de Carlota. Después, sin pronunciar palabra, salió de la habitación.

El rechazo formal a las solicitudes tardó un par de días más en llegar. Carlota entonces decidió mandar un telegrama a Maximiliano. El mensaje contenía tres palabras escritas en español. Tres palabras que parecían arrastrar todo el pesar de su corazón y el desgaste de su espíritu. Tres palabras de derrota. «Todo es inútil», decía.

2

Carlota partió de París en el tren imperial hacia Roma. Quería interceder por el Imperio ante el Santo Padre, Pío Nono. Casi no hablaba, estaba muy desmejorada y las ojeras le ensuciaban las cuencas de los ojos. Por más que Manuelita y la señora Döblinger intentaran hacerla comer, ella apenas probaba bocado. Por las noches la atormentaban pesadillas en las que la envenenaban lentamente, y le asustaba que aquellos sueños fuesen una premonición. El doctor Bohuslavek se preocupaba mucho por ella, máxime en su estado, y pensaba que de no cuidarse y continuar con esa carga de preocupaciones, acabaría sufriendo un aborto espontáneo. A veces se preguntaba si no sería eso lo que la emperatriz deseaba. Pero, desde luego, el joven doctor desaconsejó por todos los medios que visitara al Papa en esa condición.

La fortuna se puso de su lado cuando a medio camino les informaron que el norte de Italia estaba siendo azotado por el cólera, razón por la cual debían tomar otros rumbos vía terrestre.

—Deberemos descansar en Miramar —le dijeron. Y Carlota, que estaba mental y físicamente agotada, no rechistó.

El camino fue tortuoso. Vomitaba constantemente a causa de mareos y Bohuslavek decidió administrarle tranquilizantes que le facilitaran el trayecto. Pero al llegar a los territorios italianos, Carlota pareció renacer de nuevo. Cuando vivía en esas tierras aún pensaba que la felicidad estaba a las puertas de su vida. Recordó la ilusión del enamoramiento, la ilusión de pensar que si era amada por su archiduque, nada podría estar mal en la vida. Pensó en cuánto tiempo había pasado desde entonces y un escalofrío le recorrió la nuca cuando calculó que no era ni una década. El tiempo, tan relativo e inexorable. Una de tantas tardes, conmovida por los recuerdos, escribió a Maximiliano:

Amado Max:

Desde este país de tantos recuerdos de felicidad y donde disfrutamos de los mejores años de nuestra vida, mis pensamientos van constantemente hacia ti. Todo te evoca aquí: tu lago de Como, al que amabas tanto, lo tengo ante mis ojos, tranquilo y azul. Todo está aquí. ¡Sólo tú estás allá, tan lejos, y han pasado casi diez años! Sin embargo, me parece como si hubiese sido ayer, y esta naturaleza me habla sólo de una felicidad inalterable, no de dificultades y decepciones. Todos los nombres, todos los incidentes surgen otra vez de olvidados rincones de mi cabeza y vivo de nuevo en nuestra Lombardía, como si nunca la hubiese abandonado. Revivo, en dos días, dos años que tan caros nos fueron. Sólo quisiera verte aquí.

Carlota

Tal vez era la calma que le proporcionó el paisaje o el saber que había hecho todo lo encomendado por Maximiliano, pero la salud de Carlota empezó a dar muestras de mejoría. Quizás había empezado a perdonarse. Llegó a Miramar justo para la celebración del 16 de septiembre, día de conmemoración de la Independencia de México. Maximiliano había adoptado la costumbre de celebrar la fecha imitando el Grito de Independencia que habían dado los insurrectos, en un afán patriótico y liberal. Porque Maximiliano poseía el alma de un liberal atrapado en el cuerpo de un conservador. Carlota ordenó que la flota austríaca disparara veintiún cañonazos a las seis de la mañana, se vistió con un manto imperial y una diadema de brillantes y deleitó con una comida a su gente. Hizo vestir la mesa con los colores de la bandera mexicana, realizó un brindis y, tras izar la bandera mexicana en el jardín, entonó un «¡Viva México!» con ojos llenos de emoción. Extrañaba todo. Extrañaba Chapultepec, la vista desde su ventana hacia la inmensidad del valle. Extrañaba el ruido de los mercados, los olores de las frutas. Extrañaba las trenzas de las mujeres, el picor de las salsas. Extrañaba el cariño de la gente y la candidez de sus voces. Extrañaba hablar en español y extrañaba amar a Maximiliano.

Caminar por los jardines de Miramar la tranquilizaba. Manuelita solía acompañarla en sus paseos por ese bosque artificial que con tanto esmero su Max había ido construyendo poco a poco, planta a planta. El castillo era una mole de piedras comparado con el esplendor de aquel jardín. «Si Maximiliano pudiera verlo», pensaba. Pasear entre los árboles la hacía sentir en paz. Escuchaba el canto de los pájaros y le gustaba pensar que era acariciada por el mismo viento que soplaba al otro lado del mar.

Charles de Bombelles la seguía siempre a una distancia prudencial. Desde que llegara a París, apenas habían coincidido. Tantas cosas en la cabeza, tanto por salvar, que apenas había reparado en la presencia de aquel hombre que lograba despertar en ella unos celos inconmensurables. Y de pronto, en Miramar, emergió Bombelles en todo su esplendor. No la dejaba ni a sol ni a sombra: cuando salía a pasear con Manuelita ahí estaba él, pegado a sus espaldas, haciendo el mismo recorrido. Cuando se sentaba a escribir cartas, a pocos metros Bombelles leía en un sillón; cuando Bohuslavek le hacía auscultaciones rutinarias, Bombelles esperaba a la puerta, pero lo que más inquietaba a Carlota era que en la cocina Bombelles revisaba todos los alimentos que le preparaban. Empezó a sentirse vigilada. No podía dar ni un paso sin que Bombelles diese otro, y eso, lejos de tranquilizarla, comenzó a alterarla. Un día, presa del pánico, se lo confesó a Mathilde:

—Mathilde, creo que el señor Bombelles es un espía de Napoleón.

—¿Pero qué dice, mi niña? Si es el hombre de confianza del archiduque.

—Creo que es un traidor —refutó Carlota.

—¡Ay, no diga eso, niña! El señor Charles está aquí para velar por usted.

—Tengo miedo, Mathilde.

Y la camarista la envolvió en un abrazo que infundía cariño e inmovilidad con la misma fuerza.

—No, niña, no tema. Todo va a salir bien, niña. Todo va a salir bien.

Pero Carlota sabía que el miedo que sentía no se apaciguaría con palabras maternales ni se desharía con el soplar del viento, como hacen las formaciones nubosas en el cielo.

3

Chapultepec era una Torre de Babel. Por los pasillos se oían voces en alemán, francés y español a todas horas. Austríacos, belgas, franceses, húngaros y mexicanos hacían lo imposible por entenderse y no perderse en el mosaico de lenguas y costumbres que cohabitaban en palacio. Incluso había que recurrir a veces a traductores que se comían palabras a discreción o a conveniencia, según su simpatía hacia algún interlocutor. Las labores de unos se veían entorpecidas por las de otros y no tardaron en surgir rencillas, envidias e intrigas de las que había que andarse cuidando si se quería mantener la honra y el nombramiento. A muchos el porvenir de México les era indiferente mientras pudieran vestir el cargo y garantizar el bienestar de su familia por varias generaciones.

Sin embargo, había un único tema, uno solo, en el que todos estaban de acuerdo. Todos coincidían en lo nefasto y perjudicial que resultaba Sebastián Schertzenlechner, rondando siempre entre las sombras y a plena luz. La oficina del emperador estaba bajo sus garras. Nada entraba ni salía del despacho real sin que él se enterase y todos, incluso Carlota, sabían que le hablaba al oído al emperador. Todos se preguntaban cuáles serían sus credenciales y algunos, con semblante molesto y mala lengua, daban a entender que el atributo por el que el emperador lo tenía en tan alta consideración eran sus ojos azules. Pero lo cierto era que, para bien o para mal, Maximiliano lo escuchaba y, aún peor, le hacía caso. Fue de Sebastián la idea de relegar a Almonte y a su equipo y ponerlos en un puesto meramente decorativo después de que él fuera regente del Imperio. Maximiliano prescindió de sus servicios en su gabinete de la noche a la mañana. Cuando le preguntaron al emperador las razones de tal decisión, se limitó a decir que era «avaro, frío y vengativo», y que no justificaba con claridad el empleo de fondos. Todos sabían que la verdadera razón era que una tarde, tras una discusión con Sebastián, lo había llamado afeminado.

A su vez, Constanza no perdía detalle. Estaba atenta a todo, bebiéndose por esos ojos cada mirada, cada insinuación, cada mueca. El más leve dejo de duda o gesto de hastío la ponían en alerta. Quería tener muy claro quiénes eran de fiar en ese nido de víboras. Cuántas damas de la Corte estarían allí por convicción y cuántas, como ella, fungirían como caballos de Troya. Lo que le había quedado claro desde el momento en que puso un pie en el castillo era que no podía encerrarse en una concha. Necesitaba hacer amigos, mezclarse con la Corte hasta lograr llegar a las entrañas, conocer el servicio, acercarse a la servidumbre que tendía las camas de los emperadores, los que cambiaban las bacinillas de la emperatriz, intimar con los cocineros que preparaban la comida. Sólo así podría sentirse con cierto control. Ver y callar. Como cuando su madre le pasaba libros por la noche y a la mañana siguiente tenía que fingir estupidez frente a los varones de su casa, que la consideraban una mujercita dócil que se veía más bonita callada.

Lo que sin duda era un inconveniente era no saber idiomas. De pronto se sintió muda y sorda al no entender conversaciones enteras que se llevaban a cabo en sus narices. La emperatriz solía hablarles en español, pero si de repente alguien se dirigía a ella en alemán, italiano o francés, Carlota cambiaba de registro con una velocidad pasmosa. A Constanza aquello, lejos de disgustarla, le causaba una envidia enorme. Ella también quería saber tantos idiomas como Carlota, aunque estaba consciente de que aquellos privilegios sólo estaban permitidos a reyes y a reinas. La propia emperatriz, sin ir más lejos, dominaba seis lenguas. Su idioma materno era el francés y hablaba alemán por su padre, lengua con la que, además, se comunicaba con su marido. Dominaba el inglés y los años en Lombardía y Veneto le habían llevado a aprender italiano. Antes de venir a México estudió a conciencia el español y tomó incluso lecciones de náhuatl. Tanta sabiduría no estaba destinada a la gente de a pie. Pero Constanza tenía buen oído y afición por los libros, cosa que Carlota descubrió en cuanto mantuvo un par de conversaciones con ella, y enseguida la colocó entre las escasas damas de honor con las que podía platicar de asuntos más elevados, permitiéndole además entrar a la biblioteca del castillo, lo que aprovechaba para buscar traducciones de libros que ella, en secreto, ya conocía. Y aunque le costaba un mundo y un tremendo esfuerzo, Constanza consiguió aprender alguna palabra que otra en francés. Sin embargo, sabía que para poder tener éxito en su misión, la cuestión del idioma era algo a resolver de forma urgente.

Una mañana que paseaba junto a Carlota tras ir a misa, llamó la atención de la emperatriz un colibrí que volaba sin avanzar, libando las flores de una planta.

—¡Pero qué animal tan hermoso!

—Es un colibrí, Alteza.

—Me habían hablado de ellos, pero nunca los había visto.

—Según la leyenda náhuatl, son guerreros muertos en combate, Alteza.

Carlota —pensó Constanza— estaba emocionada. Incluso pudo ver cómo sus labios dibujaban una sonrisa. Permanecieron una junto a la otra observando el pajarillo suspendido en el aire. Carlota pensaba en lo mucho que le hubiera gustado a Maximiliano ver al colibrí, y Constanza se preguntaba cómo formular lo que estaba a punto de pedir.

—México está lleno de belleza —dijo Carlota al fin.

—Su Alteza —dijo Constanza con timidez—, quisiera pedirle un gran favor.

El colibrí se alejó cuando Carlota se volvió. Constanza, haciendo una reverencia, prosiguió:

—Verá, Alteza, me gustaría aprender francés. He notado que yo le sería más útil si dominara mejor el idioma.

Carlota la escudriñó casi sin pestañear.

—Pues aprende, Constanza. Aprende. No necesitas mi venia para eso.

—Sí, pero ¿habría alguien en la Corte que pudiera enseñarme?

—*Ma chérie*, la Corte está llena de franceses.

Y sin detenerse más en el asunto emprendieron camino, mientras Constanza pensaba en que no conocía en lo más mínimo a la mujer que tenía delante. Debía ser cautelosa y muy astuta, sobre todo eso. ¿Con quién podría practicar francés sin perder a la emperatriz de vista? Buscaría con ojo avizor hasta encontrar al maestro adecuado.

4

Sin saber a ciencia cierta por qué, el Valle de México hizo sentir a Philippe que por fin estaba en casa. Tal vez fue porque los comerciantes belgas de la ciudad los recibieron con un banquete regado con vino y champaña, o porque a donde mirase veía soldados franceses paseándose con sus uniformes condecorados. La verdadera razón era que, por primera vez en su vida, Philippe tuvo la sensación de estar formando parte de algo importante.

No podía decir que la Ciudad de México fuera la más hermosa que hubiera visto. Había desorden y suciedad en las calles, y por todas partes proliferaban mercados con puestos donde se vendían las cosas más dispares, desde comida caliente hasta ungüentos para curar la reuma, pero el bullicio la hacía sentir viva, como un gran ente despierto a todas horas. De nuevo, México con sus contrastes. Las mayores riquezas convivían codo a codo con indígenas descalzos en plena calle. Al llegar al centro, Philippe —al igual que el resto— enmudeció. Había iglesias, parques, palacios bellísimos. De no haber sido porque llegar hasta ahí les había costado atravesar mares y montañas, habría jurado estar en una ciudad europea.

Una nube de polvo empezó a aproximárseles. Para sorpresa de todos, incluido Van der Smissen, Sus Majestades habían acudido a recibirlos: Philippe sintió que su corazón latía con rapidez. El emperador Maximiliano, seguido del mariscal francés Bazaine, venía a caballo, y un poco atrás, en una calesa descubierta, la emperatriz Carlota. El emperador empezó a hablar para darles la bienvenida, pero Philippe no tenía ojos más que para la emperatriz detrás de él. No se la imaginaba así: se veía tan joven, hermosa de una manera austera, sin las estridencias de algunas mujeres belgas con las que llegó a bailar alguna vez. Parecía sumamente conmovida, Philippe podía notarlo. De pronto, unos tambores batieron y al compás de los clarines el himno belga empezó a sonar. Los oficiales saludaron con sus espadas, la tropa presentó armas y tras el clamor gritaron:

—¡Viva el emperador! ¡Viva la emperatriz!

Carlota estaba emocionada. Se abrazó y luego con un gesto en el aire envió el abrazo a sus fieles soldados.

Detrás de la emperatriz, en una calesa más pequeña, iban Manuelita de Barrio y Constanza, la primera visiblemente emocionada, como si el regimiento de voluntarios belgas hubiera ido a protegerla a ella; la segunda, completamente sorprendida al ver la cantidad de extranjeros que eran capaces de atravesar el mar y arriesgar la vida en busca de una aventura. Nunca en su vida, pensó Constanza, había visto a tantos insensatos juntos. Absorta estaba en sus pensamientos cuando un mozo se acercó corriendo en su dirección.

—La emperatriz le envía esto —le dijo al tiempo que le extendía un pedazo de papel. Constanza leyó una frase del puño y letra de la emperatriz: «*Parlez-vous français?*».

—¿Qué dice, niña? —preguntó ansiosa Manuelita.

—Pues, creo que la emperatriz quiere que practiquemos el francés… con los belgas.

—¡Pero cómo! A ver, pásame ese papel.

Manuelita leyó también. Ambas se miraron sin entender la instrucción de la soberana; se asomaron por un costado y vieron a un montón de hombres a los que les hacía falta un buen baño.

—Pues si hay que hablar francés, lo haré en la fiesta de esta noche y no ahora… ¡Fíjate qué facha tienen los soldados!

Constanza echó un ojo al panorama.

—Insensatos —dijo ahora en voz alta—. Un montón de locos insensatos.

Manuelita la corrigió.

—Calla, niña. Como vuelvas a decir algo así, vas a lograr que nos destierren.

El carruaje se puso en marcha de nuevo. Constanza echó un ojo al montón de hombres que las observaban a su paso: notó que muchos tenían la misma cara de desconcierto que ella. De pronto, sin ningún motivo aparente, fijó sus ojos en uno de ellos. Muchos años después, cuando las tornas del destino giraron en su contra, tuvo tiempo para reprocharse por qué reparó en él y no en cualquier otro. Pero no fue cualquiera: fue él. Y una vez que lo divisó en medio de la muchedumbre, le fue imposible mirar en otra dirección. Se quedó viendolo largo rato, hipnotizada, aprendiendo su rostro, memorizando su cara, como si supiera que ese al que veía cambiaría el rumbo de su destino. Él también debió de sentir el peso de su mirada porque conectó sus ojos con los de ella. Se miraron un instante. Sólo eso. Pero Constanza enseguida apartó la vista, avergonzada.

—Pero, niña, si te has puesto toda colorada.

Constanza se llevó ambas manos a las mejillas. Sintió que estaba ardiendo.

—Se me hace que te has enamorado.

—Ay, Manuelita, pero qué cosas dice.

Durante el resto del camino no interrumpió a Manuelita, que opinaba sobre todo lo que veía, incapaz de callarse. Pero Constanza no la escuchaba: quería reconocer el nuevo sentimiento, entre el nervio y la impaciencia, que aleteaba en su alma. Necesitaba volver a verlo. Volver a ver a ese soldado.

Por la noche, aseados y vestidos con su uniforme de gala, los franceses afincados en México agasajaron a los belgas de Carlota, como se les empezaba a llamar, con una fiesta organizada en el Palacio de Minería. Constanza sabía que vería a *su* soldado, así que tuvo mucho cuidado en arreglarse con coquetería. Las otras damas de la Corte notaron su reciente entusiasmo.

—Ya deja de emperifollarte, niña, sólo te falta colgarte el molcajete.

—¡Cómo son! —les contestaba ella divertida, consciente de que, en efecto, poco más podía hacer para lucir mejor.

Se sentía ridícula. Las probabilidades de hablar con él eran prácticamente nulas. Ni siquiera sabía cómo se llamaba y, aun sabiéndolo, de poco podría servir. No obstante, algo latía dentro de ella, una nueva ilusión. Antes de salir rumbo a la fiesta, respiró hondo y se pellizcó los pómulos.

Cuando los soldados llegaron al Palacio de Minería no hubo un solo oficial ni soldado que no se maravillase: muchos pensaban que en México sólo encontrarían templos aztecas y de pronto los recibían en un palacio cuyas escalinatas bien podrían sacarle los colores a cualquier recinto de gobierno en Brujas. El patio central emergía con dignidad entre las flores y el boato de una ceremonia real. Muchos de los soldados nunca habían pisado un recinto palaciego en su vida, la mayoría desconocía la riqueza y, hasta antes de embarcarse, su única preocupación era la de trabajar por un salario para comer lo que en el día surgiese. De pronto estaban ahí, conviviendo con la realeza en recepciones aristocráticas, admirando una grandeza de la que hasta ahora tan sólo habían oído hablar.

Albert, de Bruselas, era uno de ellos. Su padre era carnicero, y a lo que estaba acostumbrado era a partir pescuezos y desmembrar vacas desde que tenía memoria. Sabía usar un cuchillo pero jamás para clavarlo sobre un ser que no tuviera cuatro patas. Prefería los animales a la gente, sobre todo cuando se sentía, como esa noche, fuera de lugar. Philippe podía sentir su incomodidad y nerviosismo desde el otro extremo del patio. Se acercó hacia él y, extendiéndole un vaso de ponche, le dijo:

—Disimula un poco, muchacho. En la vida no sólo hay que ser, sino parecer.

Albert tomó el vaso, agradecido.

—¿Parecer qué?

—Ser digno del uniforme, muchacho. Da igual de dónde vengas, lo que importa es a dónde vas.

Antes de que tuviera oportunidad de contestar, los emperadores hicieron su aparición con todo su séquito. Constanza, desde cierta distancia prudencial, oteaba entre la gente.

Nada más verla, Philippe no le quitó ojo a la emperatriz. Era ella el motivo de ese viaje, no el emperador, ni Van der Smissen ni Bazaine. Ella. La observaba con determinación, como si quisiera anticiparse a sus gestos. Aun con la certeza de que probablemente jamás repararía en un pobre carpintero de Amberes, sentía que debía ser una especie de lazarillo para esa mujer. Observaba cada uno de sus detalles. Su piel era pálida, casi transparente, y Philippe podía jurar que nunca la había tocado el sol. Iba toda vestida de blanco, en seda bordada en oro, y una capa de terciopelo carmesí, también bordada en oro, la protegía del frío de la noche. El pequeño cuello refulgía por un collar de diamantes y dos hilos de perlas que —Philippe tuvo la impresión— distraían un poco, y sobre la cabeza llevaba una diadema imperial. Acostumbrado a la noble sencillez de la madera, los únicos adornos que él conocía eran el barniz y el óleo. Qué lejos estaba de ella. Qué lejos y, sin embargo, estaban unidos por el lazo invisible del destino.

Constanza se pasó toda la noche buscando el rostro de su soldado, pero no lo reconocía estando todos ataviados de la misma manera y peinados con cera en los cabellos. «Que aparezca, que aparezca», decía al tiempo que estiraba el cuello buscándolo. Empezó a ponerse de mal humor cuando, entrada la noche, seguía sin verlo. Además, Manuelita no la dejaba sola un segundo y hablaba como una cacatúa. Estaba en su salsa saludando a toda la crema y nata del lugar, a la alta sociedad mexicana, que, de pronto, parecía haber crecido con coronas desde la cuna. Muchos hablaban idiomas y por cortesía con los recién llegados apenas se escuchaba español.

—Practica tu francés, niña. Órdenes de la emperatriz.

Constanza le regalaba una sonrisa forzada y, tras perder el tiempo con unos cuantos *merci* por aquí y *enchantée* por allá, seguía buscando. Saludaba con educación y escoltaba a Carlota como cuando, con algo parecido al don de la ubicuidad, rezaba el rosario con Clotilde mientras pensaba en los versos de Baudelaire que había leído la noche anterior.

Terminó la velada. Cayó la noche y, como la Cenicienta del cuento, cada uno volvió a su respectivo acomodo. En Chapultepec, Constanza se quitó el maquillaje con decepción en el corazón y rabia en la cabeza. Eso se sacaba por soñadora, se regañó, y se prometió que, mientras estuviera en palacio, dejaría de buscar imposibles o entretenerse en asuntos que no tuvieran relación con la misión que le había encomendado su madre, que era, ni más ni menos, espiar a la emperatriz. Mientras se deshacía el trenzado recogido en la nuca se reprendía por ser tan infantil y no haber estado al pendiente de lo que ocurría frente a sus narices por estar en busca de un soldado raso, cuando se codeaba con los altos mandatarios que habían venido a usurpar la soberanía. ¿Con quién había estado la emperatriz? ¿Quién era ese coronel belga con quien tanto rato había estado conversando? ¿Quién era el hombre de ojos azules y ancho como un armario que no se había despegado del emperador ni un segundo?

«Tonta, tonta, más que tonta», se decía mientras se quitaba con brusquedad el rojo de los labios.

En el centro de la ciudad, dividieron a los soldados por centenas. Al no haber cuarteles para todos, decidieron acondicionar casas donde los acogerían. Algunos, al oír aquello, se alegraron con la noticia: preferían la comodidad de una casa, por modesta que fuera, a la frialdad del acuartelamiento. Sin embargo, pronto descubrieron que entre ambos apenas había diferencia. El caserón que le fue asignado al grupo de Philippe tenía un enorme galerón de techos altos donde las palomas habían encontrado un refugio perfecto; el suelo debajo de ellas estaba cubierto de una espesa capa blanca con verde. No había muebles ni camas; aquello era un palomar.

—¿Y dónde dormiremos? —preguntó Albert.

—Tendremos que echarnos sobre esas planchas de madera —contestó Philippe.

Albert hizo una mueca que no ocultaba su decepción.

—Es eso o el suelo —le dijo Philippe al tiempo que apañaba una.

—¿Cómo es que nunca te desanimas?

—He dormido en sitios peores —contestó Philippe—. Ahora duerme y calla.

Albert obedeció sin saber que, sin querer, sus palabras habían removido recuerdos de cuevas, miedo y soledad.

A la mañana siguiente muchos hombres amanecieron picoteados por los mosquitos al grado de que temieron haberse contagiado de alguna enfermedad extraña; las ronchas tenían el tamaño de una moneda de cinco centavos y eran de un color rojizo similar al de las fresas. Mientras a Philippe parecían haberlo ignorado, Albert despertó hinchado por la comezón.

—¡Voy a morir, voy a morir por culpa de estos insectos infernales! —decía mientras se rascaba.

—No vas a morir, Albert. Es sólo un piquete.

—Lo dices porque estás intacto. ¡Mírate! ¿Por qué no te picaron?

—Déjame ver —dijo Philippe acercándose para observarlo de cerca. En efecto, la reacción alérgica le había dejado los brazos hirviendo.

—Maldita sangre dulce… Mi padre siempre me decía eso. Pero aquí los mosquitos no pican, ¡muerden! ¿Es grave? ¿Tengo fiebre?

—¿Quieres calmarte? No has venido desde tan lejos para morir por causa de un mosquito, ¿entendido?

Y Albert, como niño pequeño, asentía angustiado ante la idea de morir de la forma que fuera.

No era el único inconforme. Se escuchaban quejas por doquier; «Nos van a matar de hambre»; «No podemos dormir en el suelo»; «Para pasar estas privaciones, me quedo en Bélgica», y voces quejumbrosas que calentaban aún más el ambiente. A los oficiales les costaba trabajo mantener el orden entre tanto civil. Philippe, que, salvo por las pequeñas pláticas que mantenía con Albert, era un hombre de pocas palabras, prefería escuchar. Agarró su ropa y, a la espera de instrucciones que parecían no llegar en ese mar de improperios, tomó una manzana de un saco y salió a tomar aire. Cuál fue su sorpresa cuando topó de frente con un carruaje imperial: sin avisar, la emperatriz había decidido presentarse ante sus hombres. Entonces no lo sabía, pero a Carlota le gustaba salir a pasear a caballo todas las mañanas; era una excelente amazona. Y aunque prefería salir sola, en México siempre tenía que ir escoltada por miembros de su Corte: por seguridad, le habían dicho. Philippe aguantó la respiración sin atreverse a mover un músculo. A diferencia de la noche anterior, no llevaba joyas ni diademas ni un amplio vestido bordado en oro; Philippe pensó que se veía mejor así. Cuando la vio dirigirse hacia él, se puso en posición de firmes.

—¿Cómo te llamas? —le dijo ella como si se hubiera encontrado con un pequeño niño asustado.

—Philippe, Su Majestad. Philippe Petit.

Carlota sonrió.

—Pues de *Petit* tienes más bien poco.

Él no sonrió. No estaba seguro de si debía hacerlo.

—¿De dónde eres?

—De Amberes, Majestad.

—¿Has pasado buena noche?

Philippe dudó un instante. Carlota, con su usual inteligencia, intuyó la respuesta.

—Habla con libertad.

—Pues… la verdad es que no muy buena, Su Majestad. Carecemos de víveres, no tenemos colchones y hay muchos insectos.

Carlota recordó cómo había sido su bienvenida a México, nada halagüeña; en su cabeza vio a Maximiliano teniendo que dormir sobre una mesa de billar para huir de las chinches que atestaban el colchón. Si así fue con ellos, podía imaginarse cómo estarían esos pobres soldados.

—Agradezco tu sinceridad, Philippe Petit. Veré que sus necesidades sean atendidas lo antes posible.

Y luego partió, alejándose al trote en su caballo. Sentía simpatía por esos hombres, que sin ninguna obligación habían decidido acompañarla al otro lado del mundo. Los sentía cercanos, como si todos, incluida ella, fueran enfermos aquejados por el mismo mal. Recordaba muy bien cómo había sido su recibimiento. Llegar a la Ciudad de México fue una tortura: las montañas arboladas hacían del camino un botar continuo y en más de una ocasión se había pegado en la cabeza contra el techo del carruaje. Los nobles que los habían recibido no sabían ya qué excusa darles por el mal estado de la ruta:

—Disculpen, Sus Majestades, es que ha habido muchas lluvias y el camino se ha deshecho. Disculpen…

Un bache. «Disculpen». Otro bache. «Disculpen». Más baches.

Lo cierto es que si la emperatriz hubiera tenido más años y menos humor, habría acabado con una costilla rota. Pero entonces Carlota aún venía con las ilusiones intactas; todo le encantaba, todo le parecía maravilloso y excelente. Y a pesar de las caras compungidas de todos, el mal estado de los caminos no era razón de peso para arruinarle la bienvenida. Las calles, plazas y edificios públicos se vistieron de verde, blanco y rojo, y por la cantidad de flores que vio por todas partes, Carlota pensó que era lo más parecido a un jardín. Por la noche, las casas decoraron sus balcones con farolitos de colores y luces, convirtiendo a la Ciudad de México en un pedazo de cielo en la tierra. México. La gloria. El reconocimiento. La oportunidad de trascender. Aún ninguno sabía que en México la gloria y el fracaso son dos caras de una moneda que se gira azarosamente.

Philippe la vio alejarse; de pie, esperó a que la silueta de aquella mujer se difuminara hasta perderse cual fragata en el horizonte. La vio partir y entonces se descubrió deseando desde lo más profundo del alma que muy pronto, de ser posible en ese instante, Carlota girara la cabeza y lo mirase, pero no fue ella quien volvió la vista. A corta distancia, aguantando la respiración tanto como Philippe, Constanza observaba la escena petrificada desde el carruaje que escoltaba a la emperatriz. El soldado. El hombre cuya mirada le apretaba los pulmones más que el corsé que llevaba. *Su* soldado estaba hablando con la emperatriz.

IV

1

Esa mañana, Carlota pasó las manos sobre la tela que la cubría lo más despacio que pudo; luego suspiró. A pesar de que los vestidos que usaba eran amplios, cada vez era más notorio el abultamiento del vientre. Si quería ver al Papa, debía hacerlo pronto: corría una carrera contra el tiempo y no podía perder. Temía por su seguridad y desconfiaba de todos. Bombelles la ponía nerviosa con su perenne vigilancia; Bohuslavek también, con esas gotas que le obligaba a ingerir diluidas en los líquidos. Por otro lado, era lógico que Napoleón III hubiera dado órdenes de mantenerla vigilada. Es lo que ella hubiera hecho en su lugar: el enemigo, siempre vigilado, una norma clásica desde que Bruto apuñalara a César. Mientras estuviera en territorio europeo, su presencia representaba un peligro. La guerra estaba en puerta y todo era un polvorín. Seguro que Napoleón le había llegado al precio a más de uno para hacerlos espías. Debía apresurarse.

Justo el día después de los festejos por la Independencia, ordenó partir hacia Roma vía terrestre. Durante el viaje, se recargaba en la compañía de Mathilde. Ella era su refugio, un remanso de paz. Junto a ella los temores desaparecían y podía relajarse en la sencillez de ser una persona normal. Con ella no hablaba de política, de tratados ni de firmas. Sólo con ella Carlota se olvidaba de la condena de reinar. Pero cuando se quedaba sola, la cabeza no paraba de darle vueltas. Si la audiencia con Napoleón había sido tortuosa, no quería ni imaginarse lo que sería implorar a Pío Nono. Maximiliano había pisado cada uno de los callos de la Iglesia: sólo un necio habría ignorado que era hijo de la Primavera de los Pueblos. Nada más llegar a México, siendo más próximo a la mentalidad liberal que a la de los conservadores que lo requirieron como gobernante, Max había quitado a la Iglesia sus bienes y sus prerrogativas, era cercano a las Leyes de Reforma promulgadas por Juárez, y para colmo de males había decretado la libertad de cultos. Además, sus médicos personales y consejeros particulares eran judíos. Carlota sabía que convencer al Santo Padre no sería un paseo por las nubes.

Por fin llegaron a Roma. Cuando Carlota bajó en la estación, un tumulto de personas se detuvo en los andenes con los cuellos estirados. Aquello era un espectáculo. A empujones, la gente intentaba ganar un lugar que le permitiera verla descender rodeada por un séquito de sirvientes vestidos de charros. Cardenales, ministros y representantes de la alta sociedad italiana la recibieron en corro; Carlota, aunque satisfecha por el recibimiento, se sintió atosigada entre tanta gente. A duras penas podían avanzar por la multitud de curiosos que se arremolinaban para ver pasar a la emperatriz. Con dificultad llegaron hasta un hotel de la vía del Corso, donde se hospedaría. Todo el primer piso fue para ella. Ya en la calma de su habitación, Carlota abrió el balcón y sonrió. Hacía mucho tiempo desde la última vez; la vista era magnífica. De pronto la iglesia de San Carlos, sin ninguna razón aparente, le recordó a la catedral de Puebla. Cerró los ojos y aspiró con fuerza. A pesar de todo, México siempre estaba ahí, latente, en los olores y colores del viejo continente.

Unos días después, Pío Nono la recibió en el Vaticano. El Santo Padre iba completamente vestido de blanco y a Carlota le pareció que refulgía en medio de los dorados y rojos del trono papal. Carlota se tiró a sus pies para besar sus sandalias. Él, con una velocidad pasmosa para sus setenta y cuatro años, se apresuró a detenerla.

—Levántate, hija —le ordenó mientras le extendía su mano para que besase su anillo.

Carlota alzó la vista; quiso encontrar en los ojos del anciano algo que pudiera infundirle confianza. Con todas sus ansias deseó encontrar en ellos un resquicio por el que asomara la esperanza. Hablaron mucho rato. Ella expuso un proyecto de concordato regado con historias, cada una más entrañable que la anterior, de aquella tierra lejana que a nadie parecía importar.

—Napoleón III nos ha abandonado —decía y, al mencionar su

nombre, un miedo atroz se le revolvió por dentro. Dudó sobre lo que estaba a punto de decir, pero pensó que ahí se encontraba segura.

—Sospecho que quiere envenenarme, Su Santidad.

El Papa ladeó la cabeza.

—¿Quién quiere envenenarte, hija?

—Él. Todos. Ha puesto a todos en mi contra. No confío en nadie.

—¿Napoleón? ¿Por qué lo dices, hija?

—Me echan polvos blancos en el agua. Lo he visto. El doctor piensa que no me doy cuenta, pero sí.

Pío Nono guardó silencio. Carlota prosiguió:

—Si han de matarme, que lo hagan de una vez, sin el sadismo de hacerlo lentamente.

—Pero eso es imposible, hija. ¿Por qué habrían de matarte?

—¿Y por qué no? En estos momentos soy un estorbo más que una presencia agradable. Todas mis anclas han fallecido: mi padre, mi abuela, mi madre. ¿Quién me extrañará si yo muero a kilómetros de distancia?

El Papa escuchó en la voz de la joven mujer el peso de la desesperación. Entonces ella suplicó:

—Ayúdeme, Su Santidad, no me deje a merced de estos hombres. Quieren volverme loca.

Y al decir esto, el Papa pensó que la mujer desvariaba. Para calmarla, ofreció palabras de consuelo; le salieron de forma natural, sin pensarlas. Estaba acostumbrado a consolar por reflejo. Todo el mundo venía a él con peticiones, niños enfermos, casos graves, milagros. Pasaba el día recibiendo peticiones, una tras otra, y lo único que podía hacer por todas esas almas era rezar.

—No temas, hija. Nadie muere envenenado en Roma.

Después hablaron de otros asuntos. Se despidieron con la promesa de que el Papa revisaría el documento de concordato para su estudio.

Carlota no supo esperar. Tres días después, vestida y peinada a las ocho de la mañana, despertó a la señora De Barrio.

—Vístase, Manuelita. Vamos a ir al Vaticano.

La señora De Barrio parpadeó un par de veces para acostumbrarse al torrente de luz que acababa de entrar a la habitación. Asustada por el brusco despertar, le costó unos segundos reaccionar.

—¿Acaso la han citado ya? ¿Tan pronto?

A lo que Carlota contestó:

—No me voy a quedar aquí de brazos cruzados mientras el futuro de México está en juego. Si fuera hombre, ya me habrían recibido.

La señora De Barrio observó el atuendo de la emperatriz. Llevaba un traje de diario: a todas luces no era adecuado para una audiencia papal. Con delicadeza se lo hizo notar a la emperatriz, que con impaciencia daba vueltas por la habitación.

—Disculpe, Majestad, pero ¿no cree que debería ponerse algo más apropiado para ir a ver al Papa?

Carlota se detuvo. Dudó un segundo, pero luego dijo orgullosa:

—Se le olvida, Manuelita, que somos los emperadores quienes ponemos las reglas de etiqueta. Nosotros mismos estamos exentos de ellas.

Antes de llegar al Vaticano, pasaron por la Fontana di Trevi. Carlota ordenó al cochero parar en seco. El carruaje frenó de golpe y las mujeres tuvieron que agarrarse de los apoyabrazos al detenerse.

—¿Qué sucede? —preguntó la señora De Barrio, deseando que la emperatriz hubiera cambiado de opinión y decidiese volver a cambiarse de ropa.

Pero Carlota, dejándola completamente atónita, le dijo:

—Muero de sed.

Ante la mirada incrédula de la señora De Barrio, que pensó que debía estar soñando, observó a la emperatriz bajar del carruaje con un pequeño vaso de plata del cual hasta ahora no se había percatado.

—¿De dónde ha sacado ese vaso, Majestad?

—Lo tomé prestado del Vaticano.

La señora De Barrio se santiguó a toda velocidad, esperando que el gesto borrase el pecado de hurto.

Carlota caminó con devoción hacia la fuente, estiró el brazo y, dejando que el salpicar del agua mojara su vestido, llenó el vaso de agua y se la bebió toda. Manuelita, con cara de estupefacción, la vio regresar hacia el carruaje con una gran sonrisa; una vez que se sentó, no dijo palabra, tan sólo se quedó viéndola como si acabara de observar a la emperatriz descuartizar a un animal. Carlota rompió el silencio:

—Aquí, al menos, no estará envenenada.

Llegaron al Vaticano tan temprano que encontraron al Santo Padre desayunando. El Papa, que no estaba acostumbrado a visitas inesperadas, agradeció que por una vez en la vida alguien se saltase el protocolo.

—Háganla pasar —dijo—. Que me acompañe a compartir los sagrados alimentos.

Cuando Carlota entró, lo primero que sintió fue un exquisito olor a pan y a chocolate caliente flotando entre los tapices. Las tripas le tronaron con un estruendo tan fuerte que creyó que todos a su alrededor lo habrían escuchado. Llevaba días pasando hambre, a veces porque los nervios le quitaban el apetito y muchas otras tantas porque no se fiaba de los alimentos que le preparaban. Se acercó a la mesa. El Papa le dirigió unas palabras pero ella no escuchaba: sólo tenía ojos para esa taza humeante de chocolate espeso donde Su Santidad estaba mojando pan. Oía voces, pero no entendía una palabra. Empezó a marearse. Un pitido agudo se disparó en sus oídos, como el silbato de los marineros. «Ya está», pensó, «me voy a desvanecer». Trató de recomponerse y respiró hondo, intentando controlar los malestares de su cuerpo. El Papa hablaba. La miraba con preocupación. Notó que Su Santidad se ponía de pie y la señora De Barrio la sujetó por la cintura. Mil cosas pensó en dos segundos. «Si me desmayo, descubrirán mi embarazo». No, no podía. No era el lugar. No era el momento. Y justo cuando sentía que las piernas se le doblaban como si fueran de papel, se apoyó violentamente sobre la mesa y sin dudarlo un segundo metió los dedos en la taza papal.

Si hubieran podido escucharlo, habrían oído la carcajada del diablo gozando a risotadas por haber logrado que dos pecados capitales se pasearan a sus anchas por vez primera en esos sagrados aposentos: Carlota, emperatriz de México, con gula y lujuria se chupó los dedos.

2

Carlota sabía que el amor de un hombre era un privilegio que no conocería jamás. A estas alturas lo sabía bien. La nobleza y el deber no eran líneas paralelas al enamoramiento sino más bien oblicuas. Sexo, tal vez. Pero amor… Eso era harina de otro costal. Pensó —ilusa de ella— que a pesar de todo conocería el amor junto al archiduque y poco a poco fue soltando amarras hasta que el barco se perdió en el horizonte.

Philippe, por otra parte, nunca renunció a él. Cuando era niño, a pesar de las penurias y el hambre, a pesar de los golpes y de las decepciones que fue conociendo a fuego, siempre guardó en su corazón un resquicio para el amor. Jamás se atrevió a confesarlo ni siquiera a sí mismo, pero de vez en cuando, cuando la luna desaparecía del cielo y la noche se tornaba más oscura que de costumbre, una parte de su alma soñaba a traición. Algún día tendría hijos. Algún día formaría una familia con la cual sentir la candidez perdida y olvidada en aquella gélida cueva. Algún día dormiría acurrucado en los brazos de una mujer que lo cobijaría entre sus carnes. Al alcanzar la adolescencia, los sueños de amores y familia se fueron disipando para dejar espacio únicamente a placeres no por desconocidos menos gratificantes. Amar no siempre fue satisfactorio: las primeras mujeres con las que estuvo lo asustaron hasta petrificarlo. Eran mucho mayores que él y con bastante rodaje a sus espaldas. Algunas sentían ternura por el muchacho, otras no disimulaban el tedio de saberse iniciadoras en las artes amatorias, pues dar lecciones a un púber tomaba más tiempo y por tanto dejaba menos dinero. A otras, más condescendientes, se les salía el lado maternal y le hablaban impostando la voz como si fuera un niño pequeño: «Véngase con su mami, papi». Cuando eso sucedía, Philippe se tensaba, incapaz de combinar en una misma persona dos seres distintos: o estaba con una madre o con una furcia. Intentaba expulsar de su cabeza los pocos recuerdos que conservaba de su progenitora, pero rompía a llorar porque la extrañaba y salía corriendo de la habitación como si lo estuvieran obligando a cumplir una sentencia. Prefería complacerse solo, ahí era libre y podía imaginar a voluntad. Se daba placer y luego, habiéndose serenado, se sentía más solo que nunca. Se convertía en una roca golpeada por la fuerza de la marea, inmerso en una soledad enorme como un océano. Metía la cabeza en la almohada y esperaba a que la luna nueva trajera a hurtadillas sueños de amores por venir.

Y entonces conoció a Famke.

Ella no era como las demás. En sus ojos negros no se podía distinguir la dilatación de las pupilas, pero al verlos, Philippe sentía que se asomaba a una noche negra donde todo aún era posible, un mar de alquitrán imperturbable. No debía de ser mucho mayor que él, un par de años tal vez. Su madre había sido una de las mejores meretrices de Bruselas y, aunque al principio se resistió a empujar a su hija hacia la misma profesión, de pronto comprendió que si lograba encauzarla hacia los amantes indicados la niña terminaría ostentando poder y riqueza, o al menos esa era la excusa que se daba cuando la atormentaba la culpa. Entonces se sacudía el remordimiento diciéndose que Famke, además de dar y recibir placer, aprendería historia, idiomas, música. La construiría a su imagen y semejanza. Sería su Eva particular. Con lo que no contaba era con que Famke le había salido aún más manipuladora y poco a poco fue ensanchando su repertorio de miradas que hacían sentir a los hombres con los que yacía que no tenían parangón. No había más hombres sobre la Tierra. No había más lugares, de tal suerte que cada uno sentía que los besos de Famke eran los primeros que daba y más de uno le prometió sacarla de aquel mundo carnal y pecaminoso en el que tan a menudo y con sumo placer pecaban. Ella a todos les sonreía, bajaba la mirada y se dejaba besar la frente para no volver a verlos jamás. Y es que la madre de Famke había pasado por alto algo que a la larga resultó su virtud más beneficiosa para tal oficio: Famke no tenía un ápice de inocencia.

Sabía muy bien que casarse era una losa de dependencia económica y mental bajo la cual no deseaba estar, porque ningún infierno bíblico podía compararse con la vida de sumisión y sometimiento a la que estaban condenadas las mujeres sin dote. No fue fácil. Al principio lloró mucho, muchísimo. Pero con el tiempo aprendió a abrazar su profesión al descubrir que, en efecto, los hombres no sólo la escuchaban sino que tomaban en cuenta sus consejos y opiniones. Y si eso no era suficiente, podía administrarse pecuniariamente. Y una vez saboreadas la libertad y la independencia, no hubo poder humano capaz de convencerla de volver a una vida junto al fogón.

Philippe, siendo un joven al que apenas se le estaba cerrando la barba, también cayó en sus garras. Llegó a ella por casualidad, una noche en que al salir del taller del señor Walton la encontró perdida, o fingiendo estarlo, entre las calles taciturnas. Había salido de la casa de un burgués comerciante y se dirigía a la taberna donde la esperaba su madre. Philippe le propuso acompañarla. No hizo falta más. Sin saberlo, ella empezó a urdir su tela de araña. Philippe, ajeno a las señales de humo, trepó por ella hasta pegarse a su centro, quedando a su merced. Al principio la observó con reserva, desde cierta distancia, hasta que sin saber cómo ni en qué momento se encontró pensando en que nunca antes había visto una criatura más perfecta. El cabello dorado suelto hasta la cintura, unos pechos que rebotaban con cada paso, su cintura diminuta y una sonrisa donde cabía el firmamento. Por su conversación podía intuir que ella no era una chica como las demás. Sabía latín. Y cuanto más hablaba ella, más enmudecía Philippe. Famke le hacía preguntas de todo tipo, pero cuando era él quien lanzaba una al aire, ella las evadía con una maestría que no podía ser sino muestra inequívoca de rapidez de reflejos. Por fin llegaron a la taberna.

—Gracias —le dijo ella—. Me has salvado la noche.

Philippe inclinó la cabeza.

Y entonces sucedió algo imprevisible, casi mágico, que lo tomó por sorpresa: Famke lo tomó de la mano, se lo llevó a un callejón donde ronroneaba un gato y lo besó en los labios. Sin palabras fue guiando a Philippe en cada movimiento de la lengua, cada roce. Después empezó a hablarle quedito: «Despacio», «Así no», «Abre la boca, pero no tanto». Y así, sin prisa y sin descanso, esperó a que el muchacho cayera del árbol. De pronto se alzó la falda y lo invitó a entrar. Philippe aprendió muchas cosas esa noche. Aquel callejón sin salida los resguardó en la complicidad de la oscuridad.

—Considéralo un regalo de cumpleaños —le dijo ella.

—Pero si no es mi cumpleaños.

—Ahora sí lo es —dijo Famke.

Y luego se fue.

No volvieron a verse nunca, pero él intentó encontrarla inútilmente en cada mujer que conoció. A veces, cuando el alcohol le aturdía los sentidos lo suficiente como para amar sin perder el conocimiento, creía volver a ver esos ojos negros mirándolo de vuelta. Cerraba los ojos para poder verla con claridad y entonces se convertía en el mejor de los amantes. Con el tiempo la fama de Philippe se fue extendiendo en los burdeles de Gante, tanto que empezaron a proliferar personas que afirmaban ser él para conseguir una rebaja. A todos los descubrían, porque si algo sabían reconocer las mujeres de los tugurios era a un hombre enamorado de una quimera.

3

Desde que llegó a México, Philippe no había vuelto a pensar en ella. Durante muchos años creyó que Famke había sido un mal sueño, una de esas borracheras que taladran el cerebro al despertar. Pero como no hay mal que cien años dure, Famke se fue difuminando como cualquier recuerdo que se apaga si se le da el tiempo suficiente; era una herida sin curar que cicatrizó de mala manera. Y Philippe se embarcó rumbo a México. Llegó el Ejército, la posibilidad de nuevas aventuras. Y un día, entrado en sus veintitrés años, se descubrió soñando un nuevo sueño, un sueño tan frágil y escurridizo como agua entre los dedos. Ese nuevo sueño se llamaba Carlota y era, con diferencia, el más estúpido de todos. A diferencia de Famke, no era una ensoñación de callejón: Carlota era plausible. Carlota estaba ahí, todos los días. Tenía voz. Tenía cuerpo. Carlota en los estandartes, en los medallones, en los carruajes. Carlota. Siempre Carlota. La emperatriz.

Le costó trabajo admitirlo. Al principio asumió que el interés que ella le despertaba respondía a simple curiosidad por conocer a un miembro de la realeza, y además de forma cercana. Carlota consentía mucho a «sus belgas», como ella misma los llamaba, y cada mañana les regalaba una taza de chocolate y una tortilla. A Philippe no le gustaba la tortilla, prefería cien veces el pan crujiente de las panaderías de casa, cuyo olor podía hacer levantar de la cama hasta a los moribundos, pero se comía la tortilla sin chistar. La veía alejarse con una leve sonrisa en los labios, ocasión excepcional en que parecía feliz, al menos por un instante. No tenía una sonrisa como la de Famke, ni mucho menos. Carlota no lo seducía como Famke, y eso la hacía a sus ojos mucho más interesante. Carlota se le antojaba un ser completamente indefenso. A pesar del boato que la rodeaba, para alguien hueco como él no era difícil reconocer en ella el vacío. Sabía que estaban separados uno del otro como por un océano, no era estúpido, y sabía, al igual que con Famke, que tendría que aprender a verla desvanecerse. Y a pesar de eso, a pesar de estar plenamente consciente del abismo entre ellos, no podía evitar pensar que eran parecidos, como si Carlota estuviera esperando el alba acurrucada de frío en una cueva similar a la de su niñez.

Observarla a discreción se le estaba volviendo una obsesión, tanto que, en cuanto tuvo ocasión, Philippe no dudó en ofrecerse voluntario para su escolta personal. Lo hizo porque así podía estar cerca de ella, pero, una vez pasada la impresión, empezó a darse cuenta de que estar a su lado no sólo era un privilegio sino toda una lección de estatura política. Carlota pensaba mucho y decía poco, y a pesar de eso mandaba a diestra y siniestra. El emperador estaba siempre ausente, pero Philippe a veces pensaba que lejos de ser un inconveniente aquello representaba una ventaja, porque entonces le tocaba despachar a ella. Philippe sentía que ese era el estado natural de Carlota y le parecía verla resurgir con la majestuosidad con que florecían las orquídeas en verano. Se levantaba a las cinco de la madrugada para poder contemplar el amanecer iluminar el Iztaccíhuatl y desde las seis recibía ministros y atendía peticiones de todo tipo; sobre todo, se preocupaba por la penosa situación de desamparo en que se encontraban los indígenas. En eso era idéntica a Juárez, pero jamás se atrevería a insinuarlo. La veía despachar con firmeza, con una seguridad bien conocida en los hombres mas no en mujer alguna. A los ojos de Philippe, su educación la convertía en un ser seductor sin tener que enseñar ni un centímetro de carne. Gobernaba con arrogancia, con energía e inteligencia. La manera en la que se dirigía, cómo tomaba la pluma sin titubear para firmar un documento, cómo era capaz de rematar diálogos con ministros siempre un paso por delante, dejándolos anonadados. Todo eso lo cautivaba.

Una vez, Philippe escuchó a un par de ministros que, tras rendirle pleitesía en ausencia de Maximiliano, se quejaban amargamente al salir del despacho.

—Es inaudito recibir instrucciones de una mujer que debería dedicarse a inaugurar jardines, visitar enfermos y decorar el hogar.

A lo que el otro contestó con sorna:

—¡Pero si el emperador está más preocupado en escoger las cortinas de Chapultepec que en vigilar las acciones de Bazaine! Con eso de que quiere convertir el castillo en un Schönbrunn, lo que sea que eso signifique…

Lo que muchos ignoraban era que el propio general Bazaine, en sus informes a Francia, opinaba que la emperatriz poseía dotes de gobernante y una capacidad de decisión tales que, si se dejaba el poder totalmente en sus manos, dirigiría el Imperio mejor que el pusilánime de su marido. Philippe pensaba igual.

En sus noches de insomnio, Philippe agradecía el día en que las ganas beligerantes del coronel Van der Smissen lo habían guiado hasta las puertas de los aposentos de Carlota.

Conocía muy poco a Van der Smissen; apenas lo había visto al partir de Bélgica y al llegar a México. Siempre pululaba entre las filas con rostro adusto de pantocrátor. Aunque sus modales eran franceses, su estampa al comandar era la de un alemán al cien por ciento. Philippe reconocía a su coronel desde lejos no sólo porque tenía aguda vista, sino porque el hombre se distinguía en una multitud. Era alto, fornido y con una espalda tan ancha que, de no haber sido militar, hubiera podido hacer carrera en el puerto de Amberes descargando mercancías. Parecía imponente no sólo por su aspecto físico sino por la dureza de su mirada. Era un hombre severo en sus juicios e implacable en sus sentencias, y por esas mismas razones se le caía el alma a los pies al pasar revista a sus soldados: consideraba que estaba al mando de una bola de bandidos, exarrieros de mulas o panaderos convertidos en coroneles de la noche a la mañana. Uno de los mejores hombres que tenía hacía doce años había sido ayudante de cortinero y ahora lo habían detenido por robar pañuelos en el centro de la Ciudad de México. Muchos de los «soldados» imperiales estaban ahí a la fuerza: habían sido reclutados bajo una doble fila de bayonetas, lo que los convertía en potenciales desertores a la mínima ocasión junto a la oscuridad de un cañaveral. El enemigo estaba en casa y Van der Smissen lo sabía; los belgas que habían llegado no eran de mejor calaña. «El día que el ejército francés embarque», pensaba, «el Imperio caerá como un castillo de naipes abatido por el viento». No obstante, se había alistado para complacer a su rey,

Leopoldo I, y para escalar puestos en el Ejército; él sí era militar de carrera y sabía que los galardones del uniforme se obtenían en el campo de batalla. De su cuenta corría convertir a esos malnacidos en guerreros dispuestos a morir por una causa; de su cuenta corría.

Los formó a todos en filas y luego, hinchando el pecho, habló a viva voz como si estuviera motivándolos a entrar en combate:

—¡Soldados!

El eco de su voz retumbó contra unos ahuehuetes al fondo.

—Sé que han venido a proteger a la emperatriz, pero que ansían enfrentarse con el enemigo. ¡Créanme cuando les digo que allí iremos para defender la benemérita causa que hasta aquí nos trajo! El hombre demuestra su valentía en la guerra y se crece en la batalla. Sé que muchos de ustedes no han sido preparados para el combate, pero no lucharán solos: ¡lucharemos *juntos*! ¡Por el Imperio, por la emperatriz y por México!

Todas las mañanas siguientes, Van der Smissen los reunía y les repetía arengas grandilocuentes que les infundían valor y motivación a partes iguales. Cuidar a la emperatriz empezó a parecer una tarea más cercana a lo banal que a lo glorioso y entre ellos bromeaban sobre si eran damas de Corte o soldados de Van der Smissen. No hizo falta mucho tiempo para que se contagiaran del espíritu belicoso y entusiasta de los oficiales, que con cada palabra del coronel se iban cubriendo con una dignidad perdida y olvidada entre el tifus, las comidas rancias y los cuarteles infestados: poco a poco los soldados empezaron a creerse aquello de que quizás existía una salida digna a sus vidas anónimas, y esa se las daría el combate. No se habían embarcado para ir a morir, pero tampoco tenían una vida de ensueño. Morir en la guerra, aunque no fuera la de ellos, les daría honor y grandeza. La pequeñez de sus egos empezó a ensancharse con la promesa de una muerte digna o una vida honorable. Sí, las palabras de Van der Smissen abonaron una tierra que llevaba muchos años en barbecho.

El plan del coronel rindió frutos cuando un día llegó la autorización para dejar la custodia de la emperatriz y entrar en campaña. El Ejército republicano había tomado Oaxaca, Saltillo y Monterrey, y todas las manos eran necesarias para detener su avance. En contra de la opinión de Van der Smissen, se dividieron en dos batallones: el Batallón de la Emperatriz, y el Rey de los Belgas, de artilleros. Partirían hacia Michoacán, donde —según Bazaine— tendrían oportunidad de destacar contra los republicanos, puesto que se trataba de una situación controlada: mantener a la provincia dentro del imperio no requería más que una pequeña fuerza. Para allá partieron todos, con las ilusiones en alto y las cabezas llenas de sueños de victoria.

Pero antes de partir, Van der Smissen escogió a seis de ellos para que se quedaran a custodiar a la emperatriz en ausencia del resto. Cinco fueron reclutados en contra de su voluntad, a disgusto de perder la oportunidad de sus vidas por ejercer de niñeras. Pero hubo uno, uno solo, capaz de dar un paso al frente cuando Van der Smissen lo solicitó. Ese único voluntario se llamaba Philippe Petit y en su sentir sólo había cabida para una batalla: la que libraba contra su vacío corazón, el mismo que se estremeció al saber que estaría junto a Carlota desde el amanecer hasta que se pusiera el sol tras las cumbres nevadas.

No sería el único corazón estremecido en palacio. Constanza creyó que una fuerza más fuerte que el destino la empujaba directamente hacia él.

V

1

—Ha enloquecido —le dijo Bombelles a Felipe, conde de Flandes y hermano de Carlota, a quien había pedido que acudiese a Roma.

Felipe paseaba por la habitación, dubitativo.

—¿Cómo que ha enloquecido? ¿Cómo saben que no es una crisis nerviosa sin más?

—Disculpe mis palabras, pero está completamente loca. Piensa que todos somos espías, que la queremos envenenar; se niega a comer, sólo toma nueces y naranjas porque esas las pela ella misma; bebe agua de las fuentes...

—No puede ser —decía Felipe con el ceño fruncido—. Carlota es una mujer brillante y siempre ha estado en pleno uso de sus facultades. Jamás dio muestras de enajenación mental.

—Compruébelo usted mismo, si lo desea.

—¿Se ha avisado a Maximiliano?

—El doctor Bohuslavek se dirige a México en estos momentos para darle las noticias.

—¿Las? ¿Acaso hay más?

Charles de Bombelles se aclaró la garganta.

—Verá, señor, hay otra cosa.

Con gesto afligido, Felipe colocó los brazos detrás de la espalda.

—Verá —prosiguió Bombelles—, la emperatriz está esperando.

Felipe dejó caer los brazos.

—¿En estado?

Entre los dos se hizo un silencio muy corto que el conde de Flandes rompió enseguida.

—Entonces no perdamos más tiempo. Lléveme con ella.

Felipe dudó de todas las novedades que Bombelles le había dado cuando vio a su hermana. Esperaba encontrar a una mujer en cama, sudorosa, con paños húmedos en la frente, pero Carlota lo recibió hermosa, como en sus mejores días de juventud. Estaba aseada, arreglada, bien vestida —de negro, como era su gusto desde que falleciera su amada abuela Amelia—, pero presentable y animada. Al verse se abrazaron.

—¡Felipe, cuánto te he extrañado!

—Y yo, querida, y yo.

—Siéntate, por favor.

Ambos hermanos tomaron asiento. Durante unos segundos, Felipe intentó advertir alguna señal de trastorno: nada. Hasta que notó que no había nada para beber.

—¿No le ofreces un té a tu querido hermano?

La sonrisa de Carlota se esfumó. Miró a ambos lados de la habitación para comprobar que estuvieran solos.

—Felipe, me quieren envenenar. Y seguro a ti también.

Felipe se apoyó sobre sus codos. Ante su mirada de incredulidad, Carlota insistió:

—Es cierto. Todos me creen loca, pero no lo estoy. Te lo juro. Estoy tan cuerda como tú. Me quieren matar.

Felipe empezó a preocuparse.

—¿Pero qué dices? ¿Por qué piensas eso? ¿Te has sentido mal? ¿Estás enferma?

—Todo el tiempo. Desde que zarpé hacia Saint Nazaire. Me debilitan. Lo sé.

—¿Y no habrá otra razón para tu malestar?

Felipe dirigió un gesto hacia su vientre abultado.

Carlota se puso en pie.

—¿Lo sabes?

—Al parecer lo sabe mucha gente.

Carlota se abrazó.

—¿Quién lo sabe? Sólo se lo dije a Mathilde y a Bohuslavek, por obvias razones.

—¿Y Max?

Carlota arqueó las cejas, preocupada.

—Ay, Felipe. No se lo he dicho a Max.

—¿Por qué no?

Carlota tragó saliva con dificultad.

—Porque él sabría que no puede ser suyo.

Felipe se recostó en su asiento; Carlota se acurrucó a su lado. Luego, recordando a su otro hermano, le pidió:

—No se lo digas a Leopoldo.

Y Felipe por toda contestación guardó silencio.

Esa noche no pudo dormir. Carlota no parecía estar loca, ni era incoherente. Lo del envenenamiento era sin duda una excentricidad, pero podía deberse a los nervios y a la presión a la que había estado sometida durante los últimos meses. ¡Qué decía meses, años! Partir a México había sido una aventura insensata, por más buenas intenciones que llevaran. Habían sido engañados, manipulados por Napoleón y Eugenia de Montijo, y el tonto de su cuñado se había creído que los mexicanos en verdad querían un emperador. Los mexicanos habían tenido emperadores, pero aztecas. Si alguien estaba loco aquí sin duda era Maximiliano. Su pobre hermana era una mujer enamorada de un pusilánime y nada más. Pensaba y pensaba. ¿Y el vástago? ¿Qué hacer con él? Sin duda, hacerlo pasar por un Habsburgo. Se había hecho en todas las casas reales desde tiempo inmemorial, no tendría por qué ser diferente ahora. Había tomado una decisión, le daría un par de días libres a la señora Döblinger y así podría observar a Carlota de cerca. Necesitaba valorar su verdadero estado mental.

Dos noches pasó junto a Carlota; dos noches en que la oyó hablar de muchas cosas. De México, de Maximiliano y del miedo que sentía.

—Dios me quiere castigar —decía.

La gota que colmó el vaso fue cuando la Döblinger regresó de su descanso con un pollo vivo al que mató en el aposento de Carlota para que pudiera comerlo sin temor.

No sabía qué pensar, ni qué hacer.

Justo antes de partir, Felipe leyó una nota que Carlota había recibido del Santo Padre; anexo venía el documento de concordato que Carlota había presentado en Roma, sin firmar. Con curiosidad, Felipe abrió la nota.

Majestad:

Le devuelvo el documento que presentó y estaré complacido de que conserve el vaso. En mis plegarias le ruego a Dios que devuelva la paz a su mente y la libere de las sospechas que le causan tal desdicha. La bendigo con todo mi corazón.

Pío Nono

Felipe dobló la carta, la dejó en su lugar y, sin ser consciente de que la decisión que estaba a punto de tomar acabaría con su hermana en vida, decidió entonces comentárselo a su hermano mayor. Él era, pese a todo, Leopoldo II, patriarca de los belgas; sabría qué hacer.

Leopoldo se retorció de gusto. Mientras Felipe le contaba angustiado la situación de su hermana, se sobaba las manos acariciándose los nudillos.

—Esto es justo lo que necesitábamos, ¿lo ves?

—¿A qué te refieres?

—Carlota está imposibilitada para administrar sus dineros, que, como sabemos, son muchos.

Las cejas de Felipe se fruncieron tanto que casi pudieron tocarse en el centro.

—¿Qué estás insinuando?

—A partir de ahora, nosotros liberaremos los fondos de Carlota. Una mujer no tiene por qué manejar esas cantidades. Bien sabes que envié una propuesta de ley a las Cámaras para que las mujeres queden excluidas de las herencias; Carlota estará sujeta a pensión vitalicia que podrá cancelarse si se comporta mal.

Felipe escuchaba horrorizado que a su hermano lo único que le importaba de Carlota era apropiarse de su fortuna.

Leopoldo sonreía abiertamente al hacer cálculos de lo inmensamente rico que la supuesta locura de su hermana acababa de hacerlo. Por fin podría apropiarse del Congo.

—En cuanto a su salud… —intervino Felipe.

Volviendo a la conversación, Leopoldo II dijo con absoluta seriedad:

—A los locos se les encierra, Felipe.

2

Constanza sólo tenía ojos para él. Lo veía ahí, custodiando a sol y sombra a Carlota, y su seriedad la cautivaba. No era como los demás habitantes del palacio, atolondrados por figurar y ocupados en que todos, desde el camarista hasta el cocinero, supiesen sus nombres. Él parecía preferir el anonimato. Le recordaba a los eunucos que cuidaban a las princesas en los cuentos chinos que su madre alguna vez le había dado a leer. Ella intentaba hacer lo mismo, pero era una pésima actriz. A pesar de los intentos por disimular, por hacerse la desinteresada, sus pensamientos siempre parecían ir en disonancia con su cuerpo. Decía *no* cuando quería decir *sí*, sonreía cuando quería permanecer hierática y los ojos se le humedecían cuando quería mostrar indiferencia. Philippe la trastornaba, a pesar de no haber intercambiado con él más que las palabras formales para dar los buenos días y las buenas noches.

La vida en palacio oscilaba entre fiestas y banquetes. En medio del jolgorio, con la misma paciencia con que tejía encajes de bolillo, Constanza se las apañaba para conseguir información de los tenientes y altos mandos sobre cómo se iban perdiendo y ganando batallas, y cómo los guerrilleros de Juárez avanzaban o retrocedían, asaltaban carruajes y caminos. Nadie estaba a salvo de los bandoleros, le decían. Bailaban, comían, bebían y se acostaban sólo para despertar a la mañana siguiente con el ruido de los cañones. Su vida había sido así desde que tenía memoria, un continuo sobresalto entre balas de cañón e invasiones extranjeras. Empezaba a preguntarse si viviría lo suficiente para conocer un México pacífico, en paz, silencioso; un

México donde se incluyera a todos, aunque eso ya lo había intentado Comonfort antes de Juárez y había tenido que exiliarse bajo las faldas de los Estados Unidos. México no sabía ponerse de acuerdo, y la fuerza con que esta certeza la golpeó pronto le hizo acostumbrarse al tronar de las armas como al de los truenos. El Castillo de Chapultepec era vigilado día y noche por los hombres de Van der Smissen y por otros franceses que veían con recelo al coronel belga, en quien no confiaban demasiado; les parecía altivo y autosuficiente, pero sobre todo lo consideraban rodeado de novatos e inexpertos. Ni el mismo Marte podría ayudarlo entre tanto incompetente. Constanza, a pesar de todo, no se acostumbraba al miedo que se respiraba al salir de palacio. Aunque el camino hacia la ciudad podía hacerse a caballo, nadie osaba recorrerlo sin seguridad o escolta. Puertas adentro, no obstante, como si un embrujo los protegiese de la realidad, el miedo se disipaba: Chapultepec se transformaba en una fortaleza medieval rodeada por un enorme foso de ensueño, donde la realeza reinaba y gozaba del beneplácito de sus súbditos. Corrían el alcohol y los manjares, se tocaba música con melodías que hubieran hecho las delicias de los palacios en Viena; aquello sumía a todos en una especie de embrujo de caja musical y por un momento todos parecían creer que el Imperio había llegado para quedarse.

Todas las semanas se llevaban a cabo bailes con suntuosidad europea. Antes de que el baile empezara, en un lado del Gran Salón se reunían las damas y los caballeros en el extremo opuesto. Si a Constanza se le hubiera presentado en alguna de aquellas veladas Elizabeth Bennet en persona no le hubiera extrañado lo más mínimo: todos ahí atesoraban orgullo y prejuicio en igual proporción, unos por sentirse partícipes de la élite del poder y la mejor de las castas, y el resto por los enormes juicios de valor que profesaban hacia todos los demás. Constanza, como pasaba la mayor parte del tiempo asistiendo a la emperatriz en su preparación a cada evento, siempre hacía su aparición poco antes que los emperadores, hacia las ocho de la noche. Los asistentes hinchaban el pecho con ínfulas cuando los veían descender por la escalinata, como si por el hecho de pisar el mismo suelo de pronto dejaran de ser algo menos lugareños y más cosmopolitas. La Europa que desde antaño los deslumbraba con espejitos volvía a cegarlos con su resplandor. Carlota cruzaba el Gran Salón y se colocaba del lado de los caballeros mientras Maximiliano hacía lo propio del lado de las damas; ella sabía que con gusto él hubiera intercambiado posiciones. Lo que sí debía reconocerle al emperador era la gracia que tenía para hablar en público. Otras cosas le había negado la naturaleza, mas no el don de la gentileza y el de ser un extraordinario maestro de ceremonias. Venían los aplausos, los vítores, los agradecimientos y las reverencias. Después, cada caballero ofrecía el brazo a la dama que tuviera enfrente y todas las parejas seguían a la corte como los ratones al flautista de Hamelín; sonaba la música y comenzaba el festejo. Manuelita había aleccionado bien a Constanza y a todas las demás damas sobre las normas de protocolo: al terminar de bailar dos o tres piezas, una debía presentar a su familia y a su marido, si lo hubiere, y añadir con total cortesía y naturalidad: «Mi casa está a disposición de usted». A los franceses este ofrecimiento les causaba especial simpatía, o al menos eso pensaba Constanza por la forma en que los extranjeros sonreían. Todas las mujeres se ataviaban a la moda de París y quien más, quien menos, hablaba francés. Muchos creían que era el idioma oficial de la Corte porque el Ejército de Bazaine se desparramaba por las calles del país anulando cualquier otro idioma; lo cierto es que Maximiliano agradecía cuando se dirigían a él en alemán. Constanza se sentía incómoda cuando todos a su alrededor entablaban conversaciones impecables de las que ella apenas entendía los *oui* y los *merci*. Practicaba un poco, pero no con la velocidad mental ni con la facilidad de vocabulario con que todas esas señoras, mexicanas hasta el tuétano, parecían transformarse en extranjeras nada más ver un escudo de armas. A su juicio, los franceses eran quienes tenían que practicar el español y no al revés.

No obstante, tal vez podría sacarle partido a su falta de conocimiento. Constanza había notado que para tales galas los belgas de Carlota se ocultaban detrás de las columnas, vigilantes: algunos incluso aprovechaban su uniforme para mezclarse entre los invitados y así poder romper con la rutina a la que estaban sometidos desde que llegaran a México, que era parca en placeres —como si los hubieran tenido antes—, y llevarse a la boca una copa de vino o champaña. Lo hacían deliberadamente, esperando que su indisciplina los relevara de sus funciones palaciegas y los mandara de una vez por todas al campo, a la guerra, a la acción que tanto anhelaban en lugar de estar jugando a ser soldaditos de plomo. Sin embargo, a Constanza el único que le despertaba interés era *su* soldado. Tenía que conseguir hablarle. Ignoraba que él desde cierta distancia también la observaba, y cómo no hacerlo. La mujer se paseaba cada cierto tiempo ante él con cualquier pretexto. Conocía ese comportamiento: no era la primera vez que una mujer intentaba llamar su atención, lo había visto en cantinas a ambos lados del océano. Allí por tener una mirada tan tierna como libidinosa, aquí por tenerla azul y aventurera. Lo que le extrañaba era que lo hiciese una mujer de la Corte enfundada en miriñaque; a estas aún no les había encontrado el modo. Y además, no era una dama cualquiera. Precisamente ella, una de las más cercanas a la emperatriz. A él, que observaba a Carlota como un águila rapaz observa al ratoncillo que corre a kilómetros de distancia, no le pasaban desapercibidos los paseos que ambas daban juntas ni lo mucho que Carlota parecía disfrutar en su compañía. Por la misma razón se mantenía firme como estaca, sin atreverse a mover ni un bigote. Cualquier hombre sabe cuándo una mujer le está vedada; no estaba dispuesto a adentrarse en un terreno pantanoso como aquel. Sin embargo, ese día Constanza se veía distinta, casi hermosa. Se preguntaba si saberla prohibida sería lo que la convertía en un ser apetecible; el caso es que ella pisaba con una seguridad distinta. La sombra de Famke lo azotó en el rostro.

Aprovechando que todos bailaban *La paloma* entusiasmados, Constanza abandonó al grupo de mujeres con las que estaba y, tras avanzar no sin cierta dificultad por la mitad del salón, llegó hasta la columna junto a la cual el otro se apostaba.

—*Bonjour*—dijo engolando su mejor acento francés.

Él, asombrado, la había visto aproximarse hacia él e inclinó la cabeza.

—¿Habla español? —preguntó ella con cierta vergüenza.

—Un poquito —contestó él, ayudándose de un gesto de los dedos.

—*Bien… Je veux apprendre le français. Je besoin d'un enseignant.*

—¿Un maestro? —remarcó Philippe. Al hacerlo, la «t» y la «r» retumbaron en medio de su garganta.

—*Oui*. Sí. *S'il vous plaît*. Por favor.

Permanecieron en silencio un segundo. Todas las ecuaciones del mundo pasaron por sus pensamientos en un intento veloz por despejar incógnitas.

—Aprendo rápido —ayudó ella.

¿Así que eso era? Necesitaba un profesor para practicar el idioma. Philippe desconfió un instante. Algo en su interior le decía que él era un ratón, ella el queso y aquel castillo una inmensa ratonera. Aunque, por otro lado, pensaba que no le estaban pidiendo una labor desagradable, no se trataba de nada extraño. Él también podría practicar español, y Dios sabía la falta que le hacía.

—*L'Impératrice avait autorisé cela?*

—*Oui… elle m'a donné la permission.*

—Ya habla usted bastante bien —dijo él.

Ella sonrió cuando le dijo:

—Búsqueme. *Je m'appelle Constanza. Et vous?*

—Philippe, *madame*. Philippe Petit.

—*Enchantée* —dijo Constanza. Por primera vez desde que estaba en palacio lo dijo con total y absoluta sinceridad.

Mientras subía los peldaños de la escalera imperial, iba pensando en lo ridícula que se hubiera visto, pero lo cierto es que tuvo que contenerse con toda su voluntad para no girarse y gritarle desde el último: «Mi casa está a la disposición de usted».

VI

1

Decidieron llevarla a Miramar. Carlota cada vez estaba más asustada y paranoica. Estaba convencida de que todo el mundo conspiraba a sus espaldas. La encerraban bajo llave en su recámara por horas. Desde afuera podían escucharse sus gritos pidiendo que la liberasen, hasta que exhausta y agotada lloraba y maldecía entre injurias.

—¡Maldito seas, Napoleón! Malditos sean todos los que bailan a su son. ¿Acaso no ven que quiere mi ruina?

Debido a que el doctor Bohuslavek había partido hacia México, encargaron su salud al doctor Riedel, especializado en enajenación mental y director del manicomio de Viena. Lo primero que ordenó fue confinarla a una pequeña casa en el jardín, la *Gartenhaus*. Las ventanas fueron enrejadas, la puerta principal clausurada y la única salida conectaba con una segunda habitación destinada al servicio, que debía atravesarse para llegar al salón y al comedor.

—Es por su seguridad —dijo el doctor Riedel.

Felipe no estaba de acuerdo con las medidas extremas a las que sometían a su hermana.

—Carlota no representa ningún peligro para ella misma —decía—. Tan sólo está cansada, aturdida por los últimos acontecimientos.

—Es probable, sí. Seguramente el detonante de la locura haya sido la presión del viaje a París y Roma.

—Disculpe, doctor, pero ¿no le parecen esas causas muy endebles para que una mujer de veintiséis años pierda el juicio?

—No lo crea, conde. Todas las mujeres están especialmente dotadas para la locura, tan sólo hace falta tirar del gatillo que la dispare.

Riedel era uno de esos médicos que preferían amputar antes que lavar la herida. Le impuso una férrea disciplina que se asemejaba más a la de una presa; Carlota, que se daba perfecta cuenta de todo, le dijo un día:

—Me encierro porque así lo quiere Max. No usted.

Despertaba a las siete de la mañana y se dormía a las nueve de la noche, igual que un infante. Desayunaba un pan con mantequilla y un café con leche. Le daban de comer muy poco, casi la mataban de hambre, para ver si obligada por la inanición dejaba de escudarse en el miedo a ser envenenada. No se le dejaba leer. Le permitían, eso sí, escribir cartas, pintar, tocar el piano y pasear un rato por las tardes, siempre escoltada por Bombelles. También la obligaban a darse baños prolongados en agua tibia para relajarla.

Felipe, desesperado, comprobaba que ese encierro, en lugar de hacerla mejorar, sumía a Carlota en un estado de absoluta desesperación. Un día, carcomido por la culpa, se desquitó con Bombelles:

—No cabe duda de que la impotencia de su marido ha influido en la salud mental de mi hermana.

Bombelles, a medio servirse un vaso de coñac, quedó paralizado.

—Me temo que no comprendo, conde.

Felipe se aproximó hasta tenerlo de frente. No quería darle la oportunidad de esquivarle la mirada.

—Comprende usted muy bien, Charles. Se dice que Maximiliano no la ha tocado nunca.

Bombelles pasó una de sus manos por su flequillo.

—Habladurías de gente malintencionada, señor. Sé de buena tinta que el emperador es perfectamente capaz.

Felipe lo escudriñó con la mirada.

—¿A qué se refiere?

—Bueno, mi señor, el emperador ha estado con mujeres mexicanas. E incluso, en fin, parece ser que tiene un hijo, un bastardo.

El conde de Flandes se sirvió una copa.

—¿Y dónde está ese niño?

—Al parecer el emperador lo encargó con una familia en Orizaba.

Felipe estaba anonadado. Entonces, de ser eso cierto, ¿por qué demonios no había procreado con su hermana? Ella no era estéril como se decía, eso estaba claro ahora.

Bombelles, aprovechando la coyuntura, se atrevió a preguntar:

—Disculpe mi atrevimiento, pero ¿por qué la duda? Si no, ¿de quién sería el hijo que espera la emperatriz?

Felipe guardó silencio, Bombelles también. Felipe habló:

—Exactamente esa es la duda que me persigue. Carlota no osa decirlo. Usted, por otra parte, parece vigilarla muy de cerca.

—¿Me está pidiendo que la traicione?

—Le estoy pidiendo que la ayude.

Bombelles se llevó la copa a la boca y sorbió un buen trago. Luego añadió:

—Haré lo que esté en mis manos, señor.

Felipe la acompañó durante unos días. Pero de un tiempo a esa parte el comportamiento de Carlota hacia él había cambiado. Se mostraba dura y fría. Por más que intentase comportarse con normalidad, lo cierto es que le costaba un enorme esfuerzo soportar la mirada de Carlota, escudriñándolo desde el otro lado de la mesa. Él intentaba hablar de cosas banales y ella lo atormentaba:

—Estarás contento, habiéndome encerrado aquí para convertirme en un títere al que mover a voluntad —le decía con absoluta seriedad.

—Casi no has probado bocado —cambiaba de tema Felipe.

—¿Acaso te preocupa que no ingiera todo el veneno?

Felipe se desesperaba.

—Por el amor de Dios, Carlota. ¡Nadie intenta envenenarte!

Y ella, sin inmutarse, contestaba:

—Sé muy bien lo que pretenden hacer conmigo Leopoldo y tú. Quieren hacerme perder el juicio. ¿Qué les he hecho para merecer su rencor? ¿Es por mi dinero?

Todos los días tenían la misma conversación. A veces Felipe se esperanzaba en que la paranoia persecutoria no se presentara, pues comían con normalidad; de pronto, algo sucedía y Carlota empezaba a acusarlo, a decirle que la dejaran en paz, que la liberasen, que quería volver a México para morir junto a Maximiliano.

En ocasiones, Felipe dudaba de si en efecto no tendría razón Carlota y todos estuvieran locos menos ella. La duda lo perseguía constantemente: había visto lo que Leopoldo pretendía hacerle y pensaba que, de estar en sus zapatos, tal vez también él vería moros con trinchetes. Una tarde, angustiado y atormentado, besó a Carlota en la frente, la abrazó largo rato sin apenas pronunciar palabra, no fuera a despertar al demonio de la manía, y luego, a punto de estallar en llanto, se dio media vuelta para no volver jamás.

Lo que Carlota no podía imaginar era que Leopoldo II, su maquiavélico hermano, estaba urdiendo muy fino para declarar nulo su matrimonio con el Habsburgo bajo la sospecha de no haber sido consumado; de esa manera toda la fortuna de Carlota, en caso de enajenación mental, no iría a parar a manos de su marido sino de sus hermanos. Todo quedaría en casa. Además, si sucedía lo peor —como sospechaba—, la fortuna de su hermana iría a parar a los austríacos. Era inminente que se deshiciera el vínculo matrimonial. Un hijo, bajo esas circunstancias, no podía ver la luz: nadie podía ser testigo de la maternidad de Carlota.

Uno a uno, los miembros de la comitiva mexicana fueron rechazados de Miramar. Al principio creyeron que el despido respondería a algún malestar pasajero; habían seguido a la emperatriz en todo su periplo desde México y no iban a darle la espalda ahora. Pero pasaban semanas y, cada vez que alguien pedía ver a la emperatriz, se le contestaba cerrándole la puerta en la cara. Manuelita de Barrio insistió de todas las maneras posibles en ver a su soberana; ante la negativa, se hospedó junto a su marido en un pueblo cercano a Trieste, por si en algún momento requerían su presencia. Pero pasaron días y semanas, y no sólo no fueron convocados sino que los invitaron a marcharse.

—Esto está muy raro —decía Manuelita a su marido—. ¿Pero por qué no nos dejan verla? ¿Por qué no escribe? —Se angustiaba—. ¿Crees que en verdad esté loca?

—No lo sé —respondía su marido—. Tú la viste en Roma. Su comportamiento era completamente errático y disperso.

—Sí, un poco —decía ella—. ¿Pero loca? Ninguno de nosotros advirtió que tuviera algún problema mental. ¿Y si…?

—¿Y si qué?

—¿Y si en verdad están conspirando contra ella? ¿No te parece muy extraño que no nos permitan verla? Hace unos días a nadie le importaba si se quedaba o volvía a México y ahora de pronto la guardan, nos la esconden, nos la arrebatan. ¿Por qué?

Los Barrio aguantaron más que otros. Unos pocos regresaron a México compungidos ante la incertidumbre en que se sumía el Imperio. El regreso fue incierto y lleno de dudas. Pero los Barrio sabían muy bien que volver sería firmar su sentencia de muerte. Sin tropas de Intervención, Benito Juárez tendría vía libre y para quienes hubiesen colaborado con el «enemigo» extranjero sólo existía una condena posible.

—No podemos volver —le dijo un día Manuelita a su esposo—, nos fusilarían, y tampoco podemos quedarnos a esperar por siempre.

—España —sugirió entonces su marido.

Con el corazón acongojado y con certidumbre de nada, hicieron las maletas y se fueron a la península con todos los sueños rotos.

Ningún mexicano volvió a ver a la emperatriz después de los incidentes de Roma. Carlota desapareció como por arte de magia, encerrada en la pequeña casa del jardín como princesa de cuento. Únicamente se quedaron con ella el turbio Charles de Bombelles, el doctor Riedel, Mathilde Döblinger y una camarista llamada Amalia Stöger. Hasta que un día, meses después, la emperatriz dio a luz en el más absoluto ostracismo.

2

De todos los asuntos que debía tratar desde que llegara a México, uno de los que más preocupaban a Carlota era la situación de indefensión en que se encontraban los indígenas. Aunque no eran esclavos, estaban ligados a las haciendas con cuerdas tan fuertes e inamovibles como las de los negros en los Estados Unidos. La emperatriz pensaba que las noticias que llegaban a sus oídos debían de ser exageraciones de mentes apasionadas, pero cuando comprobó que todos los emisarios franceses enviados a las haciendas volvían contando los mismos hechos, su corazón, acostumbrado a la severidad, tembló de rabia. Le contaron que azotaban a los hombres hasta sangrar: las heridas infligidas eran tan profundas que se podían meter los dedos en ellas al igual que hizo santo Tomás en las del costado de Cristo. Le contaron que mataban a familias enteras de hambre y que eran conducidas a trabajos forzosos hasta caer rendidas —o muertas— de agotamiento. Algunos arrastraban cadenas como almas en pena. Y una vez muertos no les daban cristiana sepultura, sino que los arrojaban a hoyos en la tierra como perros callejeros. Vestían con harapos porque compraban a precios de usura al propio hacendado la tela que los mal cubría. No bastando con eso, le contaron que eran obligados a comprar alimentos a precios superiores a los del mercado.

—¿Cuánto dicen que les pagan?

—Por un trabajo de catorce horas reciben menos de un peso, Su Alteza.

—¿Y no hay un sacerdote que proteja a esta gente de este trato inhumano?

—Los sacramentos se hacen pagar a precios exorbitantes, Majestad, y sólo los puede cubrir el hacendado.

—¡Pero eso es inaudito!

—Los sacerdotes explotan la credulidad supersticiosa del indígena, mi señora.

—Esto no se puede tolerar. No bajo el Imperio —dijo Carlota.

Y puso manos a la obra. En agosto de 1865, aprovechando una de las muchas ausencias de Maximiliano, Carlota se encargó de obtener la aprobación de los ministros sobre ese asunto. Los hombres se encontraron con una mujer decidida y con mucha menos paciencia que el emperador. Al principio creyeron que sería fácil de convencer: a los conservadores no les interesaba cambiar una situación que les convenía, ¿para qué cambiar algo si funcionaba bien? Además, alguien debía trabajar la tierra y explotarla al máximo. Necesitaban mano de obra al precio que fuera. Maximiliano reunía a sus ministros, les hacía exponer uno a uno los pros y contras de cualquier tema, y las reuniones se alargaban hasta eternizarse. Le daban vueltas al asunto hasta que se llegaba a acuerdos a veces por aburrimiento y tedio más que por convencimiento. Los ministros pensaron que, si así era con Maximiliano, así sería con Carlota. Coser y cantar.

Carlota solicitó a Constanza y a Manuelita, sus damas de la Corte de mayor confianza, que estuvieran al fondo de la sala por si algo se ofrecía. Por fin, se dijo Constanza, por fin llegaba el momento que tantos meses llevaba esperando. Carlota empezaba a dejarla entrar. Manuelita, por otro lado, protestaba en los aposentos de las damas:

—Pues no veo la necesidad de estar presentes en asuntos de Estado.

—Ay, doña Manuelita, es la primera vez que la veo estar a disgusto con una instrucción de la emperatriz —le dijo Constanza.

—¡Y cómo no estarlo! Esas son cosas de hombres. No tenemos nada que hacer allí. Las damas no estamos para eso.

Constanza, por un momento, creyó escuchar a su hermano Joaquín; estaba acostumbrada a oír a los hombres menospreciar a las mujeres en asuntos que fueran más allá del ámbito doméstico, pero que fueran ellas quienes se colocaban la losa sobre la cabeza era una novedad y no le gustó. Sin embargo, disimuló lo más que pudo.

—Anímese, doña Manuelita. Después nos tomaremos un chocolatito.

—¡Y la falta que nos hará! ¡La emperatriz despacha a las seis de la mañana! Rezo para que no se le haga costumbre o me va a restar años de vida.

—Espero que no nos haga estar de pie detrás de ella —dijo Constanza para torturarla y, al oír eso, doña Manuelita se santiguó para espantar a los demonios del dolor de piernas.

Carlota se apareció a la mañana siguiente con puntualidad inglesa ante el consejo de ministros con todos los documentos necesarios leídos y releídos. Llevaba archivos, mapas, estatutos, todo lo necesario aprendido de la manera más profunda y minuciosa, asesorada por las personas a quienes consideraba más competentes en palacio. Constanza afinaba los sentidos lo más que podía para no perder detalle. Memorizó hasta el vestido que la emperatriz había escogido, un sobrio traje oscuro que hizo a las demás sentir cierta vergüenza de los propios, mucho más alegres y pomposos. Memorizó los nombres de los ministros e intentó retener en su cabeza los rostros de cada uno: el de bigote blanco, el de patillas tupidas, el de lentes redondos. Comprobó la hora a la que empezaba la reunión y lo que había sobre la mesa, todo. Todo lo que sirviera para dar después un pormenorizado reporte sobre lo que allí se iba (y cómo se iba) a decir.

—Señores, esta es la cuestión —dijo la emperatriz sin dar los buenos días—: vamos a firmar un decreto para mejorar la condición laboral de los indígenas.

Los hombres se asombraron ante la determinación de la emperatriz, que no daba pie a objeciones; algunos se acomodaron el cuello de la camisa, como si de pronto sintieran un sofoco. Ella prosiguió:

—Los hacendados no podrán prestar más de treinta francos, esto para evitar el endeudamiento de sus trabajadores, a quienes luego explotan so pretexto de que les deben dinero.

—Majestad…

—No he terminado, ministro. Los hijos quedarán liberados de las deudas de sus padres.

—Majestad, si me permite…

—No he terminado, ministro. Se garantizará el pago de un salario digno.

—Pero, Su Majestad…

—Al próximo que me interrumpa lo relevaré de sus funciones —dijo Carlota con absoluta seriedad.

Se hizo un silencio en la sala.

Constanza también contenía el aire. Jamás —ni siquiera a su madre— había visto antes a una mujer dirigirse con tal autoridad. Por un momento olvidó su antipatía por el Imperio y pensó que, de no haber sido porque ya estaba en pie, se habría levantado a soltar una ovación.

Carlota prosiguió:

—Las horas laborales se reducirán y se prohíben terminantemente, so pena de prisión, los castigos corporales.

El ate era menos denso que el silencio que permaneció en la sala durante unos segundos. Carlota observaba uno a uno a sus ministros. Algunos no pudieron soportar la severidad de su mirada y bajaron la vista. Otros creyeron que se encontraban ante una especie de bruja capaz de leerles la mente, e hicieron grandes esfuerzos por no atraer ningún pensamiento impuro ni de desprecio.

Después, la emperatriz dijo:

—Tras un serio examen, considero que la ley debe ser aprobada en este sentido. ¿Qué dicen ustedes?

El mayor de todos se atrevió a abrir la boca:

—Tal vez para tratar un asunto de tal envergadura deberíamos esperar a que regrese el emperador.

Carlota ardió por dentro, pero por fuera no se le notó.

—Los asuntos que se arrastran no valen para nada, o son viables o no. Si ustedes esperan a que el emperador regrese, el tema se mandará a las calendas griegas.

—Su Majestad, lo que usted propone es imposible.

—«*Imposible* no es francés», decía Napoleón.

—Quizá podríamos intentar por otra vía, negociar con los hacendados…

—No quiero oír hablar de ello. Lo que no se obtiene en nuestra casa por la puerta, menos se logra a través de la ventana.

Ninguno se atrevió a contradecirla y, tras un breve estremecimiento, empezaron a inclinar cabezas con cierto entusiasmo.

Para alegría de Manuelita, la reunión no duró ni quince minutos y pensó que pronto podría tomarse ese chocolate en el que había estado pensando desde que abriera los ojos; craso error, pues ese era sólo uno de los asuntos que Carlota pensaba tratar esa mañana.

Constanza, sin embargo, hubiera querido prolongar cada uno de los minutos. Algo en ella se removió. ¿Qué acababa de suceder? ¿Qué podían saber los emperadores del dolor del mexicano, sangrado durante tantos años hasta el llanto? Los emperadores decidían sobre lo que no les pertenecía sin saber, sin conocer la realidad mexicana, y por ese convencimiento estaba ella allí, para ayudar desde la pequeña trinchera que podía abrirse al interior de Chapultepec. De hecho, la noche anterior apenas había pegado ojo ingeniando maneras que le permitieran sacar de palacio la información que consiguiera. No podía escribir cartas, porque si por alguna razón las interceptaban sería su fin. Aún no estaba segura de cómo hacerlo y esperaba instrucciones de los liberales mientras tejía una manta que deshilaba al día siguiente como Penélope. Y de pronto esto: lo que acababa de presenciar la había dejado en ascuas. Ningún liberal habría podido hacerlo mejor. ¿Acaso no estaban los conservadores para mantener el *statu quo*? ¿Acaso no eran católicos, apostólicos y romanos? Pero la Carlota que comandaba ese barco no era una mujer frágil ni manipulable en lo más mínimo. ¿Podría tener razón su padre y lo que México necesitaba era ser gobernado por un monarca extranjero? Pero el emperador no era Carlota: ella era la emperatriz consorte, aunque tenía claridad de ideas y valentía en el corazón. Traicionada por esos pensamientos, Constanza sintió de pronto algo parecido al orgullo. Y sin saber a ciencia cierta qué esperar, decidió que la observaría desde otro ángulo.

Cuando Carlota regía, se interesaba por todos los asuntos del gobierno. Un comandante debía hacerle un reporte diario y lo podía llamar a audiencia si lo consideraba necesario. Estaba convencida de que para gobernar a México se requería de una total eficiencia administrativa y usaría todas las herramientas que tuviese a mano: el simbolismo de su cargo, así como el contacto con sus gobernados.

Constanza asistía con estupefacción a la aprobación de leyes que escandalizaban a más de uno, incluida a doña Manuelita, que rezaba en secreto para que pronto regresara el emperador y volviera a tomar cartas en el asunto antes de que todo se les saliera de las manos. Carlota legalizó la prostitución porque, decía, «era un caso de salud pública», mientras algunos se santiguaban diciendo que la emperatriz había salido más cabrona que los juaristas. Y es que también creó el Hospital de San Juan de Dios, donde las mujeres que ofrecían su cuerpo a cambio de unas monedas se sometían a exámenes médicos periódicos; Constanza la acompañó más de una vez al lugar y se sorprendió al ver que la emperatriz se sentaba a hablar con las prostitutas durante un buen rato. Se preocupaba por ellas, por la seguridad y salubridad con las que ejercían su oficio. Sentadas charlando, Constanza comprobó que Carlota las trataba a todas con dignidad, ahí no eran más que mujeres sin rangos ni pecados. Con calma, la emperatriz les explicaba que para poder ejercer tenían que tomarse un retrato que estamparían después en una cédula de identidad con su nombre, edad, oficio previo, domicilio y especificar si trabajaban en un prostíbulo o por cuenta propia. De repente, Constanza revivió el recuerdo infantil, cuando recordó el día en que acompañó a su madre al Registro Civil. «Hay dos Méxicos, Constanza», le había dicho entonces.

—Otro México —repitió entre dientes.

Por la noche, cuando volvía al palacio con los pensamientos en espiral tras haber pasado el día visitando hospicios, escuelas —para las que se expidió un decreto que hacía la educación primaria obligatoria y gratuita— o academias de música, tenía que aguantar la retahíla de Manuelita. Empezaba a estar harta de las dos caras de esa mujer: asentía a todo frente a la emperatriz, pero una vez a sus espaldas no hacía sino criticar hasta la ropa que llevaba.

—¿Te puedes creer la cantidad de niñas que había en la Casa de los Partos Secretos? ¡Cuánta desfachatez! La emperatriz no debería rebajarse asistiendo a esas mujeres. Es una vergüenza. Un miembro de la realeza como ella no tendría por qué socorrer a mujeres en ese estado. Va a dar al traste con las ideas del Imperio. La emperatriz es demasiado condescendiente. Una vergüenza, una vergüenza tener que pisar esos lugares, ponernos a platicar con esas mujeres. ¡Qué vergüenza!

—La emperatriz está afrontando una realidad. No por esconderlos donde no los vea desaparecen los problemas, doña Manuela.

—Pues que mande a gente de menor rango a atender esas «inconveniencias». Los emperadores no están para esas cosas.

—¿Y para qué están entonces?

—Para otras más excelsas, muchacha. Pertenecen a otra clase social. Pero qué preguntas necias, Constanza. Mejor descansa y esperemos que regrese pronto el emperador.

—¿Adónde fue? ¿Sabe usted?

—Dicen que a Querétaro se fue en viaje de reconocimiento, al parecer.

—¿Y se fue con el hombre ese que siempre lo acompaña?

—Es el barón Schertzenlechner, muchacha. Más vale que te vayas aprendiendo los nombres.

Al igual que el resto de la Corte, cada vez que se pronunciaba ese nombre Constanza sentía algo siniestro. Cerró los ojos y se acomodó en la almohada. Antes de dormir deseó que el emperador no regresara pronto.

Al igual que la serpiente sedujo a Eva ofreciéndole conocimiento, Constanza fue enamorándose de la manzana que representaba Carlota sin apenas darse cuenta. Tal vez podría hincarle el diente sin ser expulsada del paraíso terrenal, tal vez morderla no implicaba traicionar la confianza de sus padres. Tal vez... Y así, permitiéndose el beneficio de la duda, todos los días aprendía de la energía, el razonamiento y el encanto de la emperatriz. Empezaba a darse cuenta de que Carlota sí gobernaba, o pretendía hacerlo, por el bien de todos y de la patria. ¿Podía ser posible que por las venas reales corriese sangre roja? Era activa, no le gustaban la quietud ni el estancamiento, y notaba cómo se exasperaba cuando Maximiliano se dedicaba a la vida contemplativa de los príncipes.

Un día, impulsada por las ganas que siempre había tenido de conversar con una mujer con inquietudes y ambiciones, rompiendo el protocolo Constanza se atrevió a hablar de más:

—Majestad, no me vaya a tomar a mal pero quería decirle, con todo respeto, que admiro la manera en que se ha conducido en ausencia del emperador.

Carlota tardó unos segundos en comprender el rodeo que llevaba al cumplido.

—Es mi deber, Constanza.

—Sí, pero a usted, si me permite decirlo, le gusta su deber, Majestad.

—Yo comandaría una armada si fuera necesario.

—¿En verdad lo cree? ¿Que una mujer pudiese comandar un ejército, Alteza?

—Yo sí —contestó Carlota sin azorarse—. Tengo experiencia en la guerra, tan sólo de ver la que se hace en este país.

Constanza se maravilló con la seguridad con que hablaba; no había límites para ella. Carlota pudo reconocer en la mirada de su dama algo que conocía a la perfección: el hartazgo de una mujer cansada de que le dijeran qué podía y qué no podía hacer.

—¿Cree que algún día pueda llegar a una negociación con Juárez, Majestad?

Carlota pensó un poco.

—Juárez y compañía nacieron aquí y son demócratas, pero nunca podrán ser los fundadores de una potencia mexicana y un Estado que gobierne sin arbitrariedades partidistas.

Tras un segundo, remató:

—La tragedia de México, Constanza, es que uno sólo puede inspirar respeto a través del miedo. Y al emperador es imposible temerle.

Ambas guardaron silencio un momento: una asimilando lo que acababa de escuchar, la otra pensando si no estaría hablando de más. Sin embargo, impulsada por el grato sentimiento de poder hablar con sinceridad por primera vez desde hacía meses, Carlota continuó. Además, desde el momento en que la conoció supo que la chiquilla miraba diferente, pensaba diferente. Constanza le recordaba a su institutriz, la condesa de Hulst, no por edad, porque la mujer era una anciana cuando se hizo cargo de ella, sino por la confianza que le inspiraba. Era agradable poder decir de viva voz lo que sólo le contaba a su abuela en cartas.

—Majestad, disculpe mi atrevimiento, pero ¿no le preocupa que la tachen de ambiciosa?

—Los hombres no están listos para reconocer a una mujer poderosa. Les asusta y harán todo lo necesario para impedirlo. Pero aprende una cosa: una mujer hará lo necesario en grandes situaciones.

—¿Incluso una campesina?

—Incluso en el campo, la mujer contribuye al cultivo.

Constanza tuvo la impresión de que la emperatriz pensaba. Y era cierto, porque de pronto dijo:

—Además, al no tener hijos y no teniendo nada mejor que hacer, no veo por qué no pueda estar ocupada en algo útil. Como te dije, es mi deber.

—¿Y cuando tenga hijos, Majestad?

—Cuando tenga hijos…

Constanza sintió el quiebre en la voz de la emperatriz. La conversación acababa de topar con pared.

—Entonces Dios dirá —dijo Carlota antes de pedirle a Constanza que, por favor, la dejara sola.

VII

1

Carlota dejó salir un grito desde sus entrañas. La *Gartenhaus* crujió por fin cuando después de muchas contracciones y varias horas, la emperatriz pudo parir a un varón grande de unos tres kilos. A ella, que no era muy robusta, parir al crío le había costado Dios y ayuda, sobre todo de Mathilde, que no se había movido de su cama ni un segundo. La Döblinger también estaba cansada: su cara congestionada y sudorosa hacía ver, junto a la parturienta, el gran esfuerzo que había sido traer al mundo a la criatura.

—¿Qué ha sido, Mathilde?

—Es un varón, Su Majestad.

—Gracias al cielo no es mujer —dijo Carlota.

La camarista colocó al bebé sobre el vientre de la emperatriz. Ella lo observó a través del cansancio. Una criatura. Un bebé nacido de su cuerpo, engendrado por ella. Un hijo. No un heredero: un bastardo hermoso y sano que parecía contener en su interior toda la fuerza de esos nueve meses de locura. Un sobreviviente. Carlota lo acababa de besar en la frente cuando entró en la habitación Charles de Bombelles.

Sin dar mayores explicaciones, arrancó al niño de sus brazos, lo cobijó en un manto y volvió a salir de la habitación con la misma frialdad con que había entrado.

Mathilde miró a la emperatriz; Carlota miró a Mathilde, ambas tenían el gesto compungido. El horror. El miedo. Las dos pudieron verlo en los ojos de la otra y sentirlo en sus corazones. Carlota gritó entre lágrimas:

—¡¿Adónde se lo lleva?!

Pero Bombelles no se detuvo un instante.

La quijada de Carlota empezó a temblar.

—Lo van a matar. Lo van a matar. ¡Mathilde! ¡Mathilde, haz algo!

Mathilde intentó calmar a su emperatriz, pero lo cierto era que ella también temía por el recién nacido. No pudiendo soportar más la angustia, salió de la habitación y corrió tras Bombelles. Lo encontró en el pasillo, aún con el niño en brazos, y pensó: «Gracias a Dios». Después encontró la voz que le había faltado en todos los meses de encierro para encarar a aquel hombre.

—Entrégueme al niño.

—No puedo hacerlo. Tengo instrucciones.

—¿De quién?

—Eso no es de su incumbencia.

Mathilde podía ver los piecitos arrugados de la criatura, que lloraba como un pequeño gato, saliendo entre los brazos de Charles. «Menuda entrada la de esta criatura en el mundo —pensó—, arrancado de los brazos de su madre nada más nacer».

—Entréguemelo. El bebé tiene que alimentarse.

Bombelles echó una mirada a la camarista. Lo cierto era que el llanto del bebé empezaba a ponerlo nervioso: jamás había sostenido a un recién nacido en brazos, eso era cosa de parteras. Su levita se había ensuciado de sangre.

—No puedo —dijo.

—Es un desalmado.

—Es por el bien de Austria.

—¿De qué está hablando? Mire, yo no soy nadie, desconozco de intrigas políticas. Tan sólo déjeme atender al niño. Tiene frío, ¿acaso no ve cómo tiembla?

—Tiene razón… —dijo Bombelles.

Mathilde ahogó un suspiro. Y justo cuando extendía los brazos para recibir al pequeño, Charles soltó:

—Usted no es nadie —remató, y dándose media vuelta se alejó con el niño. Mathilde entonces imploró con un grito:

—¡No le haga daño, se lo ruego! ¡No le haga daño, por favor!

Bombelles no contestó.

Mathilde regresó junto a la cama de la emperatriz. No lloraba, aunque sus ojos vidriosos amenazaban con desbordársele en lágrimas. Al verla entrar, Carlota supo que no volvería a saber de su hijo jamás. Mathilde colocó sus enormes brazos alrededor del cuerpo frágil de la emperatriz y, diciéndole algo que en el fondo se decía a sí misma, repetía: «Esto también pasará, también pasará, mi niña».

—Ay, Mathilde… ¿por qué, por qué me torturan así?

Carlota se deshizo en un llanto soportado por los cimientos de un largo y desgarrador lamento. Mathilde supo que ese dolor duraría por siempre, pero la dejó llorar hasta que se quedó dormida de agotamiento. Algo en el alma de Mathilde Döblinger también murió ese día.

Cuando sintió que la emperatriz estaba por fin dormida, después de revisar que no tuviera fiebre y estuviera fuera de peligro luego del parto, Mathilde se dirigió a la cocina; Amalia la estaba esperando con un plato de sopa caliente.

—Coma, Mathilde —le dijo—, está a punto de desfallecer.

Sin hambre a causa del cansancio, Mathilde prefirió dormir sobre la mesa de la cocina pero Amalia, apiadándose de ella, tomó una cuchara y empezó a alimentarla cucharada a cucharada.

Por la noche, Mathilde empezó a sentir pinchazos y ardores estomacales fortísimos; apenas pudo conciliar el sueño, retorciéndose por dolores agudos que la abrasaban desde el interior. Al principio creyó que el malestar se debía a los nervios por las circunstancias. Demasiadas emociones hechas jirones en la boca del estómago. Demasiada angustia. Demasiado asco ante la vileza del ser humano. La incredulidad ante aquello de lo que era capaz el hombre por poder. Su niña, su Carlota, explotada por mentes siniestras. Su niña, su Carlota, en manos de gente que estaba dispuesta a usarla cual marioneta. No cabía duda, se dijo Mathilde; la maldad no distingue tronos ni cunas. La perversidad agazapada en las paredes de la *Gartenhaus*. Y el niño. ¿Dónde estaría esa criatura, Dios mío? ¿Dónde? ¿Qué habrían hecho con ella? El silencio reinante se rompía por el llanto insoportable de la emperatriz. La casa pareció embrujarse porque los muros supuraban sollozos y ni Amalia Stöger, que normalmente sacudía sábanas y polvo con impetuosa violencia, osaba pisar fuerte por miedo a despertar más desgracia.

A la mañana siguiente, Mathilde se dirigió con dificultad al dormitorio de la emperatriz. Cada paso era un mundo; un mundo de dolor y angustia. Pero sabía que debía llegar. Encontró a Carlota pálida, con los labios morados y ojeras azules. La pobre mujer temblaba en un escalofrío perpetuo. Mathilde se sentó junto a su cama. Ahí tendida no yacía una emperatriz sino una mujer ultrajada. Una mujer a la que le habían quitado todo. Ahí, en esa cama, no yacía nada. Rompiendo con todas las formalidades del protocolo, la Döblinger se recostó a su lado, en parte porque quería hacerle saber a la emperatriz que no estaba sola, en parte porque no podía sostenerse en pie. En susurros, oyó a Carlota decir:

—No pude ni ponerle un nombre. Tal vez sea mejor así.

Mathilde quiso darle aliento, pero al abrir la boca se le escapó un gemido de dolor. Carlota pareció salir de su ensimismamiento por un instante.

—¿Qué ocurre, Mathilde?

—Ay, mi niña, no me siento bien.

Carlota sacó fuerzas de donde no las había para incorporarse sobre sus codos.

—Mathilde, mírame…

Carlota clavó su mirada en ella y la revisó con atención: reconoció ese color taciturno y verdoso, y entonces el horror hizo erupción en su alma.

—Mathilde, ¿qué has comido?

—Lo de siempre, niña, lo que me dan en cocina.

Carlota se llevó las manos a la boca.

—Debes vomitar, Mathilde, ¡debes vomitar! ¿No te das cuenta? Te han envenenado.

Mathilde abrió los ojos de par en par. «No, por el amor de Dios, la paranoia ahora no», pensó. De todas las opciones consideradas, jamás había contemplado esa. Pero se sentía tan mal que por un instante, un instante muy corto, la Döblinger dudó.

—No puede ser, niña. ¿Quién va a querer envenenarme a mí?

La sombra de la duda se paseó entre las dos, pero la emperatriz ya hablaba sola.

—Lo sé. Lo sé. Nos van a matar a todos. Nos van a matar.

Carlota empezó a gritar con todas sus fuerzas. Hacía unos segundos se asemejaba más a una moribunda que a una loca, y con la velocidad de un relámpago la paranoia rayaba de nuevo en el firmamento. Carlota estaba fuera de sí. Gritaba. Pataleaba en su cama. Mathilde se asustó. Hacía un día había dado a luz, podía reventársele una tripa, le dijo, pero Carlota no atendía razones. Charles de Bombelles irrumpió en la habitación acompañado por el doctor Riedel. La amarraron a la cama y ante los gritos incesantes, Charles la abofeteó.

—¡Salga de aquí! ¡Altera a la emperatriz! —gritó a Mathilde.

La Döblinger se dispuso a salir de la habitación. Todo le daba vueltas, le faltaba el aire. Miró a Carlota, sometida por los hombres, y sintió unos deseos inmensos de llorar. Dio dos pasos hacia la salida, luego otros dos hacia su recámara. Se tapó los oídos porque no soportaba los gritos de su niña. Se mareaba. Todo giraba. Sentía calor, mucho calor; el infierno en las entrañas. Con esfuerzo llegó a sus aposentos, pero nada más poner un pie en la habitación, las piernas le flaquearon y cayó todo lo larga que era sobre el suelo. Mathilde no pudo despedirse de Carlota ni de nadie, tampoco tuvo tiempo de escribir nada; ni siquiera tuvo tiempo de temer a Dios, tan sólo pudo llamar a Amalia Stöger un par de veces en un grito de auxilio. En medio de horribles espasmos, la muerte la fulminó igual que un rayo en medio de la tormenta. Amalia Stöger, al otro extremo del pasillo, nunca escuchó los gritos de Mathilde. No podía: en la intimidad de sus aposentos se había colgado con su camisón.

Ya estaba hecho.

No quedaban testigos del parto.

No quedaban testigos de nada.

No quedaban.

Días después, ante la insistencia de Carlota, que preguntaba por Mathilde a todas horas, le dieron la fatal noticia. No había que ser muy perspicaz para darse cuenta de lo que estaba sucediendo a la vista de todos y a la sombra de nada. Carlota, con la entereza de un mártir que escuchaba su sentencia, supo que ella era la siguiente en la lista; el fin. Tampoco tenía ninguna razón para seguir viviendo. La muerte era preferible al vacío al que la arrojaban. Ya no le quedaba nadie. Los amores de su vida estaban muertos: su padre, su madre, su abuela, ahora Mathilde. ¿Y su Max? Maximiliano estaba lejos y, puesto que las tropas de intervención huían en retirada, probablemente moriría también. Mejor era esperarlo en el más allá.

Desde ese día, Carlota se perdió en las tinieblas densas de la tristeza absoluta. Prefería cerrar los ojos, porque cuando los abría sólo podía contemplar la nada. Prefirió perderse en un mundo imaginario donde el dolor podía soportarse porque era inventado y donde las ausencias se convertían en presencias a voluntad.

La locura la besó en los labios con su lengua húmeda.

2

Todos en la Corte sabían que los emperadores no dormían juntos: ni en Puebla ni en México, en el castillo imperial de Chapultepec. Constanza lo sabía de primera mano.

No era difícil darse cuenta. Cada mañana las camaristas entraban a vestir a la emperatriz, y podían comprobar que la mujer pasaba las noches como una vestal. Y a pesar de que era imprescindible la descendencia para garantizar la continuidad del Imperio, los emperadores, aun con su juventud y sus siete años de matrimonio, no tenían hijos. Las bacinillas se cambiaban cada día y las responsables de hacerlo constataban que la emperatriz menstruaba cada mes puntualmente. Constanza, siempre con ojo avizor, observaba cómo Juana, la más joven de la servidumbre, salía de la habitación a hurtadillas. Con cuidado de no ser vista, tras dar un par de vueltas a las chimeneas se acercaba al cuarto de lavado donde la esperaba un miembro de la Corte austríaca o francesa, a saber. Constanza la observaba aguzando vista y oído, pero la conversación era siempre la misma:

—¿Alguna noticia?

—Ninguna, señor. Tampoco resultó encinta esta vez.

—Gracias, Juana. Nos vemos el mes que viene.

Y tras hacer una leve reverencia, la muchachita salía rumbo a sus labores.

Todos los meses lo mismo. La preñez de la emperatriz era un asunto ya no de alcoba sino de Estado. Había mucho en juego, muchos compromisos económicos y políticos, y Constanza pensaba en cómo se iba a obrar el milagro si el emperador no asomaba la cabeza por la habitación de Carlota ni ella en la de él, para tal caso.

A los monarcas se les enseñaba a soportar infidelidades con la elegancia con que levantaban una taza de té. Todos sabían que en las cortes los amores más apasionados no se daban en las alcobas reales y los escarceos en una u otra alcoba, ya fueran secretas, laterales o de trastienda, eran cosa de una noche sí y otra también. Compartir lecho y cuarto era por tanto un inconveniente tremendo, además de una fatiga innecesaria. Era mejor que el peso del deber soportado con estoicismo durante el día descansara por las noches y se dejara a los cónyuges retozar en paz con quien o quienes les placieran. Quien más, quien menos había echado al aire más de una cana con algún miembro de la Corte; desnudos, todos eran iguales. Los reyes brincaban de palacete en palacete para visitar amantes y tanto unos como otros daban por hecho que una cosa era yacer por deber y otra por placer. Con lo que no contaba Carlota era con que ni por unas ni por otras Maximiliano la tocase. En sus más íntimos deseos, alguna vez se encontró queriendo conocerle a su marido alguna amante, la que fuera, mientras entre sus piernas tuviera un nido igual al suyo, un cántaro de humedades donde a él se le antojara ir a beber. Pero no; ni siquiera porque la existencia de un decreto los obligaba a tener un heredero en el plazo de tres años, Maximiliano hacía el intento. ¿Por qué no cumplir siquiera con sus obligaciones políticas y asegurar la sucesión al trono? ¿Tanto le repugnaba? Carlota no se lo podía explicar. En sus cartas la llamaba «ángel de mi corazón», «estrella de mi vida», «señora de mis deseos». Ni era su señora ni avivaba sus deseos. A Carlota se le revolvía el estómago. Todo eso no era más que papel mojado, igual que cuando ella le decía a su abuela lo feliz que era, lo bienaventurada que había sido, tan dichosa como podía serlo sobre la faz de la Tierra. Mentiras. Una montaña de mentiras repetidas una y mil veces no para engañar a los demás, sino para lograr creérselas. Porque en lugar de rezar tres padrenuestros y consumar el matrimonio, Maximiliano prefería hacer cuanta insensatez se le atravesase en el camino antes que meter la verga en su mujer. Constanza escuchó atónita la historia un día en que encontró a Carlota, la emperatriz, hecha un ovillo, tirándose de los pelos y dándose golpes de pecho, en el suelo de su habitación: entonces comprendió que no era una mujer afortunada sino todo lo contrario. Mientras Constanza le acariciaba el pelo como a una infanta, entre sollozos, humillada, Carlota le contó que a su regreso de Querétaro Maximiliano se había encontrado con un leñador del pueblo de Huimilpan que traía algo en los brazos con cara de preocupación; al verlo, el emperador detuvo la caravana para interesarse por él.

—¿Tiene algún problema, buen hombre?

El hombre, tras un minuto de duda, levantó los brazos y le acercó el paquete que llevaba, amarradito en un atado: Maximiliano se asomó y pudo ver la cara de un recién nacido, pálido a pesar de sus rasgos indígenas, respirando con relativa premura.

El hombre habló:

—Acaba de nacer.

Maximiliano abrió los ojos, sorprendido.

—¿Y a dónde lo llevas, tan alejado de su madre?

—Lo parieron en el monte. Su mamá no tiene con qué mantenerlo ni cómo bautizarlo; me lo regaló pa' que yo disponga de él.

—Ave María purísima —dijo Maximiliano santiguándose.

Después preguntó al hombre si lo podía cargar en brazos; el otro se lo cedió sin dudar. Maximiliano sintió compasión y ternura por ese recién nacido, pero una vez disipado el sentimiento pensó que tal vez aquel encuentro era providencial: los problemas de descendencia que tanto agobiaban a la Corte quedarían solucionados.

—Yo lo adoptaré —dijo—. Que venga inmediatamente una nodriza, la mejor de la zona —ordenó. Y con cara atónita, al ver que el emperador no hablaba en sentido figurado sino muy en serio, salió un lacayo en busca de una—. Yo me haré cargo del bautizo. Se llamará Fernando Maximiliano Carlos José; será un príncipe.

El leñador miraba a todos lados con desconfianza; creía que estaba soñando o que se trataba de una broma. Si el emperador quería ayudar, bastaba con que le mandara mes con mes un dinero para los gastos del pequeño; no hacía falta llevárselo. Maximiliano parecía entusiasmarse a medida que se iba haciendo a la idea.

—Usted cuidará de él hasta que concluya la lactancia y luego me lo traerán a la capital.

—Sí, patrón —contestó el campesino, aturdido por la que le acababa de caer encima.

Maximiliano partió contento, habiéndose convertido en padre de un niño indígena. Un niño más moreno que Benito Juárez, pero que ostentaría una corona como la de Napoleón.

La Providencia no quiso colaborar: dos días después el niño murió. Se dispuso un catafalco cubierto por un paño de terciopelo morado con un símbolo heráldico en papel dorado. El túmulo se decoró con cirios blancos que disimulaban los crespones negros y se le mandó al emperador un telegrama que rezaba: «El príncipe indio ha muerto. Mande recursos Su Alteza para el sepelio».

Maximiliano hizo con el papel una bolita y la arrojó a la basura. Qué poco le había durado el gusto; muerto no le servía de nada, así que mandó decir que aunque hubiera sido bautizado como un príncipe, sería enterrado como un civil. El niño fue sepultado como una planta efímera en un suelo que pronto olvidó su rimbombante nombre.

Obvió contar el incidente a Carlota. A su juicio, a los muertos se les debía dejar descansar en paz. Además ya no había nada que contar, y guardó esa historia junto a muchas que ocultaba en el baúl de sus secretos más infames.

Pero los secretos son para contarse y pronto empezaron a correr rumores tanto por las plazas como por los pasillos del palacio imperial. En el mercado, en los paseos, en los comercios la gente murmuraba que Carlota era estéril y que el pobre Maximiliano, en su infinita misericordia, en lugar de repudiarla estaba adoptando inditos. Lo que primero fue un rumor después lo confirmó la prensa y Carlota tuvo, una vez más, que aprender a pasar aquel trago de deshonra y vergüenza.

Constanza estaba presente cuando la emperatriz leyó la noticia en un diario. La siguió corriendo por los pasillos.

—¡Señora! —le gritaba intentando detenerla.

—¡Déjame, Constanza, déjame sola!

Se encerró en su habitación de un portazo. Pero ella se quedó ahí, en la puerta, y escuchó cómo la recatada emperatriz daba patadas a los muebles, golpeaba cojines entre sollozos, jalaba cortinas del coraje mientras gritaba que a ver si algún día alguien le hacía un favor al Imperio, a ella y al imbécil de Maximiliano, y tenía el valor de venir a desvirgarla.

—¡Ya les enseñaré quién es estéril aquí! ¡Ya les enseñaré!

Cuando terminó de pelear con sus fantasmas, Constanza tocó con los nudillos a la puerta. Sin esperar respuesta, pasó y encontró a Carlota en el suelo, hecha un ovillo, con la mirada perdida; se sentó junto a ella y la emperatriz, como si volviera a tener diez años y le acabaran de comunicar la muerte de su madre, dejó caer el peso de su cabeza sobre su regazo. Permanecieron así las dos, en silencio, hasta que el corazón dejó de doler. Al menos hasta la próxima vez.

3

Justo cuando Constanza empezaba a dudar de su misión como espía, sucedió lo inesperado. Llevaba meses esperando que alguien del bando liberal se pusiera en contacto con ella, al principio ansiosa, excitada por bordear lo prohibido. Esperaba tener que encontrarse con un desconocido tras los matorrales de palacio, en la oscuridad de la noche, para pasar información en clave o algo que involucrase misterio, pero pasaban los días y ese alguien no aparecía ni se manifestaba de ninguna forma: ni escondido ni disfrazado, ni dejándole instrucciones por debajo de la puerta. Nada. Pasaron semanas sin que nadie le confirmara ni por acción ni por omisión que estaba ahí por una razón más excelsa que la de acompañar y servir a una emperatriz extranjera, que estaba ahí para servir a la patria como cordero pascual. Pero tanto tiempo en silencio comenzó a jugarle una mala pasada porque la sombra de la duda comenzó a aturdirla a todas horas, diciéndole que aquello había sido una estratagema de su madre para meterla en palacio, mientras por otro lado, en el más profundo secreto del alma, deseaba que nadie alzara la mano para pedirle información sobre un imperio que la conquistaba cual flauta encantadora de serpientes. Así como el Ejército de Intervención ganaba terreno haciendo que las tropas de Juárez dieran marcha atrás hacia el norte, así, lentamente, la lealtad de Constanza empezaba la retirada. Quizá, se decía, su padre tenía razón y México necesitaba a los emperadores; Carlota sin duda era la mujer que quería ser, o al menos una parte de ella. Pero la vida quiso poner a prueba sus convicciones y justo en ese momento apareció un liberal en la Corte, cubierto por

242

un camuflaje tan logrado que ni ella misma, que estaba sobre aviso, sospechó un instante. Para su sorpresa, ese alguien no era un completo desconocido. Un día, su hermano Salvador se presentó en palacio con sus mejores galas, su encantadora sonrisa imberbe y los ideales cambiados; Constanza lo recibió con naturalidad, sin imaginar ni por un instante que aquella visita estaba a punto de aventarla hacia un abismo.

Tal y como vaticinara Vicente, desde que formara parte del grupo de Notables que acudieron a Miramar en busca del emperador, Salvador era conocido y bien recibido en Chapultepec, participaba activamente en los consejos y, a pesar de su juventud, comenzaba a ganarse la confianza de los extranjeros de la Corte por su buen dominio del francés y el alemán. Constanza solía encontrárselo por los pasillos cuando él se dirigía hacia sus reuniones y ella acompañaba a Carlota a las suyas, aunque rara vez habían podido estar juntos cuando la emperatriz despachaba. En algún Lunes de la Emperatriz habían coincidido: era una de las costumbres que Carlota, imitando a Eugenia de Montijo, instaurara en México. Las puertas de palacio se abrían a sus súbditos un día a la semana, pero no para cualquiera. Los miembros de la sociedad mexicana conservadora anhelaban esas invitaciones con codicia y hacían hasta lo imposible para figurar y ser tomados en cuenta. Para gloria y gracia de Vicente, los Murrieta solían estar siempre en la lista. Ahí se escuchaba música, se agasajaba con entremeses y se podía contemplar el paisaje en el salón que daba al Valle de México, desde donde la vista era espectacular. Una vez, José Zorrilla, un escritor romántico español que vivía desde hacía diez años en México, en una de esas visitas a palacio comentó al contemplar la vista: «Quien no ha visto México desde Chapultepec no ha visto la Tierra desde un balcón del paraíso», y eso fue suficiente para que Maximiliano lo nombrara director del Gran Teatro Imperial y lector de la Corte.

Si se tenía suerte, uno podía ser invitado a una de las obras teatrales que se representaban dentro del Palacio Nacional, donde se instaló el Teatro de la Corte, pues el emperador era férreo defensor de la necesidad de alimentar la inteligencia mediante el arte. Salvador y Constanza coincidían en esas representaciones y, pese a todos los prejuicios que los habían llevado hasta allí, disfrutaban con las obras que ahí se representaban. Solía pasarle a Constanza que de las que más le gustaban nunca podía ver el final, porque el emperador se retiraba siempre a dormir a las nueve de la noche y la función se suspendía.

—Ya la terminaremos otro día —decía el monarca excusándose porque comenzaba a despachar a las cinco de la mañana.

Hasta que un día, harta de quedarse siempre con el alma en vilo y amargura en la boca, Constanza corrió y ya casi llegando al Zócalo alcanzó al director:

—¡Maestro Zorrilla! —le gritó impudorosa.

El hombre se volvió. Ella, azorada, le preguntó:

—Disculpe el atrevimiento, pero no puedo esperar ni un día más para conocer el final de su obra.

El hombre sonrió complacido.

—¿Tanto le ha gustado mi Tenorio?

—¡Muchísimo! Necesito saber…

—Pues le diré un secreto, jovencita… —Y se inclinó hacia su oído para revelarle—: No lo he escrito todavía. Confiaba en que la puntualidad con que el emperador se retira a dormir me diera unos mesecillos para terminarla.

Luego le guiñó un ojo.

En los bailes, los hermanos Murrieta convivían más e incluso habían bailado alguna pieza juntos, pero Constanza siempre tenía la sensación de que asistir a esas ceremonias hacía que su hermano se sintiera incómodo; en eso le recordaba a Philippe. A diferencia de Joaquín, su hermano mayor, que siempre deseaba alzar la mano para hacer notar su presencia en la Corte, Salvador intentaba hacer todo lo contrario. Manejaba un bajo perfil que lo ayudase a pasar tan desapercibido como fuera posible, aunque lo cierto era que eso tan sólo acrecentaba aún más el interés que despertaba sobre todo en las féminas: entre las damas de la Corte el nombre de Salvador Murrieta estaba en todas las bocas, lo galán que era, lo joven que era, lo inteligente y formal que parecía. Como resultaba ser un muro impenetrable, se desvivían preguntándole a Constanza por él, y ella hacía malabares para excusarlo diciendo que no gastaran energías, porque sus intereses no estaban en la Corte sino en la contienda armada. En el fondo ella lo creía a pie juntillas. Desde niños, sus dos hermanos mayores habían sido entrenados para el Ejército y no para la política, y de mujeres a las que cortejaran jamás había tenido conocimiento. Por eso, que de repente él le solicitase reunirse a solas para tomar el té le pareció una novedad un tanto excepcional; tal vez, después de tanto perseguirlo, alguna de las damas había conseguido horadar la piedra, y él —por fin— recurría a ella para abrir su corazón. No obstante, después de sopesarlo, aquello le pareció pueril y lo desechó enseguida. Entonces se asustó, pues su primer pensamiento fue que algo le hubiese podido suceder a Clotilde o a sus padres. Después se sintió culpable por no haber tenido un pensamiento de preocupación por Joaquín, cuando sabía que ayudaba en el Ejército de Intervención luchando a la par en jerarquía con los franceses. La idea de que a Joaquín pudiese pasarle algo malo jamás ocupó un lugar en su mente: desde niña lo había considerado un semidiós griego, uno de esos hombres a quienes las balas pasaban rozando pero nunca herían de muerte, y a estas alturas no le interesaba obligarse a pensar lo contrario.

Salvador se presentó puntual a la cita con su hermana. Ella lo recibió en la puerta de sus aposentos.

—Tenía que verte —le dijo después de darle un beso en la mejilla.

Desde lejos, Constanza divisó que Philippe los observaba al fondo del largo pasillo. Ella entonces besó la mejilla de su hermano mientras con el rabillo del ojo intentaba ver la reacción del soldado belga. No pudo ver nada, pero al pasar el umbral de la puerta y quedarse a solas, lo cierto es que Philippe se descubrió con el ceño fruncido y cierto sentimiento de extrañeza.

—¿Qué ha pasado? —le dijo Constanza a su hermano con gesto de preocupación una vez a solas—. ¿Están todos bien en casa?

—Sí, sí, estupendamente.

Constanza respiró, aliviando el peso de su conciencia.

—¿Clotilde también?

—Tengo entendido que sí. Lleva todo el invierno sin recaer.

—Gracias a Dios. Me habías asustado con tanta urgencia por verme.

Salvador se puso en pie, se acercó a la puerta y revisó que nadie merodease. Luego preguntó a bocajarro:

—¿Qué has descubierto que pueda ser de utilidad?

Constanza inclinó la cabeza, como los perros al oír un silbato.

—¿Cómo dices?

Salvador se acercó y se sentó justo frente a ella. Sus ojos oscuros se clavaron en los de su hermana.

—Soy yo, Constanza. Yo soy el correo de los liberales.

La traicionaron todo tipo de sentimientos. Por un lado, se sintió aliviada al saber que la persona que tanto había esperado era alguien de su absoluta confianza y, por otro, sintió un miedo atroz. Era verdad, ella estaba ahí para espiar. Se había comprometido a algo y ahora tenía que ver al diablo a los ojos. Pero no podía ser cierto… ¿Salvador? Tenía que ser una broma y, entonces, ataviándose del espíritu de discreción que durante tantos años la había forjado, cuidó sus palabras.

—No sé de qué me estás hablando.

—Lo sabes perfectamente.

Se sostuvieron la mirada. Salvador jamás la había visto así: sintió que estaba hecha de cristal y que él podía ver a través de ella. De pronto se sintió indefensa. No había manera, a Salvador no podía mentirle. Aunque había sabido navegar sin ser descubierta durante años, jamás había engañado a nadie.

—Pero… ¿cómo sabes, cómo sabes tú?

—Le pedí a madre que te involucrara en esto. Fue mi idea.

—¿Fuiste tú? ¿Pero cómo? ¿Desde cuándo?

—Desde que volví de Miramar. Luego vine a México y me acerqué a los liberales para ofrecerles mi colaboración. Ellos accedieron.

Constanza se puso en pie. Acababa de quitarle al lobo el disfraz de oveja y aún no lo podía creer. Salvador era un hombre derecho, incapaz de mentir jamás; su padre le había confiado grandes acciones, había depositado en él su entera confianza, ¿cómo era posible que de pronto estuviera jugando con doble baraja?

—¿Quién más está metido en esto?

—Sólo tú y yo. Si Joaquín se entera nos fusilaría a los dos, créeme, y ya ni hablemos de nuestro padre.

Al escuchar esto, Constanza se erizó como si acabara de zambullirse en agua helada. Una gélida sensación le recorrió la espalda.

—¿Y Clotilde?

Salvador negó con la cabeza, al tiempo que le hacía entender con un gesto que Clotilde no estaba hecha de esa madera.

—Ella no sabe nada. Ni debe saberlo jamás.

Constanza se acercó a la puerta con nerviosismo. Ahora era ella quien se cercioraba de que no hubiera nadie cerca. Él esperó. Constanza se frotaba las manos como si quisiera pulirlas mientras se desplazaba de un lado a otro de la habitación. Pensaba. Parecía empezar a entender que jugaba con fuego. Tomó un poco de agua y volvió a tomar asiento. Él la agarró de las manos y se sentó junto a ella para hablarle en voz baja.

—La primera vez es la más difícil... aunque te acostumbrarás. Pero tengo algo que decirte: si tienes miedo, es mejor que no lo hagas.

Constanza tomó aire hasta el fondo. Sintió un leve vapuleo a su orgullo.

—No tengo miedo.

—Bien —dijo él y empezó a interrogarla en susurros—. Entonces dime, ¿qué has averiguado?

—Pues... la emperatriz y el emperador no duermen juntos.

—Eso lo sabe todo el mundo. Háblame de estrategias.

Constanza pensó con rapidez.

—Parece que el emperador quiere construir un ferrocarril.

—¿De dónde a dónde?

—De Veracruz a la capital, con un ramal hacia Puebla. El otro día escuché a la emperatriz decir que quieren crear la Compañía Imperial Mexicana de Ferrocarril con ayuda de una compañía inglesa. La idea es unir el norte con el sur.

—Mmm —murmuró Salvador—. Eso complicaría las cosas, pero llevará su tiempo. —Luego preguntó—: ¿Sabes algo de Van der Smissen?

Constanza se extrañó.

—¿El coronel?

—El mismo.

—No mucho, al parecer no se lleva bien con Bazaine, pero es muy discreto. A veces acompaña a la emperatriz a dar paseos por los jardines. Cuando están juntos, ella llora.

—¿Llora?

—Se le escurre alguna que otra lágrima. Creo que es por nostalgia.

Salvador parecía pensar.

—Qué interesante. Tienes que acercarte a ese coronel.

—¿Y cómo voy a hacer eso?

—Eso ya es cosa tuya, hermanita.

Constanza pareció recapitular. ¿Por qué de todas las personas de la Corte su hermano se interesaba por el coronel Van der Smissen? ¿Acaso se le estaba escapando algo? Era cierto que había observado cierta connivencia entre el coronel y la emperatriz, pero lo atribuía a que ambos hablaban el mismo idioma, eran belgas y él estaba ahí siguiendo instrucciones de Leopoldo I, padre de Carlota. No se atrevía a afirmar que eran amigos, pero sin duda Carlota confiaba en pocas personas en esa corte de tiburones. Confiaba en ella. Salvador la sacó de sus pensamientos.

—Tenemos que ser muy cuidadosos. No me había acercado antes para darte tiempo a acostumbrarte a la Corte, pero esto es muy serio, Constanza. Nos jugamos la vida y el futuro de México. Ten mucho cuidado.

Ella asintió.

—No podremos vernos más de esta manera. Tendrás que buscar el modo de hacerme llegar información.

Se despidieron con un abrazo que los unió en una complicidad y en cierto temor jamás compartido hasta entonces. Pero al despedirse, Salvador le dio un único consejo:

—Cuídate de Bombelles —le dijo.

VIII

1

Auguste Goffinet caminaba a toda velocidad por los pasillos del Castillo de Laeken. Sabía que si el rey de los belgas lo había llamado con tanta urgencia sería por una razón importante. Llevaba años siendo el ministro plenipotenciario de la Casa Real belga y, por la cantidad de asuntos relevantes que Leopoldo II le adjudicaba, se había convertido en su brazo derecho. El honor de ser el brazo izquierdo le correspondía, nada más y nada menos, a su hermano gemelo idéntico, el barón Constant Goffinet. Cuando la maquinaria de los hermanos Goffinet se ponía en funcionamiento temblaban los cimientos. Leopoldo II jamás tuvo sirvientes más devotos: les gustaba el dinero tanto como al rey, pero les gustaba el poder aún más. Gozaban del privilegio de susurrar al oído al rey de los belgas y todo lo que Leopoldo pensaba ellos lo concretaban por medio de argucias legales o financieras que dominaban a la perfección.

Al llegar ante el despacho del rey, Goffinet se hizo anunciar por un lacayo que lo hizo pasar enseguida. Leopoldo II lo esperaba ansioso y sonriente.

—Mi querido Auguste —le dijo.

—Majestad —contestó Goffinet al tiempo que chocaba sus talones en un saludo un tanto marcial.

—Verá, Auguste, tenemos un problema que, con su ayuda, confío en que se convertirá en una gran oportunidad.

—Vos diréis, Majestad.

Leopoldo, que no era hombre de irse por las ramas, abordó sin rodeos un tema que le taladraba las muelas desde hacía días.

—Como bien sabe, cuando mi pobre hermana Carlota se casó con Maximiliano de Habsburgo su fortuna ascendía a un millón ochocientos mil *gulden*.

Goffinet enseguida empezó a calcular.

—Y, como bien sabéis, Maximiliano se esforzó mucho en conseguir que mi padre le diera una dote multimillonaria.

—No es un secreto, Majestad.

Y no, no era un secreto. En las negociaciones previas al casamiento que mantuvo con Leopoldo I, su futuro suegro, Maximiliano había estirado la cuerda casi hasta el punto de romperla. Quería conseguir, nada más y nada menos, tres millones de francos a cambio de la mano de su querida hija, a lo cual el rey se negó enérgicamente. Pero Leopoldo además de rey era padre y, ablandado por las súplicas de su única hija, enamorada hasta el tuétano del archiduque, finalmente accedió. Goffinet sabía, porque tenía medios y orejas por todas partes para hacerse con información, que Maximiliano había escrito una carta a su hermano Carlos Luis vanagloriándose por haberle arrancado, por fin, al «viejo tacaño», como él mismo escribió de su puño y letra, «algo del oro que le era tan caro». Sí, Goffinet sabía eso y otras cosas también, pero era prudente y sabía callar; esa era una de las múltiples virtudes que Leopoldo II apreciaba en él. El rey de los belgas prosiguió:

—Sabe, del mismo modo, que durante los primeros años de matrimonio le fueron escrituradas a mi pobre hermana Carlota la mitad de la propiedad de Miramar y la mitad de la isla de Lacroma. —Y luego, viendo que Goffinet asentía, le preguntó—: ¿Quién solventaba de manera personal la amortización del préstamo que Maximiliano solicitó a la casa real de Habsburgo para la construcción de Miramar y del castillo en la bahía de Grignano?

Goffinet guardó silencio un momento, por si el monarca estaba lanzando una pregunta retórica. Al comprobar que esperaba una respuesta, Goffinet indicó:

—Vuestra augusta hermana Carlota, Majestad.

—Mi pobre hermana, así es; financiando esa aberración de construcción. ¿Qué opinión os merece Miramar, Auguste?

Aunque sabía callar, Goffinet también sabía responder con sinceridad cuando su rey le preguntaba algo; esa era otra de las virtudes que Leopoldo II respetaba en él. Y hasta la fecha jamás le había contradicho en nada, por si hacía falta más.

—En mi humilde opinión, Majestad, Miramar es una bombonera inhabitable. He recorrido el castillo y los jardines dos veces y uno de los dos sobra.

Leopoldo asintió apretando los labios, de por sí invisibles tras la enorme barba, al tiempo que levantaba las cejas; le gustaba corroborar cuánta razón tenía. En efecto, Miramar le parecía un lugar espantoso como residencia permanente. Se levantó de su asiento y empezó a dar vueltas por el despacho; le gustaba pasear en círculos siempre que su mente se ponía a hacer números. Prosiguió:

—Y aunque intenté excluir a las mujeres de las herencias con la propuesta de ley que envié a las Cámaras para que las princesas dependieran de los varones, como es natural (habrase visto, una mujer manejando tales dineros), lo cierto es que, en estos años en los que lamentablemente han ido falleciendo nuestros queridos abuelos y ahora mi augusto padre, mi hermana ha heredado una inmensa fortuna. Inmensa —repitió como para oírse.

—Así es, Majestad.

—Pero —y al decir esto, a Leopoldo II se le escapó una media sonrisa—, como con certeza ha oído mencionar, mi pobre hermana ha perdido el juicio.

Silencio.

Goffinet sabía lo que su rey estaba por pedirle. Lo conocía bien; lo conocía de sobra. Leopoldo esperó. Tras unos segundos, Goffinet puso en la mesa la solución.

—Tal vez, con la venia de Vuestra Majestad, deberíamos avisar a los bancos y administradores de su fortuna que, debido a su incapacidad, seréis vos quien a partir de ahora controle sus finanzas, Excelencia.

—No esperaba menos de usted, Goffinet.

—Dadlo por hecho, Majestad.

—Hay otro asunto.

—Vos mandáis, Majestad.

—Deseo recuperar la absurda dote que mi padre, cegado por la debilidad del momento, cedió a los Habsburgo: no van a enriquecerse a costa de la fortuna de los Sajonia-Coburgo. Aquí el único que puede beneficiarse de la fortuna familiar es el soberano de los belgas, es decir, yo —dijo Leopoldo II con absoluta seriedad.

Goffinet dudó un instante. Eso, a todas luces, era mucho más difícil. No el hecho de que el soberano se enriqueciera, eso lo sabía desde hacía años; le constaba su codicia. Pero lo de la dote era otro cantar.

—No ponga esa cara de preocupación, Auguste. Si algo ha aprendido bajo mi reinado es que no hay rutas imposibles, tan sólo más largas.

—Vos diréis, Majestad.

—Hay rumores de que Maximiliano nunca consumó el matrimonio con mi pobre hermana.

Goffinet disimuló su asombro.

—Debe confirmar esos rumores, Auguste. De esa manera, la fortuna de Carlota volverá a Bélgica. Avíseme en cuanto tenga noticias.

Y dando una palmada en el aire, dio por zanjada la conversación.

Auguste Goffinet salió del despacho real con la misma prisa con que había llegado. Debía recabar información. Tendría que poner a trabajar a sus escuchas, comprar favores, traicionar secretos. O lo que era lo mismo, debía ponerse a operar de inmediato.

En poco tiempo los Goffinet confirmaron lo que al parecer era un secreto a voces. Todos lo decían. Nadie lo negaba. La emperatriz no había sido feliz junto a su marido. El emperador nunca había querido estar a solas con ella. Incluso alguna dama de la Corte se atrevió a afirmar que dudaba de que alguna vez hubiesen mantenido relaciones. No dormían juntos, ni en Europa ni en México, en el palacio imperial de Chapultepec. Que los soberanos durmiesen en habitaciones separadas no era novedad en la realeza, de sobra era sabido que muchas veces los cuartos se comunicaban por puertas secretas para poder hacer visitas maritales cuando se estuviera de ánimo. Pero lo que llamó la atención de Auguste fue una anotación de uno de los secretarios particulares del emperador, donde aseguraba que Maximiliano prefería dormir en mugrosos catres de viaje antes que compartir un lecho de encajes y sedas junto a Carlota.

Se decía que el emperador era de costumbres dudosas. Mantenía una estrecha cercanía con un hombre vulgar y poco culto, a pesar de lo mucho que su cercanía inquietaba al resto de la corte; lo apodaban el Gran Mu por ser tan bruto como una vaca, pero se llamaba Sebastián Schertzenlechner. Maximiliano lo conoció cuando apenas era un soldado raso, y en poco tiempo pasó a ser sirviente en el Hofburg, donde limpiaba chimeneas. Fue con él al Lombardo-Véneto y luego, al ser nombrado emperador, lo siguió (o acompañó) hasta México; allí Maximiliano lo condecoró y lo hizo consejero del Imperio. Cuando necesitaba salir de viaje para recorrer sus dominios, Carlota se quedaba en Chapultepec mientras Schertzenlechner recorría el Imperio junto a Max, «por cuestiones de deber, no de placer», se apresuraba a aclarar el emperador. Sin embargo, el tiro le había salido por la culata: Goffinet, atónito, mantenía en sus manos documentos e información que probaban que el Gran Mu lo chantajeaba. El hombre había sido expulsado del imperio por traición; alguien muy cercano filtró a un periódico el pacto de familia que Maximiliano se vio obligado a firmar antes de aceptar el trono de México. Maximiliano, en efecto, había renunciado a todos sus derechos dinásticos en Austria y alguien de su entorno cercano lo había expuesto: todas las miradas cayeron en Schertzenlechner, quien terminó confesando. La traición se castigaba con la cárcel pero Maximiliano, en su infinita misericordia, le había conmutado la pena regresándolo a Lacroma y pagándole el sueldo correspondiente a su cargo como consejero de Estado, que ascendía a la nada despreciable suma de mil florines. «Buen negocio para un traidor», pensó Auguste Goffinet. Pero Schertzenlechner no perdió el tiempo en Europa: se había dedicado a propagar a diestra y siniestra que era el amante del emperador de México.

August se reclinó en su asiento y le extendió a su hermano Constant un montón de papeles.

—¿Qué es esto?

—Son las memorias del tal Schertzenlechner; el muy ruin las depositó ante un notario europeo y amenaza con hacerlas públicas si algo le sucede o si le hacen regresar a Austria.

Constant no preguntó de dónde las había sacado ni cómo había llegado hasta ellas: su hermano era un experto en hacerse con documentos prohibidos. Tenían en su haber cientos de papeles comprometedores, por eso habían aprendido a quemar cualquier comunicación que se hicieran por carta y preferían siempre hablar en persona. La de cosas que la gente confesaba por escrito. Había que ser inocente o muy imbécil. Pero a ellos eso les venía de maravilla. Cientos y cientos de cartas donde se ponían al descubierto amores, traiciones, envidias: eso los hacía poderosos desde la sombra. Entre hermanos hacía mucho no se cuestionaban cómo lograban conseguir ese tipo de información. No preguntaban nada si no querían saber las respuestas.

Uno de ellos, daba igual quién porque eran dos gotas de agua, se quitó los lentes y se sobó la marca que el armazón le dibujara en la nariz. No se podía comprobar la no consumación, pero cuando el río sonaba…

Tras largas y múltiples discusiones llevadas en la más absoluta discreción con los Habsburgo, pues los Goffinet eran maestros del secretismo, Leopoldo logró su cometido. Sumidos en la vergüenza y la humillación, los Habsburgo, incapaces de negar lo evidente, dieron por liquidado el vínculo matrimonial realizado diez años antes entre Maximiliano y Carlota, una alianza condenada desde su origen. Los belgas podían quedarse con Carlota, podrida en riquezas, toda para ellos.

Leopoldo tardó más en dar un apretón de manos a los gemelos que en comprar acciones, realizar depósitos e inversiones en otros países, comprar títulos de crédito en Inglaterra, poner a su nombre propiedades y quedarse con la colección de arte y las joyas de Carlota, incluidos los regalos que Francisco José, cuñado de su pobre hermana, le había dado con motivo de su boda por valor de trescientos mil florines. Entre estos figuraba el Corazón Sangrante: un valioso brillante en forma de corazón rodeado de rubíes, augurio de la mala, malísima suerte que, como maldición haitiana, les había caído desde el momento en que se miraron uno al otro, sentenciándose mutuamente a una vida de desdicha.

2

Constanza había logrado despertar el interés de Philippe. Desde hacía unas semanas la encontraba más serena, menos atolondrada y hasta más interesante. Y no es que Constanza fuera una mujer que destacase por su belleza; sin embargo, parecía que una suerte de embrujo la hubiera cubierto de cualidades ocultas hasta ahora. Se reunía con ella un par de horas al día, cuando la emperatriz se retiraba a escribir cartas, para enseñarle francés. Al principio las clases se le habían hecho algo tediosas. A pesar de que ponía su mejor empeño en avanzar —cosa que sin duda sucedía, pues era lista y, como ella misma le había dicho, aprendía rápido—, siempre estaban pendientes del reloj para volver al servicio junto a Carlota. Estar lejos de la emperatriz le causaba a él cierta ansiedad, como cuando los perros ven a sus amos alejarse. Pero desde la visita del hermano de Constanza (gracias a un par de indagaciones ahora sabía quién era aquel joven que solía acudir con relativa frecuencia a palacio), un instinto lo había puesto sobre aviso. No sabía qué era ni por qué, pero le ocasionaba escalofríos en la columna. Conocía esa sensación: era la misma que había sentido al hurgar entre los libros de cuentas del señor Walton; pero no era sólo eso, había algo más. Desde ese día Constanza se volvió más distante, más silenciosa, más precavida. Sencillamente, a sus ojos la chiquilla había crecido de repente como en los cuentos de ese Hans Christian Andersen, el escritor al que el emperador acababa de dar una medalla. Philippe se preguntaba cómo era posible que condecorara a un hombre por escribir un cuento donde un emperador se paseaba desnudo porque los demás no se atrevían a decírselo. Hasta un tonto podía darse cuenta de la crítica escondida en aquel relato infantil, pero Maximiliano, que aún no encontraba a nadie que le abriese los ojos, se dedicaba a condecorar a diestra y siniestra con medallas donde el águila sobre el nopal usaba corona. Así, como los frijoles mágicos germinaban hasta trepar al cielo, Constanza se había transformado. Desde que Famke lo hiriese de amor insatisfecho en aquel callejón, Philippe desconfiaba de toda mujer fácil de atrapar, y antes Constanza era un ratoncillo a la espera del queso. Ya no. Antes se deshacía en sonrisas cada vez que él hacía rebotar la lengua contra el paladar al pronunciar letras tronantes. Ya no. Antes podía sentir su nerviosismo cada vez que le sujetaba la mano para ayudarla a trazar una palabra. Ya no, y eso la tornó paradójicamente irresistible.

En efecto, Constanza cambió de la noche a la mañana. Y no sólo fue su actitud hacia Philippe, sino ante el resto de la Corte. Un manto de extrema precaución la cubría entera desde el amanecer hasta que se retiraba a dormir, e incluso entonces una especie de sentido de alerta la hacía despertar con el más leve movimiento de cortinas. Descubrir que su hermano era un cómplice de los liberales le había avispado los sentidos. Si él era del otro bando, cualquiera podía ser un doble espía. Constanza empezó a desconfiar de todas las lealtades. Todos le parecían impostores: Juana, la mucama que, fielmente y sin faltar ningún mes, llevaba el parte de la menstruación de la emperatriz a los franceses; los cocineros, Manuelita de Barrio, que con su habilidad diplomática y una colmilluda mano izquierda ganaba terreno cada día; Mathilde Döblinger, que ejercía de ama de llaves en la sombra; Bombelles, el incondicional del emperador… Todos y a la vez ninguno. Incluso le costaba verse al espejo porque en él reconocía su propia falsedad. Un día, mientras se recogía la trenza en un chongo, empezó a temer por la integridad de la emperatriz. Cuán conveniente sería hacerla sufrir un accidente. A los dos: al emperador y a ella. Quitarlos de en medio podría resolver un montón de problemas de golpe, para así poder volver a matarse entre mexicanos sin que nadie se entrometiese. ¿Acaso esperaban que *ella* la asesinara? Cuando se encontraba pensando así, sacudía la cabeza, obligándose a expulsar a los monstruos producidos por su imaginación. No podría hacerlo. Apreciaba a la emperatriz, apenas unos años mayor que ella y, sin embargo, con tanta vida a cuestas. La sentía muy cercana.

Nunca había estado frente a una mujer tan poderosa. En su mundo las mujeres no mandaban sino que obedecían, y estar hombro con hombro con alguien que rezumaba tanto poder la tenía cautivada, maravillada. Carlota la llenaba de esperanza. Tal vez algún día las mujeres podrían dirigir gobiernos, comandar ejércitos, participar en la toma de decisiones y romper con la condena de aceptar cualquier tipo de discriminación. Pero no era una simple cuestión de género. Si Carlota hubiera sido hombre, igual lo habría seguido. Sólo tenía un defecto; uno gigantesco y evidente. Carlota de Bélgica, archiduquesa de Austria y emperatriz de México, no era ni sería nunca mexicana. Por mucho bien que hiciera, jamás sería de los suyos. Era una intrusa, una convidada a la fuerza. Había llegado a un trono usurpado y además no como gobernante sino como consorte. Incluso ella había tenido que replegar velas.

Constanza entonces pensaba en sí misma y se decía que por más ambiciosa que fuera o pretendiese ser, jamás podría contraer matrimonio por interés. Le horrorizaba terminar como Carlota, casada con un hombre al que apodaban el Pulque Austríaco cuando bien le iba, porque las más de las veces manos anónimas pintaban en los muros de las calles frases que insinuaban sus dudosas costumbres. Constanza sabía de buena tinta que a toda prisa los mozos de palacio habían tenido que borrar con galones de pintura: «Llegaste Maximiliano y te vas Maximilí, pues lo que llevabas de ano lo vas a dejar aquí», frase ignominiosa que alguien había escrito en grandes letras negras en medio de la noche. No lo querían. Él también tenía el mismo inmenso defecto que Carlota. Su llegada no había detenido el derramamiento de sangre, sino que lo había exacerbado. Por su culpa México seguía vertiendo sangre, como si los sacrificios humanos continuaran tiñendo de muerte las escaleras de las pirámides, y eso, por mucha afinidad que Constanza sintiera por el Imperio, no lo podía consentir. Ella sí era mexicana. Debía ser coherente y tener sangre fría. Respiró hondo y se colocó el mejor disfraz que tenía, el que siempre había usado, el de mujer conforme con la vida que le tocaba vivir. Se pellizcó los pómulos y se dio un par de palmadas en las mejillas.

No era difícil distinguir al coronel. Alfred van der Smissen era alto, rubio, de ojos azules e imponente no tanto por su porte sino por su mirada: no sabía mirar con alegría sino con severidad. Aun para felicitar a sus hombres, lo hacía con tal rigidez que los afortunados sólo deseaban que el momento acabase. Sin embargo, era un hombre cabal y sus promesas eran tan inquebrantables como el acero de su espada. No se intimidaba ante nada, hablaba poco y observaba mucho. Maximiliano escuchaba su opinión, pues lo consideraba un hombre lleno de razón, adepto al Imperio y cuyos conocimientos militares no necesitaban carta de presentación. Sin embargo, a los mexicanos les tenía poca paciencia; a su juicio les faltaba disciplina y no era raro escucharlo gritar por palacio con su tremendo vozarrón. A Carlota todas esas cualidades le parecían un don. Si ella había nacido para reinar, Alfred había nacido para comandar. La naturaleza lo había dotado de templanza, lealtad e inteligencia, virtudes que ella valoraba y que reconocía en su gente más cercana. Sabía que Alfred van der Smissen era la clase de hombre capaz de pegarse un tiro antes de traicionar al Imperio, a Leopoldo I o a ella.

Constanza también lo sabía, así que tendría que hilar muy fino para obtener cualquier tipo de información. Para acercarse a Van der Smissen necesitaría ayuda y sabía perfectamente quién podría brindársela. Necesitaba un caballo de Troya y ese caballo se llamaba Philippe. «A trabajar», se dijo. Y eso hizo.

3

Juárez, con los brazos cruzados sobre su escritorio, hablaba con un muchacho de unos veintitantos años. Discutían con la complicidad con que un mentor le habla a un hijo. La figura de Juárez, insignificante tan sólo en apariencia, se empequeñecía aún más a su lado. La mirada del chico era dura y seca; tenía los ojos más negros del mundo, pero había en ellos la malicia de un gato y su tez de bronce parecía pulida como la de los piratas en alta mar. En general su gesto era indiferente, lo cual resultaba tremendamente peligroso para el interlocutor que pretendiese adivinar la naturaleza de sus pensamientos.

—¿Estás seguro? —le preguntó el presidente.

—Como de mi nombre —le contestó el muchacho.

A pesar de la buena intención de la frase, que pretendía ser garante de autenticidad, Juárez desconfió un instante. Lo conocía bien y sabía que el muchacho era tan huérfano como se podía ser. Y hablaba con conocimiento de causa, pues Juárez conocía el sabor de la orfandad desde los tres años. Por eso, aquel juramento le pareció más romántico que inapropiado: quién sabría cuál era su verdadero apellido. El que llevaba no era sino uno puesto al azar en el Registro Civil hacía años, cuando Comonfort, su predecesor, ordenó que se le instruyera y diera un techo tras recogerlo de la calle. Sin embargo, sin ser condescendiente, el muchacho siempre le causó simpatía.

—Modesto —le dijo Juárez—, si vas a hacerlo debes estar seguro.

—No se preocupe, presidente, lo tengo todo calculado. Ya he hablado con...

—No quiero saber detalles, ni quiero tener nada que ver en esto —interrumpió—. Yo libraré mi batalla con Maximiliano, que es quien me interesa.

—Sí, presidente, pero créame: ella es un bastión sin el que Maximiliano no podrá seguir adelante.

Juárez resopló, incómodo.

—Haz lo que tengas que hacer.

—Le juro que no lo defraudaré.

—No jures, Modesto.

—Pues entonces deséeme suerte.

—No creo en la suerte. Nos ha sido adversa muchas veces, Modesto. Pero mientras haya en cualquier punto de la República hombres como tú empuñando las armas, existirá la patria.

Modesto sonrió. Le gustaba la grandilocuencia del presidente. Al oírlo hablar de patria, justicia y derecho siempre se le enaltecía el corazón.

—Morir por la patria es vivir por siempre —contestó conmovido.

Salió del despacho presidencial con la sensación de tener una misión de vida o muerte, aunque no fueran ni su vida ni su muerte las que, al menos de momento, dieran vueltas en la rueda de la fortuna.

Modesto se apareció en casa de la Chana vestido de civil, sin ningún rastro del uniforme militar. No quería que nadie supiera que un liberal andaba visitando a una hechicera. Precaución absurda, pues muchos eran los que recurrían a la brujería y a artes más o menos oscuras para protegerse de lo inevitable: madres que pedían protección para sus hijos en el frente; amantes que rogaban que sus hombres se tornaran viudos para que ellas pudieran ocupar el lugar que les correspondía; mandatarios que vendían una parte de su alma con tal de acceder al poder por una vía más rápida. Y a todos la Chana les decía lo mismo:

—El éxito no tiene atajos.

Pero ellos, necios, insistían en que sí.

Modesto la conocía desde hacía años, cuando siendo un chamaco sus amigos habían ido a que les leyera el porvenir; él se rio de las premoniciones y luego tuvo que tragarse cada palabra cuando se cumplieron con justicia divina. Desde entonces, acudía de vez en cuando a que la curandera le pasara un huevo crudo por la espalda para curarle envidias y males de ojo. El huevo siempre salía podrido.

Cuando entró en su cuartito, el humo que invadía la habitación lo hizo toser.

—Te has vuelto más delicadito desde la última vez —le dijo ella mientras le daba palmadas en la espalda—. A ver, muchacho, ¿qué te trae por aquí?

—Necesito su ayuda, Chana.

La Chana le clavó los ojos.

—¿Amor o dinero?

—Ninguna de las dos.

—Ah, caray. ¿Necesitas que te haga un trabajito?

—Algo así. Necesito un veneno.

La Chana dio una calada al puro que se estaba fumando.

—¿Para quién?

—Usted sabe para quién.

—Niño, soy bruja, no adivina.

Modesto sonrió.

—Para alguien en la Corte.

—Ya veo —dijo ella reclinándose en el asiento.

—Algo que no sea evidente, Chana.

—Así matan las viejas. Los hombres matan a fierro.

Los dos permanecieron en silencio. La Chana intentaba ponerlo incómodo y estaba consiguiéndolo.

—Puedo pagarle bien.

—Las deudas de sangre no se pagan con dinero, muchacho.

—No entiendo.

—Muerte con muerte se paga, *mijo*.

Modesto se arremolinó en su asiento.

—Pues estoy dispuesto a pagar el precio.

—Cuida bien tus palabras, muchacho. Estás jugando con fuego.

Eso ya lo sabía, pero una parte oculta en su interior de pronto lo hizo dudar. «Que te dé el veneno, Modesto. Que te dé el veneno y ya».

—Usted sólo deme el veneno.

La Chana volvió a preguntar:

—¿Para quién es? ¿Para él o para ella?

Modesto tomó aire.

—Para el que se deje, Chana.

—Bonito envenenador me saliste, chamaco.

La Chana le echó la señal de la cruz con unas ramas mojadas en agua negra y luego le dijo:

—Yo te doy las plantas. Pero sobre ti recae la culpa.

—Hecho.

Y la Chana le dio un paquetito con unas yerbas de toloache.

—En pequeñas dosis enloquecen. Pero si te pasas, pueden ocasionar la muerte.

—Le debo una, Chana.

—A mí no, muchacho, a mí no.

Salió de casa de la Chana con una bolsa colgando del cincho del pantalón y una deuda en la conciencia. Se dio un par de palmadas en la casaca y salió presto en busca de su contacto.

La red de espionaje había sido tejida con suma discreción y muchas veces ni ellos mismos conocían los nombres de los informantes; así, si llegaban a caer presos o eran ajusticiados por los conservadores, podían morir sin traicionar a nadie. Si los iban a fusilar sería de frente al pelotón y con los ojos sin vendar, como a los valientes.

Pero había llegado el momento de establecer contacto con Salvador. Sabía que en palacio había gente infiltrada que podía hacer el trabajo que necesitaba. Era hora de arriesgarse.

Los liberales solían reunirse de manera clandestina y discreta en casa de alguien que no levantara sospechas. Jugaban a las cartas y bebían aguardientes, y entre jugada y jugada y copa y copa se ponían al día sobre los pormenores en palacio o los avances de Juárez. Modesto recordaba el pasmo que le causó descubrir que Salvador Murrieta, de casta conservadora hasta el tuétano, se había cambiado de bando. Había oído hablar de los Murrieta, pero jamás se atrevió a establecer ningún tipo de relación con ellos, en parte porque le provocaba urticaria convivir con una familia tan conservadora y en parte porque jamás había surgido la ocasión. ¿Cómo sucedería aquello, si Modesto se movía en un círculo tan distinto? En México, la separación entre clases sociales era tan pronunciada que se podía vivir una vida entera del mismo modo en que el agua y el aceite convivían en una misma olla sin mezclarse. Y, sin embargo, de pronto, por azares del destino, se encontraba con que la persona a la que debía contactar para poder llevar a cabo la misión que Juárez le había autorizado era Salvador Murrieta. Le costó trabajo aceptarlo al principio, tuvo sus reservas e incluso solicitó una prueba de lealtad para saber que Salvador era digno de confianza, y Salvador se la dio con creces un día en que, malherido y tumbado sobre la sangre de otros, lo salvó de las balas francesas sacándolo a rastras y ocultándolo en una casa de citas. Durante un mes acudió a visitarlo cada día, preocupado por su estado de salud; desde entonces Modesto comprendió que no todo lo que relucía era el oro de las coronas imperiales.

Modesto esperaba instrucciones sobre la próxima reunión. Salvador lo citaba siempre en lugares públicos, parques, bancos, pero esta vez su sorpresa fue mayúscula cuando le comunicó que la cita sería en el Castillo de Chapultepec. Salvador, haciendo uso de quién sabía qué tejemanejes, había logrado que Modesto García estuviese entre los invitados al Lunes de la Emperatriz.

«Debe de ser una broma», pensó Modesto; tan sólo pensar que tendría que acudir al castillo y besar las manos de toda esa pandilla de vendepatrias le revolvía el estómago.

Nada más verlo, Salvador Murrieta le dio la bienvenida cortésmente, con un saludo marcial. A Modesto le sorprendía la sangre fría con la que aquel muchacho se conducía, la misma que lo había llevado hasta Miramar hacía unos años.

—¿Acaso has perdido el juicio? Si nos descubren nos mandarán a fusilar antes de que amanezca —le dijo Modesto en susurros.

—Tranquilo, Modesto —le dijo Salvador—, la mejor coartada es la que se lleva a cabo a plena luz del día y a la vista de todos. Compórtate con naturalidad y nadie sospechará.

Modesto echó un vistazo a los hombres en la habitación: bailaban en círculos cumpliendo con el protocolo de las Cortes europeas, las damas intentaban no caer desmayadas por lo apretado de sus corsés y los militares y políticos se vanagloriaban de sus triunfos tras hacer fila para el besamanos. En efecto, cada uno atendía sus propios asuntos. Sólo un hombre observaba a Modesto con cierta curiosidad; Joaquín, el hermano mayor de Salvador, intentaba descubrir dónde lo había visto antes. Al sentirse escudriñado, Modesto alzó su copa en su dirección en señal de un brindis. Joaquín, desconcertado, levantó su copa también y se dirigió a hablar con otros tres señores al fondo de la sala.

—Tu hermano sospecha. Espero que no me reconozca...

—¿Y quién lo haría? Toda esta gente es cercana a Maximiliano. Para estar aquí se necesita invitación imperial. Jamás sospecharán.

Modesto estaba sumamente incómodo, no tenía costumbre de fingir ser lo que no era. Cuando alguien no era de su agrado le declaraba la guerra en su cara, diciéndole con todas las letras las razones de su animadversión; no era un espía ni un diplomático como Salvador. Aquello era una insensatez y una tortura. Lo mejor sería abandonar el castillo antes de que tuviera que lamentarlo. Estaba listo para ser detenido, para que alguien le gritara: «¡Liberal!» en medio de la sala, incluso estaba preparado para ser abatido por la espalda, pero para lo que no estaba preparado era para, después de una eternidad, encontrarse con ella.

—Querido, ¿me harías el favor de bailar conmigo la siguiente pieza? —dijo Constanza a su hermano, a quien rauda y veloz se había dirigido tras haberlo visto desde el extremo del salón.

—Creía que las mujeres no podían escoger pareja —dijo él, jocoso.

Ella le dio un leve golpe en el hombro. Rieron. Salvador sabía que de haber estado solos lo habría pellizcado, pues su hermana únicamente le pedía una pieza para pasarle información. De pronto parecieron notar la presencia de Modesto.

—Dónde están mis modales… —dijo Salvador, percatándose de que Modesto observaba a su hermana con suma atención—. Capitán Modesto García, le presento a mi hermana, Constanza Murrieta, dama de la Corte de nuestra emperatriz, Carlota de Bélgica.

—Mucho gusto —dijo ella.

Pero antes de que Constanza regresara a su posición original tras la reverencia, un jarro de agua fría la dejó helada:

—Constanza, por fin volvemos a vernos.

—¿Nos conocemos?

—Podría jurar que sí, aunque han pasado muchos años.

Constanza estaba segura de que el rostro del capitán no era uno de los tantos que había memorizado desde que estaba en la Corte. Podría recordarlo: no había muchos como el suyo. Moreno, fuerte, quizá demasiado como para considerarse un hombre atractivo, pero sin duda había algo en él que le sonaba de alguna parte, de otro tiempo. Entonces él sonrió seguro de saber quién era ella y Constanza lo reconoció. Cómo olvidarlo; ahora era un hombre y no un niño, pero esa sonrisa pícara y maliciosa había estado varias veces en sus sueños en la pubertad.

—¿Modesto? ¿Modesto, el del Registro Civil? —dijo ella en un susurro.

Perplejo, Salvador observaba la escena. ¿Cómo podía Constanza conocer a Modesto?

—El mismo —dijo él al tiempo que se inclinaba en una reverencia.

Constanza dirigió una mirada de terror hacia su hermano: supo en ese mismo instante que Modesto era un infiltrado en la Corte. Un partidario de Comonfort, un espía; un hombre tan cercano a Juárez que podía verlo en sus ojos. ¡Ahí, en Chapultepec! Su hermano estaba yendo demasiado lejos.

—Salvador —dijo ella—, debemos hablar.

Por toda respuesta, Salvador tomó la mano de su hermana y la colocó en la de Modesto.

—Con quien debes hablar es con él. ¿Por qué no sacas a bailar a mi hermana, Modesto? Estoy seguro de que será un baile de lo más provechoso —dijo guiñándoles un ojo.

Estaba clarísimo. Era de los suyos.

La música comenzó a sonar; Constanza sentía el corazón a galope. Él la tomó entre sus brazos. Los dos sintieron cierta tensión cuando él puso una de sus grandes manos sobre su talle.

—Has crecido mucho —dijo por fin.

—Era de esperarse —contestó ella, incómoda.

—Y mira nada más en lo que te convertiste. Toda una mujercita.

Constanza permanecía seria, como si bailase con un enemigo.

—¿Cómo está tu madre?

—Puedes preguntarle a Salvador.

Él sonrió dejando ver una fila de dientes blancos, blanquísimos, que contrastaban con su tono de piel.

—¿Qué haces en palacio? —preguntó ella.

—Buscarte a ti. Sin saberlo, claro. ¿Desde cuándo eres dama de la emperatriz?

—Desde el primer día. Soy una Murrieta, ¿recuerdas?

Giraban y giraban en un vals; Constanza sentía que empezaba a marearse.

—Pobre don Vicente: dos Murrietas volteándosele como gatos panza arriba… Tres, si contamos a tu madre.

Constanza alzó los ojos para toparse con los de él. Se hablaron sin abrir la boca.

—¿Y bien? —preguntó ella—. ¿A qué has venido?

Él no titubeó.

—Necesitamos que le des a beber algo a la emperatriz.

Y al oír «necesitamos», en plural, Constanza supo que Modesto no se refería a unos cuantos, sino a México entero. A todos. Aquella era una losa pesada. La música seguía dando vueltas.

—Algo como…

—Algo que la mandaría de regreso a Europa o más lejos.

—¿Un veneno?

«Por favor», pensó, «que no sea un veneno».

—Sí —sentenció él—. Tiene que dárselo alguien cercano, Constanza. Tienes que ser tú.

La música se detuvo bruscamente, en consonancia con sus sentidos. Constanza estaba pálida. No sabía qué la había mareado tanto, si el vals, toparse de nuevo con el Modesto que la atormentaba en las pesadillas de su niñez, convertido en un hombre, o la noticia de tener que envenenar a Carlota.

—Necesito aire.

Y lentamente, del brazo de Modesto, Constanza se acercó a una de las puertas que llegaban de suelo a techo.

—No sé si podré hacerlo.

—¿Por qué no?

—No soy una asesina.

Modesto la miró.

—Estamos en guerra, Constanza. En la guerra matas o mueres.

—Pero me piden que haga algo, algo que no…, yo no puedo.

—Debes hacerlo por México. ¿Acaso no ves cómo te han disfrazado? Pareces prusiana. ¿Dónde está la niña que conocí? ¿Dónde quedó esa niña que acompañó a su madre al Registro Civil en contra de la voluntad de su padre, Constanza? Tú sabes que ese es el verdadero México, no un imperio. Ni siquiera Iturbide estuvo más de once meses como emperador, y eso que era mexicano. Además, esto no es un imperio, es una mofa… Es sólo una intervención más de un ejército extranjero.

—Pero ella es una buena mujer. Tienes que creerme. Lo he visto. Quiere hacer cosas por México.

—Es tan culpable como él. Debemos acabar con lo que representan.

—Baja la voz. Vas a conseguir que nos maten —ordenó ella, dándose cuenta de que estaban a escasos metros de los emperadores.

Él pareció darse cuenta también de que no estaba en el despacho de Juárez, sino en medio de una ceremonia imperial. Todo aquello le parecía ridículo, absurdo, ilógico. Con discreción, Modesto le dio una bolsita con yerbas.

—Dáselas de a poco, ni cuenta se dará. Hazlo por tu país.

Constanza estaba petrificada.

Y luego él, juntando los talones en saludo marcial, se despidió tras besarle la mano, dejándola sumida en una confusión total.

4

A María Ana Leguizamo nunca le gustó su nombre. Cada vez que su madre desde la otra punta del prado la llamaba a voz en grito para que acudiese a ayudar con las labores domésticas, María Ana pensaba siempre, siempre, que le había tocado en suerte el nombre más feo del mundo. Con la de nombres tan bonitos que pudo haber tenido: le hubiera gustado llamarse Xóchitl o Jazmín, que con tan sólo pronunciarlos parecían evocar aroma a flores. Por eso, mientras lavaba ropa en el río, recitaba una retahíla de nombres engarzando unos con otros como si repasara la lista de los príncipes aztecas. Albertana. Remojaba una camisa. Aurelia. Escurría el agua. Adelaida. Tallaba con jabón. Abigaíl. Frotaba codos y cuello contra una piedra. Alfonsina. Remojaba de nuevo en el agua. Y así pasaba las horas, imaginando infinitas posibilidades. Solía presentarse con nombres falsos cada vez que tenía oportunidad: al ir a comprar tortillas era Petunia; al entregar la ropa limpia en casa de la patrona, Azucena; otro día era Solsticio. Como si con cada nombre tuviera la oportunidad de renacer y reinventarse. Como si cada nombre tuviera la capacidad de regalarle un pedazo de vida soñada, alejada del mundo de pobreza en el que estaba creciendo.

Aunque vivían en Cuernavaca había nacido en Pachuca, de donde era originaria su madre. Desde antes de nacer, su madre ya había decidido forzar el rumbo del destino cuando decidió emigrar, huyendo de una epidemia de cólera que mataba a todos como moscas, bebés, niños y adultos. Cuando María Ana contaba con tan sólo unas semanas de vida, la envolvió en un petate, tomó el poco dinero ahorrado lavando ajeno, lo metió en una cajita de obleas y abandonaron el poblado antes de que saliera el sol, esperando que, si la muerte habría de encontrarlas, fuera caminando y no al borde de una cama sin colchón.

Parecería mentira que dos criaturas tan frágiles sobrevivieran a la enfermedad, a los peligros de los caminos y a la mendicidad, pero doña Eulalia era ruda como un árbol y, donde otros doblaban las manos, ella las ponía más fuertes. Tenía la mayor de las motivaciones, su pequeña María Ana, a quien amó desde el día en que la vio salir de entre sus piernas al parirla en cuclillas en medio de una plantación de café. Nunca supo que estaba embarazada hasta el momento de dar a luz; había sentido ciertos malestares, pero su cuerpo redondo de matrona apenas se deformó con la criatura adentro. En la ignorancia del pueblo, pensó que estaría hambrienta todo el tiempo por las largas caminatas; como comía a todas horas tortillas con frijoles se ponía cada vez más y más gorda, y cuanto más comía más hambre le daba, porque aquello era un círculo vicioso de comer, dormir, labrar la tierra y más comer que no se terminaba nunca. Hasta que un día tuvo un apretón de vientre y al esconderse tras unos matorrales expulsó, para su sorpresa y fortuna, una niña preciosa. Tardó un rato largo en recuperarse del impacto y del dolor; la felicidad y la incertidumbre le tomaron más tiempo. Pero luego, con la sabiduría ancestral aprendida de quién sabe qué manera, sacó fuerzas de flaqueza, cortó el cordón con una piedra afilada y se la llevó al pecho para que bebiera de su leche. Como no tenía pareja, supo enseguida que el juarista que la había tomado una noche sin preguntar debía de ser el padre de la niña. Ella aceptó esa verdad como la debió aceptar la Santísima Virgen, con alegría y sin pensar demasiado. Nunca le contó a su niña quién era su padre y la chiquilla tampoco preguntó, acostumbrada como todas las mujeres y niñas de su comunidad a vivir solas y a obedecer órdenes. En su poblado los hombres no eran padres de familia sino sementales que las embarazaban y se marchaban sin volver la vista. Así era siempre: lo hacían ellos y los animales. Lo había visto desde que tenía memoria con el ganado, con los gallos, con los caballos. Además, ¿para qué preocuparse por el rumbo cambiante del viento? Lo importante era que su niña estaba perfecta, sana, completita. Y además, era bonita.

María Ana creció como las flores silvestres: por más que se ensuciara o despeinara, su belleza sobresalía entre el verdor del campo.

El sol la acariciaba todos los días sin quemar su piel ni oscurecerla. Sus ojos almendrados tenían la dulzura de los de las indias pero eran acaramelados en los bordes, como si un eclipse estuviera a punto de desatarse detrás del iris. Su pelo era tan negro que parecía tener reflejos azules y su boca carnosa recordaba a los duraznos en verano. Los años no pudieron hacerla lucir más hermosa, pero sí más voluptuosa: cuando llegó la edad del desarrollo su cintura se apretó en un ocho y en su afán por controlar el desequilibrio provocado por la aparición de tantas curvas en su cuerpo, aprendió a bambolearse a cada paso. En el centro de los pechos se le dibujó un canalillo por donde se le escurría el sudor. Al caminar, aunque ella apenas lo percibía, los pechos le temblaban sin movérsele demasiado, provocando que los hombres que la miraban abrirse paso entre la muchedumbre del mercado pensaran —siempre con lascivia— en dos cántaros de agua a punto de explotar.

Uno de esos hombres se atrevió un día a hablarle. Debía doblarle la edad; era moreno, chaparro, con un bigote negro que no dejaba pasar la luz del sol y unas pestañas de aguacero, pero tenía la voz serena y una profesión que amaba más que a su madre. Se llamaba Ignacio y era jardinero en una casa en las afueras, pero los domingos, su día de descanso, regentaba un pequeño puesto de flores en un tianguis.

Había estado observando a María Ana desde hacía tiempo. Cada domingo esperaba verla aparecer entre la bola de indias que venían con sus canastas a espaldas y las manos costrosas de pasarse el día echando tortillas en un comal. Cortejaba a la de los huaraches y a la de los plátanos fritos, pero empezaba a estar cansado de besar bocas a las que les faltaban dientes y abrazar cuerpos que no podía abarcar ni aun estirando los brazos como en martirio. No es que fuera un adonis, pero al menos sabía cómo hablarle a las plantas y aún no había perdido el don de acariciar. Veía a la muchacha curiosear entre las frutas, platicar con las marchantas. La veía reír. Y ese día, adorada sea la Virgen de Guadalupe, María Ana se acercó para ver las flores de cempasúchil.

—¿A cómo las da?

—¿Son pa' ti?

—¿Según el sapo es la pedrada?

—Si son pa' ti, te las regalo.

—¿Y por qué haría eso?

—Porque estás retechula.

—¿Nomás por eso?

—Sí, nomás.

María Ana pareció sopesar la oferta.

—¿Y no me va a pedir nada más a cambio?

—¿*Pos* qué más quieres que te pida?

—No, nomás pregunto.

Los dos guardaron silencio un momento.

—¿Cómo te llamas?

Acostumbrada a inventarse nombres a todas horas, no le costó ningún trabajo mentir:

—Concepción —dijo enseñando una hilera de dientes.

El jardinero empezó a amarrarle un ramillete de quince flores con un listoncito y se lo dio.

—Toma. Una flor por cada uno de tus años.

—¿Cómo supo?

—Yo lo sé todo, escuincla.

María Ana sonrió.

—Si vuelves otro día, te regalo más flores.

María Ana tomó el ramo y se fue, pero al avanzar unos cuantos pasos no pudo reprimir el impulso de volver la vista: el jardinero la estaba mirando. Ella volvió a emprender la marcha. Sentía la mirada de aquel hombre clavada en sus posaderas, podía sentir su concentración para no perder detalle de su suave bamboleo. Apretó el paso; estaba acostumbrada a llamar la atención pero había algo en ese hombre, un no sé qué que le hizo pensar que sí, tal vez, volvería por más flores.

Al siguiente domingo, María Ana volvió por más flores. Y al otro, y al domingo siguiente. Para el cuarto domingo Ignacio Sedano, como se llamaba el jardinero, ya la había convencido de irse a vivir con él a una hacienda de Cuernavaca. Doña Eulalia montó en cólera. Le lloró, le imploró a su hija que por lo que más quisiera no se fuera con ese viejo asaltacunas, pero María Ana, con la insolencia de sus quince años, hizo caso omiso. Discutieron, se hicieron de palabras y la madre hasta zarandeó a la hija en un intento por sacudirle la calentura del cuerpo. Todo fue inútil. Después de mucho gritar y chillar, ante el temor de doña Eulalia de que su criatura se fuera a fugar a media noche, la dejó correr hacia un destino que la correteaba en círculos. En medio del dolor y la decepción, encontró entereza para decirle:

—Te deseo lo mejor, *mija*. Pero si, Dios no lo quiera, algo sale mal, donde esté tu madre tendrás tu casa. ¿Me oíste, *mijita?*

Y después de darle un beso y echarle la bendición sobre la frente y el pecho, Eulalia dijo: «Ve con Dios» y María Ana, en medio de un abrazo, le contestó: «Adiós, mamita».

Con ese adiós, además de su madre, María Ana se despidió de la niñez, de su virginidad y de su nombre. A partir de ese día hizo que todos la llamaran Concepción y nunca más quiso volver la vista.

Concepción Sedano, al igual que María Ana, no sabía nada de la vida, pero la nueva mujer en la que creyó convertirse tenía prisa por vivirla, como si dentro de ella un reloj gigante le marcara con violencia el ritmo a seguir. Tenía prisa por todo, por crecer, por comer, por llegar hacia un futuro que parecía estar siempre detrás de ella.

Y todo por culpa del jardín. La casa donde trabajaba Ignacio, a pesar de ser solariega y de tener unas proporciones que a Concepción le parecieron las de un castillo, era vieja, estaba mal cuidada y llena de humedades. La había construido un español de padre francés que, ocupado en asuntos más redituables como explotar las minas de plata en la ciudad de Taxco, la había dejado en manos de otros dueños, y de esos pasó a otros y a otros más hasta que la hermosa propiedad fue cayéndose a pedazos. Pero de vez en cuando llegaba a la casa un carruaje con personas distinguidas que no hablaban español ni ningún idioma que Concepción hubiera oído antes. Venían a ver la propiedad porque les interesaba pasar en ella un fin de semana. Así fue como Concepción se enteró de que existía un mundo que le había sido ocultado. Aprendió que, a pesar de todo lo que sabía, no sabía un carajo de nada. Vivir con Nacho Sedano le representó entonces una ventana por la que asomarse a ese México que no sabía que existía y eso le hacía soportar a veces más de la cuenta.

A Concepción le llamaban la atención esos señores de pelos amarillos o rojos y pieles blancas, acompañados por señoras que caminaban con cuidado de no manchar de tierra el borde de sus vestidos. Ella no sabía lo que era alzarse una falda para no ensuciarla, sólo lo hacía para guardarse en el regazo mangos o limones. No sabía lo que era tener miedo del polvo ni del lodo, y pasaba largo rato observando a esas mujeres que se cubrían la cabeza con sombreros en un intento absurdo por escapar del sol. Recibían a varios extranjeros a la semana; debido al mal estado de la casa, muchos se iban en busca de otro lugar donde alojarse, pero algunos se quedaban sólo por el jardín. Porque, ¡oh!, el jardín era otra cosa. A base de cariño, mimo y un conocimiento empírico de la botánica, Nacho Sedano había hecho de ese terreno un pequeño Edén. Los árboles y las plantas competían, cada uno a su modo, en grandeza y exuberancia. Cuidaba la hierba igual que hubiera hecho un *jockey* con su caballo y conocía cada una de sus plantas por su nombre de pila. Nacho hablaba con las flores: suave, pausado, con un cariño que Concepción jamás le había conocido. Con ella, pasados los primeros meses de convivencia, empezó a ser más bien parco. Podía pasar el día en silencio y sólo rompía su mutismo para pedirle cosas. «Concepción, tengo antojo de un agua de limón», y allá iba Concepción, a recoger limones para prepararle el agua. «Concepción, se me antojó un dulce de guayaba», y para allá iba la chiquilla, a buscar guayabas con las que hacer el postre. «Concepción, tengo hambre». «Concepción, prepárame un baño». «Concepción, ya me dio frío, prepárame un chocolatito». Y así, una larga lista de órdenes anticipadas por su nombre inventado. Pero todo era salir al jardín y Nacho se transformaba en la dulzura personificada. «Mira cómo están de retechulos y grandotes», le decía a los alcatraces. Y si de repente alguna tormenta inusual amenazaba con caer sobre unos capullos, corría a cubrirlos con telas para protegerlos de la fuerza del agua. Viéndolo así, diríase que Nacho Sedano era el hombre más delicado que había conocido.

Tal vez animada por ese cariño profesado a las flores, Concepción, extrañada por la ternura que era capaz de desplegar con la naturaleza mientras a ella a duras penas le dirigía la palabra, una mañana se chiqueó, se abrió dos botones de la blusa y dejándole ver más carne de la que permitía el escote, le dijo celosa:

—Les hablas más bonito a las plantas que a mí.

—Pero a ti te hago cosas que no le hago a las plantas... —Y acto seguido se bajó los pantalones, le dio media vuelta, le subió la falda del vestido y la echó encima de la mesa de la cocina agarrándola de la trenza para embestirla por atrás; Concepción se dejó hacer con los brazos en cruz, bocabajo sobre la mesa, agarrando los extremos de la tabla que temblaba al igual que todo lo que había en ella.

—¿Verdad que así no le hago a las plantas? ¿Verdad que no...?

Mientras Concepción se deshacía en ayes, «despacio», «me duele» y frases que al bruto del jardinero sólo lo excitaron más, Nacho se dejó ir hasta acabar en un lamento lento y sordo que a ella le hizo saber que por fin aquello había terminado. Al retirarse, sin verla a la cara, el hombre le mordió una oreja y le dio un azote. La nalga apenas se movió, lo rojo de la piel duró un poco más. El dolor en el alma se le quedó para siempre.

Concepción tardó unos minutos en reponerse de la cogida. Se acomodó de nuevo el vestido y luego, con dificultad, caminó despacio para ir a limpiarse un hilillo de semen y sangre que le escurría entre los muslos.

TERCERA PARTE

I

1

María Enriqueta era una reina infeliz. La bondad que sus ojos negros transmitían en la juventud se había ido apagando tan paulatinamente que quien no los hubiera visto antes pensaría que no habían cambiado en lo más mínimo, pero lo cierto es que eran como el carbón cuya brasa ha ardido demasiado tiempo. Era alta, corpulenta y algunos opinaban que su estatura no era sino el reflejo de su carácter, pues nadie podía convencerla de hacer o decir algo que no desease.

De poco le sirvió la fuerza de carácter al casarse con Leopoldo II. El hombre fue anulándola sin que ella apenas lo percibiese hasta caer presa de su embrujo. Le fue más fácil aceptar sus infidelidades que su despotismo. Porque el rey belga podía ser aborrecido por muchas cosas, pero a sus ojos resultó mucho peor marido que monarca. A fuerza de decepciones, algo en ella se marchitó, así que cuando empezó a escuchar las historias sobre su cuñada Carlota, que si estaba enajenada, que si tenía delirios de persecución; cuando escuchó que había dado a luz a un niño al que no pudo ver porque estaba secuestrada en Miramar, supo al instante que si nadie daba el grito de «hombre al agua», le correspondería a ella ayudar a esa pobre mujer indefensa. De cierta manera sufría los mismos males sin la ventaja de poder refugiarse en la inestabilidad mental. Desde siempre había creído que la locura era una salida como cualquier otra y alguna vez había estado tentada a encerrarse en su habitación hasta que el mundo parase de girar, pero estaba hecha de otra madera. Unas pocas mujeres tenían el escape de ser condenadas por brujas o por locas. A las demás sólo les quedaba el aburrimiento de fingir devoción y cordura para soportar destinos que en ocasiones pesaban más de la cuenta. Entre la locura y la brujería, ella había escogido el abismal término medio de la falsa indolencia.

—Voy a traer a Carlota —le comunicó un día a su marido.

Leopoldo, que revisaba papeles en su despacho, levantó la vista sin mover la cabeza. María Enriqueta contuvo su respiración un segundo, esperando que Leopoldo dijese algo. Al no obtener respuesta, prosiguió:

—Partiré mañana.

Leopoldo se puso en pie y apoyando su peso sobre los nudillos, como si hubiera estado esperando aquello desde hacía tiempo, le dijo:

—Ya lo has decidido, por lo que veo.

Por toda respuesta, María Enriqueta soltó un escueto «sí».

—Cometes un error. Carlota está mejor donde está.

María Enriqueta pensó en la mala sangre de su marido, un hombre capaz de vender a su madre al diablo si hiciera falta. Prefería dejar a su hermana en manos de desconocidos, en un castillo construido sobre una roca. La dejaría pudrirse ahí con tal de quitarse un estorbo. Lo mismo haría con ella si pudiera. ¿Sería capaz? La duda se asomó a sus ojos. Y cuando se disponía a protestar, Leopoldo se adelantó:

—Está bien, irás. Pero no sola. Te acompañarán el barón Auguste Goffinet y el doctor Bolkens.

—¿El director del manicomio de Geel?

—El mismo.

—No necesitamos a un doctor, Leopoldo. Y menos a un flamenco linfático y fastidioso.

Leopoldo tomó aire antes de decir:

—Enriqueta, a veces no sé si eres tonta o lo pretendes. Irá el doctor Bolkens o no habrá viaje.

María Enriqueta, acostumbrada desde hacía tiempo a las impertinencias que salían por esa boca real hacia su persona, no rechistó, sencillamente dio media vuelta y abandonó la habitación.

Además de la compañía, la reina partió con veinte mil francos oro y una ilimitada carta de crédito para la Casa Rothschild de Viena. Era el 5 de julio de 1867, habían pasado dos años desde que Carlota abandonara México; dos años de un camino lento y tortuoso hacia las sombras.

Nada más llegar a Augsburgo, en el recibidor del hotel la esperaba un telegrama del hermano de Maximiliano, el emperador Francisco José. María Enriqueta lo leyó e hizo un gesto de disgusto.

—¿Sucede algo, Majestad? —le preguntó una condesa que la acompañaba.

María Enriqueta pensó en arrugar el telegrama y hacer con él una bola de papel. En lugar de eso, se lo extendió al tiempo que decía en tono irónico:

—Francisco José «me autoriza» a que Carlota sea atendida por el doctor Bolkens en Viena. —Y luego, hablando para sí misma, añadió—: Como si nos hiciera falta su beneplácito.

María Enriqueta era en realidad más cercana a los Habsburgo que a los belgas, pues era archiduquesa de Austria por nacimiento. Sin embargo, desde su matrimonio con Leopoldo II sentía que Viena le quedaba lejos; era la reina de los belgas y punto.

Con la sabiduría que había adquirido en los años de convivencia junto a Leopoldo II, dijo a su séquito:

—Prepárense… estamos a punto de librar una pequeña batalla. Algo me dice que no nos van a dejar llevarnos a mi augusta cuñada tan fácilmente.

Y vaya que tuvo razón. En Salzburgo los recibieron el doctor Riedel, el comandante Radonetz, administrador de Miramar, y, a la cabeza de todos ellos, Charles de Bombelles: al verlo, a María Enriqueta se le encogieron las tripas. Estaba acostumbrada a lidiar con mezquinos, pero ese hombre en particular le inspiraba algo distinto a la repulsión o a la sospecha. Había algo en él que no podía describir, tal vez en su mirada. Algo. No podía decir exactamente qué y eso la desconcertaba. Desde hacía tiempo pensaba que había aprendido a leer a la gente y a Bombelles lo consideraba afectado, pero sobre todo falso; Judas a su lado era un santo varón. Miraba de medio lado, entrecerrando los ya de por sí pequeños ojuelos, y al hablar se tapaba todo el tiempo la boca con el dedo índice, como hacen los niños al soltar una mentira. Tras las presentaciones pertinentes, María Enriqueta procedió a preguntar por su cuñada. El primero en contestar, como era de esperarse, fue Bombelles.

—La emperatriz está perfectamente cuidada en Miramar, Alteza. No deberíais haberos molestado en venir.

—Comprenderá que al rey y a mí nos preocupan sobremanera las historias que nos llegan, Charles.

Bombelles no perdía detalle. Olía como un sabueso la desconfianza de la reina. Sabía de su determinación para llevarse a Carlota; a eso había venido, a llevársela, pero no podía permitirlo. Carlota representaba un castillo junto al mar, un seguro de vida a perpetuidad. Se había tomado muchas molestias como para bajar los brazos ahora.

—La emperatriz sufre de *dementia praecox*.

—Para eso ha venido el doctor Bolkens, extraordinario especialista en enfermedades mentales, como sabe. Quiero oír un diagnóstico de su boca.

El doctor Bolkens dio un paso al frente. Charles lo miró fijamente; por un segundo se preguntó si sería de espíritu sobornable. Probablemente sí. «¿Cuál será su precio?», pensó.

Charles de Bombelles lanzó una mirada al doctor Riedel, quien por primera vez en mucho tiempo permanecía mudo, sin atreverse a pronunciar palabra en presencia de la reina. Y es que, en efecto, había en ella una seguridad pétrea. Su mirada era un muro inquebrantable. Charles deseó irradiar la misma sensación de fortaleza. A ella, no obstante, parecía tenerle sin cuidado si parecía férrea o no. Para eso era reina. De pronto, Charles recordó a Carlota despachando en Chapultepec con el mismo porte real, y se le escapó una maquiavélica sonrisa al visualizarla ahora, pequeña, consumida hasta la nada, en su habitación de Miramar. Sus pensamientos fueron interrumpidos cuando sintió sobre sus hombros la mirada de María Enriqueta. Él, de inmediato, cambió de estrategia: conjurando a los dioses del histrionismo, empezó a llorar.

—Su Majestad, por favor, tened piedad. Os suplico que no os presentéis ante Carlota, su estado es tan frágil que vuestra visita podría matarla.

La reina abrió los ojos como platos: no saber por dónde iba a salir Bombelles era precisamente lo que siempre la sorprendía.

—¿Qué dice?

—Os lo ruego, Majestad. Mi afecto por la emperatriz es grande, no quisiera que nada la perturbase. Temo por ella. Temo lo que vuestra visita pueda hacer por su estado.

Los ojos de Bombelles temblaban.

María Enriqueta se recompuso.

—Siendo Carlota nuestra hermana, nuestro afecto es tan grande como el suyo, Bombelles. Me llevaré a la emperatriz le guste o no, y nada podrá hacer para evitarlo.

Continuaron el viaje hacia Miramar. Cada hora que pasaba a María Enriqueta le costaba más trabajo soportar las excusas de Bombelles, hasta que, harta de tanta insensatez, una vez llegados, se dirigió al alojamiento de Carlota escoltada por los tres hombres, que hablaban interrumpiéndose con voces de «Esperad», «Deteneos», «Por el amor de Dios», y una sarta de blasfemias que la reina no escuchaba. Dando un portazo, entró en la habitación de Carlota.

Los bríos que llevaba se apagaron al no reconocer a la mujer tendida en la cama. Todo estaba en penumbra y una especie de hedor nauseabundo flotaba entre las cortinas. Se obligó a avanzar un par de pasos en su dirección y cuando estuvo cerca de ella se sentó a la altura de la cabecera, cual madre amorosa.

—Carlota, querida, he venido a buscarte.

Carlota se incorporó sobre los codos al reconocer una voz distinta.

—¿Quién sois?

—Soy vuestra hermana, María Enriqueta.

Carlota parpadeó varias veces, forzando a los ojos a mirar. Pareció reconocerla e hizo un intento por sonreír, pero de pronto la invadió la vergüenza: su estado era deplorable y estaba asustada. Se llevó las manos al pecho en señal de súplica y María Enriqueta se las tomó.

—Tranquila, pequeña, todo estará bien ahora —le dijo.

Carlota suspiró por primera vez en meses ante el roce cándido de unas manos que no se acercaban para amenazarla.

—Tengo miedo —le dijo Carlota con ojos de horror.

—¿De qué, querida?

—De que vengan a amarrarme las manos y los pies.

María Enriqueta intentó disimular su asombro. No podía ser cierto. ¿Acaso habían vejado así a la emperatriz? ¿Como una vil presa? ¿Como a una lunática?

Carlota suplicó:

—Júrame que nadie vendrá, que no me pasará nada, que no me volverán a amarrar a la cama.

Y tras decir esto dirigió su mirada hacia la puerta, desde donde Bombelles observaba la escena sin atreverse a respirar.

María Enriqueta intentó recomponerse. Nadie podía afirmar o desmentir una declaración como esa, pero ¿y si hubiera sucedido tal cosa? «Maldito Bombelles», pensó al dirigirle la mirada.

—No temas. Nadie más osará hacerte daño mientras estés a mi lado.

Luego la abrazó, y María Enriqueta se juró en silencio proteger a la pobre criatura de las argucias de los hombres junto a ella. Sabía muy bien lo que estaban dispuestos a hacer por poder y dinero. La traería de la deriva hacia la que la empujaban. La traería de regreso de esa tierra inaccesible e inhóspita en la que había vivido durante los últimos años.

Bombelles dio media vuelta y se alejó. Goffinet, que había visto sus intenciones de huir, abandonó la habitación tras él, pero como por arte de magia el hombre desapareció; Goffinet lo buscó de cuarto en cuarto hasta que dio con él. Estaba escondido en un armario, desde donde pretendía hacer un último intento para retener a la emperatriz. Bombelles gritó:

—¡No podéis llevárosla! ¡Está loca!

—Quien ha perdido la cabeza es usted.

Luego lo empujó y, sujetándolo por las solapas de la levita, lo alzó en volandas. Y así, con ese gesto, se aseguró de que Bombelles quedase donde siempre tuvo que haber estado: arrinconado contra una pared.

El doctor Bolkens le hizo un rápido reconocimiento antes de partir.

—¿Y bien? —preguntó María Enriqueta.

—En mi opinión, a la emperatriz se le administró un veneno antes de partir de México.

María Enriqueta se santiguó.

—¿Qué clase de veneno?

—No puedo asegurarlo sin un examen más exhaustivo, pero podría ser un tipo de estramonio.

—¿Y qué efectos tiene? ¿Se recuperará?

—Es difícil saberlo. Depende de las dosis y durante cuánto tiempo lo haya tomado. Al parecer se lo administraban en pequeñas dosis, de haber sido más potentes la habrían matado.

—Pobre Carlota —soltó desde dentro María Enriqueta—. Gracias, doctor, puede retirarse.

Carlota abandonó la casa en la que había estado secuestrada los últimos meses con el alma hecha una piltrafa, pero rodeada de la dulzura y persuasión de su cuñada. Después del horror al que la habían sometido, no le importaba a dónde la llevaran mientras la alejaran de ahí. Nunca imaginó que aquel lugar pudiera hacerla sufrir tanto. Cuando Maximiliano le enseñaba planos del castillo y le mostraba dónde iban a quedar plantadas las distintas especies de árboles, pensaba genuinamente que en Miramar sería feliz; serían felices. Allí había llegado virgen y se iba habiendo parido a un hijo bastardo al que jamás vería. ¿Qué habrían hecho con el niño? Prefería no pensar en esa cuestión porque, en efecto, cada vez que una parte de su mente osaba detenerse en ello sentía perder la razón. Le dolía demasiado. Prefería pensar que estaba huérfana. Sola. Ya no quedaba nadie en el mundo que se interesara por ella: ni su padre ni su abuela, tampoco Mathilde. ¿Y Maximiliano? ¿Qué habría sido de él? Nadie le daba razón de su suerte. ¿Qué habría pasado? A estas alturas, Napoleón habría retirado las tropas… ¿Por qué él no había ido a buscarla? Aunque, por otro lado, ¿por qué habría de hacerlo, si cuando estaban juntos bajo el mismo techo apenas le hablaba? La había dejado a merced de su perro, Bombelles, que la denigró y vejó como si en ello le fuera cierta gloria personal. Quién podía decir si volvería a confiar en alguien más alguna vez. Todo esto pensaba Carlota sumida en la nada, mientras miraba por la ventanilla del tren que la llevaba desde Trieste hacia Laeken.

Durante el camino, María Enriqueta pudo entablar conversación con Carlota. Las tres cuartas partes del tiempo estaba tan cuerda como cualquiera, después parecía sumergirse en un silencio donde sólo ella escuchaba voces. Entonces María Enriqueta y todos en el vagón podían oler su miedo. Eso era: terror a ser devuelta a Miramar. Por más que su cuñada le aseguraba que eso no pasaría, Carlota desconfiaba y mordía un pañuelo con los dientes. Después se calmaba y volvía a mirar con los ojos inteligentes de siempre, y María Enriqueta podía observar en ellos todo el tormento que la pobre mujer llevaba dentro. Demasiada angustia para alguien tan joven.

A Carlota se le escapó un suspiro de melancolía y alivio cuando entró en el Castillo de Tervuren. Por orden de María Enriqueta se había quitado cualquier manifestación de duelo a fin de no impresionar la delicada salud de Carlota, porque lo que nadie le había dicho, ni pensaban decirle en esas circunstancias, era que durante esos años de ausencia Maximiliano, su Max, su esposo y archiduque, había sido fusilado en Querétaro por las tropas de Juárez.

2

Cuernavaca era un paraíso en tierra caliente. Cuando llegaron allí por primera vez, a los emperadores les pareció pintoresca, deliciosa y el lugar perfecto para establecer una residencia de verano, un albergue donde vivir alejados de la Corte y donde podrían relajarse en el uso de la etiqueta. Sería su *Petit Trianon,* como a Maximiliano le gustaba decir.

Después de buscar, Maximiliano se enamoró de una hermosa casa que estaba en muy mal estado, pero cuyo jardín embelesaba a simple vista; los árboles que allí crecían eran altos y daban una sombra que envidiarían los jardines más antiguos de Viena. Maximiliano se acordó del jardín de su Miramar, no por lejano menos querido, y extrañó aquel bosque que con tanto esmero —y dinero de su esposa— había construido centímetro a centímetro, y se prometió hacer de aquel lugar el remanso que necesitaba en el polvorín de su imperio.

Dos semanas de cada mes acudía a revisar los trabajos que se llevaban a cabo para dejarlo todo acondicionado, mientras aprovechaba para regar su paladar con vinos franceses y reservas de oporto, a veces en demasía. Y así como había conseguido que el Castillo de Chapultepec pasara de ser la sede del Colegio Militar a convertirse en un palacio digno de un emperador, con talante y persuasión logró recuperar la Casa Borda del abandono.

Mientras tanto, al otro lado del océano, Napoleón III recibía, por carta de Bazaine, noticias poco alentadoras sobre la situación en México. Nada estaba resultando según lo planeado. El cúmulo de malas noticias y el descontento social le hacían plantearse la aplicación de medidas radicales; no podía permitir que continuase la incertidumbre y menos aún que la carga pecuniaria recayese sobre Francia. Tomó papel y tinta y pidió al mariscal que pusiese énfasis en organizar la Armada francesa, a fin de que a la brevedad se pudiera evacuar el país. «El emperador Maximiliano debe entender que no podemos permanecer en México por siempre», escribió.

—¿Qué le escribes a Bazaine, querido? —preguntó Eugenia desde la mesa en la que jugaba cinquillo.

—Pues lo de siempre. Que un gobierno que no ha hecho nada para lograr vivir de sus propios recursos será abandonado más fácilmente.

Para Carlota, Cuernavaca también resultó ser sin duda la ciudad de la eterna primavera. Allí descansaba, paseaba por el jardín, leía, cantaba al piano e incluso sembraba alguna que otra flor, trabajos manuales que estaban vedados para la nobleza y que, mientras los hiciese de tanto en tanto, no le disgustaban. Sin embargo, podía entender por qué a Maximiliano le gustaba tanto estar en contacto con la naturaleza. Ahí se relajaba, descansaba y tomaba fuerzas para volver a la Ciudad de México, o al menos eso suponía hasta que la conoció a ella.

La esposa del jardinero —apenas una chiquilla— era una mariposa que revoloteaba por el jardín y cuando no se paseaba entre los árboles, estaba de arriba abajo haciendo labores domésticas, preparando de comer, tendiendo camas, recogiendo las frutas que caían maduras de los árboles para hacer bebidas o platillos con ellas, incluso algunos miembros de la Corte la habían visto cocinar con pétalos de rosa. Iba siempre ataviada con un traje de algodón que dejaba al descubierto unos hombros morenos de clavículas marcadas, tan tersos y relucientes que parecían de chocolate. Llevaba siempre un vaivén que a Carlota le parecía afectado, porque ella sabía muy bien que para avanzar no hacía falta bambolearse tanto. A las princesas se les enseñaba a andar derechas como velas, sin contonearse de lado a lado con las caderas, pero esa muchachita desafiaba las normas del decoro de todas las maneras. Iba descalza, y cuando pensaba que nadie la veía, introducía los dedos de los pies en la tierra para refrescárselos, como los árboles con sus raíces. Carlota la observaba discretamente con cierto recelo y envidiando al mismo tiempo su libertad, pero lo que más codiciaba era su sonrisa: siempre la llevaba puesta, aun cuando podía reconocer en su mirada un rezago de inconformidad, aunque la diferencia entre su sometimiento y el de ella era que la india no era consciente de padecerlo. Un día, Carlota se decidió a hablarle.

—¿Cómo te llamas, muchacha? —le preguntó en un impecable español.

—Concepción Sedano, señora.

Al decir esto, Concepción se dio cuenta de que llevaba mucho tiempo sin inventarse ningún nombre.

—¿Cuántos años tienes?

—Dieciséis, señora.

Carlota pensó que era apenas una niña, aunque luego recordó que ella misma con tan sólo un año más había conocido a Maximiliano. «Qué joven era», pensó.

—Cuando estés en mi presencia te quiero calzada y tapada con un chal.

Concepción bajó la cabeza.

—Sí, señora.

—Puedes retirarte.

La muchacha echó un vistazo a la inmensidad a su alrededor. ¿Adónde se suponía que debía ir? Era la primera vez que alguien la echaba de su jardín y algo en su amor propio se tambaleó.

Concepción observaba al emperador con el mismo interés con que él observaba los colibríes. Acostumbrada a las asperezas de Nacho, le parecía un ser frágil; Ignacio tenía el bigote negro y tieso, de alambre, mientras que el emperador tenía esponjosas barbas pelirrojas como de nube. Lo único en lo que eran similares era en la forma en que se dirigían a las plantas, aunque cuando lo hacía el emperador, Concepción no entendía una sola palabra; hablaba en voces que nunca había escuchado, que acababan en *um* o en *ea* y que le hacían gracia. ¿Cómo alguien podía llamar a las nochebuenas *poinsettias* y a las chiribitas *Bellis perennis*? En sus gestos podía intuir más admiración que cariño, porque el hombre se maravillaba con los colores de algunas flores y las formas exóticas de hojas que a ella se le antojaban tan comunes y corrientes como los amaneceres, pero al emperador cualquier espécimen le parecía una joya digna de estudio. Y un día,

291

Concepción descubrió que le gustaba verlo pasear entre las plantas y seguirlo con la mirada.

Maximiliano llevaba un buen rato deambulando por la zona no arbolada del jardín a pleno sol, sin cubrirse la cabeza; su piel era tan blanca que la coronilla pronto comenzó a ponérsele tan colorada que dolía verla. Llamó a voces al servicio, pero nadie acudió: sin darse cuenta se había alejado bastante de la casa. Aquejado por el dolor de cabeza y sintiendo un exceso de sudoración totalmente inapropiado, decidió romper las leyes del decoro y se dirigió él mismo a la cocina para pedir un remedio. Cuando entró, Concepción estaba sola, limpiando unos nopales; se sorprendió tanto al verlo entrar en sus dominios que casi se rebana un dedo con el cuchillo. Ningún extranjero entraba nunca en la cocina a no ser que fueran a revisar que todo estuviera impecable, normalmente mandaban a las damas o a los lacayos, ¡y ni hablar de los emperadores en persona! Preocupada, Concepción se miró los pies descalzos y estiró el cuello de lado a lado deseando no ver a la emperatriz entrar tras él, porque se ganaría una buena reprimenda. Al ver que el hombre estaba solo sintió algo de alivio, aunque no demasiado; aquello era muy inusual.

—Porr favorr… —dijo él con un fuerte acento alemán—. Algo para el *ardorr*.

Y luego, avergonzado como nunca, se señaló la coronilla del tamaño de una tonsura completamente enrojecida.

Al ver la piel herida, Concepción apretó los labios. Mucho debía dolerle para atreverse a hablarle. Alguna vez ella también se había quemado así pero no con el sol —porque su piel morena siempre había recibido la embestida de sus rayos—, sino con los fogones; sabía lo que tenía que hacer.

Tomó un trapo de algodón, lo empapó en vinagre y sin ningún protocolo se lo puso en la cabeza. Maximiliano, agredido en su soberana dignidad —como mucho, esperaba que le diera algún ungüento o pomada que pudiera untarse en la privacidad de sus aposentos—, intentó quitárselo pero ella, sin abrir la boca, hizo escapar cual reptil un sonido entre los dientes:

—¡Chss!

Y volvió a colocar el trapo húmedo al tiempo que ejercía ligera presión con las manos sobre la imperial cabeza.

Como un niño pequeño al que su madre intenta hacerle tomar una medicina, el emperador se dejó hacer, cautivado por aquel silbar entre dientes. Y es que, aunque la india no había hablado, ese sonido delató una voz vibrante, llena de vida. Maximiliano imaginó un instrumento musical recién afinado. «Una voz», pensó, «llena de promesas excitantes. La voz de una sirena».

Así estuvieron un par de segundos: él en total quietud, sin arriesgarse a moverse ni un ápice, mientras ella lo coronaba con un paño. En ese momento, Maximiliano intentó entender qué era lo que súbitamente lo hacía relajarse así, y no pudo distinguir si la paz que sentía venía del alivio inmediato del trapo que le sacaba el calor del cuerpo o por contemplar a una mujer tan de cerca. Normalmente se sentía incómodo entre mujeres. Desde la visión de las esclavas desnudas en Esmirna, estar cerca de ellas lo turbaba. Pero esta niña era distinta. No había en ella la malicia de las mujeres de la Corte, que mostraban una galantería insulsa y absurda hacia el sexo. A pesar de ser muy linda, parecía no saberlo; Maximiliano nunca había visto cabellos tan negros ni labios tan carnosos. Una ráfaga de viento trajo sus humores y Maximiliano pudo olerla. Olía distinto. Emanaba humores diferentes a los europeos. No olía agrio, ni a cebolla fresca o ajo, sino a maíz lentamente amasado.

Por otro lado, Concepción sospechaba que si acercaba las manos para tocarlo, sus dedos se hundirían en esa piel blanca. Aquel hombre era suave como la masa para tortillas y sentía la tentación de pellizcarlo para comprobar que podía moldearlo a voluntad. Nunca había visto carnes así. Nunca había visto un cuerpo que no estuviera acostumbrado al ejercicio físico ni a arar la tierra. Un cuerpo que no conociera el placer de escalar un árbol ni de cruzar un río. Un cuerpo estático que extrañase sentir. Nunca había visto a un ser casi transparente.

Después de un rato sin intercambiar palabra, Maximiliano tomó las manos de la india y las bajó despacio, agarró el paño envinagrado y lo colocó entre sus manos, apretándoselas fuerte. No hablaron, pero se miraron. Y como Concepción desconocía el protocolo, sin saber muy bien qué hacer, se retiró a toda prisa dándole la espalda. Maximiliano la observó alejarse y al verla pensó que se movía como una mariposa. Una mariposa que no tenía en su preciada colección.

3

Constanza supo que Carlota partiría hacia Yucatán porque Philippe se lo contó una tarde, mientras le enseñaba el uso del *passé composé*. Entre lecciones, Philippe —que no era muy platicador— hacía esfuerzos por entablar conversación con Constanza. Fue muy sutil al principio, le preguntó por sus padres y ella, extrañada, contestó sin muchos detalles. Después ella le preguntó por su niñez y él le habló de la cueva y del señor Walton. Y poco a poco, habiendo firmado un pacto tácito de discrecionalidad, se acostumbraron a esos pequeños momentos de intimidad donde sentían que podían hablar con libertad. Constanza lo hacía con toda la intención de obtener información sobre la tropa belga y el coronel, aunque pocas veces lo lograba. A Philippe le gustaba preguntarle sobre cosas más mundanas, por ejemplo cómo se sentía siendo dama de la Corte, le preguntaba por su vida fuera de Chapultepec y se mostraba sinceramente curioso. Ella fue cediendo como una masa a la que se ha dejado reposar lo suficiente; sin embargo, tenía sus reservas. Se cuidaba mucho de no hablar de más ni de mostrar sus vulnerabilidades, que a su juicio no eran pocas. A pesar de ello, le gustaba compartir con Philippe. En el fondo, eso era lo que había deseado desde el día en que le echó el ojo encima. Lo escuchaba hablar con su acento extranjero y sus huesos reían. Si el día que lo conoció él le hubiera hablado como ahora, habría caído rendida a sus pies en un santiamén; pero al igual que el agua se convierte en hielo, desde que la prudencia tocara a su puerta diciéndole que no estaba en esa corte para amar a ningún hombre sino a la patria, Constanza supo enfriarse a pasmosa velocidad.

Por las noches se encerraba en su habitación en la planta inferior de Chapultepec y, en lugar de soñar con cómo convertirse en amante, se la pasaba inventando códigos para mandar mensajes ocultos a su hermano.

Philippe, en cambio, llegaba a su cama y al cerrar los ojos soñaba con una amalgama de mujeres que, cual brujas o hechiceras, eran capaces de cambiar de forma con cada beso y se iban transformando de una en otra. Besaba a Constanza, besaba a Carlota, besaba a Famke, y a todas les hacía el amor con la misma enjundia.

—¿Yucatán? ¡Será un viaje larguísimo! —dijo ella cuando Philippe le preguntó si sabía algo del recorrido que estaba a punto de emprender la emperatriz.

—Es un viaje de reconocimiento. Ya sabes, para conocer los dominios.

—¿El emperador irá?

—No. Él se quedará aquí, para variar.

Ambos se miraron intentando no hacer ninguna mueca.

—Supongo que a mí me tocará acompañarla.

—A mí también.

—¿A ti?

—El coronel Van der Smissen irá con ella. Y no creo que vaya solo.

«Eureka», pensó Constanza.

—¿Y por qué no irá el emperador?

—Creo que quiere cuidar las finanzas. Las arcas no están tan llenas como deberían. Por lo que oí, quiere hablar con el nuevo ministro que acaba de llegar de Francia.

—Ah. Sí. Langlais.

—Ese mismo.

—¿Y tú cómo sabes tantas cosas?

—¿Has oído eso de que «las paredes oyen»?

—Sí —dijo Constanza con media sonrisa.

—Pues aquí todos me tratan como una pared.

«Y vaya que sí», pensó Constanza.

Pese a que un viaje como aquel resultaría además de extenuante sumamente peligroso, estaba encantada con la idea de viajar por la República —así la llamaba ella secretamente— si un hombre como Philippe estaba incluido en el trayecto.

Lo que Philippe no sabía era que Constanza fingía ignorancia para tirarle de la lengua. Ella sabía mucho más de lo que el belga sospechaba: por ejemplo, que Maximiliano estaba encantado con mandar a la emperatriz fuera de su alcance durante al menos cincuenta días. A los oídos del emperador empezaban a llegar comentarios sobre lo buena gobernanta que era y muchas veces salía perdiendo en las comparaciones. Él se enorgullecía de que, por orden suya, a Carlota ya no se le permitiese presentarse en el consejo de ministros sin ser convocada para ello, y tampoco podía entrar en la oficina de Maximiliano si él no la invitaba ex profeso. El emperador estaba más frío de lo habitual. Aunque Carlota fingía no importarle, Constanza había notado que desde entonces cabalgaba sola más que de costumbre, como si decidiera alejarse de una corte donde paulatinamente le impedían cortar o trinchar. También sabía —porque se lo había contado Salvador— que el período de Gobierno juarista conforme a la ley había terminado en octubre de aquel 1865, y Benito Juárez, contraviniendo la constitución vigente y con varios de los liberales en contra, había sido reelegido. Maximiliano pudo ver ahí, muy levemente y desde un resquicio, una ventana por la que se asomaba la discutible legitimidad del presidente Juárez y no estaba dispuesto a dejar pasar una oportunidad como aquella.

Claro que no abandonaría la ciudad en una situación semejante. Prefería mandar a la emperatriz y así gozar de su soledad en compañía más placentera.

Carlota y su séquito, formado por sus damas de compañía más cercanas, Manuelita y Constanza, un par de ministros, Van der Smissen, Philippe y otros cuatro soldados belgas, más unos cuantos miembros de la Corte entre los que se incluían un capellán y un médico, partieron hacia Yucatán una madrugada de noviembre. Cinco carruajes salieron hacia Veracruz, atravesando lodo y calamidades que hacían temer lo peor; algunos de ellos se desbarrancaron y hubo que devolverlos al camino, afortunadamente sin pérdidas que lamentar. Constanza soportaba mal las temperaturas y se quejaba amargamente.

—No soporto este calor enfundada en estos trajes, Manuela. El encaje se me está clavando en el cuello.

—Calla, niña, y abanícate. Yo lo que no soporto es el polvo.

—¿Has visto el aspecto de la emperatriz? ¡A pesar de ir en carro cerrado tiene el aspecto de una molinera!

—¡Calla, niña! —la reñía la otra. Y luego, tras mirarla dos veces, decía—: Así nos vemos todos.

Al llegar a Orizaba se encontraron con un norte de viento racheado que les hizo esperar dos días antes de poder continuar camino. Se hospedaron en casa de una familia conservadora que les había abierto las puertas desde que posaron un pie en México, los Bringas.

—¡Alteza, bienvenida a nuestra humilde morada! —la recibió la señora Bringas.

Constanza observó alrededor: la «humilde morada» era una hacienda donde podían correr caballos y cultivar desde maíz hasta café. Pero sobre todo, lo que llamó su atención era la familiaridad con que aquella señora trataba a Carlota, como si fueran amigas de toda la vida; eso también enfurecía a Manuela, que intentaba sin éxito competir en atenciones. Pero la emperatriz, mucho más relajada que en Chapultepec, apenas reparaba en esas pequeñeces. Llevaba tiempo deseando cambiar de aires y de rumbos, aunque no se lo confesara a nadie.

Philippe notaba con cierto disgusto que el coronel Van der Smissen pasaba mucho tiempo con Carlota. Paseaban largo rato en el jardín y alguna vez, de soslayo, le pareció ver al coronel tomar la mano de la emperatriz; sin embargo, el movimiento era tan rápido y discreto que Philippe no sabía a ciencia cierta si lo había visto o soñado.

Constanza, sin embargo, no dudaba. Sabía perfectamente que entre ellos saltaba un chispazo cubierto por la solemnidad que pesaba sobre sus cargos, pero destello al fin. En el fondo, deseaba fervientemente que Carlota se atreviera a amar o al menos dejarse amar por alguien, porque estaba claro que si esperaba al emperador se haría vieja sin más placeres que el de contemplar el retrato del archiduque en la pared.

Después de Orizaba se embarcaron y comenzó la travesía hacia la península de Yucatán, que resultó ser, en palabras de la propia emperatriz, la peor que había hecho en su vida. Y debía de ser cierto, porque al salir de su camarote lucía como un pobre pájaro enfermo. Pero todo fue pisar tierra, sentir el sol sobre su rostro y dejarse acariciar por la candidez de la gente, para que Carlota sintiera que el traslado había valido la pena. Comparada con la Ciudad de México, Mérida le pareció hermosa, tranquila y pacífica. La gente le parecía tan franca y dulce que, conmovida, una tarde le dijo a Constanza:

—Aquí uno vuelve a creer en el ser humano otra vez.

Carlota no estaba ahí sólo para conocer las bondades de aquella tierra. Llevaba unas instrucciones secretas que le habían sido preparadas por Maximiliano, pues conocía los movimientos independentistas que rondaban por el estado desde 1839; Carlota debía promover las leyes con las que serían compensados si mostraban su total adhesión al imperio. Hablaban de establecer allí un virreinato a cargo de Almonte; preferían tenerlo ocupado lejos de la Corte.

Constanza se preocupó al ver el recibimiento que los yucatecos brindaban a la comitiva imperial. No había duda de que estaban felices con la visita, la gente desenganchaba a sus caballos de los carruajes para cabalgar al lado de la calesa de Carlota al tiempo que la saludaban bajo una lluvia de pétalos. Estaban agradecidos de que por fin un mandatario llegase hasta ellos, pues los tenían olvidados y alejados. Desde los balcones les arrojaban flores y las campanas de las iglesias redoblaban a su paso.

Carlota estaba fascinada. Por primera vez desde que había llegado a México se sintió emperatriz. Visitó iglesias, pero al conocer las ruinas mayas de Uxmal se maravilló tanto que enseguida dio instrucciones de crear allí un museo.

—Quiero que se destine parte del presupuesto a proteger y conservar estas ruinas —dijo a uno de sus ministros—. Y encárguese también de promulgar leyes que impidan la exportación de piezas prehispánicas.

A todo se le respondía:

—Sí, Majestad.

Atendió exposiciones en escuelas donde los niños la inundaban de regalos hechos por ellos mismos o por los artesanos de la zona, cubiertos de conchas y caracoles. Recorrió el sur con la sonrisa en los labios, desde Sacalum hasta Calkiní —donde le regalaron sombreros de palma—, y en los pueblos, en lugar de escoger parajes palaciegos, se hospedaba en lugares humildes que la hacían conectar con su pueblo. Además, llevaba atuendos sencillos y por único adorno dos flores en la cabeza. A los ojos de muchos, incluido Philippe, no necesitaba nada más para vestir el cargo. Y es que rebosaba tranquilidad, como si por fin estuviera donde debía estar.

—Raras veces he visto un entusiasmo más sincero que el de hoy —decía en sus discursos—. Me han dado sus corazones, ahora reciban el mío.

Sin embargo, la gente hablaba a sus espaldas. Si Carlota hubiera podido escuchar, se hubiera estremecido de coraje al oír a algunas señoras murmurar: «Pobrecita, tan joven, rica y estéril»; «Dios da y quita, porque ya ves, lo tiene todo en la vida, pero no puede tener hijos»; «Yo no me cambio por ella por nada del mundo, prefiero tener a mi familia», y un sinfín de frases lastimeras fundadas en la infamia. Y cómo no iban a creerlo, si el emperador se veía en la penosa necesidad de andar adoptando a los nietos de Iturbide para asegurar herederos al trono.

Carlota, ajena a las maledicencias, cumplió con sus labores con la mejor diplomacia no sólo porque estaba educada y entrenada para ello, sino porque en verdad desde hacía mucho tiempo no era tan feliz. De nuevo se sentía útil, de provecho. Otra vez rugía un motor en su vida haciéndola avanzar hacia adelante. No paraba ni por un momento. La llevaban de arriba abajo, subiendo y bajando del carruaje, trasladándose de una comarca a otra sin apenas descanso, pero Carlota agradecía tanto ajetreo tras meses de inmovilidad política a la que la tenía sometida Maximiliano.

Pero todo tenía un límite.

Y ese límite estaba ligado a la traición.

Constanza, siempre un paso tras ella, pensó que había llegado el momento de agarrar al toro por los cuernos. Ver cómo la habían recibido en Yucatán le hizo pensar en que el Imperio ganaba terreno. Tenía que hacer algo. Por México. Por Juárez. Su hermano, Modesto, su madre… tenían razón. El Imperio, por más buenas intenciones que llevase, era una locura. Aquello no podía progresar.

Un día en que el cansancio se reflejaba en el rostro de Carlota, Constanza se atrevió a sembrar para cosechar.

—Majestad, debería descansar un poco.

—No puedo, Constanza.

—Claro que puede, Alteza…

—¡No puedo! —gritó Carlota. Y luego, sintiendo que había perdido el decoro, intentó explicarse. Al hacerlo, Constanza pudo ver emerger los mismos fantasmas que ululaban por Chapultepec—: Soy una mujer sin hijos. No tengo otra cosa que hacer.

Constanza le dijo en voz baja:

—Deje de reprocharse así, Majestad, los tendrá algún día. El emperador...

—El emperador está entretenido en Cuernavaca —la interrumpió Carlota—. Allí siempre sucumbe. Sucumbió ayer y sucumbirá mañana.

Constanza no comprendió.

—¿Cómo dice, Majestad?

Carlota no contestó, sencillamente bajó la cabeza, humillada como un toro a punto de recibir el descabello.

—Max no me ama. No me desea. Prefiere las carnes de una mujer morena a mis regias manos blancas. Ella es muy bonita.

Constanza guardó silencio, incapaz de decir nada. Sabía bien que el dolor de un engaño no tenía color. Había notado que últimamente el emperador pasaba mucho tiempo en Cuernavaca, adonde se escapaba con frecuencia para alejarse de los asuntos de Estado. Con razón, pensó, la emperatriz andaba taciturna y últimamente se le veía dar largos paseos por el lago junto al coronel Van der Smissen. Con razón la había visto llorar.

Tras una pausa, Carlota prosiguió:

—Y así... ¿cómo voy a darle hijos al emperador?

Ambas sabían muy bien a qué se referían. ¿Cómo? Si Carlota no conocía varón.

Entonces, haciendo de tripas corazón y con el remordimiento en la boca del estómago, Constanza se escuchó diciendo en voz alta algo impensable a una emperatriz católica, apostólica y romana.

—Majestad, en México, en México tenemos remedios para su problema.

—¿Qué clase de remedios?

—Remedios no ortodoxos, Majestad.

Carlota abrió los ojos.

—¿Hablas de brujería?

—Algunos podrían llamarlo así. Yo prefiero llamarlo magia blanca.

—¿Magia blanca?

Constanza decidió ir hasta el fondo:

—Sí, Majestad. No me mire con esos ojos, no es que sea algo endemoniado... Llámelo herbolaria con un poco de fe.

—Constanza —dijo muy seria Carlota—, yo no necesito hierbas sino a un hombre que me levante las faldas.

Carlota tenía una mirada muy triste. Nunca antes había sentido tanta humillación. Pero había abierto su corazón y no quiso cerrarlo.

—¿Habrá algún hombre que me ame alguna vez, Constanza?

Y Constanza, sintiendo que la Providencia le ponía en bandeja de plata la oportunidad, dijo:

—Las hierbas que tengo también sirven para eso, Majestad.

Y justo cuando ambas permanecían en silencio, intentando leerse los pensamientos, Van der Smissen llamó a la puerta.

—¿Qué ocurre, coronel? —preguntó Carlota con rostro desencajado.

—Ya está listo el carruaje para ir a la cena de gala, Majestad.

—Gracias. Ya vamos.

Cuando Van der Smissen salió, Constanza notó en la mirada de Carlota un rictus de melancolía.

—Sabes —le dijo a Constanza—, ese hombre me recuerda a mi padre.

Y luego, dando por zanjada la conversación, se levantó y dio orden de partir.

Llegaron a Mérida, donde ofrecería una cena a los notables de la ciudad; por lo venturoso que había sido el viaje y por las innumerables muestras de cariño por parte del pueblo, Carlota pensaba que estaría repleta de personalidades yucatecas. Pero de nuevo, como en La Scala de Milán, se encontró con que al evento no asistió ni la mitad de los convocados.

Van der Smissen se sentó a la derecha de Carlota y pudo ver en ella disgusto y cierto nerviosismo, como si de pronto la alegría se le hubiera desvanecido de nuevo.

—Seguramente no recibieron la invitación a tiempo —intentó disculparlos Van der Smissen.

Por toda respuesta, Carlota le dirigió una mirada de tristeza. Tomó su copa, pero antes de llevársela a los labios dudó: un miedo atroz la golpeó en la nuca.

—¿Qué sucede, Majestad?

Por una décima de segundo, a Van der Smissen le pareció ver terror en sus ojos, como si acabara de ver al demonio.

—¿Qué ocurre, Carlota? —la tuteó.

Y entonces, al oír su nombre, esa mirada lunática se disipó.

—No es nada, Alfred —dijo—. Debe de ser el cansancio.

Y luego bebió.

En efecto, estaba exhausta. Habían pasado semanas desde que salieron de México, y a pesar de su juventud el viaje le pasaba factura. No dormía bien y por probar platillos a los que no estaba acostumbrada —como el relleno negro o el dulce de zapote— comenzó a tener dolores de estómago. En lugar de tripas se imaginaba que por dentro le danzaban culebras. Para ahuyentar los malos pensamientos, se entretenía rezando plegarias larguísimas en las que pedía fuerza de espíritu y fortaleza física. Pero estaba débil. Pensaba en Maximiliano, en que él a su vez padecía también constantes diarreas y fuertes retortijones, y se compadecía. «Si así es como se siente todo el tiempo», pensaba, «no sé cómo puede dar dos pasos seguidos». Pero al igual que él sacaba fuerzas de flaqueza, también lo haría ella.

Van der Smissen empezó a preocuparse por el estado de salud de la emperatriz. Aunque no solía saltarse sus obligaciones religiosas, nunca antes la había visto tan devota: ahora rezaba de una manera casi obsesiva. Hablaba mucho de Dios y del demonio. A su juicio, Carlota necesitaba descansar o tendría una crisis nerviosa. Pero llegaba el alba y la emperatriz se aseaba, se vestía y salía rauda a cumplir con su jornada. Lo más importante era el deber, tal y como le había inculcado su padre.

No sólo Van der Smissen se preocupaba por ella. Philippe la vigilaba desde la sombra y el silencio. A pesar de lo contenta que se veía y lo emocionada que estaba cuando acudía a los actos oficiales, temía que algo malo pudiera pasarle. Volvió a experimentar la angustia que sintió de niño, cuando, sin que nadie pudiera evitarlo, su hermano pequeño Noah empezó a toser sangre mientras se refugiaban en la cueva. Tenía que hacer algo. Carlota no estaba bien. La notaba cada vez más ausente, como si de pronto la luz de su cabeza se apagara y se sumiera en la oscuridad.

—Debes avisarle al emperador —le dijo preocupado Philippe a Constanza tras la cena.

—¿Estás loco?

—La emperatriz necesita reposo, Constanza, la están matando con tanto trabajo. Llevamos semanas a un ritmo vertiginoso. Ella jamás se retirará por su propia voluntad.

—¿Y desde cuándo te preocupa el estado de salud de la emperatriz?

—Desde siempre. Es mi obligación.

—Tu obligación…

Philippe evitó mirar al suelo en un esfuerzo por sostenerle la mirada, pero hiciera lo que hiciera para disimular, ya era tarde. Constanza se dio cuenta enseguida de los sentimientos de Philippe hacia su emperatriz. El hombre era un libro abierto. ¡Qué tonta! ¿Cómo no lo había intuido antes? Philippe acababa de desnudarse ante ella sin apenas darse cuenta. Constanza, sin embargo, no lo delató.

—¿Y cómo pretendes que me comunique con el emperador?

Philippe dudó. Al ver la cercanía que Carlota mantenía con sus damas, había supuesto que también tenían derecho de picaporte con Maximiliano.

—Yo no puedo comunicarme con él —dijo ella—, tiene que decírselo alguien de mayor confianza.

Y entonces, Constanza dejó caer la primera ficha del dominó.

—Que lo haga el coronel.

—¿Van der Smissen?

—¿Quién si no? ¿No has notado cómo la mira? Y lo que es más interesante aún… ¿cómo lo mira ella a él?

A Philippe se le retorció una tripa.

—Sí. Algo he notado —dijo él, tragándose el orgullo—. Pero díselo tú.

—¿Y por qué habría de escucharme?

—Porque siempre logras lo que quieres.

Constanza reprimió una sonrisa.

—Veré lo que puedo hacer.

Philippe no tuvo que esforzarse demasiado para convencer a Constanza. Este era el momento que estaba esperando; por fin había encontrado la manera de acercarse al coronel. Y eso era a todas luces una fortuna.

Tampoco hizo falta que Constanza se esforzara demasiado en convencer al coronel. Cuando acudió a él para pedirle audiencia, el hombre ya había mandado un correo a la capital para que el emperador alcanzara a la emperatriz en San Martín Texmelucan. Entró en un despacho provisional donde el coronel había dispuesto una austera mesa de madera de nogal, un pequeño librero y un par de sillas; al sentarse, Constanza percibió en el aire un olor a tierra mojada.

—Gracias por su informe, *Constance*, pero ya he avisado al emperador desde hace un par de días.

—¡Oh! —dijo Constanza—. De modo que usted también piensa que es imprudente someter a un mayor esfuerzo a la emperatriz.

—Sólo un ciego no lo vería.

—Disculpe mi atrevimiento, coronel, al molestarlo. Comprenderá que me preocupe por la emperatriz. Supuse que podría recurrir a usted.

—*Mais oui.* Hizo lo correcto, *mademoiselle*.

—Y si me permite la indiscreción… ¿por qué se reunirá el emperador con ella en San Martín? ¿Acaso no vamos a regresar a la Ciudad de México?

—Evidentemente no. Atravesaremos el lago de Chalco y de ahí iremos hasta Xochimilco para dirigirnos a Cuernavaca.

—¿Cuernavaca?

—El emperador ha decidido descansar ahí. Hay una casa con un hermoso jardín. Es lo que la emperatriz necesita ahora, dadas las circunstancias.

Y luego, sin apenas percibirlo, se escuchó diciendo en voz alta sus pensamientos:

—Pobre Carlota —murmuró. Enseguida dirigió la mirada hacia Constanza, que observaba prudente sin hacer ningún gesto. Ella pensaba lo mismo.

Van der Smissen dio dos pasos hacia la mesita que hacía funciones de bar y se sirvió un oporto.

—*Voulez-vous?* —dijo ofreciéndole un trago.

—*Non, merci, monsieur* —contestó ella.

Aunque intentaba fingir que no había escuchado, Constanza acababa de abrir bien los oídos. El corazón le palpitaba a toda velocidad. No pensó que la conversación con el coronel fuera a dar para tanto, y estiró un poco más la cuerda. Sabía reconocer cuando alguien tenía ganas de hablar y el coronel daba brincos como pepita en un comal caliente.

—¿Qué será más preocupante, coronel, el estado de salud de la emperatriz o la situación del país?

Van der Smissen se estiró el bigote antes de darle un trago a su oporto.

—Todo, *mademoiselle*, todo. El mariscal de Francia dice que todo va bien pero Juárez sigue prófugo, como siempre.

«Gracias a Dios», pensó Constanza.

—Entonces no hay razón para alarmarse.

—¡Sandeces! —gritó él—. La guerra parece prolongarse indefinidamente, la guerrilla ataca un día sí y otro también, pero Bazaine se empeña en afirmar que está pacificando al país...

Miró su vaso, medio vacío. Constanza corrió a servirle más oporto.

—Pero el emperador tiene cada vez mayor control de la situación —aventuró.

—Lo que tiene son más palacios y teatros —dijo el hombre con desdén—. Si no consigue vivir de sus propios recursos, este imperio no sobrevivirá. Menudo imperio, sostenido por bayonetas. Esto es un suicidio.

Constanza sabía que Van der Smissen se arrepentiría al día siguiente de esa conversación. Decidió cambiar de tema:

—La emperatriz es una gran soberana —se atrevió por fin a decir.

Él la miró con seriedad. Sabía que no se refería a la monarca sino a la mujer.

—Sí. Sí que lo es —dijo.

—Y está muy sola.

Van der Smissen le echó una mirada tan severa que Constanza enrojeció.

—Puede usted retirarse ya, *mademoiselle*.

Y dando marcha atrás para no darle la espalda, Constanza abandonó la estancia.

4

Fue Concepción quien sedujo al emperador y no al revés. Él no habría sabido hacerlo, pero ella se encargó de ser el nido donde aquel quejumbroso pájaro buscara refugio. Ni el mismo Maximiliano fue consciente de ello hasta que Concepción lo hubo atraído como la mantis religiosa devora al macho tras amarlo. No es que el emperador fuera la virilidad andante. Estaba lleno de defectos: tenía mala dentadura, le apestaba el aliento por sus múltiples problemas digestivos, casi no tenía pelo sobre la cabeza, cosa que sin duda disimulaba por medio de la abundante barba, y tenía edad suficiente como para ser su padre. Pero tenía algo que despertaba la curiosidad de Concepción y era que por primera vez en su vida ella sentía que podría estar con un hombre poco agresivo, un hombre que no la lastimaría al penetrarla. Sería ella quien marcase el ritmo, ella quien llevase la voz cantante. Y conocer el amor sin agresión de un caballero y no el de un bruto jardinero, un amor suave y sin violencia, de repente se convirtió en un potente afrodisíaco.

Él debió de verlo venir sin oponer resistencia, porque de pronto encontró un vicio en visitar el jardín de Cuernavaca, y por primera vez no parecía tan interesado en las plantas. Lo cierto es que Maximiliano atravesaba por un momento de indecisión, y ella —creía— podría llenar el vacío en su interior.

Y es que Schertzenlechner, su querido, su amantísimo, acababa de cavar un abismo de desilusión en su corazón.

Todo empezó cuando a sus oídos llegaron rumores de traición. Uno de sus hombres cercanos había pasado información secreta a los ministros sobre el pacto de familia.

—Sospechamos de Schertzenlechner —le dijeron todos. Lo que Maximiliano, como es natural, se negó a creer.

No podía ser él. Todos menos él. Pero las pruebas eran irrefutables. Uno a uno, fueron colocando en la mesa de su despacho documentos que demostraban la deslealtad de su amigo. Un amigo a quien no sólo pagaba como al mejor *valet* de Viena sino con la invaluable moneda de cambio de su corazón. Tras empinarse casi una botella de vino, lo llamó a su despacho.

—¿Cómo has podido traicionarme, Sebastián, cuando te lo di todo?

—¿De qué hablas? —contestó el otro.

Y luego, tras cerciorarse de encontrarse solos, Sebastián se aproximó para acariciarle las barbas. Maximiliano le apartó la mano suavemente.

Schertzenlechner se extrañó. Jamás, en el tiempo que tenían juntos —que eran muchos años—, Maximiliano había rechazado una de sus caricias.

Por toda respuesta, Maximiliano le aventó las pruebas que demostraban que había estado enviando información sobre el texto secreto de protesta redactado por él mismo cuando venía a México a bordo de la *Novara*.

—Max, no creerás que yo…

—Quiero tu renuncia.

Los hombres se sostuvieron la mirada. Se conocían muy bien para saber cuándo no eran necesarias las palabras.

—Así que ¿eso es todo, aquí termina, así va a terminar?

—Me has traicionado, Sebastián. ¿Cómo has podido?

A Maximiliano se le hizo un nudo en la garganta.

Y entonces, cuando pensaba que el otro le rogaría, que le pediría de rodillas que lo perdonase, lo besara, le hiciera recordar los momentos vividos y le dijera que lo pensara bien, que tenían mucha vida compartida, mucha historia, Sebastián desenvainó:

—Si me despides, publicaré información sobre lo nuestro.

Maximiliano palideció, no por la posibilidad de quedar al descubierto sino por la frialdad con que aquel hombre acababa de amenazarlo.

En ese momento Charles de Bombelles, su amigo y cómplice de la niñez, irrumpió en el despacho con una oportunidad que ni el mismísimo Zeus en forma de lluvia dorada sobre Dánae. Al saber de la amenaza bajo la que se encontraba Maximiliano, la sangre le hirvió.

—Debéis encarcelarlo, Majestad —sugirió con rabia y con cierto placer en el paladar.

—No. La cárcel no —dijo Max, cuyo corazón era más blando que el papel de fumar—. Que se vaya a Europa.

—¿Pero qué decís, Alteza? —regañó Bombelles.

—Lo que oye. Que regrese a Lacroma.

Una sonrisa cruzó los labios de Schertzenlechner al abandonar el despacho. Sabía que Maximiliano jamás osaría tocarlo, al menos no penalmente.

Y aunque la solución de regresarlo con los gastos pagados y una pensión vitalicia no agradó demasiado, todos en la Corte descansaron al librarse no sólo del espía sino del amante del emperador.

A pesar de todo, Maximiliano encontró en su interior valor y amor suficiente como para escribirle una carta de despedida.

Querido Schertzenlechner:

Puesto que no vienes a Chapultepec, yo mismo tengo que tomar la pluma para desearte un feliz viaje y decirte que, aunque ninguna persona en este mundo, por muy diversas que fueron las situaciones que viví, me mortificó tan honda y duramente como tú y me causó tanto dolor, yo, sin embargo, te perdono de todo corazón y con toda mi alma. Que Dios te recompense y te dé la paz que no pudiste encontrar a mi lado. Te recordaré en mis diarias oraciones.

Maximiliano

En medio de ese duelo, un día hizo su entrada Concepción, fresca como barro húmedo, dejando que la tierra le cubriera los dedos de los pies. Mientras él deambulaba por el jardín se le acercó corriendo descalza y con una gracia sincera le extendió un sombrero de paja para que se cubriera la cabeza; le sonrió y a él le pareció ver en sus ojos un mundo de ternura. Otro día, mientras él escribía poemas en una libreta pequeña que llevaba en su bolsillo, ella se le aproximó y, como María Magdalena a Cristo, se arrodilló a sus pies y lo descalzó para lavárselos con una jarra de agua fresca. Y así, cada día se le acercaba y sin decir nada tenía con él un gesto amoroso desprovisto absolutamente de cualquier norma regida por la etiqueta. Él experimentaba algo que jamás había sentido con nadie. No era amor, pues creía conocerlo y sabía que aquello no se le parecía. Era más bien curiosidad, misterio, prohibición. Siempre le había atraído navegar entre las aguas de lo dudoso, de lo restringido, y de pronto la india del jardín, la india bonita —como le gustaba llamarla en sus pensamientos—, empezó a personificar todo aquello. No era como las damas de la Corte. Si quisiera, a ellas podía tenerlas con un chasquido de dedos. Eso nunca se le había antojado. Concepción pasó de ser la esposa del jardinero a convertirse en una ventana por la que volver a asomarse a lo prohibido. Y cuando llegó el momento, ella supo abrazarlo y recibirlo en unos brazos recios y morenos a los que él no supo cómo oponer resistencia, mientras Ignacio, que sabía de sus amoríos, se dedicaba a beber inconsolable en su habitación: tenía claro que los dueños de las casas poseían derecho de pernada y no iba a enfrentarse al emperador de México. Bien sabía él de los encantos de la chiquilla y, por más que le doliera el orgullo, tuvo que aprender a compartirla.

Carlota supervisaba los preparativos para regresar a Chapultepec cuando Constanza le llevó la carta con la fatal noticia. La abrió, la leyó y, antes de que alguien pudiera remediarlo, se desvaneció: Constanza tuvo que sujetarla para que no diese todo lo larga que era contra el suelo de piedra.

—Majestad… ¡Ayuda! —gritó pidiendo auxilio mientras intentaba sostenerla entre sus brazos. No tardaron en aparecer el resto de las damas.

—¿Qué ocurre? —preguntó Manuelita asustada.

—No sé. Leyó la carta y se desmayó.

Manuelita de Barrio tomó la misiva y leyó en voz baja.

—¡Ave María purísima! Se le murió su padre, el rey Leopoldo…

Todas las damas se santiguaron al unísono.

Constanza salió aprisa de la habitación y le dijo a Philippe:

—Llama al emperador, rápido.

Philippe, preocupado, salió corriendo.

El amado rey Leopoldo I, padre de la emperatriz, había muerto en Bruselas hacía ya un mes por complicaciones derivadas de cálculos renales. A pesar de que padecía la enfermedad desde hacía tiempo, Carlota aún esperaba verlo con vida por muchos años. No era un hombre al que la muerte rondara tan de cerca.

Se dispuso luto oficial durante tres meses en la Ciudad de México, a donde partieron los dos con el alma acongojada: ella por la pérdida y él por la separación de Concepción. Pero no eran los remordimientos del emperador sino los de Carlota los que más ruido hacían en el carruaje. La emperatriz, secretamente, se recriminaba haber estado lejos. Muy en el fondo se reprochaba no haber estado a su lado para recibir la última bendición de manos de su padre, el hombre al que tanto, tanto amaba. Siempre lo consideró el más tierno de los padres. Lo único que le servía de consuelo era haber recibido su bendición en Inglaterra antes de partir. Miraba a Maximiliano, el príncipe que se le había convertido en rana, e intentaba justificarse: era él la causa de su lejanía. Por estar acompañando al hombre que él le había dado por esposo —si bien por su propia insistencia—, para establecerse en un país cuyo trono su padre quería que aceptaran. La consolaba pensar que por fin se habría reunido con su madre tras años de ausencia, pero al mismo tiempo el sentimiento de orfandad le caía encima aplastándola entera.

Por todo el país se colocaron lazos negros en las ventanas, los súbditos enviaban cartas vivamente sentidas que manifestaban un pesar universal, el pabellón imperial se colocó a media asta y se instaló un protocolo para recibir el pésame del cuerpo diplomático, los funcionarios de Gobierno y los miembros del Ejército francés. Y, aunque Carlota agradecía las muestras de respeto y cariño, no recibió a ninguno. Se encerró en su habitación y, por más que le pedían que bajara a recibir a quienes venían a presentar sus condolencias, ella sólo contestaba: «Que firmen el libro». Se refería al libro de visitas, donde todos los que desfilaron por Chapultepec con el fin de acompañar en el sentimiento a la emperatriz podían estampar su rúbrica.

Maximiliano intentaba ser cariñoso con ella en esa etapa tan triste y dolorosa, pero ya era tarde: entre ellos tan sólo quedaba camaradería. A esas alturas no sólo sabían que no se amaban sino que tampoco pretendían no saberlo. Eran colegas de profesión, investidos con un rango al que se debían con estoicismo, pero ninguno de los dos intentaba fingir que entre ellos existía algún vínculo sentimental. Curiosamente, al entender esto sus almas se liberaron. Se acompañaban, se daban apoyo en los momentos difíciles y hasta se pedían consejos que tanto él como ella escuchaban con interés; pero más allá de eso, nada. Se volvieron madre e hijo, hermano y hermana, y, para efectos de placeres y amores, mejor no contar: así la decepción dolía menos.

Las cartas de condolencias llegaban en sacos. Algunas las leían y otras no, dependiendo del remitente. Una de las que Carlota leyó con interés fue la de su institutriz, la condesa de Hulst, que vivía en Francia. Por unos minutos, la emperatriz había accedido a salir de su habitación y tocaba una pieza lúgubre en el piano ante la atenta mirada de Constanza, que la observaba con el rabillo del ojo, cuando Manuelita apareció en la habitación, compungida por tener que vestir enteramente de negro para entregarle la misiva; desde el desmayo por la noticia de la muerte de su padre, nunca le daba cartas una sola persona. Carlota vio el remitente y pareció alegrarse.

—¡Ah, mi querida condesa!

Manuelita respiró aliviada al comprobar que si bien lo que leía no le hacía gracia a la emperatriz, la carta no parecía llevar malas noticias. Carlota leía en silencio con prudencia y resoplaba de tanto en tanto, recostada en su sillón. Al terminar, la emperatriz vociferó:

—¡Pero qué pesada mujer! La quiero, ¿pero cómo se puede ser tan pesimista? Siempre ve el vaso medio vacío.

—¿Quién, Majestad? —preguntó Constanza, que la acompañaba en la sala de recreación fingiendo bordar un pañuelo, mientras en silencio agradecía que la emperatriz hubiese dejado de tocar con tanta melancolía.

—La condesa de Hulst, mi exgobernanta. No quita el dedo del renglón: sigue empeñada en que estar aquí es un suicidio; que regrese a Miramar.

Siempre había renegado de la idea de ver a la joven princesa embarcarse en la aventura mexicana. Mil veces trató de disuadirla y mil veces Carlota le dio razones con la esperanza de hacerle ver su error. La mujer nunca cejó en su empeño y, aun entonces, al dar el pésame a la niña —ya una mujer— a la que había ayudado a criar cuando murió su madre, volvía con la misma cantaleta. Que estar allí era una locura, que volviesen, que sólo encontrarían la muerte y la deshonra.

Constanza fingió no estar de acuerdo, pero en el fondo sintió alivió al comprobar que en Francia algunas personas pensaban como los liberales mexicanos. «¿Cuán necio se puede llegar a ser?», pensó.

—Dame papel y tinta, Constanza. Le voy a contestar.

Constanza se levantó y le llevó lo solicitado.

—Me retiro a mis aposentos —dijo.

—Pero, Majestad, le hace bien salir de su recámara. No se vuelva a encerrar como la semana pasada.

—Qué maniática eres, Manuelita. Al dolor le gusta el recogimiento —le contestó.

Nada más salió, Constanza aventó el bordado de mala gana sobre la silla; si algo le molestaba en el mundo era coser.

—Te juro —le dijo Manuelita a Constanza— que a veces me dan ganas de zarandear a esa mujer.

Y aunque Constanza quiso reírse por el comentario, se hizo la ofendida.

—Respeto para la emperatriz, señora De Barrio.

Y luego salió a ver qué escuchaba por ahí.

El ambiente estaba caldeadito. Se decía que Francia retiraría sus tropas, que el fin estaba cerca. El panorama cada vez se salía más de control. El general sureño Robert E. Lee estaba a punto de rendirse en los Estados Unidos y la muerte de Leopoldo I desató una espiral de dolor y pesar en los emperadores no sólo porque habían perdido a un gran patrocinador del Imperio que hacía lo imposible para que en Europa se reconociese la legitimidad del trono de su yerno —incluso había intercedido ante la reina Victoria para que enviase a México a un embajador, lo cual significaba el reconocimiento diplomático por parte de los británicos—, sino porque al morir, la corona belga pasó a su hijo, Leopoldo II.

Él nunca había sentido predilección alguna por su hermana. Desde niños disfrutaba haciéndola rabiar y ya más mayores intentó por todos los medios promulgar leyes para quitarle poder a las princesas. A su juicio, las mujeres servían para poco y estorbaban bastante, sobre todo las mujeres con poder. A esas había que tenerlas vigiladitas de cerca. La aventura mexicana siempre le pareció una idea absurda de la que prefirió mantenerse al margen: no le interesaba entrar en discusiones con los Estados Unidos ni tampoco tener una hermana emperatriz en un trono francés.

Sin embargo, cumpliendo con el protocolo real, mandó un emisario a México para hacer oficial la noticia de la muerte de Leopoldo I y a su vez su ascenso al trono. Pero Maximiliano tenía otros planes.

—¿Cómo que no lo recibirás? —le dijo Bombelles—. El protocolo exige que lo recibas, es el emisario de un rey a un emperador extranjero casado con su única hermana.

—Pues eso hubiera pensado cuando decidió no mandar más tropas de voluntarios belgas.

—No puedes afrentarlo así, Max.

—Claro que puedo. Además, Leopoldo quiere quitarle a Carlota parte de la herencia de su padre. De ninguna manera. Di que estoy indispuesto en Cuernavaca.

Y por más que insistieron sus consejeros, Maximiliano no claudicó; fue Carlota quien lo recibió en Chapultepec y quien lo despidió cuando, herido en su orgullo y compadeciendo a la emperatriz por la poca clase política de su marido, marchó de regreso a Europa sin ser recibido por el emperador.

La comitiva partió hacia Puebla. Desde el interior de su carruaje, de tanto en tanto el emisario se asomaba por una ventana llena del polvo que las ruedas levantaban a su paso, haciendo esfuerzos por contemplar la totalidad de los volcanes nevados sobre un fondo de valle verde. Frustrado y enfadado porque no conseguía ver mucho por el ventanuco, le pidió al cochero:

—Disculpe, buen hombre, ¿tendrá inconveniente en que viaje sentado a su lado?

Un tanto sorprendido, el hombre hizo un ademán con la cabeza.

—Oh, muchas gracias.

Durante el resto del trayecto los dos hombres fueron conversando, distraídos por los árboles, sintiendo el aire puro golpear en sus caras, agradecidos porque la plática hacía menos tedioso el viaje. El cochero, no obstante, miraba de lado a lado con precaución.

—¿Qué ocurre? —preguntó el emisario.

—Es que debería haber una escolta del Ejército francés y no ha llegado.

—¿Esperaremos?

—No sé. No es bueno permanecer quietos mucho tiempo antes de internarnos en la costa. Esta es zona de bandidos.

—En ese caso, mejor avanzar, ¿no cree?

El hombre dudó. No había un alma cerca.

—Sí, mejor avanzamos.

Al pasar por Río Frío, un grupo de forajidos los asaltó. El emisario recibió un tiro en la frente y el resto de la comitiva quedó lesionado de gravedad.

—¿Pero quiénes fueron? —preguntaron con angustia a los sobrevivientes—. ¿Ladrones?

—No, señor, debieron de ser tropas juaristas, pues no nos robaron nada.

Aunque Maximiliano mandó a su médico personal a atender a los heridos, nada pudo hacerse por el emisario de Leopoldo II. Había muerto en el acto.

Cuando el rey supo la noticia enfureció: no por la muerte del emisario, aunque sin duda le molestó, sino por la total falta de etiqueta de su cuñado. Tan protocolario para bailar un vals y tan insensato en los tejemanejes políticos.

—Maldito infeliz —murmuró cuando le dijeron que no habían sido recibidos—. No me extraña que lo destierren de cada suelo que pisa.

Luego, tras romper la misiva con el comunicado de la muerte de su emisario, dijo para sí:

—Maximiliano acaba de firmar su sentencia de muerte. No volverá a recibir la ayuda de Bélgica para nada.

Y golpeando su mesa con los nudillos gritó:

—¡Para nada!

6

En su habitación, la emperatriz pensaba qué debía contestarle a la condesa de Hulst. Quería mantener la calma y no ser impertinente con una mujer cariñosa de ya avanzada edad que, si bien cuestionaba mucho sus decisiones, lo hacía solamente por el gran afecto que le profesaba.

Se sentó y, habituada como estaba a escribir largas cartas, arrancó de un tirón con el saludo protocolario de cajón, y después de agradecerle por el pésame, por la carta recibida y demás cortesías, entró en brete: «Déjenme que haga unas rectificaciones, pues parece desesperada de la misericordia de Dios en lo que nos atañe. Nuestra tarea, que juzga tan severamente y que considera casi imposible, no lo es tanto. Lo que acontecerá lo sabe únicamente el Cielo, pero no será nunca por nuestra culpa si llega a fallar. No confíe demasiado en cuanto oye en nuestra querida Francia, no buscaré los motivos que existen para entender ese ruido asaz nuevo de la expedición de México. La "gloria del reino" se ha desquiciado de pronto por obstáculos imprevistos y desconocidos allá, después de costar largamente dinero y soldados. Continúa siendo la que ha sido siempre: una idea audaz y difícil, pero ¿cuál es el mérito si no implica riesgo?…».

Carlota sonrió. Le gustaba el tono que estaba imprimiendo a la carta. Continuó: «Esta expedición ha fundado un Imperio que no es pura quimera. —Estuvo a punto de subrayar *imperio*, pero lo pensó dos veces y prosiguió—: Tal vez vea en esto pura ambición (que el mundo me atribuye) y no obstante *yo* no he sido el móvil de nuestro viaje a México. Pero no lo seré tampoco de los que quieren reembarcarse porque hay tres o cuatro nubes en el cielo o cinco o seis moros en la costa».

Carlota entintó la pluma. Respiró hondo. Sintió que empezaba a llenarse de energía, como si con cada línea, con cada palabra, reforzara sus votos de soberana, como si volviese a sentir el orgullo y la dignidad que la invistieron el día de la coronación en la catedral de la ciudad. Volvió a sentirse emperatriz. Recordó lo sola que estaba en Miramar, lo aburrida que habría sido su vida si México no se le hubiera presentado como un manto de oportunidades, recordó lo mucho que había sacrificado por un país que no era el suyo; estaba tan lejos y a la vez tan cerca, había entregado su alma y cuerpo por un bien común más grande que el propio, por el deber. Gracias a México había aprendido a vivir.

Y habiendo llenado el corazón de esos bríos, escribió: «Pónganse en mi lugar y pregúntense si la vida de Miramar era preferible a la de México. No, cien veces no. Y yo prefiero una posición que ofrece actividad y deberes, aun dificultades si quiere, a contemplar el mar hasta la edad de setenta años...».

Soltó el aire despacio. Por fin lo había dicho. Lo había sacado de su pecho. Llevaba tanto tiempo queriendo gritarlo a los cuatro vientos. Se sintió más libre, más ligera. Su alma era una pluma suspendida en el aire. Esperó unos segundos antes de proseguir: «Esto es lo que he dejado y esto es lo que he adquirido, y ahora corra la cortina y no se asombre de que ame a México. Adiós, querida condesa. La abrazo. Carlota»

Leyó la carta, la dobló y luego se recostó en la cama, con la mirada al techo y el alma triste. Sin saber por qué, las lágrimas comenzaron a resbalar en cascada por el rostro, hasta quedarse dormida.

7

Según palabras de Maximiliano, Cuernavaca era un paraíso terrenal y sin ningún empacho así se lo hacía saber a Carlota por carta.
Describía la divina llanura de un valle ancho extendiéndose como
un manto de oro, las montañas anteponiéndose unas a otras con formas caprichosas, matizadas por los tintes más maravillosos, desde los
rosados hasta los púrpuras y violetas. Algunas se quebraban como
las rocas sobre la costa de Sicilia, otras se cubrían de verde como las
montañas suizas, y detrás de todo, destacando en el azul oscuro del
cielo, los gigantescos volcanes cubiertos de nieve. Allí convivían todas
las estaciones del año pues no había ninguna, lo que le recordaba
el benévolo clima del mayo italiano. «La ciudad de la eterna primavera», la llamaba. Por un paisaje así, valía la pena luchar. Carlota, a
quien ya no la cautivaba el alma de poeta de su marido, le contestaba con desgana: «Me da gusto que estés feliz en tu paraíso. Para mí
ya no existe ningún paraíso sobre la Tierra».

El fin del Imperio les pisaba los talones. Maximiliano recibía misivas por parte de Napoleón III donde le decía que, pese a las promesas
de no abandonarlo nunca, no tendría más remedio que hacerlo. El
dinero se agotaba, las tropas eran insostenibles. Tras muchas negociaciones, Bazaine accedió a pagar a los belgas y a los austríacos, pero no
a los mexicanos. No había ni para los uniformes. Maximiliano mandaba de avanzada a sus emisarios a París para abogar ante Luis Napoleón y ante Eugenia, pero estos cada vez estaban más desencantados.

—Tal vez —decía Eugenia cambiando de tornas— la idea del Imperio no haya sido del todo buena. ¡Aquello es una sangría! ¿Qué pre-

tenden, que Francia pague hasta el último botón de los soldados? Diles que eso es imposible. Nosotros nos debemos a Francia.

Napoleón escuchaba a su mujer con ganas de apretarle el pescuezo.

—¿Así que ahora el Imperio es una mala idea? ¿En qué momento pasó de ser la página más brillante de la historia moderna a una mala idea, Eugenia?

Eugenia se abanicaba con ímpetu.

—En el momento en que Maximiliano no ha sido capaz de mantenerse solo, claro está.

Y aunque a Napoleón le fastidiaban los bandazos de su mujer, reconocía que algo de razón tenía. Maximiliano se había pasado año y medio redactando leyes utópicas en lugar de gobernar y ahora el tiempo se les venía encima cargado de aires de guerra con Prusia.

No sólo Francia se divisaba desleal. También Austria, su patria, presionada por los Estados Unidos, suspendía el embarque de voluntarios que debían salir hacia México.

—¡Cobardes y faltos de fe! —despotricaba Maximiliano ante las noticias.

Pero cuando todo se pintaba de gris él partía a Cuernavaca, donde hasta las sombras brillaban con resplandor propio. Si pudieran verlo en Europa sería la envidia de cualquier húngaro, con su barba ondulada hasta el pecho y un bigote pelirrojo que tapaba su mala dentición. Si pudieran ver cómo corría caballos salvajes como un ranchero y su buen dominio del español. Vivía como si no hubiese vivido nunca de otra manera, porque cuando todos le daban la espalda, Concepción le testimoniaba un afecto ingenuo e inocente, desprovisto de cualquier interés político, que lo llenaba de dulzura. Jamás nadie lo había mirado con ojos tan limpios. Nunca nadie, ni siquiera Carlota ni Schertzenlechner, se había acercado a buscar al hombre; siempre al archiduque, al emperador, nunca a Maximiliano.

Y eso para él era la gloria.

Mientras tanto, en México Carlota se sentía más vacía que nunca. La melancolía y la depresión la tumbaban como si nada en la vida le trajera consuelo. No tenía ganas de nada. Los sueños estaban ya vividos y no quedaba ninguno por imaginar. Los había agotado todos ya.

Compartir a su marido con Schertzenlechner había sido doloroso, pero en su corazón y en su cabeza siempre supo que contra ese amor no podría competir. Ella jamás podría darle lo que Sebastián le daba y en cierta forma eso hacía su humillación más tolerable. Pero que Maximiliano prefiriese a otra mujer: aquello fue un dolor insoportable.

Él nunca estaba, ni gobernando ni enfrentando el caos que se avecinaba, y Carlota sabía que era por ella. Lo sabía. Esa mujer le sorbía el seso y lo entretenía con quién sabría cuántas mañas indígenas. Si no, ¿cómo era posible que con las arcas del Imperio vacías, en lugar de detener las obras de remodelación y abastecimiento de la Casa Borda, se hubieran acelerado? Maximiliano, con la carta de Napoleón III en la mano, en la que le avisaba de la retirada de sus tropas, prefería desvelarse diseñando proyectos y haciendo dibujos de las obras que debían realizarse. «La belleza», pensaba despectivamente Carlota, «siempre lo bello y vacuo frente a lo práctico».

Empezó a sentir animadversión por todo lo mexicano. El país al que tanto había dado de pronto se lo quitaba todo. Sólo con Constanza se sinceraba.

—La Ciudad de México nos rechaza. No nos quieren, ¿verdad, Constanza?

—¿Por qué dice eso, Majestad?

—Lo veo. Lo siento. Son falsos. Ponen arcos de triunfo pero son puro adorno. El orgullo nacional está herido; mucha suciedad, mucha corrupción de siglos. Contra eso no puedo luchar.

Constanza se heló. A tanta sinceridad, respondió con la misma moneda.

—Así es, Majestad.

La joven quiso cambiar de tema.

—¿Se ha estado tomando las hierbas que le di, Majestad?

—Sí —dijo ella un tanto avergonzada.

—¿Y nota alguna mejoría, Alteza?

—Ay, Constanza, ¿no ves que el emperador va a Cuernavaca dos semanas de cada mes? Está más allá que aquí. Hasta tuve que implementar el telégrafo México-Cuernavaca para que pueda atender al país bajo las faldas de esa mujer. Es una vergüenza.

—Tenga paciencia, usted sígalas tomando y verá que más pronto de lo que imagina todo será distinto, Majestad.

«Muy distinto», pensó con remordimiento mientras recogía unos papeles sobre la mesa. Al girar para ver de frente a Carlota sintió miedo: presa de un embrujo, la mirada de Carlota se perdió. Vagaba mirando a ninguna parte y, sin embargo, de su boca se escapaba una sonrisa. La miraba una mujer loca.

—Alteza —la llamó Constanza, nerviosa—. ¿Se encuentra bien?

Carlota volvió en sí.

—¿Eh? —dijo saliendo del trance.

—Nada, nada, Majestad.

Fingieron que nada había sucedido.

—¿Se le ofrece algo más, Majestad?

—No, puedes retirarte. Gracias.

—Con la venia —dijo.

Al salir, Constanza se detuvo tras la puerta y se llevó las manos a la boca para reprimir el llanto. Estaba segura, como nunca antes en su vida, de que ardería eternamente en el infierno por envenenar discretamente a una buena mujer.

II

1

Todas las tardes, el cielo de Laeken retumbaba al grito de guerra porque Carlota tocaba al piano el himno de México con la mirada perdida. Muchos se preguntaban por qué lo hacía y Carlota, poniéndoles a todos los pelos de punta, respondía: «Díganle al emperador que esté tranquilo, Napoleón nunca nos abandonará».

Ya los había abandonado. Desde hacía mucho, en las preocupaciones de Luis Napoleón ya no estaba México, ni para bien ni para mal, pero ella seguía aferrada al verde, blanco y encarnado con la misma confianza de hacía años. Para ella el tiempo no avanzaba. Estancada en un reloj que no marcaba la hora, eso no la alteraba en lo más mínimo.

El estado espantoso en que Carlota había llegado impresionó incluso a su hermano, el rey Leopoldo, que era un témpano. Al verla no supo cómo reaccionar. Había oído historias sobre su condición, pero siempre pensó que serían exageraciones propias de las mujeres, incapaces de asumir derrotas y desdichas con la entereza de un militar. Pero una vez la tuvo delante sintió lástima: su pobre hermana había quedado reducida a piel y huesos. La zozobra del abandono la había consumido dándole un aspecto de fantasma lívido, delgado, sin frescura. La poca o mucha belleza en ella se había evaporado, dejando en su lugar un poso de miedo. Tenía la misma expresión de un perro al que se ha maltratado con saña y que a todo teme. Si se le acercaba alguien sin hacer notar su presencia, Carlota daba un salto. En una especie de búsqueda desesperada por engullirse a sí misma, se encorvó cual armadillo en su coraza; igual de impenetrable, igual de áspera.

Pero llegar a Laeken pareció avivar su lucidez. Reconocía pasillos y los cuartos en los que siendo niña había jugado, los retratos en las paredes le eran familiares y pronto se encariñó con el perrito de su difunto padre, con el que pasaba largos ratos en silencio mientras lo acariciaba en el regazo. Estaba en casa. No de muy buena gana, accedió a ser vestida y peinada por sus nuevas damas de honor, a quienes desde la prudencia veía con recelo mientras ellas elevaban las manos al cielo pidiéndole un voto de confianza.

—Nadie la va a lastimar, archiduquesa —le decían.

Pero el recuerdo de Constanza la azotaba con la fuerza de un rayo. Cada rostro era el de la traición, el del envenenamiento paulatino. Constanza dándole a beber hierbas para atraer los amores de un hombre: «Tome, tome, Majestad». Constanza, el perro faldero que ladra mientras mueve el rabo, lame y luego muerde. Socorro. Sacudía la cabeza para sacar de su mente el rostro de Constanza Murrieta, y deseaba poder suspender su incredulidad, su estupidez.

Algo de razón tenía porque a las damas las escogía Leopoldo II, lo que dejaba un resquicio abierto a la sospecha. La mirada siniestra de su hermano mayor la espeluznaba. De momento sólo gruñía, pero Carlota sabía que él también era un babeante perro rabioso a la espera de asestar el primer mordisco.

No obstante, Leopoldo daba paseos con ella, aunque Carlota sentía que no lo hacía por el placer de su compañía sino para verificar qué tan loca estaba. Su instinto no la engañaba: la motivación de Leopoldo no respondía a la gentileza, sino a saber hasta dónde podía estirar la cuerda sin romperla, y a veces la sensatez y buena memoria de Carlota lo desconcertaban. Se acordaba de cada nombre, de cada calle, de cada mirada de los políticos, embajadores y ministros con los que había compartido aunque fueran minutos de los pasados dos años, ni siquiera los Goffinet mostraban una lucidez semejante y tenían que apoyarse el uno en el otro para atar cabos. ¿Por qué decían entonces que su hermana estaba loca? Hablaba coherentemente, lo que a todas luces resultaba un inconveniente; cuanto más enajenada, mejor para Bélgica —pensaba él—, pues de ese modo la dote del Estado belga de cien mil florines sería restituida por Austria. A Leopoldo se le retorcían las tripas de pensar que los Habsburgo se bañaran en la riqueza de su hermana, su pobre, estúpida, insensata hermana. Con la ayuda de los Goffinet, ya había logrado extinguirle la co-propiedad de Miramar y de Lacroma (la mitad que le correspondía por su matrimonio con Maximiliano), y las deudas con los Habsburgo habían sido anuladas. Ni un céntimo de las arcas belgas sería compartido con los austríacos. Y todo eso gracias a dos cosas: a que Maximiliano había disparado menos que una escopeta de feria y a que su hermana, como todos sabían, había perdido la razón. Leopoldo esperaba que las cosas permaneciesen así. La locura de Carlota no podía ser más redituable. Y cada vez que María Enriqueta le venía a contar los progresos que hacía su hermana, cada vez que con alegría venía a decirle cuán visiblemente mejorada estaba, incluso más bella y con mejor peso, en lugar de sonreír el rostro de Leopoldo adoptaba la adusta expresión de un cocinero que hervía coliflores.

A María Enriqueta tampoco se le pasaba por alto la desconfianza de Carlota hacia sus damas. Podía ver lo incómoda que se sentía entre mujeres desconocidas, si bien antes de México nunca había visto en sus ojos tanto temor, como si las damas en lugar de ayudarla y asistirla en sus tareas fueran arañas urdiendo una red en la que pegarse para esperar a devorarla. Un día, tratando de no alterarla demasiado, le preguntó:

—¿Las damas en México te trataban bien?

A Carlota se le cayó el bastidor en el que bordaba un pañuelo.

María Enriqueta hizo que no se daba por enterada, levantó el bastidor del suelo y fingiendo contar los puntos de su bordado, insistió:

—¿Cómo eran?

Carlota la miró fijamente.

—Siniestras.

—¿Por qué lo dices?

—Eran malas conmigo. Me hacían creer que me querían, que me respetaban y luego mordían mi mano. Sobre todo…

Carlota se detuvo.

—¿Sobre todo qué?

—Sobre todo ella. Constanza. Ella era la peor.

—¿Te hizo algún daño?

—Me los hizo todos.

Y luego, dejando el bordado sobre su regazo, se sumió de nuevo en el silencio.

María Enriqueta no necesitó saber mucho más. Conocía la traición como la palma de su mano. Y como el doctor Bolkens le había dicho, era muy probable que a Carlota la hubieran ido envenenando en pequeñas dosis desde hacía tiempo. Inmediatamente, se dio a la búsqueda de una dama de compañía leal, sincera, incorruptible y, de ser posible, con más paciencia que el santo Job.

Después de varias entrevistas y gracias a su instinto, supo quién de todas las habitantes del castillo podría ser esa. Se llamaba Marie Moreau, nacida en Frisia e hija de un general. Junto a su camarera, Julie Doyen, serían las encargadas de velar por la emperatriz. Llevaban varios años al servicio de María Enriqueta y las conocía bien. Eran calladas, amorosas y con estómagos de acero. Ellas serían sus ojos y sus oídos y rendirían cuentas ante la reina.

Al igual que la brisa refresca los atardeceres del verano, Carlota volvió a sentir que valía la pena vivir. Resurgió como un capullo abriéndose paso en tierra seca. María Enriqueta se dedicaba a ella con la misma vocación con que hacía tiempo había procurado a sus hijas. Supervisaba cada detalle, desde su vestimenta hasta su alimentación. Paseaban por los jardines con los brazos entrelazados, bordaban juntas y la tranquilizaba cuando por las noches despertaba empapada en sudor, presa del pánico y de los coletazos de la paranoia. Su miedo a ser envenenada fue disminuyendo. Comía dos veces al día y merendaba una, y ya no bebía agua de las fuentes. A veces incluso reía, aunque era una risa hueca de felicidad.

En esas caminatas vespertinas Carlota miraba las montañas y a paso lento, motivada por los recuerdos, solía hablarle de lo hermoso que era México.

—Ojalá lo hubieras visto —le decía—. Pocos lugares más bonitos sobre la faz de la Tierra. La nieve sobre las montañas dibuja siluetas. El sol no quema pero brilla con insolencia. Los árboles danzan…

Cada vez que esto sucedía, María Enriqueta se ponía en guardia y se encomendaba a los ángeles para que, por Dios bendito, no fuera a preguntarle por Maximiliano. Sabía que en algún momento habría que decirle que a su bienamado emperador, que visto lo visto no fue ni tan amado ni tan bueno, lo habían fusilado y antes de morir había dado instrucciones para que se le diera a la reina Sofía, su madre, el anillo escapulario con los cabellos de la princesa María Amelia de Braganza, su primer amor, que usó diariamente durante su vida. A María Enriqueta se le doblaban las piernas cuando pensaba en el cuerpo verdoso de Maximiliano por haber sido dos veces embalsamado de mala manera en un intento por hacer llegar su cuerpo incorrupto a Viena, y luego metido en tres féretros: uno forrado de terciopelo, otro de madera y un último de zinc, hechos a su medida porque su alargada y noble estampa no cabía en los ataúdes de la gente común. Pero pasaban los días, las hojas de los árboles amarilleaban y caían al suelo cubriéndolo todo con un manto ocre, llegaba el gélido invierno y Carlota seguía sin preguntar. María Enriqueta intuía que Carlota debía de sospechar que el emperador estaba muerto, porque jamás preguntaba por él. Tanta indiferencia sólo podía responder a un inequívoco deseo por mantenerse en la bendita ignorancia, y no iba a ser ella quien la sacara de allí.

Pero no se podía tapar el sol con un dedo. Habría que decirle que Maximiliano estaba muerto, porque gracias a su mejoría Carlota pedía leer la prensa. Todos los días le llevaban el periódico *La Estrella Belga,* pero antes revisaban que no viniesen noticias de México. Carlota sabía que algo le ocultaban, porque con sarcasmo preguntaba:

—¿Podré leer *La Estrella Fugaz* hoy?

Y todos sonreían falsamente.

Decidieron que fuera el padre Deschamps, quien la había casado y de quien recibió la primera comunión, el que le diera la noticia. El 12 de enero de 1868, casi siete meses después del fusilamiento, el sacerdote le dijo:

—El emperador ha muerto, los mexicanos lo asesinaron. Fue fusilado como Iturbide.

—Entonces ahora todo ha acabado —dijo Carlota.

Tout est fini. La idea la golpeó en la cara, aturdiéndola.

—Pero entonces ¿ya no tenemos trono?

—Me temo que no, hija.

Y justo cuando se disponía a decirle que oraran por el eterno descanso de Maximiliano, Carlota dio una palmada en el aire y, dejando a Deschamps boquiabierto, dijo:

—¡Hay que pedirle a Napoleón el trono de España o de Italia!

—¿Qué dices, hija?

De haber estado lo suficientemente cerca de Carlota, hubiera podido escuchar un pequeño *clic.* De pronto Carlota pareció entender con absoluta claridad lo que acababa de escuchar. Pudo ver con nitidez las imágenes tantas veces temidas, tanto tiempo sospechadas. La duda abrió paso al entendimiento. El miedo se apaciguó en un mar de sosiego. La locura cedió a la razón. Maximiliano ya no estaba.

—Muerto —dijo entonces—. Fusilado por Juárez.

—Sí, hija.

—Al menos murió gloriosamente —dijo Carlota, intentando amortiguar la idea de la muerte.

Y entonces, tras exhalar un lamento, lloró, deshaciéndose en lágrimas. Lloraba de pena. De lástima. De soledad. De angustia. De abandono. De rabia. De impotencia. De falta de fe.

María Enriqueta corrió a abrazarla.

—Tranquila, pequeña, tranquila.

—¡Ay! ¡Si yo pudiera hacer las paces con el Cielo y confesarme!

María Enriqueta también lloraba, pero de felicidad. Por fin había vuelto a ella la piedad de antes de la locura. Había esperanza. Había remedio. Seguro que estaban más cerca que lejos de la curación total.

—Claro, hija, claro. Confiésate, nada le daría más gusto a Dios. Mañana por la mañana podrás hacerlo. Dispondré todo para que así sea.

Pero después, cuando se hubo quedado sola, a mitad de la noche mandó llamar a María Enriqueta, presa de un ataque de pánico.

—No puedo hacerlo, me falta valor para confesarme.

—No te preocupes, querida, cuando estés lista. —La reina intentó ocultar su decepción.

Tras la triste noticia, Carlota escribió cartas a su antigua institutriz, a los antiguos ministros de México en París, y en todas esas cartas no había ni rastro de incoherencia. Parecía que la muerte de Maximiliano, lejos de afectarla, la había traído de vuelta al mundo de los vivos. Volvió a acercarse a los sacramentos y tanto sus lecturas como sus conversaciones volvieron a ser fluidas. Todos se alegraron (a excepción de Leopoldo, que no era muy feliz con el giro de los acontecimientos) de que al parecer lo único que necesitaba era seguir en calma, mimada por María Enriqueta, para regresar a la normalidad de una vida tranquila.

Y con la misma tranquilidad con que la luna se asomaba cada noche, cambiando de fase mas no de esencia, transcurrieron los días hasta que la mala suerte, aburrida de perseguirla en círculos en una especie de maldición bíblica, decidió robarle la cordura a la que con tanto esfuerzo, después de la muerte de su padre, de su abuela, de Maximiliano, de su hijo y del Imperio, Carlota se aferraba con uñas y dientes.

Fue el 22 de enero de 1869, tres años después de que el castillo de naipes se desmoronara carta a carta.

Del alma de María Enriqueta salió un grito de pavor que sacudió el Castillo de Laeken con la violencia de un temblor que dejó las lámparas en las mesillas, los libros en las estanterías, los cuadros asidos de las paredes y la vajilla en las gavetas del comedor y, sin embargo, resquebrajó los cimientos del matrimonio real. Su único hijo varón, el heredero al trono, con sólo nueve añitos fallecía entre sus brazos.

Un par de días antes el niño había ido a patinar sobre un estanque congelado; el hielo no era lo suficientemente grueso, cayó al agua y fue engullido por el frío. No se ahogó, pero la pulmonía que le sobrevino lo acabó matando tras varias entradas y salidas de la enfermedad.

Leopoldo también gritó, pero en su grito hubo más rabia que dolor. Con esa muerte el trono de Bélgica quedaba sin sucesor; en su cabeza no cabía la posibilidad de que el resto de su descendencia, mujeres todas, accedieran a él. El poder se les daba a los varones y sólo a ellos. Hubo llanto. Reproches. El perro rabioso estaba a punto de morder. Y aún con el corazón inundado por el pesar, María Enriqueta volvió a quedar encinta.

Carlota la sentía cansada, apática, y verla en estado —ella también había estado embarazada— reavivó antiguos fantasmas que inútilmente intentaba acallar: del demonio, de la Iglesia, del Ejército. Esos espectros se hicieron aún más presentes cuando nueve meses después la reina dio a luz a otra niña.

Gritos. Reclamos. La lista de insultos no tuvo fin. María Enriqueta lloraba.

—¡No me hagas a mí la única culpable!

—¿Y quién si no llevaba al bebé en el vientre?

—¿Cómo podría yo saber que iba a ser una niña?

—¡Tienes mala sangre! ¡Sólo eres capaz de engendrar mujeres! ¡Hasta Carlota pudo tener un varón!

—¿Y de qué le sirvió? ¡Dime! ¡Si se lo arrebataron como a una perra!

—¡Te repudio, mujer! Vete donde yo no te vea.

María Enriqueta cayó en un silencio del que sólo Carlota lograba sacarla de poco en poco. Ambas eran conscientes de compartir el mismo dolor: el dolor de haber nacido mujeres. Recostaban la cabeza en el regazo de la otra, sin importar qué regazo ni qué cabeza, y se acariciaban los cabellos sumidas en el mutismo de una pena mutua. Aunque su mal no era la locura, María Enriqueta pensaba que poco le faltaba para enajenarse y a veces deseaba poder evadirse como Carlota a un mundo donde no fuera palpable la tristeza inconmensurable. El sol no las calentaba. El frío las petrificaba. La risa les generaba llanto y los truenos reventaban en sus cabezas. La vida no tenía sentido, se decían sin hablar.

Pero a diferencia de su cuñada, María Enriqueta una mañana se levantó, se enjugó las lágrimas y encontró fortaleza de espíritu para alistarse, hacer las maletas y partir hacia la ciudad de Spa, frente al mar. A la mierda Leopoldo, Laeken y todo lo que en él habitaba. Sólo Carlota le remordía en la conciencia. Sabía que sin ella sumirían a la pobre en el desamparo. ¿Qué sería de Carlota si se iba? No podía dejarla a merced de su marido. Tal vez, pensó, debía llevarla consigo y alejarla de esa corte inmunda y fatua, pero Leopoldo, haciendo una vez más gala de despotismo, no se lo permitió.

—Lárgate con tus caballos, tus pericos y tu llama, pero Carlota se queda aquí.

—Sólo quieres hacerla sufrir. No descansarás hasta verla enloquecer, ¿no es así?

—Fuera de mi vista, mujer.

María Enriqueta juntó los pedazos de dignidad que le quedaban y salió dándole la espalda.

Al despedirse de su cuñada, la abrazó tan fuerte que sus corsés se les clavaron en las costillas. La sujetó de la carita con las manos, le rozó los labios con un beso y le dijo:

—Perdóname, pero no puedo enterrarme en vida.

—Te escribiré —le dijo Carlota.

Y María Enriqueta, sintiendo que no podía más, se marchó sin volver la vista. Durante todo el trayecto intentó no pensar demasiado en el futuro que le esperaba a la pobre Carlota.

«¡Ojalá!», deseó, «ojalá encuentre el camino hacia la luz».

No fue luz sino más tinieblas lo que le deparó su hermano. Tras la salida de María Enriqueta, le faltó tiempo para sacarla de palacio: la mandó al Castillo de Tervuren, lo suficientemente cerca para que el escarnio no fuera tan evidente y lo suficientemente lejos para no tener que lidiar con ella.

Aunque contaba con un séquito enteramente a su servicio y nadie la privaba de su libertad, Carlota sintió que algo del alma de Miramar revoloteaba por las estancias de aquel castillo. La soledad y el miedo volvieron a instalársele en los huesos. ¿Es que acaso estaba condenada a que todos aquellos por los que sentía algún aprecio desaparecieran de su vida? Sin excepción, todas las personas con las que podía sentir el calor de la humanidad se desvanecían como las nubes arrastradas por el viento. O morían: ella era la peste, pudría todo lo que tocaba. Todo. Todos. Ninguno.

Y Carlota —como esperaba su hermano— recayó.

Se encerraba en su cuarto, donde escribía febrilmente veinte cartas diarias: cartas donde pedía que la rescatasen de su encierro, que la liberaran de la prisión. Se volvió agresiva y cada vez que los médicos querían darle una medicina pegaba patadas y empujones al grito de «¡Quieren matarme!», escupiendo en la cara de quien tuviera enfrente lo que fuera que le intentaran introducir en la boca. Pasaba el día ideando planes para escapar, huir, terminar con el yugo del encierro.

Hasta que un día, en total calma, entregó una carta a Marie Moreau.

—Es para la reina María Enriqueta. Entréguela a ella y sólo a ella.

Cuando se hubo alejado lo suficiente, con gesto de extrañeza la dama abrió la carta sin remordimiento ni culpa pues, por instrucciones de los médicos, debían saber qué pretendía la emperatriz en todo momento.

Madame Moreau palideció al leer: «Te invito a matarte conmigo, pues quiero salir del cautiverio al que me has condenado tan injustamente».

Aquella no era la primera carta con tintes suicidas. Ni tampoco sería la última.

2

El coronel Van der Smissen amaba secretamente a Carlota desde hacía tiempo, aunque antes de confesarlo en voz alta estaba dispuesto a matarse dándose un tiro en la sien con su propia pistola. El rey Leopoldo I lo había puesto al frente de la Legión belga que debía custodiar a la emperatriz, nombrándolo con ello protector de su hija más que soldado. Aceptó el nombramiento con resignación y cargado por el peso de la disciplina que le impedía discutir una orden, pero en su fuero interno sabía que aquella sería una misión secundaria en su carrera militar. Sin embargo, al conocerla entendió lo mucho que se había precipitado en su juicio. No fue por su aspecto, pues era una niña tímida, aparentemente incómoda en su cuerpo y poco deseosa por mostrar ningún entusiasmo ante cualquier tipo de atributo. Tenía una belleza muy particular, casi frágil, hermoso cabello negro y tez muy blanca. Pero no fue su apariencia lo que lo zarandeó, sino su extraordinario sentido del deber. A pesar de su corta edad, la emperatriz pisaba como un alma vieja, con corrección, humildad y humanidad, pero sobre todo con una gratitud hacia los soldados belgas que Van der Smissen no podía catalogar más que de conmovedora. Tampoco fue un sentimiento que surgió como un tiro de cañón. Fue algo mucho más sutil; fraguó lentamente como el cemento, y una vez seco se tornó duro e irrompible.

Al poco de estar a su servicio, para el coronel fue evidente cuánto sufría la emperatriz. Lo había visto antes y lo conocía en carne propia. El desamor era un hierro candente que marcaba el rostro y el alma, sin escapatoria a pesar del disimulo. Que el emperador prefería otras compañías era un secreto a voces. Y el coronel veía que mientras Maximiliano se entretenía en otras carnes, en otros huesos, en otras sangres, ella permanecía sola, firme, hierática como una diosa egipcia. Y no porque no se le presentasen oportunidades, pues alguno que otro noble le hacía la corte, sino porque ella jamás sucumbía a galanteos ni a delicadezas. Tenía una fuerte noción del Estado, un férreo vínculo moral con el poder que la investía.

Van der Smissen la observaba de cerca pero mantenía siempre una prudente distancia. Poco a poco la emperatriz se fue ganando su respeto y lo que resultó más importante aún: su lealtad. Hasta que un día se sorprendió a sí mismo poniéndoles trabas a los hombres que pedían audiencia con la emperatriz, por si acaso alguno podía ser considerado un rival. «Si serás tonto», se reñía, «como si tú tuvieras una oportunidad». Pero no podía evitar estar celoso. No se le escapaba detalle. Sobre todo, sentía especial antipatía por Philippe Petit, uno de sus hombres, a quien se le notaba a kilómetros de distancia que prefería estar junto a Carlota que peleando en Tacámbaro, donde muchos de los de la Legión belga habían sido masacrados por su inexperiencia e imprudencia en el combate. Y aunque el muchacho no había dado muestras de querer dar un paso en falso, no le quitaba ojo por si acaso.

Así, se acostumbró a verla sin tocarla. A olerla sin embriagarse. A escucharla sin precipitarse. No tenía más remedio. Él era un coronel del Ejército belga, y ella... Ella era la emperatriz de México, la prima de la reina de Inglaterra, la hija de Leopoldo I de Bélgica, la cuñada del emperador Francisco José, la nuera de Sofía de Baviera, la hija de Luisa María de Orleans, la nieta de María Amelia de Borbón-Dos Sicilias, la bisnieta de Fernando I de Borbón, hermana del duque de Brabante y del conde de Flandes. ¿Quién podría aspirar a ella? Él, Alfred Louis Adolphe Graves, barón Van der Smissen, no podía sino soñar una utopía.

Sin embargo, la amaba. La amaba aun sabiendo que jamás podría consumar su amor por ella. La amaba desde la distancia, desde la oscuridad, desde las sombras. Cada vez que ella le pedía que la acompañase a dar un paseo por los jardines, con esos pasos sosegados y conversaciones pausadas se sentía pagado con creces. Cada vez que ella reventaba de rabia e impotencia contra Maximiliano y luego se lo topaba de frente a las puertas del despacho, él contenía las ganas de besarla en la frente y decirle: «No llores, mi princesa». Cada vez que ella le hablaba en francés y se sentaban en una mesa de la sala de té a contar historias sobre Bélgica, a recordar las calles por las que solían caminar, cada vez que la nostalgia los golpeaba en la nuca y sin necesidad de decírselo los dos sabían que extrañaban el sabor, el color, el olor de su país, cada vez que la melancolía les arrebataba del pulmón un suspiro, cada vez Van der Smissen creía que estaría por siempre maldito, porque una vez habiéndola conocido, una vez habiendo compartido el aire con semejante criatura, ya no podría volver a vivir sin ella.

Toda esa inmensidad se la tragaba.

Si Carlota hubiera sabido mirar más acuciosamente, lo hubiera descubierto en su mirada.

Y entonces murió Leopoldo I.

Filas de personajes se formaron en el Castillo de Chapultepec para dar el pésame a los emperadores. Gente de todas partes se dejó venir para firmar el libro de condolencias, no fueran a cometer la imprudencia de no aparecer entre esas hojas cuando la emperatriz, pasado el duelo, las revisara a vuelo de pájaro. Preocupación absurda, porque en el momento de máxima pena, los únicos brazos en los que ella buscó consuelo fueron los de un hombre que le recordaba a su padre, un hombre con quien hablaba el mismo idioma y con quien podía rememorar anécdotas enaltecidas por lo romántico de compartir la lejanía.

—¿Recuerdas, Alfred, que a mi padre se le hacía un hoyuelo bajo el ojo izquierdo al sonreír? —le preguntaba Carlota.

—*Oui, je me souviens, Altesse.*

—¿Te acuerdas, Alfred, que mi padre mandó disparar veintiún cañonazos para celebrar mi nacimiento? ¡Me adoraba tanto!

—*Oui, je me souviens, Altesse.*

—¡Oh! ¡Alfred! ¡Lo extraño! Cómo me hubiera gustado despedirme de él, besarlo, agradecerle por tantas bendiciones y cariño. ¡Pero estoy tan lejos!

Y el coronel, acostumbrado a batirse en duelo, seguro de poder atravesar el cuello del enemigo si se quedaba sin municiones, no sabía qué hacer cuando su mayor enemigo era él mismo.

Sin necesidad de hablar, ambos sabían que la presencia del otro los reconfortaba. La lista de problemas que los aquejaban era infinita. La aventura mexicana estaba resultando un fracaso; aunque Juárez seguía retirado de la ciudad, decía que donde estuviera él, estaría la presidencia. Maximiliano no había logrado unificar el Imperio. Ni siquiera había podido recorrerlo entero, fuera de los caminos custodiados por el Ejército de Intervención. Y encima de todo eso, había nombrado a los nietos de Iturbide sus delfines: al mayor lo había mandado a Europa y al menor lo tenía pululando por palacio a la espera de heredarle la corona mientras su madre pugnaba por que se los devolviesen. Una insensatez tras otra. Había aciertos, pero aunque Carlota los conocía, los minimizaba la sarta de incorrecciones políticas que el archiduque cometía últimamente. De todas ellas, la de la india bonita, si no era la más grave, era la que más dolía.

Salía a montar a caballo escoltada por Van der Smissen y al llegar a Chapultepec él se apeaba a su lado para ayudarla a desmontar. Ese era uno de los pocos momentos en que podía ceñirla por la cintura y por un instante muy breve, casi etéreo, se miraban directamente a los ojos.

Carlota, que nunca había manifestado interés alguno por los varones de la Corte, empezó a fijarse en lo bien que le quedaba el uniforme de húsar, lo fornido de sus brazos, lo varonil de su estampa. Era diametralmente opuesto a Maximiliano. Moreno, con la barba tan cerrada como la urdimbre de un tapete persa, sus pequeños ojos azules miraban escudriñándolo todo con inteligencia, cuestionando, analizando. Ojos que no se dejaban engañar por las apariencias ni se dejaban distraer por el vuelo de las mariposas. Tampoco había reparado Carlota en lo alto que era hasta que un día de tantos lo vio saliendo del despacho junto al emperador, y Maximiliano de pronto se le antojó insignificante, diminuto, demasiado pálido y fofo junto al aguerrido coronel capaz de dar capones con la barbilla. Y su voz. La cautivaba escuchar esa voz a corta distancia, cuando sus conversaciones no ameritaban grandes palabras ni muestras de elocuencia. Le gustaba escucharlo decir «Chapultepec, pastel, montura». Entonces Carlota notaba que su tono era grave, rasposo —le recordaba el sonido de las lijas al pulir los cascos de los caballos—, pero sobre todo hueco de cualquier rastro de poesía.

Cuando el emperador se iba a Cuernavaca salían a dar paseos por la Alameda, y si el sol arreciaba él le pedía permiso para remangarse; Carlota podía ver entonces en sus venas la tensión de unos brazos acostumbrados al trabajo físico. Pero lo que más le gustaba de todo era la manera en que arrastraba su nombre en una especie de lamento y caricia. «Charlotte», le decía.

Sin apenas darse cuenta, las tardes y los paseos juntos se volvieron la razón por la cual despertar cada mañana. Después de cumplir con sus respectivas misiones salían a pasear sin presencia de chambelanes ni de damas, solos los dos; sin embargo, sentían las miradas de todos posadas sobre sus nucas, desde las damas hasta Philippe y Constanza, desde las mucamas hasta los cocineros, desde los lacayos hasta los mozos de las cuadrigas. Y entonces, un día, Carlota le dijo:

—Vayámonos lejos, Alfred. Necesito aire.

Van der Smissen alistó todo y partieron al lago de Chalco. Allí nadie los miraba. Allí no eran más que dos personas solitarias en busca de anonimato. Dos personas en busca de silencio para sus palabras.

Fueron allí muchos atardeceres. El sol se ponía, y ellos volvían al castillo con la esperanza de que al día siguiente el astro aletargase un poco más su desaparición, porque con cada puesta sentían morir una parte de su alma. Hasta que una tarde, sobre una barcaza la noche se les vino encima con especial premura.

—Debemos partir, Charlotte. No es seguro estar solos aquí.

—No, espera, Alfred, quedémonos un minuto más. Se está tan bien aquí.

—Pero, Charlotte…

—Por favor —suplicó ella—. Veamos el atardecer.

—Está bien —concedió él.

Juntos, lado a lado, contemplaron cómo el sol se ponía demasiado rápido.

—¿Así será la muerte? —preguntó Carlota.

Tras pensarlo un segundo, Alfred contestó:

—Esperemos que así sea.

—¿Tú le temes a la muerte, Alfred?

—No —dijo él—. Le temo más a una vida vacía.

«Una vida vacía», pensó ella. Lo mismo creía cuando vivía en Miramar. Ahora empezaba a preguntarse qué era una vida vacía. Todo era tan relativo.

—Yo le temo más a una vida larga —dijo.

—¿Por qué dices eso, Charlotte?

—No sé. Me da miedo vivir demasiado.

—¿Cuánto es demasiado?

Ella resopló.

—No lo sé. Supongo que cuando pesa demasiado. La vida debería ser más ligera, ¿no crees?

Y lo miró con tanta tristeza que Van der Smissen tuvo que hacer un esfuerzo inconmensurable por no besarla.

Pero entonces, ante el total asombro del coronel, ella le tomó una de sus manos y quedaron palma contra palma como en un espejo, para luego entrelazar los dedos con los suyos.

No le dijo nada. De su boca no salió un sonido ni una súplica, tampoco una petición. Pero los dos eran un caudal de deseo.

—Charlotte…

—Alfred.

Se pidieron permiso sin palabras.

Consintieron con la mirada.

Y de pronto, sin más, Carlota comenzó a sentir.

Esas manos acostumbradas a blandir una espada se deslizaban por su espalda. Toda ella era un gato erizado. Temblaba. Y, sin embargo, sabía que esa barcaza, ese lago, era el único lugar en el mundo. Él no hacía más que eso, rozarla con los dedos. Nada más y nada menos. Pero Carlota podía anticipar el golpe de la ola que se aproximaba. Él la tocaba despacio, con miedo a quebrarla. Pero sabía lo que hacía. Lo había hecho muchas veces aunque en carnes menos tersas. Menos nobles. La respiración de Carlota se agitaba. Los nervios le latían en partes que no sabía que existían. Se humedeció. Sintió la necesidad de abrir las piernas, pero no lo hizo. Se contuvo con la ayuda de las fuerzas de la naturaleza. Temía, pero lo deseaba. Quería sentir. Por fin. Por fin sentía. Su piel le hablaba, le suplicaba seguir sintiendo. Que esas manos no se detuviesen nunca, que buscaran. Que la encontraran. Ella inclinó la cabeza hacia atrás y entonces Alfred, su coronel, la besó. La besó en el cuello. En contra de lo que Van der Smissen siempre creyó, su piel no le supo a nobleza sino a mujer. Ahí no estaba más que Carlota, simplemente Carlota. Con una mano la sostuvo por la espalda y con la otra le acarició las clavículas. Su boca. Esa boca, que tantas veces le había hablado en la proximidad del silencio, empezó a recorrerla. Debajo de las orejas. El centro del cuello. Fue ella quien no pudo resistir más y buscó sus labios. Se correspondieron. Sintió una lengua recia, carnosa, firme, contra la suya. Ella aceleró el ritmo de aquel beso y entonces él le dijo: «Despacio, tranquila, déjame hacer a mí»; ella, abochornada, se detuvo. Pero él la miró. La miró con esos ojos azules que le hacían saber que no habría otro momento, no habría otro presente que ese que vivían, amándose, tocándose, sintiéndose. Eran dos personas por vez primera, sin apellidos ni nombres. Un hombre y una mujer. Sin más. Entonces ella abrió los labios y lo dejó hacer. Necesitaba alargar el instante. Lo dejó descubrirla. Carlota sentía que iba a explotar pero no, aún no. Ni remotamente podía imaginar lo que se avecinaba. Él la alzó entre sus brazos como si fuera una pluma y la tumbó en la barca; la desnudó sin dejar de besarla. Ella seguía temblando y se tapaba la cara con las manos. No quería ver. No quería. Aunque la noche los cubría con su oscuridad y había que palparse a tientas, temía la desnudez de él. Prefería no verlo. Pero entonces él se posó sobre ella susurrándole al oído palabras que no entendía y sintió cómo él se resbalaba dentro de ella. Carlota lo recibió llena de gracia. Quiso dejar escapar un leve grito, pero se contuvo. Esa parte que le faltaba por fin estaba completa. El agua del lago los acompañaba en su vaivén. Quiso decir algo, pero él le tapó la boca.

—Calla —le ordenó con suavidad y la miró. Ella obedeció.

—Bésame, Alfred —suplicó.

Y él la besó mientras se mecían juntos, rompiéndose de placer.

III

1

El cuarto de Carlota en Tervuren no podía ser más tétrico y desolador. Lo había decorado con su traje de novia, un ramo de flores marchitas, un ídolo prehispánico y, para horror de todos a los que se les permitía la entrada, con un maniquí de Maximiliano de tamaño natural: un fantasma con quien mantenía largas conversaciones en las que sólo ella escuchaba respuestas, reina y señora de los dominios de un universo paralelo donde no hedía a muerte ni a traición. Le gustaba regar las flores del tapete, y las sirvientas debían estar pendientes por si tenían que entrar a toda prisa a secar charcos.

Como un balón de agua que se ha llenado demasiado, reventó. Tronó. Explotó. Colapsó. Demasiados detonantes para controlar una mente herida por la desgracia y la depresión, una depresión tan profunda como los lagos hundidos entre las montañas del Valle de México, su valle de lágrimas. Demasiado dolor y agotadas las ganas de soportarlo. México. La estocada que la condenó a desangrarse desde el día en que se embarcó en la *Novara* y, sin embargo, la mejor faena de su vida. Indulto. Orejas y rabo. Pañuelos blancos para la emperatriz. Apenas cumplía treinta años. Eso había sido todo. Tres décadas de luz. Después vinieron las sombras, cuando no tinieblas.

Se encerraba en su cuarto por horas. *Madame* Moreau la cuidaba con una paciencia amorosa y con pesar en el corazón. Todos los días, al despertarla, intentaba encontrar a la mujer de Laeken, a la emperatriz piadosa que aún debía de habitar en ese cuerpo, en alguna parte, pero sólo encontraba vacío. Carlota escribía compulsivamente. Diez, quince, veinte cartas al día. Cartas mutiladas que nunca llegaron a sus destinatarios, aunque eran leídas por médicos, damas de compañía y gente cercana para determinar los deseos y designios más ocultos de esa cabecita real perdida en el limbo.

Al principio Marie no podía entender lo que leía. Le costó un tiempo y consejos varios descifrar los mensajes encriptados que Carlota, con letra impecable y pulcritud, plasmaba en el papel. Marie se estremecía al comprobar cuánta verdad se escondía tras las confesiones de una mujer loca, pues nada en apariencia desvelaba el desvarío de la mente. Pero había perdido el juicio, de eso no cabía duda. ¿O fingiría? Acosada por esta duda, mientras la emperatriz redactaba en su secreter, la espiaba desde una esquina en la que fingía leer (a veces lo hacía). Carlota no escribía en estado de trance. Estaba tranquila, incluso serena, y muchas veces le pareció verla en paz, disfrutando del placer y la tranquilidad que le provocaba entintar la pluma y arrastrar los trazos sobre la hoja. Desde la esquina, Marie escuchaba el murmullo que producía al deslizar la tinta sobre el pergamino; era relajante y por tal motivo, por verla tan serena, en silencio, sin hablarle al maniquí de su marido muerto ni retozando sobre las alfombras como en un prado a cielo abierto, la dejaba escribir. Pero todo era leer lo escrito y el corazón se le estrujaba como una uva hecha vino. Carlota siempre fue una extraordinaria escritora de cartas y aun en la locura seguía siéndolo. Escribía cartas a Napoleón III cargadas de odio y de amor. A veces el monarca francés encarnaba al demonio mismo; otras, la generosidad más absoluta del Todopoderoso. Después escribía a una imagen idealizada de Maximiliano. Sus cartas reflejaban la ilusión de una vida no vivida junto a él. Una vida en la que habían sido felices, una vida de amor y complicidades. Pero, sobre todo, le escribía a un Maximiliano vivo. Un Maximiliano al que la muerte no había siquiera rozado. Y por último, el destinatario que más desconcertaba a *madame* Marie Moreau era un completo desconocido: al parecer, un soldado belga cuyo nombre jamás habían oído mencionar. Un soldado llamado Philippe Petit.

—¿Quién es este Philippe? —preguntó intrigada Marie.

—Era un soldado de la Legión belga —le decían.

Madame Moreau pensaba como máquina de vapor. ¿Por qué, de todo el universo de hombres a los que la emperatriz se dirigía, este soldado era digno de sus cartas enajenadas? ¿Acaso sería este hombre el padre del niño de la emperatriz? Tenía que averiguarlo.

En las cartas le agradecía al tal Philippe por haber salvado del calvario al emperador en un cerro de las Campanas que se le antojaba un Gólgota; Maximiliano y Cristo, víctimas del mismo verdugo. Marie se santiguó ante la irreverencia, sin poder apartar los ojos de esas líneas. Veladamente, con cierta timidez, Carlota le decía: «Si yo fuera hombre, preferiría estar en un campo de batalla a sufrir el cautiverio de estos tormentos». «Si fuera hombre», pensó Marie, y luego se santiguó de nuevo.

Las cartas no hicieron más que empeorar. De una a otra fueron exacerbando su violencia. La muerte parecía la única escapatoria, ofrecerse en sacrificio era la salida más lógica y satisfactoria. Y en vista de que no tenía forma de poner fin a su existencia por la espada, lo haría por medio de la única vía posible: la inanición. Sin embargo, después le llevaban el almuerzo y comía con normalidad, como si el universo de las cartas transcurriera paralelamente al real. En uno se mataba. En el otro vivía. En uno, Maximiliano se había salvado del fuego de los rifles, en el otro yacía enterrado en la cripta real de los Habsburgo en Viena. Pero entre un mensaje cifrado y otro, Marie comprobaba horrorizada las pistas que Carlota iba dejando al pajarillo que osara comerse las migajas de pan en el camino, párrafos enteros de una loca diciendo la verdad. Marie, atónita, leía cómo Carlota confesaba en su locura lo que jamás se había atrevido a confesar cuerda:

> El matrimonio que realicé me dejó como estaba, aunque nunca le negué hijos al emperador Maximiliano… Mi matrimonio fue consagrado sólo en apariencia. El emperador me lo hizo creer pero no lo fue, no por mi parte, porque yo siempre lo obedecí, sino porque es imposible que lo fuera o yo no me habría quedado como lo que soy.

Así que ahí estaba, de su puño y letra. El matrimonio con Maximiliano no se había consumado. La pobre Carlota se había quedado virgen. Al menos, pensaba en silencio Marie, no había sido desvirgada por el emperador. Porque había tenido un bastardo, eso era un hecho. ¿Qué habría sido de aquel niño nacido en la *Gartenhaus*? Dios quisiera que Charles de Bombelles hubiese encontrado un resquicio de bondad en su mezquindad y lo hubiera dado a buenas personas. Porque si no —Marie se encrespó como un erizo de mar—, lo más probable es que ese niño estuviera tan muerto como Maximiliano.

2

Las malas lenguas decían que Carlota tenía un amante y muchos ojos se posaban sin discreción en Van der Smissen. A nadie le pasaban desapercibidos los paseos que daban por el lago de Chalco, ni la lozanía con la que de pronto Carlota pareció resplandecer. Ella no podía evitar sonrojarse cada vez que alguien la miraba, como si llevara pintado en la frente un cartel de adúltera. Aunque disfrutaba enormemente de su Alfred y los placeres que él le brindaba, la culpa la atormentaba. Sólo con una persona encontró la complicidad necesaria para aumentar el calor de la plática y abrirse cual mejillón despegando sus valvas al vapor, y esa persona, entusiasmada y excitada como si hubiera esperado la vida entera para verla ponerle los cuernos al emperador, era Constanza.

Divertida e incluso orgullosa de la infidelidad de la emperatriz, la alcahueteaba. Y cuando Carlota sentía la mirada recriminatoria de su difunto padre posada en su espalda, diciéndole: «Ay, hija mía, ¿pero qué estás haciendo? Yaciendo con un militar en una barcaza en el lago de Chalco como una cualquiera», Constanza soltaba una arenga a favor de los amantes que ni el mismísimo Alejandro Magno en Gaugamela.

—No, no y no, Majestad. ¿Acaso el emperador no pernocta en Cuernavaca con esa muchacha?

—Sí, pero…

—Pero nada. Los reyes y reinas han tenido amantes siempre. No está usted inventando el hilo negro, Majestad.

—Sí, lo sé, pero…

—No tiene nada de lo que arrepentirse, mi señora. ¿Acaso durante los últimos años no estuvo el emperador reconociendo el territorio mexicano junto a ese Sebastián, ese de apellido impronunciable?

—Schertzenlechner...

Carlota languideció tan sólo al pronunciar su nombre.

—Ese mero, Majestad.

—Sí, pero...

—Alteza, si me disculpa, no entiendo por qué se siente culpable.

—Estoy siendo muy débil.

—¡¿Débil?! ¿Débil usted, Majestad? Permítame decirle que en toda mi vida nunca he conocido a nadie más entrona y fuerte que usted.

—He sucumbido al igual que el emperador, Constanza. Sucumbimos los dos.

—Una flor no hace primavera, Majestad.

Y al decir esto, a Carlota por primera vez se le escapó un conato de sonrisa.

—Una flor no hace primavera —repitió.

Ambas mujeres permanecieron en silencio.

—Ojalá el emperador me hubiera amado como Alfred —dijo Carlota en un murmullo.

Y entonces Constanza, con la complicidad de otras veces, se acercó y mintió para acallar a los fantasmas del pesar.

—El emperador la ama a su manera, Alteza.

Carlota la miró extrañada:

—¿Y qué manera es esa, Constanza?

La muchacha tragó saliva seca y guardó silencio, sin saber qué contestar. En voz baja, casi resbalando las palabras, dijo:

—En algún momento debió de amarla. Aún debe de amarla, mi señora.

—Tal vez si hubiera tenido alas o ramas en vez de brazos... —dijo Carlota.

—Pero en sus cartas le muestra cariño, Majestad.

—Esas son sólo palabras, Constanza, y se las lleva el viento. Formalidades, protocolo. ¿De qué sirve que me llame «flor de mi corazón», «ángel de mi vida», si luego me repudia prefiriendo dormir en un catre antes que compartir mi lecho?

En lugar de contestar, Constanza prefirió avivar el fuego:

—Ahora ya hay un hombre en su lecho, Majestad.

Carlota la miró muy seria.

—Sí —dijo—. ¿Pero cómo ocultarme de los ojos de Dios?

—Dios la perdonará, mi señora.

—Dios ya me ha condenado, Constanza.

Un escalofrío recorrió el corsé de Constanza al reconocer que aquello era una verdad como un templo. «Pobre mujer», pensó. Nadie quería hacerle bien. Ni siquiera ella, que había aprendido a apreciarla, estaba haciendo nada por ayudarla, sino todo lo contrario. De paso, Dios la condenaría también.

—Majestad, no se castigue —se atrevió a hablar Constanza—. No estamos en la Edad Media.

—Qué curioso que digas eso, porque la vida aquí se parece a la Edad Media; un momento estamos felices, confortables y serenos, sólo para darnos cuenta de que en cualquier momento una banda de guerrilleros puede caernos encima.

—¿Por qué lo dice, Majestad? ¿Por los cañones que instalaron aquí arriba, en el techo del castillo?

—Y por el sistema de señales para mantenernos en comunicación con la ciudad, Constanza. Como en el medievo. Estamos en un quién vive perenne.

Constanza no tuvo más que asentir.

—Hace dos noches brinqué de la cama al oír fuego de artillería.

—¿Hace dos noches, Alteza? —preguntó Constanza, extrañada; no recordaba que hubiera habido ningún incidente. Al ver que la emperatriz asentía, cayó en cuenta—: ¡Ah! ¡Aquello! ¡No era artillería! ¡Eran los cohetes por la Virgen de Tacubaya!

Y tras explicarle que a veces las celebraciones de santos y patronos se conmemoraban lanzando tantos cohetes al aire que parecían querer partir la tierra en dos durante toda la noche, Carlota replicó enojada:

—¡Como si Dios hubiera escogido las cuatro de la mañana para la Anunciación!

Las dos rieron.

—Constanza…

—Mande, Majestad.

—¿Crees que debamos mantener a los franceses en México?

Constanza abrió los ojos de par en par, intentando disimular el asombro que le producía el cambio de conversación. Por un momento muy pequeño, pensó que tal vez podría ejercer de diplomática:

—Majestad, sin los franceses el Imperio no se sostendrá.

—Pero ellos nos extienden su apoyo fraterno por nuestro dinero. Nosotros somos quienes les pagamos.

—¿Dice usted que si no les pagan se marcharán, Alteza?

—Los franceses no hacen nada a medias. O los tenemos plenamente a nuestro favor o no tiene sentido mantenerlos aquí.

—Pues entonces, Majestad, mejor dejarlos marchar.

—Gracias, Constanza. Puedes retirarte.

Y dejando a Constanza con un montón de ideas revoloteando en la cabeza, le otorgó la venia.

Constanza no podía con el remordimiento: a veces pensaba que sería mejor matarla a seguir envenenándola. Aunque luego, muy en secreto —para que sólo pudiera escucharla su conciencia—, se decía que tal vez las hierbas de Modesto, al estarle dando dosis tan pequeñas, apenas serían capaces de infligirle algún leve trastorno. Constanza deseaba que Juárez ganara pronto la guerra y echara a los emperadores. Quería que Carlota se fuera, huyera, saliera corriendo de México y regresara a Bélgica para morir en paz y liberarla a ella de la enorme carga que tenía sobre sus hombros. Pero sabía que el mal ya estaba hecho. Su conciencia herida jamás se recuperaría de la embestida. Su alma arrastraría cadenas de castigo y culpa por toda la eternidad. Por eso fomentaba tanto los amoríos prohibidos de Carlota; para perdonarse. Para devolverle un poco de la vida que le estaba robando suspiro a suspiro.

3

El despecho de un hombre puede ser peligroso como una espada afilada. A pesar de que Carlota era inalcanzable como una estrella, al confirmar sus sospechas sobre ella y el coronel algo en el interior de Philippe se congeló. Sin ser rabia, aquel era un sentimiento parecido. Tampoco era impotencia, ni tristeza, pero de pronto las inseguridades de la niñez le cayeron encima aplastándolo contra el suelo. Philippe, desarmado, mordía el polvo sobre el que se posaba. Constanza fue la primera en sentir su rencor.

—¿Qué tienes? —le preguntó interrumpiendo la lección de verbos del tercer grupo.

—Nada.

—Pues no te ves como si nada.

Ella clavó su mirada esperando respuesta.

—Es sólo que no confío en el coronel.

Constanza soltó aire.

Así que eso era. Celos. Unos celos corrosivos. Lo obligaban a sumergirse bajo el agua cuando su cuerpo entero estaba hecho de metal. Su rostro reflejaba una extraña seriedad.

Y de pronto, sentada frente a él, Constanza tuvo la sensación de que el tiempo se detenía. Todo enmudeció. Los sonidos del mundo desaparecieron. El rostro de Philippe permanecía imperturbable, aunque a Constanza le pareció que era tornadizo como la llama de una vela. No se le ocurría nada que él pudiera pedirle y a lo que ella pudiera negarse.

—Philippe —le dijo entonces—, sabes que Carlota jamás se fijará en ti.

Él sintió el horror de un hierro candente clavándosele en la nuca.

—Jamás te mirará con los ojos con que yo te miro.

Philippe la vio. En el aire quedó suspendido un pensamiento de cinco letras: F-A-M-K-E. Reconocía esa mirada. Una vez lo habían mirado así, con esas ganas de comérselo. Él también deseaba sentirla. Pero no entendía por qué la emperatriz se le atravesaba siempre a traición, como si cualquier mujer fuera un premio de consolación. Podía tener a quien quisiera. Lo sabía. Jamás ninguna había escapado a la llamada de su virilidad. Y entonces ¿por qué no se daba permiso para amar? Era un estúpido, se recriminó. Y en estas y otras disertaciones sobre el amor y la ausencia del amor estaba cuando Constanza, con cierta lentitud pero tomándolo desprevenido, se puso en pie, lo tomó de las manos y obligándolo a seguirla se lo llevó a su habitación. Allí, lentamente, ante la atenta mirada de Philippe, que a pesar de su incredulidad había sabido muy bien hacia dónde se dirigían durante todo el camino, Constanza se tumbó en la cama y luego le dijo:

—Imagina que soy ella.

Constanza, en una especie de coreografía perfectamente orquestada, agarró la falda por el dobladillo y fue subiéndola despacio hasta quedar completamente cubierta. Desapareció bajo las faldas. Al descubierto quedaron un par de piernas abiertas que lo recibían permitiéndole el paso con la misma benevolencia del mar Rojo a Moisés. Un cuerpo de mujer sin rostro. Philippe la observó al tiempo que sentía su miembro tieso pugnando por salir del pantalón. No podía ver su cara, pero notaba el agitado palpitar de su corazón: el pecho subía y bajaba bajo el montón de tela. A pesar de las inmensas ganas de abalanzarse sobre ella, Philippe se aproximó despacio. Vestido, se acostó a su lado y entonces sus dedos se deslizaron como culebrillas por los muslos hasta separar los labios de la vulva; sin verla, pudo notar cómo Constanza se estremecía. Las yemas de los dedos comenzaron a acariciarla rodeando el sexo en círculos y luego, sin aviso, pellizcó el clítoris. «¿Pero qué haces? Para, para…», decía Constanza mientras subía aún más las rodillas para dejar espacio al amante. «Detente, detente ahora mismo…», balbuceaba mientras separaba más las piernas. Philippe movía los dedos con mayor fruición. Los gemidos de Constanza se escuchaban opacos bajo la tela, pero gemía cada vez con más fuerza. «Ay, ay, ay, ¿qué es esto, Dios mío, qué es esto?», decía. «Tócame. Tócame más». Entonces Philippe le metió los dedos; sintió la carne abriéndose con un leve crujido de madera al crepitar, y Constanza secretó algo parecido al semen. Las sábanas se mojaron. Y, ante su asombro, Philippe oyó que Constanza, con voz entrecortada, le ordenaba:

—Llámame… Carlota, Philippe… Llámame Car-lo-ta.

Sin detenerse, Philippe obedeció:

—Carlota. Oh, Carlota mía. Car… lo… ta…

Philippe sintió que su sexo duro emergía al igual que la serpiente del cesto ante la música del encantador. A tientas buscó una de las manos de la mujer y se la llevó a la entrepierna. A ciegas, Constanza empezó a frotar. Lo hacía con dificultad, pues no podía cuidar y ser cuidada. Las faldas empezaron a sofocarla y en un arrebato olvidó su supuesto anonimato para dejar que Philippe viera su rostro enardecido. Constanza vio por primera vez el gesto de un hombre prendido como lumbre, y contagiada por esa mirada de lascivia se llevó las manos al escote y lo abrió dejando escapar del apiñado corpiño un par de pechos con los pezones sonrosados. Philippe, sin dejar de dirigir el concierto, hizo a un lado su batuta para beber de ellos con la gula de un cachorro. Constanza estaba inflamada, a punto de explotar, y entonces Philippe abandonó los pezones en dirección al sur, a la altura de esa vulva roja, húmeda y carnosa, y la lamió. Constanza, en completo trance de placer, tornaba los ojos en blanco. Se incorporó sobre los codos dejando escapar un grito y, al mismo tiempo, Philippe supo que había terminado.

Él se acostó bocarriba junto a ella. Constanza tardó unos segundos en asomarse cual caracol tras la tormenta, sin atreverse a hablar. Llevó su mirada al miembro aún erecto de Philippe; no estaba segura de qué debía hacer ahora. Permanecieron callados, intentando acomodar sus pensamientos. Aturdida, Constanza se preguntó si seguiría siendo virgen, puesto que no había habido penetración, pero sin duda se sentía tan desvirgada como podía estarlo. Philippe, en cambio, se preguntaba quién era la mujer a la que acababa de conocer.

—¿Así que esto es lo que enloquece a la gente? —dijo Constanza en un intento por recuperar la inocencia, y al pronunciar esas palabras sintió un enorme cargo de conciencia.

Philippe no contestó.

De pronto les invadió un sentimiento de vergüenza. Constanza se tapó las piernas. Aún estaba húmeda, al igual que la cama. Se habrían escuchado los quejidos a plena luz: ella, encerrada en su recámara con un soldado de la emperatriz. En palacio lo sabrían tarde o temprano.

Philippe esperó a que todo estuviese nuevamente en su sitio antes de abandonar la recámara. Durante el resto del día permaneció pensativo. Experimentaba algo nuevo. Tal vez, se decía, existía una posibilidad de amar a esa mujer. Tal vez México sería la patria de sus hijos. Un nuevo mundo, arropado por la complicidad de una mujer que lo dejaba tener fantasías. Que ella lo dejara pensar en Carlota mientras le hacía el amor había sido el momento más excitante y erótico de su vida. A pesar de sus intentos, ninguna furcia de burdel belga había logrado hacerlo sentir que estaba con otra. Y es que Philippe sabía que Constanza, a diferencia de las demás, no había fingido.

4

Cuando Constanza le abría la puerta a Philippe sabía que junto a él entraría un torrente de placer. Sabía amarla con tanta paciencia y enjundia que se preguntaba si todos los hombres serían como él. No se detenía hasta complacerla, interesado en hacer vibrar cada poro de su piel hasta que ella rogaba entre lágrimas no sentir más porque tanto goce le resultaba insoportable. Escondidos, se amaban al romper el día o cuando caía la noche, lo que ocurriese primero. Después de tanto tiempo sin mujeres, Philippe dejó escapar a raudales la abstinencia autoimpuesta, y durante las primeras semanas su capacidad amatoria pareció no tener fin. Carlota y Van der Smissen no se amaban así. Lo de ellos era mucho más sereno. En cambio, Constanza y Philippe despertaban las envidias del mismísimo Eros. No hablaban con palabras. Constanza sabía que las palabras eran engañosas, espadas afiladas capaces de cortar por ambos lados. Preferían hablar con las miradas, con las manos, con los oídos, con la nariz. Preferían dejar a los sentidos activar los sensores del aliento, del silencio, rozar la piel con las sábanas, saborear la sal de las lágrimas. Se mimaban sin palabras, no hacían falta para soñar que la vida por delante sería larga y plena. Constanza, no obstante, sabía que al hablar enfangaría todo como un campo tras la inundación. Le costaba imaginar un futuro junto a Philippe en el que no estuviera el Imperio. Él hablaba de glorias futuras en las que los emperadores se harían con el control de México. No habría más guerras ni más sangre derramada. Los emperadores traerían paz. México se convertiría en el gran país que podía ser. Un paraíso entre América y Europa.

—Entonces nos casaremos y formaremos una familia.

Constanza sonreía a medias, tragando saliva. Pero a veces, sólo a veces, traicionada por sus sentimientos, creía que podría ser verdad.

En el fondo sabía que su felicidad con Philippe sería efímera si descubría lo que ella había estado haciendo durante los últimos meses. Y por más que la conciencia se le retorcía como una lombriz en vinagre, por más que intentara confesárselo cuando, acurrucada bajo el ala de su brazo, buscaba palabras de disculpa hasta desistir al escuchar los leves ronquidos de su amante entregado al sueño, por más esfuerzos que hiciera por sincerarse, no estaba dispuesta a tirar su recién encontrada pasión por un caño. Y por eso calló. Calló como una muerta. Prefería colgarse de un mástil antes que dejar al descubierto su secreto. «Todas las mujeres tenemos secretos», le había dicho su madre, y desde el momento en que tomó la decisión de envenenar a la emperatriz se había condenado al silencio. Hasta la tumba.

Un día, por fin, los cuerpos de ambos se sosegaron. Y al no poder escudarse en los encantos de la imaginación, pues ambos conocían muy bien el sabor del otro, hicieron aparición otros fantasmas más corpóreos.

El peso de la conciencia atormentaba a Constanza a diario. La emperatriz se sumergía en lagunas mentales disimuladas por el agotamiento, pero ella sabía muy bien que Carlota divagaba por su culpa, podía verlo en su mirada perdida. A veces sentía que la miraba pasmada, dándose cuenta de lo que le estaba haciendo, y Constanza salía en dirección contraria, presa de la duda. Carlota se le aparecía en sueños y le gritaba: «¿Cómo has podido hacerme esto?». Ella misma se lo preguntaba también. Cómo era posible que le hiciera esto. ¿Por qué no le habrían pedido envenenar al emperador? Eso le habría causado menos conflicto. Y cuando estos pensamientos la asaltaban, de pronto veía a Maximiliano con ese rostro verdoso y taciturno, aquejado siempre por diarreas a causa de una disentería que lo estaba matando despacio, y se preguntaba si no habría en la Corte alguien más, camuflado también, que le estuviera dando algún otro tipo de veneno. Cuando sentía que la culpa era mucha para cargarla sola, acudía a su hermano.

Salvador y ella paseaban por los jardines, siempre bajo la atenta mirada de Philippe, que, sin ser espía, de haber querido habría fungido como el mejor de todos. Los observaba en la distancia, rapaz, oteando el horizonte, haciendo esfuerzos por leer el movimiento de sus labios. Se preguntaba qué tanto tendrían que contarse, por mucha familia que fueran. Apretaba los ojos porque lo asaltaba el rostro de su hermano diciéndole: «Vendré a buscarte», y el corazón se le secaba de envidia. Veía el gesto acongojado de Constanza, apesadumbrado, y entonces su cabeza le decía que algo le estaba ocultando, pero su pecho era incapaz de aceptarlo.

Comenzó a tener pensamientos extraños hacia ella. Se preguntaba por qué hasta ese momento nunca antes le había parecido rara su actitud, esa aura de servicio perenne, como un soldado que estuviera en la primera línea de batalla a su pesar. Esas idas y venidas a reuniones con Salvador, quien solía presentarle a personas a las que nunca más volvía a ver a pesar de estar charlando una tarde hasta que el sol se ponía. Constanza estaba siempre alerta pero de forma distinta a los demás, como si hubiera vendido el alma al diablo y estuviera esperando que viniera a cobrársela. ¿Cómo —pensaba— no se había dado cuenta? ¿O acaso sería todo producto de su imaginación? ¿Acaso serían los celos carcomiéndolo lentamente? Sacudía la cabeza y se obligaba a pensar en otra cosa.

Philippe pudo ver que Salvador la besaba en la mejilla y se despedía. La conversación con su hermano había terminado. Ella permaneció sola viendo cómo se alejaba, dejándola sumida en una especie de vacío. Por un instante Philippe creyó estar viendo a la mujer de un pescador que mira el barco alejarse con cielo de tormenta. Había tristeza en su mirada. Philippe dio media vuelta antes de que ella enfilara en otra dirección.

Constanza vagó por el jardín unos minutos más. No quería saber nada de nadie. Su hermano acababa de darle una noticia que la había dejado helada. Se sentó en una banca y se llevó ambas manos a la cabeza. Le pesaba mucho. La dejó caer hacia adelante. No podía ser cierto, pero no había duda. Salvador se lo había dicho alto y claro.

—El emperador espera un hijo —susurró para escucharse.

«No puede ser», pensó. La india del jardín de Cuernavaca estaba embarazada y todo parecía apuntar a que el niño era de Maximiliano. El emperador estaba orgulloso de su hazaña igual que un cazador al posar junto a la presa. Por fin su hombría quedaba demostrada. Iba a tener un hijo. Salvador le había mostrado una carta interceptada de un oficial francés a su familia, en la que claramente y sin reparo escribió:

> Lo que es seguro es que aquí el emperador y el Imperio son de lo más impopular y que todos esperan ver desaparecer a uno y a otro. No vayas a creer que Maximiliano está muy afectado. Su mayor preocupación es ir continuamente a Cuernavaca a ver a una joven mexicana de la que espera un hijo, lo que le agrada más allá de toda expresión; está muy orgulloso de haber comprobado su aptitud para la paternidad, punto que se disputaba mucho.

Así que eso era. Tantas idas y venidas al jardín de la Casa Borda habían terminado en eso. Con un heredero mestizo.

«Esto acabará con Carlota», pensó Constanza.

Después recordó las palabras de su hermano, esas que aún taladraban en su conciencia. «Hay que matar a ese niño». Al recordarlas tembló como una hoja azuzada por el viento otoñal.

—No somos asesinos, Salvador. ¿O en eso nos hemos convertido?

—¿Acaso no lo ves? No puede haber herederos a este trono absurdo. Hay que matar a ese niño.

—No cargaré con eso en mi conciencia, Salvador. Si quieres matarlo, busca a otro. Yo no puedo hacerlo.

—No te preocupes, eso ya está hecho.

Constanza maldijo la hora en que se le había ocurrido a su padre traer a gobernar a un príncipe europeo. Ahora sus manos estarían manchadas de sangre, aunque fuera por omisión. Sangre de infante. Sangre de emperatriz. Tal vez a Carlota no le atravesaría una daga en el corazón, pero la estaba desangrando gota a gota, vaciando su mente de cordura. «Por mi culpa, por mi culpa, por mi gran culpa», dijo recordando el catecismo metido a base de repetición hasta el tuétano. Y luego, castigándose, se dio un golpe de pecho.

Se levantó. Se planchó la falda con las manos y se dirigió a hacer sus labores palaciegas. Más valía que se diera prisa en concluir su misión. Quería salir corriendo de Chapultepec y no volver jamás.

Philippe intuía que algo no andaba bien. Notaba a Constanza nerviosa, desubicada. Intentaba leer sus pensamientos y se enfurecía al no lograrlo. Constanza podía ser muchas cosas, pero no era una mujer transparente. Tenía púas como un erizo. Quería saber qué pasaba por su cabeza cuando lo miraba con esos ojos de gata hambrienta. Por las noches tenía pesadillas en las que al tiempo que le hacía el amor estrujaba su cabeza hasta romperle el cráneo, y entonces Philippe despertaba pálido. No entendía cómo Constanza podía despertar en él deseos tan violentos. Esa mujer le haría perder el juicio, se asustaba. Justo cuando empezaba a creer que era un error amarla, el destino se interpuso para evitar que enloqueciera por ella.

Chapultepec despertó acariciado por un viento que hacía mover las copas de los árboles. El aire ululaba un quejido y arrastraba cierto hedor a decadencia, como si todo el ambiente estuviera viciado por traiciones y malos augurios. Las noticias de los paseos nocturnos de Carlota junto a Van der Smissen por el valle de Chalco habían llegado a oídos de Maximiliano: Charles de Bombelles se encargó de pasarle minuciosos reportes que a su vez sus espías le proporcionaban. El emperador, en un acto de fingida dignidad por ver la honra de su esposa mancillada, decidió enviar al coronel lo más lejos posible.

Y no iría solo. A toda la comitiva belga de la emperatriz le ordenaron partir. No bastando con eso, se sumó una nueva humillación al dolor añadido de Van der Smissen: Maximiliano dio instrucciones de que fueran guiados por el general Ramón Méndez, un indígena. Cuando Van der Smissen lo supo, se enardeció. Sabía que Maximiliano lo hacía por puro despecho, por hacerle pagar el atrevimiento de tocar a su mujer, aunque él mismo la tuviera sentenciada al barbecho. Un emperador estaba por encima de un comandante y, por si no quedaba claro, lo haría evidente donde más le dolía: en el rango.

—¡Esto es humillante! ¡Coloca a los belgas a la par de los indígenas, lo cual es definitivamente una situación de inferioridad respecto de las demás tropas europeas! —se quejaba Van der Smissen.

La indignación del coronel contagió a todo el regimiento. Por los pasillos exigían defender su honor. El revuelo fue tal que Maximiliano lo mandó llamar a puerta cerrada.

Nada más poner un pie en presencia de Maximiliano, el emperador se le tiró a la yugular de una manera mucho más sutil de lo que a Bombelles le hubiera gustado.

—Entenderá que no puedo dejarlo en Chapultepec, coronel.

—Mi presencia no os inquietaba antes, Majestad.

Ambos se miraron. Maximiliano conocía al coronel como para saber que no era agua fácil de llevar al molino.

—Acatará mi voluntad. Le guste o no.

—Mis soldados no están dispuestos a seguir en combate a un hombre que hasta hace poco era sastre cuando pueden ser guiados por un hombre con la Legión de Honor, señor.

—¿Se refiere a usted mismo?

—¿A quién si no, Majestad?

Maximiliano tuvo la impresión de que Van der Smissen era más altanero que de costumbre. Le pareció atractivo.

—Pues tendrá que decirles que es una orden directa del emperador.

—Si queréis humillarme no tenéis por qué castigar a toda la comitiva belga. Esos hombres vinieron por su propia voluntad para cuidar de la emperatriz.

—¿Así como usted la ha cuidado?

Se hizo un silencio. De no ser el emperador, Van der Smissen lo hubiera retado a duelo en ese mismo instante.

—Desde luego la he cuidado más que vos, Majestad.

—No me cabe duda, coronel. Eso me han dicho.

Otro silencio.

Maximiliano observaba al hombre ante él, escudriñándolo. Qué curioso que Carlota, de entre todos, hubiera caído en esos brazos.

—Como muestra de mi generosidad —dijo de pronto el emperador—, partirá en compañía del general francés Felix Douay hacia San Luis Potosí y luego atravesarán el desierto hacia Monterrey.

Van der Smissen palideció.

—¿Atravesar el desierto?

Por toda respuesta Maximiliano asintió.

—Muchos no sobrevivirán una travesía como esa —dijo el coronel.

—¿Por qué dice eso? Si tendrán a un hombre con la Legión de Honor para guiarlos.

Maximiliano sonrió, sarcástico.

Van der Smissen no quiso decir nada. Si atravesar el desierto era el precio a pagar por haber amado a la emperatriz, lo pagaría con creces. Salió de allí con la misma dignidad con que había entrado.

No muy lejos, el resto de los belgas de Carlota recibía la noticia. Philippe volvió a sentir que lo empujaban hacia una cueva inhóspita. Esta vez no podría quedarse: todo el regimiento belga debía partir. Los juaristas ganaban terreno. En el noroeste los imperialistas estaban reducidos en Monterrey, Matamoros, Parras y Saltillo. El general Mariano Escobedo planeaba incursiones a Monterrey desde Nuevo Laredo y se necesitaban refuerzos.

Pero Philippe quería hacer el amor y no la guerra. A él no le había tocado vivir la masacre de Tacámbaro, en la que la mayoría de los belgas habían encontrado la muerte. ¿Dónde estaría Albert, su compañero de viaje? ¿Dónde el resto de los voluntarios que partieron ilusionados al campo de batalla? Tal vez sus restos reposaban ya en el Panteón Francés de La Piedad, al sur de la ciudad. Philippe se había enrolado para velar por la emperatriz, moriría por ella si era necesario, pero no a millas de distancia. Su romántica idea de protegerla estaba más relacionada con la lucha cuerpo a cuerpo. Con ponerse frente a ella para recibir una bala. Con poder mirarla a los ojos antes de morir. En lugar de eso, parecía que su camino giraba en otra dirección. Una dirección que lo alejaba de ella y de Constanza. Porque, por muchos fantasmas que rondaran su cabeza, Constanza era el único de carne y hueso. Al menos, pensaba, así tendría una razón para volver.

A Constanza la noticia le paró el corazón. ¿Cómo podría soportar estar en Chapultepec sin él? El castillo se le vendría encima con el sofocante peso del Imperio. Se dio cuenta entonces de que desde que pusiera allí el pie como guardián de la emperatriz, su motor siempre había sido él. Las tardes de francés, las charlas veladas, la angustia por no poder decirle que era una informante de los juaristas, el conocer a Carlota a través de sus ojos; el sexo. ¿Podría volver a aprender a estar sola? A veces se castigaba por haberse permitido amarlo. Todo sería más fácil si ahora no tuviera un amor que extrañar. Quería volver a sentir que no lo conocía. Quería volver a sentirse inocente, cobijarse bajo el regazo de su madre, volver al placer de los libros prohibidos. Pero era imposible. ¿Cómo se puede beber un vaso de leche echada a perder? Tendría que volver a estar consigo misma. Se regañaba por haber sido débil, por haberse dejado seducir por la manzana de Adán, por dejarse encandilar por la serpiente. Pero cualquier reproche era en vano. A lo hecho, pecho. Había amado y había perdido. Constanza, por primera vez desde que llegara a palacio, lloró desconsolada.

Carlota fingió enterarse por propia boca de Alfred, cuando en realidad había estado esperando ese momento desde el primer día en que lo amó. No estaba acostumbrada a que la felicidad durara mucho tiempo. De hecho, no estaba acostumbrada a la felicidad en absoluto. Las coronas eran siempre de espinas.

—El emperador nos envía al noroeste, Charlotte —le dijo él, aguantando el chaparrón.

—¿Por cuánto tiempo?

—Indefinido.

Ella clavó en él sus ojos, leyéndolo como un mapa.

—Maximiliano se ha enterado, ¿no es así?

Alfred asintió.

La vergüenza. Se sintió manchada en su honor. Ahí estaba: el horror por tiempo temido. No era el pecado lo que la empequeñecía, sino la penitencia.

—¿Volveremos a vernos?

—Es poco probable, Charlotte.

Carlota se llevó las manos al pecho, intentando protegerse de un dolor infligido por una espada imaginaria.

A pesar de la expresión de su rostro, hizo acopio de fortaleza para recuperar la dignidad y el orgullo que alguna vez habían habitado en ella. Siempre, se obligó a pensar. Alfred reconoció en ella esa mirada que la hacía distanciarse de él con un abismo tan grande que le impediría cualquier ademán de súplica. De perdón. Carlota sabía muy bien que el deber estaba por encima del dolor. Además, demasiadas líneas rojas había cruzado ya.

—Entonces aquí nos despediremos, Alfred.

Van der Smissen sintió que el mundo era estrecho y su agonía muy ancha.

—Charlotte, yo…

—No es necesario que digas nada, Alfred.

Él quiso permanecer impasible, pero dio un paso al frente para tenerla más cerca. Ella pudo sentir su respiración y contuvo las ganas de estirar los brazos y abrazarlo. En Chalco era mujer; en Chapultepec, emperatriz. No podía darse el lujo de confundirlas a ambas. Él también lo sabía. La tomó de las manos y se las besó con toda la ternura que fue capaz de juntar. Permanecieron así el tiempo suficiente hasta que creyeron encontrar el valor para despedirse por siempre.

Van der Smissen la amó por el resto de sus días en silencio. Jamás lo confesó a nadie a pesar de que lo increpaban y que en alguna que otra borrachera de milicias intentaron sonsacarlo. Carlota para él era sagrada y nunca se permitió ensuciar el recuerdo de lo que habían vivido contándoselo a nadie. Eso sería compartirla. La respetaba hasta la veneración. Y durante el tiempo que le quedó por vivir, pensó que estar a su servicio había sido el privilegio más amargo de su existencia.

Muchos años después, de regreso en Bélgica, se dedicó durante largo tiempo a escribir sus memorias. *Recuerdos de México*, las tituló. Todos creyeron que lo hacía para dejar constancia de una época, de una etapa importante de su vida. En realidad, fue su forma de volver a ella. De estar con ella. México y Carlota, Carlota y México, eran la misma cosa. No se permitió traicionarla mencionando lo suyo en ninguna de las páginas. No hacía falta. Carlota estaba en cada una. Alargó la escritura lo más que pudo, pues con cada trazo la sentía cerca, hasta que un día no tuvo más remedio que concluir la obra y poner el punto final. Fue entonces cuando sintió caer sobre su soledad el horror de extrañarla. Despertaba y ella otra vez no estaba, y durante cada día de los siguientes tres años volvió a perderla. Pero esta vez con la certeza de un para siempre demasiado doloroso, pues no había letras con las que recordarla.

Cansado, abatido y solo, a sus setenta y dos años tomó su pistola de teniente general, se bebió una copa de coñac, cerró los ojos, pensó en su Charlotte y se pegó un tiro en la sien.

IV

1

A los ojos del mundo, Carlota enloqueció de pronto. Pero Dios sabía que había enloquecido con la lentitud de una tortuga abriéndose paso hacia el mar mientras la amenazan las gaviotas. En apariencia mantenía todos los cuidados conforme a su rango. La vestían, la arreglaban y la atendían con esmero. Atrás quedaba el maltrato al que Bombelles la había sometido durante la estadía en Miramar, del que ella apenas se acordaba ya. Sin embargo, a pesar de las atenciones que no le faltaban, en sus cartas podía leerse angustia por estar encerrada en el cuerpo de una loca, en un castillo sin salida, en un mundo femenino. Un mundo semejante a una ratonera. «Si yo hubiera sido hombre», escribía en sus cartas una y otra vez, anhelando otro sexo, otra vida, un cuerpo al que se le dejara estar en sintonía con la mente. «Si yo hubiera sido hombre, Querétaro se hubiera evitado», leía con horror —y también con algo de ternura— *madame* Moreau.

Pero de todas las cartas, las que más inquietaban a su dama de compañía eran las que frenéticamente escribía a un tal Philippe. En ellas reinaba constantemente el peligro. Todos querían matarla, enfermarla. Envenenarla. Y por tanto, su única salida era escapar. Elaboraba con sumo cuidado y letra impecable planes de escape, daba instrucciones precisas y demás detalles que resultaban divertidos a los ojos de los sirvientes menos a los de *madame* Moreau, a quien le parecían tan tristes y llenos de desesperación que cada vez que leía clandestinamente sus misivas terminaba en llanto. Todas mencionaban nombres de la aventura mexicana de los que *madame* Moreau nunca había oído. Pero en medio de los desvaríos propios de su enfermedad, le llamaba la atención la lucidez con que recordaba episodios acontecidos.

No teniendo mejores temas de conversación, el personal de servicio de la Corte compuesta por cuarenta sirvientes había encontrado de sumo entretenimiento intentar hilvanar los hilos sueltos de la locura de la emperatriz. Así, entre todos, las camareras, los jardineros, los encargados de la limpieza de las cocheras, los jefes de cocina, los cocineros, caballerizos y caballerangos, los mozos, galopines, porteros, guardias y lacayos, fueron haciéndose a la idea de lo que habría podido sucederle a una mujer tan joven para que perdiera el juicio, y las cartas constituyeron para ellos la principal fuente de información. Carlota les daba carnaza todos los días. En sus escritos plasmaba ideas claras sobre cómo su hermano Leopoldo la había despojado de su fortuna: «Leopoldo se ha erigido en depositario de mi patrimonio», decía, «una más de la larga lista de violencias que he sufrido». «Pobre mujer», pensaban todos, aunque no por lástima. Más bien era una amalgama de respeto e impotencia por saber que estaban ante una mujer a la que habían intentado doblar como el papel, pero que había salido más dura que un tronco.

Sus damas la observaban con cierta ternura cuando hacía reverencias a los árboles del jardín y entablaba con ellos largas conversaciones donde imperaba el protocolo más exquisito. Ojalá, deseaba *madame* Moreau, su locura permaneciese así de limpia siempre. Lo pensaba porque en sus crisis más fuertes también la había visto violar las leyes del decoro, poniéndoles los pelos de punta a todos los que estaban lo suficientemente cerca para presenciarlas. Cuando eso sucedía, la emperatriz maldecía con un vocabulario tan soez que provocaba en todos a su alrededor ganas de santiguarse. Pero lo peor llegaba por las noches. Por las noches se la oía gemir como si el diablo tomara posesión de ella, introduciéndosele por la vagina y haciéndose expulsar por la boca. Para cuando *madame* Moreau entraba muerta de horror a socorrerla, la encontraba desnuda en la cama haciéndose todo tipo de tocamientos mientras se tragaba las lágrimas, presa quizá de algún recuerdo. Un espectáculo terrible para una emperatriz de treinta y nueve años.

Madame Moreau intentaba calmarla alejando sus manos de los muslos y luego, tras sosegarla, la abrazaba cubriéndola con las sábanas. Así permanecía, hasta que sentía que el pudor volvía a ella. «Si yo hubiera sido hombre», repetía en un puchero como en las cartas. Y la dama de compañía rezaba después, en su recámara, un rosario al derecho y al revés por la salvación de esa alma atormentada.

El tormento se exacerbaba en las cartas. Cada vez que la veía escribir, la dama de compañía rezaba un misterio para aminorar la carga pecaminosa que seguramente las letras arrastraban. Y es que después de leerlas era necesario mojarse los ojos en agua bendita. Carlota le pedía al tal Philippe que viniera, le bajase los calzones y la azotara. «Ven aquí, directamente a mi habitación, sin tocar, con una varilla, un látigo y un palo, golpéame con él todo el cuerpo hasta que sangren los muslos, por detrás, por delante, en los brazos, en las piernas, en los hombros. Me desvestiré yo misma, soporto todo como si nada. Sólo los cobardes mueren por estas cosas, y yo no lo soy».

Madame Moreau, un tanto excitada a pesar del horror, se llevaba las manos a la boca antes de seguir leyendo. «Está claro que te desvestirás en seguida y que yo te haré en todo el cuerpo lo mismo que me has hecho a mí».

—¡Ave María purísima! —decía *madame* Moreau y luego se abanicaba los cachetes chapeados con la carta misma.

María Enriqueta venía a visitarla cada semana y a veces la veía tan lúcida que se asustaba. Recordaba aún el episodio de Miramar, donde estuvo tanto tiempo retenida, y le pedía al Cielo no estar cometiendo el mismo error.

Hablaban de la muerte de Maximiliano, del color verdoso de su cuerpo por haber sido embalsamado dos veces de mala manera.

—Los mexicanos son unos bárbaros —decía María Enriqueta—. Ni siquiera tuvieron listo un ataúd de su tamaño.

—Los mexicanos —contestaba Carlota con templanza— hicieron lo que pudieron.

Carlota, en una muestra clara de su cordura, había mandado imprimir recordatorios conmemorativos por la muerte del emperador donde se veía a Maximiliano envuelto en una bandera mexicana en un barco que se hundía.

María Enriqueta a veces dudaba del grado de locura de su cuñada y pensaba que su recuperación estaría próxima. Sólo había que tener paciencia. Pero, por otro lado, le atormentaba la idea de estar tratando a Carlota como una enajenada cuando sólo estaba triste y decepcionada. Por eso agradecía cuando daba muestras de demencia, porque así se perdonaba y disipaba las dudas de su corazón, y entonces se sentía tan mezquina como Leopoldo.

Pero *madame* Moreau no dudaba. Sabía por las cartas que la emperatriz había perdido el juicio, a pesar de los episodios de paz que de tanto en tanto manifestaba. Mantenía pensamientos impuros todo el tiempo con el soldado Philippe, a quien ella misma imaginaba ya como un portento de hombre. ¿Qué habría tenido ese militar con la emperatriz para que ahora ella le escribiera de manera tan pecaminosa? Las malas lenguas siempre se habían referido al coronel belga, a Van der Smissen, e incluso alguna vez se había murmurado que era el padre de un supuesto hijo, pero no era a él a quien iban dirigidas las cartas, sino a un soldado desconocido. No había duda, pensaba Moreau, de que no sería tan desconocido para Carlota. Se imaginaba a la emperatriz fustigada por aquel amante y sudaba. Leer esas cartas lascivas despertaba partes de su cuerpo que habían permanecido desde hacía mucho tiempo en letargo. Pero la loca era la emperatriz, no ella. Ella tan sólo leía las cartas enardecidas de una mente desvariada y luego se confesaba. No había nada de locura en eso, se decía. Lo hacía por ayudarla. Por saber cómo calmarla cuando las crisis nocturnas la acecharan en la oscuridad.

«Me azoto alrededor, como a los caballos, más fuerte en los muslos desnudos. Ello me produce placer en un grado máximo, un verdadero goce que he descubierto. Los muslos se cubren de un encarnado pronunciado, la sangre y la vida aumentan».

La dama dudaba de si debería entregar esas cartas al sacerdote. Tal vez, pensaba, se las enseñaría primero al señor Pierre, el apuesto cocinero de barba cerrada, para saber cómo proceder. Sí, eso haría. Continuó leyendo sólo para cerciorarse de que no hiciera mención a ningún intento suicida, como a veces sucedía. La temperatura subía por momentos en aquel cuarto.

«Azoto justo en medio del trasero, me doy una azotaina considerable y el placer es tan grande que olvido que soy yo. En una ocasión pensé que eras tú, Philippe, quien me azotaba. Así comienza: me invade una furiosa necesidad de ser azotada. Me quito el calzón y lo meto en un armario. Me tiendo en el sofá con el trasero, la parte redonda, al descubierto. Tomo el fuete con la mano derecha y me azoto de tal manera que me duela y me saque ampollas».

Madame dejó de leer. ¿Habría en la Tierra peor infierno que el de infligirse dolor por propia voluntad? Y, sin embargo, ¿por qué la imagen de Carlota gimiendo de dolor le causaba ese cosquilleo en la entrepierna? El demonio usaba a la emperatriz para atormentarla. Debía detenerse, pero no podía. La curiosidad le hacía seguir leyendo.

«Sería más gratificante si nos diéramos fuetazos el uno al otro».

Madame Moreau se guardó la carta en la pechera y salió corriendo a la cocina. Ojalá, pensó, *monsieur* Pierre estuviera solo.

Los años pasaron con la misma velocidad de los episodios de sensatez: cada vez más cortos. Las crisis mentales acortaban más y más el tiempo de hacer su aparición. Tanto que llegó un momento en que a *madame* Moreau le asustaba más cuando aparecía la cordura. De alguna manera u otra, a fuerza del golpe de la costumbre, ya había aprendido a manejar la locura. Además, Carlota no era una loca violenta. Aceptaba que le leyeran, tocaba el piano. Y siempre la acompañaba un aura de aristocracia capaz de ablandar el temperamento más duro.

Pero entonces, cuando la rutina se había instalado en las vidas de todos, Tervuren ardió bajo las llamas.

El incendio llegó sin avisar, sin revelar con exactitud su procedencia. El infierno se hizo presente en forma de lenguas de fuego que consumían el castillo a velocidad de vértigo. Algunos decían que se había iniciado en el cuarto de planchado de la planta baja, pero reinaba la confusión. Las llamas devoraban todo a su paso. Una dama sacó a la emperatriz al jardín, donde todos, unos con más entereza que otros, veían impotentes el poder destructor de un fuego justiciero que se tragaba cada objeto y ser vivo que se atravesara en su camino.

—Esto es grave —dijo Carlota—. Pero hermoso.

Quienes la escucharon la contemplaron horrorizados, temiendo que hubiera sido ella quien iniciara el fuego por el simple placer de contemplarlo.

—No habrás sido capaz… —sollozó María Enriqueta.

—No. No. Eso está prohibido —contestó Carlota.

Volvieron la mirada hacia las llamas que, según Carlota, danzaban.

—Pero ahora —dijo sonriendo— por fin iremos a otro castillo.

Aunque ninguno se atrevió a decirlo, en todos se instaló una duda razonable. Quien más, quien menos, todos sospechaban quién había sido el causante de aquella tragedia. El castillo quedó reducido a cenizas negras y volátiles como la mente de la emperatriz, que jamás encontró el camino de vuelta.

Carlota no sonrió cuando la trasladaron a una fortaleza medieval rodeada de un foso. El Castillo de Bouchout sería su nueva residencia, su único universo, el lugar del que jamás saldría por los próximos cuarenta y ocho años que le quedaban por vivir.

2

Cuando Modesto llegó al Jardín Borda con un montón de soldados juaristas dispuestos a raptar a la india amante del emperador para matarla a ella y a su hijo de cinco meses, Concepción ya no estaba. Había salido huyendo de regreso a casa, junto a su madre, desde el primer día en que supo que estaba encinta. Su juventud no fue impedimento para entender que no podía criar a un hijo güero bajo la tutela de Ignacio. Él había aguantado sus infidelidades porque no eran con cualquier pelado sino con el patrón de la casa, y desde que tenía memoria conocía el derecho de pernada. No bastando con eso, el dueño era además el emperador de México. Pero el panorama era cada vez más taciturno. Se oían cosas. La gente murmuraba. El Imperio tenía los pies de barro. El dinero se agotaba y no había con qué pagar a las tropas. Los franceses se retiraban a cielo abierto. Y Concepción, asustada, decidió que era el momento de volver al redil y recuperar su verdadera identidad. Debía volver a tener su verdadero nombre tantas veces renegado, aquel que tantas veces había intentado olvidar. Era inevitable. Sólo así podría desaparecer del mapa y volverse invisible a los ojos de todos, tanto de los juaristas como de los conservadores. Debía desaparecer. En parte por sentido común y en parte porque el mismo Maximiliano, antes de partir, se lo había pedido.

—Si me apresan o me fusilan, el niño estará en peligro de muerte —le dijo.

Concepción se abrazó, muerta de miedo.

—Tengo unos amigos, la familia Bringas, de Jalapilla, que se harán cargo del niño. Deberás entregar al bebé al señor Karl Schaffer, el esposo de la hija mayor de la familia. Él sabrá qué hacer.

—¿Me vas a quitar a mi hijo?

—Ese no es tu hijo, es el legítimo heredero del Imperio. Entiende: si se queda contigo lo matarán.

Concepción no terminaba de comprender el alcance de esas palabras. Para ella, el Imperio nunca había sido más grande que el jardín; sin embargo, obedeció. Acatar órdenes sin rechistar formaba ya parte de su temperamento. Su madre la recibió con los brazos abiertos y la acompañó durante todos los meses del embarazo. Un embarazo largo, misterioso y lleno de miedo, porque Concepción sospechaba que al bebé jamás lo dejarían vivir en paz. Y tuvo razón. Aún no cumplía medio año de vida cuando un austríaco alto y barbado se apareció para llevárselo a París.

El día grande de México, el día de la Virgen de Guadalupe, Maximiliano se puso en marcha hacia la capital. Allí lo esperaba una corte de hombres ilustres para intentar convencerlo de abdicar o de permanecer en el trono; así de indecisos y de confundidos estaban. Un terror mortal flotaba por los pasillos. El más leve ruido de un plato al caer en la cocina provocaba sobresaltos y la gente deambulaba por palacio con caras compungidas. Todos los pensamientos eran tristes. Y la urgencia por salir del país empezó a contagiarse como una mala enfermedad. Algunos decidieron adelantarse al emperador al verse con el agua al cuello, como ratas abandonando el barco. En casa de los Murrieta desfilaban los monárquicos acérrimos que, al vaticinar que el navío iba a hundirse, habían metido sus pertenencias en un baúl para partir hacia Europa. Intentaban disimular el desarraigo al que se abocaban y cubrían la despedida con humor:

—¿Ya sabes que la mejor ciudad de México es Veracruz? —le decía un compadre a otro.

—¿Veracruz?

—¡Sí, porque por ahí se sale!

Y entre abrazos cálidos se iban despidiendo uno a uno rumbo a un destierro autoimpuesto; era eso o el patíbulo. Y muchos, sin fuerzas ni valor para soportarlo, elegían lo primero.

Juárez había regresado de los Estados Unidos y avanzaba reconquistando al igual que hicieron los Reyes Católicos hasta tomar Granada.

En la mente de Maximiliano la idea de abdicar lo atormentaba. Extrañaba no tener a su consejero y fiel amigo junto a él, pero Bombelles había partido con Carlota hacia Europa, acompañándola para interceder ante Napoleón III y el Santo Padre si hacía falta. Se sentía solo. Todos lo habían abandonado o traicionado. Sólo Carlota seguía al pie del cañón. «Pobre Carlota», se repetía. Había sido muy injusto con ella. Aún retumbaba en sus oídos la carta que le había escrito antes de partir hacia Europa para jugarse el resto ante Luis Napoleón. Envidiaba la fortaleza de espíritu de esa mujer. Tal vez eso era lo que anhelaba cuando se casó con ella: contagiarse de esa seguridad y entereza que a él tanta falta le hacían. Carlota, antes de partir, le había escrito:

Abdicar es pronunciar tu propia condena. Otorgarse un certificado de incapacidad no es admisible sino en los viejos o en los débiles de espíritu. Definitivamente no es el acto de un príncipe de treinta y cuatro años, pleno de vida y con el porvenir ante sí. La soberanía es la propiedad más sagrada que hay en el mundo, no se abandona un trono como quien huye de una asamblea dispersada por la policía.

La carta seguía por páginas con un verbo apasionado. Maximiliano sabía que Carlota intentaba convencer a su débil espíritu. Fortaleza. Qué envidia.

Debería escribirle y preguntarle qué opinaba. También le escribiría a su madre. Su amado Imperio tenía alas de mariposa. Había intentado echar raíces en tierra seca. Una quimera más que agregar a la lista. Esperaba alojado en la residencia de un inmigrante suizo, allí pasaba el día jugando al cricket en compañía de amigos. Y por las noches, aunque el frío se colaba por las ventanas de la hacienda, aún podía ver su castillo abandonado en el cerro del Chapulín.

Los franceses se retiraron de Chihuahua mientras en Francia Luis Napoleón exponía en la Asamblea la decisión definitiva de abandonar la aventura mexicana. La culpa, decía, era entre otros del mariscal Bazaine, quien a sus setenta y pico de años se había enamorado de una mexicana treinta y tantos años menor que él y desde entonces se encargaba de dirigir a sus hombres desde la comodidad de un escritorio, entre los mimos y caricias de su nueva mujer.

Del mismo modo en que hacía un par de años les había otorgado audiencia para ser emperador, Maximiliano decidió someter a sus notables la decisión de abdicar. De treinta y cinco, sólo siete votaron a favor de la abdicación, entre ellos el mariscal Bazaine. Pese a las diferencias que pudieran tener, el mariscal no quería ver a Maximiliano muerto, cosa que —estaba convencido— sucedería al marcharse y dejarlo sin ejército. El Imperio, como tantas veces había afirmado, se sostenía con bayonetas. Ante la desesperación, Maximiliano pidió al mariscal:

—Debe decretar el estado de sitio en todo el territorio.

Bazaine abrió los ojos de par en par, impresionado por la insensatez de Maximiliano. Le hizo ver que aquello, además de inviable, era una locura:

—No creo conveniente asignar al Ejército francés, en esta situación de retirada, lo odioso de los rigores irreparables de un estado de sitio.

Maximiliano, muy a su pesar, sabía que tenía razón.

Los austríacos y los belgas empezaban a expatriarse. Van der Smissen había liderado la retirada de sus hombres. A pesar de eso, Maximiliano aún conservaba un resquicio de esperanza. Ojalá, pensaba, la labor de Carlota en Europa tuviera los resultados positivos que esperaba. Donde los demás fracasaron, ella tendría éxito, se decía. Todas las ilusiones fueron arrastradas por un río bravo cuando recibió un telegrama de la emperatriz: «Todo es inútil». Tres palabras que lo mandaban al cadalso. Pero no fueron sus noticias las peores. Otros telegramas llegaron después por parte de Bombelles. En ellos le comunicaba que la emperatriz había perdido el juicio. Atemorizado, se dirigió lentamente con el Ejército imperial hacia Orizaba, ciudad que él tanto amaba y donde —dicho sea también— era aclamado. Desde allí mandó una carta al mariscal Bazaine. Tragándose un nudo de saliva, con fuertes retortijones en el estómago que ya no sabía si eran de nervios o por la diarrea que no lo abandonaba, trazó unas líneas que le hirieron el orgullo más que nada en el mundo. Al borde del llanto, Maximiliano escribió: «Mañana me propongo poner en sus manos los documentos necesarios para poner término a la violenta situación en la que me encuentro, no solamente yo, sino México».

Debía volver. Volver a Carlota o a lo que quedaba de ella. Volver con el rabo entre las piernas, pero volver. En el fondo sospechaba que su regreso tal vez sería bien visto y es que a sus oídos llegaban historias de austríacos que le contaban que, tras la terrible derrota de Francisco José en la batalla de Sadowa, el descontento general reinaba. No solamente en México se pedía una abdicación. El pueblo austríaco, descorazonado, también pedía la de su hermano. A lo largo del Imperio austrohúngaro se oían gritos de «¡Viva Maximiliano!», y en Venecia, donde antes lo habían tachado de cero a la izquierda, ahora pedían el regreso de su gobernante. Al leer esto, el orgullo herido de Maximiliano se enraizó.

Francisco José se quejaba amargamente ante su madre, la reina Sofía:

—Si Maximiliano intenta regresar a Austria le prohibiré la entrada, madre. Y se lo haré saber. Además, hay un pacto de familia. No tiene nada a lo que regresar.

—Tu hermano jamás osará regresar con el cuerpo expedicionario, Francisco.

—Pero, madre, Luis Napoleón está lanzándolo contra las cuerdas y mis informantes me dicen que está en Orizaba preparando su regreso. Ese Maximiliano, necio y cobarde.

—¡Eso es ridículo! —exclamó la reina—. No hables así de tu hermano. Maximiliano se enterrará bajo los muros de México antes que dejarse rebajar por la política francesa.

Y nada más terminar la charla con su primogénito, fue a su despacho, entintó una pluma y con esas mismas palabras, u otras más rimbombantes, así se lo hizo saber a Maximiliano. Morir por la soberanía de una nación era una muerte digna de cualquier Habsburgo.

Apenas unas semanas después de haber decidido partir, Maximiliano decidió quedarse. Desde Orizaba se dedicó a mandar cartas disolviendo regimientos para que fuera posible la repatriación de soldados o, si así lo preferían, su voluntaria anexión al Ejército nacional que él mismo comandaría. Su experiencia en combate jamás había sido en tierra sino marítima, pero eso no lo detendría. Su madre y Carlota tenían razón. Sin los franceses por fin sería libre. Comandaría a su ejército solo, sin Bazaine, sin Van der Smissen, sin Francia. Él era el Pulque Austríaco y había llegado la hora de demostrarlo. Si tenía que morir en México, que fuera con la dignidad y la soberbia que en vida tanto había echado en falta. Dio media vuelta y partió hacia Querétaro.

3

Philippe no regresó a Bélgica. Al igual que el emperador dio media vuelta cuando iba a poner un pie en el barco, Philippe se retractó en el último momento. No sabía muy bien a qué volvía. A sus oídos llegó la noticia de que la emperatriz había regresado a Europa y por todas partes el Ejército republicano propagaba su cántico de guerra, una canción chinaca que hacía alusión a la barriga que la emperatriz se llevaba de México. «Adiós, mamá Carlota, la gente se alborota al verte tan gordota», cantaban mofándose. Por fin alguien le había hecho el favor a la emperatriz, decían. Y es que a los soldados en las filas pocas cosas les causaban más placer que hacer leña del árbol caído. Philippe bajaba la cabeza al igual que san Pedro negó a Cristo tres veces. Intentaba mantener el bajo perfil que su condición de extranjero le permitía. Atravesar el desierto hacia Monterrey por poco los mató de sed. Cada soldado tenía solamente dos litros de agua para hervir sus alimentos, beber y lavarse. Pasaron por Agua Nueva, Saltillo y Santa Catarina. Había logrado dominar el español casi sin acento, pero sus ojos claros y su barba rubia lo delataron en cuanto abandonó las ciudades del norte a las que, con enorme dificultad, la comitiva belga había logrado llegar. No obstante, ir solo allanaba el camino, porque nadie esperaba ver a un miembro del Ejército de Intervención vagando en solitario en dirección opuesta al mar.

A base de hospedarse en casas de monárquicos —a los que reconocía por sus caras de angustia—, que le daban víveres y cobijo, poco a poco fue acercándose a la capital. Pero a veces, cuando la suerte no le sonreía, pasaba noches a la intemperie. Entonces recordaba todo por lo que había tenido que pasar la tropa de Van der Smissen. Al principio lo vio con cierto desprecio, pues no podía sacarse de la cabeza la idea de que había profanado algo sagrado. Sin embargo, al poco tiempo descubrió en él una mirada de miseria tan grande que sintió lástima. Y es que el coronel había perdido la ilusión por todo: por vivir, por luchar. Por eso, cuando hubo oportunidad de embarcarse y abandonar la plaza, no dudó un segundo. Todas las arengas que les daba hacía tan sólo un par de años se desvanecieron como las nubes con el viento. De él no quedaba gran cosa. Y Philippe empezó a reconocer a otro hombre más luchando por subsistir en su propia cueva. A un hombre herido en todas sus aristas, como él. Sin decirle jamás una palabra, lo perdonó. Lo perdonó por afrentas que ni el mismo coronel sabía que había ocasionado. Ese hombre, pensaba, quizás había hecho a la emperatriz un poco feliz, y eso era suficiente.

Recordaba el día en que un indígena se acercó al coronel para darle un cigarro; el coronel, atónito, recibió el obsequio y el niño salió corriendo. Al ver el objeto comprobó que no era un cigarro sino un mensaje enrollado. En él recibía instrucciones de abandonar Tulancingo, donde se encontraban acampados a la espera de instrucciones. Maximiliano había disuelto las tropas austrobelgas, ellos incluidos. Debía ponerse en contacto con un general republicano para decirle que abandonaban el lugar, a fin de evitar pillajes de los numerosos bandidos que los rodeaban como zopilotes; republicanos y franceses se comunicaban desde hacía tiempo para transferirse guarniciones.

«*C'est fini*», pensó Van der Smissen.

Y así era.

Philippe no se embarcó con ellos. Una noche agarró su petate y una vez más decidió ser capitán de su destino. México había sido un nuevo principio para el cual aún no encontraba un final. Debía averiguarlo. Irse sería la solución más lógica, pero también la única que implicaba un fracaso. Se había ido en busca de aventura y para regresar rico, con tierras y un rango militar. Philippe suspiró. ¿A quién pretendía engañar? Él siempre había sabido que se iba para no volver. Pero si todos se iban en desbandada, ¿qué le quedaba en México? Tenía que quedarse y averiguarlo. Cualquiera que fuera el infierno que escogiera, primero quería verlo a los ojos.

Regresó a Chapultepec para encontrarlo vacío. No quedaban damas ni lacayos, ni chambelanes ni miembros de la Corte. Tenía el aspecto de un edificio en ruinas, no por su decadencia material sino espiritual. Ahí ya no quedaba nada del Imperio. Partió entonces en busca de algún monárquico, alguien que pudiera darle razón del paradero de los nobles, pero todos se habían ido a refugiar a sus hogares con las ventanas cerradas y las cortinas echadas. Y entonces recordó los nombres que Constanza le había dicho alguna vez de sus hermanos, de su padre, el señor Murrieta, de la casa que tenían, ¿dónde le había dicho? Hizo un esfuerzo por recordar, pero no lograba dar con el nombre de la colonia. ¡Si tan sólo hubiera puesto más atención!, se recriminaba. Y por días intentó hacer memoria hasta que, harto, se dio por vencido. Cuando no quiso esforzarse más, entonces, como por arte de magia, como si el universo le dijera por dónde caminar, el nombre de la calle, la colonia, la zona, vinieron a él como si la mismísima Constanza se los susurrara al oído. «Santa María la Ribera», dijo el susurro aquel. Y Philippe dio una palmada en el aire.

Tras hacer un par de pesquisas aquí y allá, dio con el caserón de los Murrieta. Se apareció en casa de Constanza, rezando por primera vez en años para que la familia aún habitase allí o para que le dieran razón de su paradero. No era raro ver caserones abandonados: los dueños cubrían cuadros y muebles con sábanas, esperanzados en que la ligera tela fuera suficiente para librarlos del pillaje y de los saqueos de bandidos en busca de los tesoros de familias que habían salido con lo puesto. Sus plegarias debieron de dar resultado porque al poco tiempo una muchacha de servicio abrió con timidez; sin embargo, tenía instrucciones de no dejar pasar a nadie ni tampoco de soltar prenda.

—¿Vive aquí Constanza Murrieta?

—¿Quién la busca?

—Philippe Petit.

—¿Sobre qué asunto?

—Es personal.

—¿De dónde la busca?

—Soy de la guardia privada de la emperatriz —dijo en un susurro. La muchacha entrecerró los ojos, desconfiada.

—Lo siento, no puedo darle razón.

Philippe empezaba a estar ansioso. Ante la insistencia del hombre, la muchacha amenazó con darle con la puerta en las narices. Y justo cuando Philippe estaba a punto de implorar, escuchó una voz muy parecida a la de Constanza preguntar:

—¿Quién es, Petra?

El corazón de Philippe se detuvo.

—Un joven pregunta por la señorita Constanza, señorita.

Philippe estiró el cuello.

La mujer intentó verlo a través de una pequeña rendija que permanecía entreabierta, porque Philippe había tenido la desfachatez de meter la punta del pie entre el quicio y el recibidor.

—Déjalo pasar.

—Pero, señorita Clotilde…

—Yo me encargo, Petra. Gracias.

La muchacha abrió la puerta y Philippe pudo liberar su pie de la presión de la hoja de madera.

Philippe entró. La muchacha súbitamente cambió de actitud y le regaló una sonrisa.

—Pase, joven.

Pero él ya no estaba pendiente de ella. Toda su atención cayó en la mujer que le había permitido la entrada. Alta, delgada, cubierta por un vestido que la tapaba desde los tobillos hasta rematar en un cuello de puntilla sin que por eso demeritase la figura que escondía, el cabello recogido en un moño dejaba escapar un par de mechones a un costado de las orejas. No se parecía a Constanza y, sin embargo, supo al instante que era su hermana, aquella niña frágil y enfermiza de la que le había hablado alguna vez. Clotilde llevaba un pañuelo en la mano que se colocaba sobre la boca al toser.

—¿Busca a Constanza?

—Así es, si pudiera decirme dónde encontrarla le estaré infinitamente agradecido.

—No está aquí —dijo escueta. Clotilde pudo ver la decepción en sus ojos.

—¡Oh! —contestó. Luego dijo—: Permítame que me presente, soy…

—Sé quién es usted —lo interrumpió ella al tiempo que miraba nerviosa en varias direcciones para comprobar que nadie lo hubiera visto.

Y ante la sorpresa de Philippe, Clotilde se acercó, lo tomó del brazo y le dijo:

—No está seguro en esta casa. Sígame, por favor.

Philippe obedeció, completamente extrañado. La mujer, a pesar de su delgadez, lo guio con firmeza hacia un pequeño despacho; se introdujeron en la penumbra de la salita y ella cerró la puerta.

—Sé quién es usted, Philippe. Constanza me contó todo.

—¿Lo hizo?

Philippe temió que los hermanos de Constanza también estuvieran enterados de su relación y que ese fuera el motivo de tanto misterio. Y justo cuando estaba a punto de indagar al respecto, Clotilde habló:

—Mi hermana y yo hablamos poco, pero algo hablamos.

—Entiendo.

—Y me he enterado de cosas terribles, Philippe, cosas que no he querido contarle a nadie.

—Señorita, si en algo he ofendido a su hermana…

Clotilde alzó la mano y Philippe casi pudo jurar que había emitido un «*chsssst*».

—Lo que ustedes dos hayan hecho o dejado de hacer no es de mi incumbencia.

Philippe no entendía nada en absoluto. «Qué mujer más peculiar», pensó.

Y entonces Clotilde dijo algo que lo dejó completamente atónito:

—Permítame un consejo: no confíe en nadie, Philippe. En nadie.

Él frunció el entrecejo. Clotilde insistió:

—No confíe en nadie. —Y luego, acercándose al oído para contarle un secreto, añadió—: Mucho menos en un Murrieta.

—Me temo que no comprendo.

—Los Murrieta no son lo que aparentan, *monsieur*. Si descubren que anda usted por aquí preguntando por el paradero de Constanza lo pondrán en la lista negra.

—¿Quiénes? —preguntó perplejo.

—Los republicanos, *monsieur*.

—Pero aquí son conservadores…

—Eso hacen creer, pero no es así. Todos miden con doble rasero.

Philippe palideció.

—¿Cómo que todos? Constanza es dama de la emperatriz y sus hermanos…

Y al decir esto notó que Clotilde hacía una mueca de impaciencia al entornar los ojos.

—¿Acaso no entiende lo que le digo? No confíe en nadie. Regrese a Bélgica antes de que sea demasiado tarde. Y, por favor, no me haga hablar más de la cuenta. Ya he dicho bastante.

—Por favor, le ruego que me explique.

Hablaban en voz baja, casi en susurros, y Clotilde no quitaba ojo de la puerta con nerviosismo.

—Salvador y Constanza son informantes de Juárez —soltó a bocajarro—. Piensan que no lo sé, pero me entero de cosas.

—Eso es imposible.

—Créame. Lo sé.

—No puede ser —repitió Philippe para oírse.

—Sí puede ser.

Constanza, ¿traidora? No podía ser verdad. Tenía que ser algún tipo de malentendido. La conocía. Se había sentado con ella una hora cada tarde del último año, habían viajado a Yucatán, convivido en palacio, dormido juntos. No. No podía ser cierto. Debía de haber una explicación. Constanza le había hablado de Clotilde, una niña enfermiza y algo insípida de raciocinio. Su testimonio envenenado no era confiable. Y de pronto, la imagen de Constanza reunida con gente a la que no volvía a ver, los paseos con su hermano por el jardín con la cabeza gacha, los silencios, las miradas de angustia, de pronto todo encajaba de una manera tan clara que Philippe se sintió el hombre más imbécil sobre la faz de la Tierra.

—Huya, Philippe —dijo Clotilde interrumpiendo sus pensamientos—. No deben saber que estuvo aquí.

—Pero necesito hablar con ella. Le suplico que me diga dónde está.

—Si la veo le diré que la está buscando. Pero no viene muy seguido por aquí.

—Volveré todos los días a esta hora hasta hablar con ella.

—No se castigue de esa forma, Philippe. Constanza no quiere ver a nadie. Le digo que viene poco, agarra un par de cosas y se vuelve a marchar. No sabemos ni dónde está ni con quién. Mi madre está destrozada y mi padre… mi padre ni se diga. Si la ve en casa, es capaz de matarla por haberse negado a acompañar a la emperatriz en su viaje a Europa.

—Volveré —dijo Philippe.

Salió de esa casa más aturdido que como había llegado. Y más convencido que nunca de que no debía marcharse hasta saber la verdad.

4

Constanza no acompañó a Carlota a Europa porque cuando descubrió lo que medio Imperio sospechaba no tuvo valor para terminar la encomienda que le habían dado. ¿Cómo seguir envenenándola cuando estaba esperando una criatura? No pudo. No podía. Para eso debía tener más sangre fría y menos conciencia.

Lo escuchó de boca de la propia Juana, la muchachita que se encargaba de recoger la bacinilla de la emperatriz y que cada mes tenía instrucción de notificar sobre la imperial menstruación.

—¿Estás segura?

—Completamente.

La sangre se le heló. Desde entonces se le metió un frío en el cuerpo que la hizo envejecer de pronto. Usaba un chal sobre los hombros y sentía que debía calentarse las manos con su propio vaho. Temblaba. Maldita la hora en que había avivado el fuego de la aventura de Carlota con Van der Smissen. Un embarazo era algo con lo que no contaba. De alguna manera se había creído aquello de que la emperatriz era estéril, porque por más que no durmiera con el emperador, de tanto oír rumores llegó a creerse que si el río sonaba, agua llevaría. Ya era tarde para lamentarse. A lo mejor el bebé no sobreviviría, pensaba Constanza. Y cada vez que esa idea le atravesaba por la cabeza, rezaba por que así fuera. Prefería mil veces un escenario de pérdida que otro donde el bebé naciese enfermo o tarado.

Rehuía a Carlota como a la peste. Estaba muy asustada. Tenía pavor de mirarla a los ojos y Carlota, como los perros que intuyen el miedo, la olía, la buscaba, la perseguía. Pero Constanza no podía escapar ni evitarla. Debía enfrentar a sus demonios.

Fue Carlota quien le confirmó lo que ya sabía.

—Tus hierbas dieron resultado, pero no de la manera en que esperaba.

Constanza sintió el galopar del corazón.

—Estoy embarazada, Constanza.

—Enhorabuena, Majestad…

—No me felicites, por el amor de Dios. Sabes que este niño llega en el peor momento. Es un bastardo.

—Pero, Majestad, nadie tiene que saberlo. Las dinastías están llenas de bastardos.

Al decir esto, la bastardía de Maximiliano planeó como la sombra de una nube por la habitación. Aunque de eso jamás se hablaba, las malas lenguas siempre murmuraron sobre la cercanía que Sofía de Baviera había mantenido con el Aguilucho, el hijo legítimo de Napoleón Bonaparte. Y de hecho, Carlota siempre sospechó que la desconfianza de Francisco José hacia su hermano bebía de las dudas que le provocaba la posibilidad de que algún día Maximiliano reclamara el trono de Francia. Pero Carlota sacudió la cabeza y dijo en voz baja: «Sandeces», para espantar a los demonios que la tentaban sin avisar.

—Nadie debe saberlo —repitió Carlota.

—Por supuesto que no, Majestad; sería incapaz de difamar su honra.

—No me refiero al padre de la criatura, Constanza. Nadie debe saber que estoy en estado.

—Pero, Majestad, con el debido respeto y por la confianza que le tengo, déjeme decirle que hay rumores, Alteza.

Constanza divagaba. Carlota la miró con absoluta seriedad.

—¿Rumores?

—Sí, Majestad —dijo bajando la mirada—. La gente sospecha.

—Entiendo.

Se hizo un silencio.

—Pues de nuestra boca no puede salir ni una palabra. Que hablen. Que murmuren todo lo que quieran. No les daremos el gusto de confirmar nada. Ante todo, hay que velar por la permanencia del

Imperio. Esa es nuestra única preocupación. Partiremos a Europa en unos días a hablar con Luis Napoleón.

Constanza abrió los ojos de par en par.

—Pero es época de lluvias, Majestad. Es imprudente emprender viaje en estas condiciones. Los caminos son peligrosos, son ríos de lodo…

—Lo sé. Será el sacrificio más grande que haga por mi nueva patria.

—Pero es la peor temporada de fiebre amarilla, Alteza. Tendrá que pasar por la zona mortal, ¡y en su estado!

—El deber impone este sacrificio, Constanza. Precisamente por eso debo partir ya. No quiero que nadie note mi condición. Eso me haría ver débil a los ojos de los hombres. Los hombres son así, cuando ven a una embarazada ven a una mujer enferma. No tengo tiempo que perder.

—Pero ir no garantiza la permanencia de las tropas, Majestad. Han ido embajadores a pedir audiencia con Napoleón y no han conseguido hacerlo cambiar de parecer.

—Precisamente. Necesita hablar con una emperatriz. Donde otros fracasaron, yo tendré éxito. Aún no ha nacido la persona que me contradiga.

—¿Y el emperador partirá también?

—Él es la cabeza del Imperio, debe permanecer aquí.

Y luego, reafirmándose en su orgullo, añadió:

—¡Pero yo soy el cuello de este Imperio y lo haré girar hacia donde yo diga!

Constanza alzó la vista, impresionada por el talante de Carlota. Pudo ver fuego en sus ojos. Ambición. Poder. Y de pronto, cambiando de actitud de medio a medio, esa luz se desvaneció, como si la fuerza del discurso le hubiera extirpado toda la energía.

—Me siento tan débil… —dijo.

Constanza le acercó una silla.

—Tome asiento, Majestad.

—No, no es eso, es como si de repente sintiera que voy a volverme loca.

Carlota clavó los ojos en Constanza.

—Tengo miedo —le dijo.

Constanza intentó disimular, pero no pudo. La tomó de las manos, se las apretó fuerte, y dijo:

—Majestad, perdóneme. Perdóneme, de verdad.

—¿Qué tienes, Constanza? ¿Qué tengo que perdonarte?

—Perdóneme por todo. Yo no quería hacerle mal, mi señora.

—¿Por las hierbas? No sabíamos que ni siquiera las hierbas harían despertar la pasión del emperador hacia mí, Constanza. Eso no es culpa tuya.

Constanza sintió que el mundo se le caía encima. No tenía valor para confesar.

—Ya no las tome, Majestad. Ya no las tome.

—¿Y para qué habría de seguir tomándolas? El mal ya está hecho.

«El mal ya está hecho», repitió en silencio Constanza.

Era verdad. Su trabajo había terminado. La sangre de la emperatriz estaba envenenada, pero no remataría la labor hasta matarla. Que Dios se apiadara de su alma.

—Prepárate para partir conmigo, Constanza. Te necesitaré a mi lado.

—Sí, Majestad.

No obedeció. Al día siguiente decidió desaparecer. No le dijo a nadie que se iba. Estaba llena de incertidumbre y dudas, pero completamente segura de una cosa: no podía dar un paso más en la traición a la emperatriz. Estuvo tentada de avisarle a Philippe sobre su paradero, pero sabía muy bien que el correo se interceptaba y no quería exponerse. Abandonar la Corte en aquellas circunstancias acarrearía penas para su familia y para ella, por lo que prefirió esconderse. Así, si les preguntaban, podrían contestar genuinamente que no sabían nada de ella.

Para cuando Constanza se marchó, Carlota comenzaba a perderse en los pasadizos de la paranoia. Creía que la seguían, que la envenenaban. Por todas partes veía espías de Napoleón, intentos de secuestro y de asesinato. Horrorizada, se daba cuenta de sus desvaríos e intentaba recobrar la compostura. Empezaba a sentir que no podía soportar tantos golpes y disparos al corazón. Todos sus seres queridos la abandonaban. Pero el abandono de Constanza le dolió en el alma. Hizo que la buscaran por todo el Castillo, y al no encontrarla, el miedo se le instaló en la columna vertebral. «La han asesinado y se han deshecho del cuerpo», pensaba. Suplicaba que encontraran a su dama predilecta. No podía haberse esfumado. A Manuelita de Barrio le preguntó hasta la saciedad por ella, pero nadie le daba razón. Se había ido a sus aposentos como cada noche y nadie la había visto salir. Únicamente faltaban un par de zapatos, lo demás estaba colgado en su ropero. Una idea se instaló en su cerebro, una idea que la atormentó desde ese día hasta el último. Todas las personas que ella apreciaba eran borradas y dejaban de existir. Ella sería la última en morir.

Más sola que nunca. Muerta en vida: así se sentía. Y lo único que hubiera podido ser un motivo de alegría se transformó en un secreto que no podría esconderse. Estaba embarazada. Esperaba un bastardo. Y por mucho que quisiera hacerlo pasar por un hijo del emperador, sabía que nadie lo creería. Apenas había visto a Maximiliano en los últimos meses.

Mejor callar. No quería distraerse con esos pensamientos ahora. La prioridad era salvar los restos del Imperio, que se desmoronaba como un castillo de arena.

Cada movimiento en Chapultepec hacía sospechar la abdicación. Se murmuraban cosas. La sociedad conservadora en pleno vivía con el corazón en un puño. Todo cambiaría si el emperador abdicaba. La suerte de cada uno pendía de un hilo. Los republicanos avanzaban recuperando terreno con la misma velocidad con que se retiraba el Ejército de Intervención. Y Carlota conocía muy bien al emperador para saber que, ante la presión, la posibilidad de abdicar pasaría por su cabeza cada cinco minutos. No podía irse a luchar por la permanencia del Imperio para que estando en Europa le llegara la noticia de que Maximiliano había bajado los brazos. Así que antes de partir se sentó en su escritorio, tomó aire y, a sabiendas de que lo que estaba a punto de escribir marcaría el destino de Maximiliano, en pleno uso de sus facultades y con gran sentido del deber, redactó una carta. «Uno no abdica», decía en la primera línea.

Durante los días siguientes Carlota se dejó ver. Se presentó sola, ataviada con diamantes, a un tedeum en la catedral; lo hizo para acallar los rumores de que, viéndose perdida, había mandado todas sus joyas de regreso a Europa. Después de la ceremonia, algunas mujeres de su Corte se despidieron de ella con el rostro bañado en lágrimas. Aunque la emperatriz no había comunicado su idea de partir, la sospecha pululaba por Chapultepec. Los preparativos ya se habían puesto en marcha y era sólo cuestión de tiempo para que la noticia se supiera. La emperatriz partía y probablemente el emperador la seguiría.

A primeros de julio, Carlota partió con un pequeño séquito a salvar lo insalvable.

Ante la ausencia de Constanza, Manuelita de Barrio, liberada de la carga de tener que permanecer en México frente a semejante panorama de incertidumbre —y contenta por poder ir a Europa—, tomó su lugar.

Mientras tanto, en alguna parte, Constanza intentaba perdonarse. Qué error tan grande había sido tomar partido sin estar convencida previamente. Cuántas ideas preconcebidas. Se sentía sucia, traidora. No a la patria sino a sí misma. Necesitaba expiar culpas, pero no sabía qué penitencia imponerse. Debía hablar con sus hermanos. Debía enfrentar a su madre.

Cuando Constanza se apareció en su casa con los ojos enrojecidos, jamás imaginó que se toparía de frente con un Philippe mucho más delgado y desaseado que la aguardaba sin esperanza cada tarde. Al verse no pudieron reconocer a los otros que eran antes, a los que eran ahora. Había pasado tanto tiempo y a la vez tan poco. Pero para entonces Carlota ya bebía del agua de todas las fuentes del mundo.

5

Philippe no tenía que ser médium ni vidente para intuir que el cargo de conciencia en Constanza la oprimía desde dentro.

—¿Qué haces aquí? —le preguntó nada más verlo.

—Elegante manera de saludar a alguien que podría estar muerto.

—Vete, Philippe.

—¿Por qué, Constanza? ¿Qué pasa? ¿Qué hiciste?

Los ojos de Constanza temblaban como gotas de agua.

—No puedo decírtelo.

—Por favor, Constanza. ¿Por qué no estás con la emperatriz?

Echó una ojeada alrededor. Estaban al descubierto. Debían entrar en casa, corrían peligro: ella por desertora y él por imperialista. Nadie estaba a salvo.

—Está bien —dijo—. Ven conmigo.

Constanza tocó la puerta y Petra se asomó. Al verla, soltó una exclamación:

—¡Ave María purísima! ¡Niña Constanza!

Y abrió. Pasaron al salón cual intrusos. Philippe notó que Constanza estaba nerviosa y que esperaba no encontrarse con ningún familiar, al menos no de momento.

—Petra, no le digas a nadie que estoy aquí.

—Pero, niña… Su mamá se alegrará de verla. Los tiene muy preocupados.

—Por favor, Petra.

Y la muchacha, incapaz de contrariar a los hijos de la casa, accedió. Constanza tomó de una mano a Philippe y lo llevó a la biblioteca, cerró la puerta para que quedaran en penumbras y allí, en silencio, lo abrazó. Y luego, en un ataque de conciencia maternal, lo regañó:

—¿Pero te has vuelto loco, Philippe? ¿Qué haces aquí? Supe que el regimiento de Van der Smissen se había embarcado de regreso a Bélgica. Si alguien te ve por aquí... ¿Por qué no te fuiste?

—No quise irme sin ti.

Constanza entornó los ojos.

—¿Te quedaste por mí?

—¿Hice bien? —contestó con otra pregunta.

—Estás loco.

Por un instante muy corto, la complicidad de antes se instaló en sus corazones y Constanza sintió cuánta falta le hacía su Philippe. Tenía ganas de hundirse en su pecho y quedarse allí para siempre. Tenía ganas de empezar de cero, de trasladarse a un sitio donde no hubiera guerras ni imperialistas ni republicanos. Un lugar donde poder ser sólo dos personas descubriéndose, sin banderas ni colores.

Y de pronto, rompiendo el encanto, Philippe usó un tono desconocido para Constanza e incluso para él mismo.

—Clotilde me dijo que no eras confiable. Que no confiara en ti. ¿Por qué me dijo eso, Constanza?

—No sé de qué me estás hablando.

—Lo sabes muy bien. Por favor, no hagas que te ruegue. Llevo semanas esperando que aparezcas. Nadie sabe nada de ti. La emperatriz se marchó a Francia sin ti. Los republicanos nos pisan los talones. ¿De quién te escondes? ¿Quién te busca?

Constanza sabía que escapaba de ella misma.

—No me persigue nadie. Los juaristas no osarán ponerme una mano encima.

—No seas ingenua, Constanza.

—No lo soy —dijo ella.

Philippe se abalanzó sobre ella intuyendo lo peor.

—¿Y por qué no serías blanco de los juaristas?

—Porque yo... porque yo soy... una Murrieta.

—¡Con mayor razón!

—¡Philippe, no entiendes nada!

—*Expliquez-moi!*

Constanza daba vueltas en círculos. De pronto, lo miró con una expresión extraña, como si estuviera ante un caballo herido en batalla y se viera forzada a rematarlo. Estaba a punto de darle un tiro de gracia.

—Philippe, yo…

Él tenía la severa mirada de un Cristo románico.

—Yo…

—¿Sí?

—Yo hice algo malo. Muy malo. A la emperatriz.

—¿Qué hiciste, Constanza? —preguntó sin estar seguro de querer oír la respuesta.

—Yo… yo…

—¿Tú, qué? —gritó impaciente.

—¡Envenené a la emperatriz! —Ahí estaba. Ya lo había dicho.

Constanza soltó aire, desinflándose como una vejiga enredada en una rama. Se sintió más ligera. A Philippe, en cambio, le cayó encima una tonelada de verdad.

—No. Tú no serías capaz…

—Lo hice. A sangre fría. Durante meses, cada noche le daba un té de hierbas para envenenarla. Con el tiempo ya no tuve que hacerlo, se lo preparaba ella misma. Creía que eran para ayudarla a conquistar al emperador.

Philippe se dejó caer en un sillón.

—No quería matarla, te lo juro, Philippe… Jamás permití que tomara grandes cantidades. A veces, cuando veía que era demasiado, se lo rebajaba con agua. No quería matarla. Te lo juro —repitió.

—Pero ¿por qué? —preguntó Philippe en un intento por ordenar sus ideas.

—Soy una espía de Juárez.

Al escucharse, Constanza se sintió falsa. Una Judas besando a la emperatriz antes de entregarla. Y luego, como si a Philippe le importara un rábano, dijo infantil:

—Mi padre no lo sabe.

Él la miró con desprecio.

—¿Quién más lo sabe?

—Unos pocos. No puedo decírtelo.

Constanza se acercó a Philippe para agarrarle una mano, pero él se sacudió el gesto con un aspaviento. No quería verla, mucho menos sentirla. Le daba asco. Podría estrangularla. ¿Cómo había podido engañarlos a todos con esa cara de ingenuidad? ¿Cómo había podido él fijarse en ella? ¿Y la emperatriz? Gracias al Cielo, el veneno no había surtido efecto.

—¿Qué veneno era?

—Uno. No lo conoces.

—Quiero saber su nombre.

Constanza dudó.

—Toloache —contestó.

—¿Qué es eso?

—Una planta. Algo parecido al estramonio.

Philippe palideció. La pesadilla de Constanza se hizo vívida y presente.

—Constanza, el estramonio en bajas dosis no mata pero enloquece, causa alucinaciones, afecta el juicio.

—Lo sé —dijo ella y sintió el quiebre de su voz en la garganta.

—Que Dios te perdone por lo que has hecho, porque yo no puedo —dijo levantándose.

—¿Adónde vas?

—Lejos.

—Llévame contigo —suplicó—. No me dejes.

Philippe se detuvo en la puerta. Lentamente, se dio vuelta hasta quedar frente a ella.

—Constanza —le dijo—, agradece que no te llevo a rastras ante el emperador, pero esa será la única consideración que tendré hacia ti. A partir de este momento intentaré odiarte mientras viva.

Constanza no supo cómo le emergió desde lo más profundo un torrente de furia contenida, alzó la mano y lo abofeteó con un latigazo. La rabia desapareció tan pronto vio la cara enrojecida de Philippe mirándola con desprecio.

El recuerdo del rostro abofeteado de Philippe la perseguiría hasta la muerte.

Y Philippe se fue de allí con el alma tan envenenada como la de su amada, amantísima emperatriz.

CUARTA PARTE

I

1

Al Castillo de Bouchout llegó una nueva dama de compañía una tarde en que el viento lustraba el cielo. Era menor que la emperatriz, pero un rictus de tristeza la hacía aparentar más años de los que tenía. La entrevistó *madame* Moreau, a quien la avanzada edad ya le pedía ser cuidada en lugar de cuidadora. Julie Doyen, la camarista, también se alegró al ver que llegaban refuerzos para el cuidado de Carlota. Aunque era dócil, atenderla requería velar por ella día y noche. Y tal como la misma emperatriz vaticinara antes de perder el juicio, ninguna persona con la que interactuaba la sobrevivía. Carlota, como el ángel exterminador, enterraba a todos. *Madame* Moreau y Julie Doyen muchas veces temieron ser ellas las siguientes, pero pasaban los años y, aunque envejecidas, seguían vivas. De alguna manera, sentían cierto pesar por las muchachas que entraban al servicio de la emperatriz, pues no podían evitar pensar que en los próximos años sus vidas se apagarían. Y es que Carlota poseía el terrible don de chuparles la energía.

Sin embargo, cuando *madame* Moreau entrevistó a esta nueva dama, tuvo la sensación de que emanaba una esencia distinta. Había entrevistado a muchas mujeres como para saber identificar el verdadero compromiso de servicio: atender a una noble loca demandaba una vocación de monja de clausura. Y por alguna razón que desconocía, *madame* Moreau sintió que una fuerza más grande que el deber llevaba a esa mujer hasta allí.

—¿Y dice usted…?

—Constance, *madame*.

—Sí, sí, *mademoiselle* Constance, desde luego. ¿Dice que conoció a la augusta emperatriz Carlota en México?

—Así es, *madame.*

—¿Y cuáles eran sus funciones en palacio?

—Era dama de la Corte, *madame.*

—¿Y qué la trae a la fortaleza de Bouchout?

—Mi deber, *madame.*

—¿No está muy lejos de casa para imponerse cumplir con el deber?

Y la mujer, en un impecable francés que arrastraba ecos de otro idioma, dijo:

—Verá, *madame,* estuve con la emperatriz cuando aún no perdía el juicio y nunca conocí en mi vida un espíritu más luminoso y a una mujer más valiente. Deseo poder acompañarla en su enfermedad tal y como la acompañé en la salud.

—Entiendo.

Luego añadió:

—Me temo que entonces no hice todo lo que pude. Espero poder remediarlo para encontrar cierta paz. La emperatriz sufrió mucho, ¿sabe?

La mujer pareció recordar algo que le causaba angustia:

—¿Puedo pedirle un gran favor?

Madame Moreau arqueó una ceja.

—Usted dirá.

—Le ruego que no vaya a mencionar a la emperatriz que nos conocimos hace tiempo. No me gustaría alterarla.

El olfato de sabueso de la Moreau la puso en guardia.

—Espero —dijo— que pueda expiar culpas, *mademoiselle* Constance.

La dama apretó los labios.

Y luego *madame* Moreau sentenció:

—Empezará mañana.

Constance fue la identidad belga con que se nombró a sí misma sin necesidad de pila bautismal; atrás, enterrada en algún lugar de México, dejó a Constanza.

A la mañana siguiente se presentó en el Castillo de Bouchout, preguntándose si Carlota la reconocería. No sabía tampoco si tendría fuerza para mirarla a los ojos, si soportaría su mirada. *Madame* Moreau la llevó en presencia de la emperatriz.

—Alteza, os presento a vuestra nueva dama de compañía, *madame* Constance.

Un búho no hubiera podido abrir más los ojos. Constanza tembló. De no haber sido porque *madame* Moreau estaba presente, le hubiera implorado perdón de rodillas en ese mismo instante.

La emperatriz pareció entrar súbitamente en crisis. Comenzó a hacer añicos lo que le caía en las manos: libros, láminas, dibujos y pinturas. Todo lo deshacía en una especie de trance; todo menos aquellas estampas donde estaba Maximiliano. Así realizaba su propia quema de libros de caballerías. *Madame* Moreau se abalanzó para sujetarle los brazos y llamó a voces a Constanza pidiendo ayuda. Constanza se acercó hacia ella y mirándola directamente a los ojos le dijo:

—*Madame*, de todas las emperatrices que conozco, usted es la única que hace esto.

Ante la mirada atónita de *madame* Moreau, Carlota se calmó instantáneamente.

Ambas se miraron. Constanza le habló sin necesidad de pronunciar palabra. Tras unos segundos de silencio que arrastraron el sonido de un mar en calma, le dijo:

—No temáis.

—¿Quién eres?

—Constance, Alteza.

Olas rompieron en la costa. La marea se retiraba.

—No temáis, Majestad —repitió—. Voy a cuidaros hasta mi último aliento, ¿me entendéis?

Carlota asintió con la cabeza. Y luego, para sorpresa de *madame* Moreau —que pensó que ya podía morirse y descansar—, Carlota la abrazó echándose a llorar sobre su hombro.

Como si la vida les brindara una segunda oportunidad, pronto volvieron a hacerse inseparables. Constanza no estaba segura de que la hubiera reconocido, aunque pensaba que no. Tampoco estaba segura de si Carlota sospecharía que ella había sido la causa de su demencia. A excepción de ese arranque violento y del destrozo de papeles, no volvió a dar señales de alteración. *Madame* Moreau no relacionó ese arrebato con Constanza, pues en algún otro momento ya había pasado por ataques de ira como ese ante otras personas.

Constanza se encargaba del aseo personal de la emperatriz, de cambiar los atuendos matinales por trajes de interior para una princesa, de arreglarle el peinado, aunque Constanza se entristeció enormemente al ver que Carlota ya no atesoraba una abundante melena negra sino que por higiene se la mantenían corta. Pero ella le ponía sombreros de colores a juego con los vestidos y se esmeraba en colocar a sus zapatos lazos de las mismas telas. Aunque nunca había sido una mujer especialmente coqueta, era sensible a los cumplidos que se le hacían tanto por su arreglo personal como por su buen semblante. Le gustaba sentarse con Constanza al piano y tocar a cuatro manos o a veces, cuando la lluvia regaba los jardines, encerrarse a jugar cartas.

Los días primeros de mes, Constanza la llevaba al muelle del pozo del castillo, la descalzaba y le decía:

—Metamos los pies en el agua, Majestad.

Así, en ese juego infantil, Carlota podía llevar la cuenta quizá no de los años pero sí de los días. Paseaban juntas en carruaje por los senderos del parque mientras Constanza le leía. A veces pensaba que la emperatriz se quedaba dormida con sus lecturas, pues durante capítulos enteros no la interrumpía, pero pronto descubrió que a la emperatriz le gustaba el silencio. Entonces, con la cara al sol, dejaba que los rayos bañasen su rostro con los ojos cerrados. A Constanza le interesaba verla mantener conversaciones interminables con interlocutores imaginarios en diferentes idiomas. Discutía en francés, español, inglés, alemán e italiano, y entonces recordaba con ternura a la mujer que una vez había conocido. Aunque luego, si ponía atención, se daba cuenta de que las conversaciones estaban deshilvanadas, carentes de sentido, interrumpidas por risotadas que harían estremecer al mismísimo demonio.

México aparecía siempre. A veces de manera más velada que otras, pero asomaba como los caracoles tras la lluvia. En medio de una composición al piano, Carlota comenzaba a tocar los compases de «Mexicanos, al grito de guerra…». Constanza sentía sus raíces retorcerse. Otras, le pedía a Constanza que le trajera tortillas. Y cuando paseaban entre los árboles en primavera y las flores victoriosas abrían sus pétalos tras el invierno, Carlota se llevaba las manos al pecho, maravillada por la resurrección de las plantas, y exclamaba:

—¡Y Maximiliano no está para ver esto!

Constanza sabía que en los pasadizos de su memoria México estaba presente, pegado a la corteza: un moho verde, blanco y rojo tatuado en recuerdos ambiguos y confusos. La sangre volvió a helársele una tarde cuando, sin razón aparente, Carlota le dijo:

—En México fui feliz.

Constanza detuvo su bordado con la aguja en el aire. No era una frase suelta. No era un recuerdo vago de lo vivido. Fue como si la emperatriz supiera que Constanza también lo sabía. Y era verdad. A pesar de todo, en México Carlota fue feliz.

Convivir con ella durante los últimos años de su vida fue la penitencia que Constanza se impuso. Cuidarla hasta el final. Velar por ella. Quererla como a una madre enferma y atenderla hasta el último día. Acompañarla en la locura, deslizarse silenciosamente como testigo de sus miserias, fue la manera que encontró para pedirle perdón por haberla enterrado en vida.

2

Cuando Philippe dejó la casa de los Murrieta para no volver jamás, junto con él salió la dignidad que a Constanza le quedaba. Él sabía su secreto. Tal vez se lo guardaría, tal vez no. Pero acababa de incurrir en la peor indiscreción que puede cometer un informante, un espía. ¿A quién pretendía engañar? Ella no había sido ni lo uno ni lo otro. Era una mandada. La habían manipulado todos a voluntad, a conveniencia. Abandonó la biblioteca en busca de Petra. La encontró en la cocina, limpiando nopales.

—Petra, ¿puedes avisar a mi madre que estoy en casa?

A la muchacha le faltó tiempo para soltar el cuchillo en forma de machete y salir en busca de doña Refugio.

Unos minutos después, su madre salió a recibirla estupefacta.

—¡Constanza! —gritó y corrió a abrazarla.

La vio bajar la escalera con la cadencia de siempre, pero algo había cambiado porque reprimió el impulso de correr a abrazarla a su vez. Constanza no atinaba a ver si el cambio era en su madre o en ella. Cuando era niña solía pensar en su madre todopoderosa, el lugar al que poder llegar tras haberse enlodado con los cerdos. ¿Por qué no podría sentir eso ahora? De pronto entendió. Su madre siempre sería el espejo en el que mirarse, el modelo a copiar al envejecer. Pero en ese momento comprendió por qué sentía esa enorme pérdida: ya no quería ser como Refugio de Murrieta.

—Hijita mía, ¿estás bien? —preguntó sin esperar respuesta—. Pasa, pasa, vamos a mi recámara.

A solas, hablaron con gran seriedad.

—Cuéntame, Constanza, ¿qué sucedió? ¿El emperador va a abdicar?

—No lo sé, madre. Hace días que no estoy en Chapultepec.

—¿Pero dónde estás viviendo?

—Con Modesto. Él me escondió en su casa.

—¿Modesto y tú…?

—No, mamá. Aunque él espera eso. Supongo.

—¿Pero por qué te fuiste? Deberías estar junto a la emperatriz.

—Ya no podía más, mamá. Me siento sucia. Asesina. ¡Mire en lo que me he convertido!

—Asesinos son los que atraviesan con la espada.

—¿Eso cree usted? ¿Y Salvador qué es entonces? ¿Y Joaquín? No, mamá, no. Nos ha condenado a los tres. Nos utilizó a su conveniencia.

—No. Eso no fue lo que hice. Les di la oportunidad de hacer algo por su patria.

—¿Y qué patria es esa, madre? Mírenos. Cientos de muertos, miles, para nada.

—Para nada no, para todo. En la guerra matas o mueres. Hay pérdidas en ambos bandos. Te quejas en vano, Constanza.

—Yo no quería esto, madre. No puedo dormir por las noches.

—Pero podrás hacerlo, hija. Podrás. Juárez está recuperando la soberanía. Pronto todo volverá a ser como debió ser. México será nuestro. ¿Acaso eres feliz viendo cómo somos gobernados en otro idioma? Algún día mirarás atrás y te darás cuenta de que hiciste lo correcto.

—¡He matado a una mujer brillante, madre! ¿No escucha las historias que llegan de Europa? Ha perdido el juicio y además…

—¿Además qué?

—Está embarazada, madre.

Refugio se santiguó.

—Mejor será que el bebé no nazca. Si nace, de todos modos lo matarán —dijo.

—No la reconozco, madre. ¡Cómo puede decir eso!

—A la que no reconozco es a ti. ¡Mírate! Asume las consecuencias de tus actos con dignidad. Incluso Carlota sabía que las exigencias del deber conllevan sacrificio.

—No se imagina cuánto —dijo para sí.

405

Y entonces, Constanza se puso de pie.

—Algún día se arrepentirá de haberme condenado, madre.

—Yo no te condené, hija. Te enseñé a ser libre, a tomar tus propias decisiones. Si estás condenada es por tu propia mano. Si culparme te aligera la culpa, sea. Pero no te engañes.

Constanza salió aturdida de la casa. Triste. Desesperada. Quería huir. Correr. Olvidarse de todo. A veces pensaba que matarse era la única salida posible. Sí, tal vez debía hacerlo. Poner fin a su vida por tanta insensatez. Pero entonces recapacitaba: no podía acabar así. Tenía que haber otra salida, otra manera. Por primera vez en mucho tiempo sintió la necesidad de rezar. Un hueco en su alma le pedía a gritos volver a conectarse con su lado espiritual, volver a leer el *Cantar de los cantares* y maravillarse con la poesía de los libros sagrados, volver a rezar el rosario junto a su hermana, volver a mirar al enorme espacio en su interior. Volver.

3

Un cargamento de dos mil ruiseñores que el emperador había ordenado traer de todas partes para soltarlos entre los árboles de Chapultepec estaba a punto de llegar a Veracruz cuando Karl Marx publicaba *El capital*, Alfred Nobel dinamitaba al mundo con su nuevo invento y Maximiliano caía en desgracia.

El emperador se había dirigido a una ratonera. En cuanto los informantes comunicaron a los juaristas que en Querétaro se encontraban los altos mandos imperiales, faltó tiempo para que la ciudad fuera sitiada por doce mil hombres dirigidos por el general Mariano Escobedo, siete mil más del general Riva Palacio y otros dos mil quinientos del general Porfirio Díaz, hombres que hacía años habían logrado escapar de las garras del mariscal Bazaine y no habían dejado de dar pelea, ni entonces ni nunca. En total, el Ejército republicano contaba ya con sesenta mil hombres. Y Juárez, tras múltiples negociaciones, había logrado obtener un préstamo de los Estados Unidos de América para sostener la guerra contra el Imperio.

A pesar del caos reinante, de las enfermedades, de la falta de agua y víveres que asolaban a la población queretana, de los cañonazos en los muros, de las ventanas destrozadas, las calles desoladas y los comercios saqueados tras dos meses de asedio juarista, el emperador aún encontraba tiempo para la parafernalia. Condecoraba a sus hombres en el aniversario de la comisión de mexicanos que habían acudido a Miramar hacía tres años para pedirle instaurar el Imperio y, a pesar del hambre, la sed y la muerte que los acechaban como zopilotes, sus hombres, emocionados, agradecían que el mismísimo soberano se arriesgara con ellos a correr la misma suerte. «Ningún monarca jamás había descendido del trono para soportar junto a sus soldados los peligros más grandes, privaciones y necesidades», le decían. Y Maximiliano sentía que, por primera vez, estaba haciendo lo correcto.

Querétaro se moría de inanición. Los mensajeros de Maximiliano que salían en busca de provisiones aparecían colgados de los puentes con letreros que rezaban «CORREO DEL EMPERADOR». Era cuestión de días para que la plaza sucumbiera porque en las filas imperiales algunas voces disonantes pedían poner fin a semejante disparate. Las órdenes se contradecían. No se obedecía a nadie. Hartazgo. Agotamiento. Traición.

Mientras tanto, al otro lado del mar, Carlota era retenida en Miramar para ocultar su embarazo, hacerla parir en soledad y quitarle al niño. Estaba constantemente alterada. Tenía miedo todo el tiempo. Sentía, por algún tipo de mágica conexión con Maximiliano, el pavor atroz de su emperador ante el desenlace de los acontecimientos. ¿O sería su propio pavor?

El Imperio cayó en Querétaro.

A las cuatro de la mañana del 15 de mayo de 1867, las tropas juaristas entraron sigilosamente por el barrio de la Cruz y ocuparon la plaza de la Santa Cruz sin disparar un solo tiro.

—Mi emperador —le dijeron sus hombres—, hay tropas juaristas en nuestro centro de operaciones.

Sorprendido aunque con resignación, Maximiliano miró al príncipe Salm-Salm, amigo alemán que le era fiel y le dijo en su idioma:

—Salm, es tiempo de que una bala me haga feliz.

Horrorizado, el príncipe contestó:

—Escape, Majestad.

—No, no haré tal cosa. Los Habsburgo no huimos.

Se vistió y a esas horas de la madrugada se dirigió junto a sus hombres de confianza al cerro de las Campanas. Iban a pie. Casi no tenían caballos porque en la hambruna y la desesperación se los habían comido. Un coronel juarista llamado Gallardo —que hacía justicia a su apellido— al verlos llegar les cedió el paso:

—Déjenlos pasar —dijo—, son paisanos.

Apenas una hora más tarde, el general Mariano Escobedo telegrafió al gobernador de Michoacán: «Tengo el placer de comunicarle que en este momento, a las cinco horas, el Convento de la Cruz fue ocupado por nuestras tropas. El oficial de Estado Mayor que allí mandaba nos lo entregó con los batallones que se rendían a discreción».

El pequeño cerro de las Campanas empezó a cubrirse de imperialistas que llegaban por su propio pie y por sus propios medios para unirse al emperador, sin saber a ciencia cierta si lo acompañaban en las horas bajas o en la resistencia. En las iglesias, las campanas repicaban; al tañer se oían gritos de «¡Viva la libertad!». La gente en sus casas no sabía qué pensar, la confusión reinaba y muchos sólo pedían a Dios que, ganase quien ganase, terminara el sitio de Querétaro antes de que murieran de hambre.

Maximiliano se volvió hacia uno de sus hombres:

—¿Es posible romper el cerco del enemigo?

—No lo creo, Majestad, pero si usted nos lo pide, lo intentaremos. Estamos dispuestos a morir.

El emperador sonrió levemente. Morir. Una palabra a la que se estaba acostumbrando. Traición. Otra palabra a la que aún no se acostumbraba del todo. Y es que Miguel López, compadre suyo tras haberle bautizado a un hijo, había abierto las puertas de Querétaro a los juaristas con la benevolencia con que san Pedro abría las puertas del paraíso. Pero daba igual. Moriría enterrado por los muros de México, traicionado o no. El destino así lo había querido.

Al apaciguarse una nube de polvo que se levantó en la colina, se escucharon cascos de caballo; cabalgando, un general republicano llegó al cerro. Desmontó y tras hacer una leve, levísima reverencia, imperceptible a los ojos de un necio, se dirigió al emperador:

—Su Majestad, es usted mi prisionero.

Ante la mirada incrédula de sus hombres, sin oponer resistencia el emperador lo acompañó hasta estar en presencia de Mariano Escobedo. Una vez frente a él, despacio, con sutileza de afilador, Maximiliano desenvainó su espada. De haber sido japonés se hubiera destripado allí mismo, pero era austríaco, así que en lugar de eso se la entregó haciendo acopio de humildad.

El general Escobedo la tomó como quien recibe las llaves de una ciudad.

—Esta espada pertenece a la nación —dijo con un dejo de orgullo.

A las ocho de la mañana Maximiliano de Habsburgo, emperador de México, se rindió.

Desde San Luis Potosí Benito Juárez, sonriente, pletórico y tan contento que podría haberse tomado una copa de mezcal, ordenó a su telegrafista enviar a la Ciudad de México el siguiente mensaje: «Viva México. Querétaro está en nuestro poder».

De ser emperador aquella noche, Maximiliano pasó a ser prisionero de guerra en la mañana. De ser llamado al trono cual Moctezuma e Iturbide, ahora era sometido a la ignominia por la traición de Napoleón III. Si su sangre se derramaba, los monarcas de Europa, los herederos de Carlomagno, pedirían cuentas no sólo de la suya sino de la sangre alemana, belga y francesa vertida por la arrogancia de aquel al que llamaban el Pequeño.

Querétaro no se vistió de fiesta. La muerte ululaba por las calles y algunos no se atrevían ni a asomar la cabeza por los balcones. El sitio había acabado con el Imperio en la misma medida que con el ánimo de muchos. Familias enteras se destrozaron al tener miembros en bandos contrarios. Habían muerto infantes por enfermedades gastrointestinales antes de aprender a correr por los empedrados, jovencitos acribillados en batalla, ancianos que morían con el horror en sus ojos. No había demasiados motivos de celebración.

Con Maximiliano ya preso, dos días después de la caída de Querétaro, el *Diario del Imperio*, para no alarmar a la población y siguiendo su línea editorial, publicaba a modo de mensaje cifrado: «No canten jamás hasta que haya concluido la digestión. Los grandes esfuerzos que exige el canto podrían interrumpir el trabajo del estómago y turbar vuestra circulación». Maximiliano tampoco quería ver turbada su circulación. La digestión era otro cantar. Estaba muy enfermo. Si no lo mataban los juaristas, lo haría la disentería. Pero a pesar de todo era un Habsburgo: a un Habsburgo no se le abandonaba a su suerte. Una parte de su alma aún creía que Eugenia de Montijo lo ayudaría. Ella era la causante de llevarlo hasta allí. Ella sería responsable de su liberación. Lo que Maximiliano no sabía estando prisionero era que el único hijo y heredero al trono de Napoleón III acababa de enfermar gravemente. En semejantes circunstancias, los emperadores franceses no tenían cabeza para nada más que la salud del pequeño. Su suerte al otro lado del océano les quitaba poco el sueño.

Maximiliano esperaba que la maquinaria monárquica europea se pusiera en marcha. La reina Victoria, prima de Carlota, sería sin duda un bastión al cual asirse. Medio mundo estaba gobernado por ella. Pero desde hacía cinco años, la augusta reina estaba en una depresión tremenda tras la muerte de su amantísimo príncipe Alberto de Sajonia-Coburgo y nada la hacía salir de su ensimismamiento. Gobernaba por inercia y le causaba fatiga mover un dedo para resolver cuestiones políticas que, finalmente, nada o poco tenían que ver con sus dominios.

Ni siquiera los austríacos acudieron a su rescate. Su hermano Francisco José y su esposa Sissi estaban a punto de ser coronados para extender aún más su poderío. El Imperio austríaco sería ahora también húngaro. Toda la atención de su hermano estaba puesta en Hungría y en la cercanía que el varonil conde húngaro Andrássy profesaba últimamente hacia su mujer. De vez en cuando, traicionado por el llamado de la sangre, distraía la mente de sus compromisos con los ciudadanos de Buda y Pest para preguntar por la salud de su cuñada Carlota. Le llegaban rumores de su delicado estado de salud, así como de la compleja situación por la que atravesaba su hermano en Querétaro, pero Sissi lo persuadía enseguida para que los dejase lidiar solos. Que cada uno atendiese los problemas que le concernían, le decía. Tenían muchos motivos de alegría en sus vidas para empañarlos con las malas decisiones belgas.

—A lo hecho, pecho —decía Sissi mostrándole una hilera de dientes blancos.

Para limpiar su conciencia y porque estaba de especial buen humor al ver crecer su imperio, Francisco José tomó una decisión.

—Voy a devolverle por decreto todos los títulos, honores y derechos que le retiré a Max al obligarlo a firmar el pacto de familia, Sissi.

—¿Y por qué harás tal cosa?

—En caso de caer en desgracia, a Benito Juárez le resultará imposible ejecutar a un archiduque de Austria, príncipe real de Hungría y de Bohemia, hermano del emperador de Austria-Hungría...

—Me gusta cómo suena eso: emperador de Austria-Hungría...

—Y cuñado del emperador de Bélgica y emparentado con la reina de Inglaterra.

—¿Pero cómo se lo harás saber, si rompiste relaciones diplomáticas con México?

—Escribiré un telegrama al ministro en Washington para que lo haga de su conocimiento.

—En cuanto Maximiliano tenga esa noticia volverá corriendo a Austria. Lo sabes, ¿verdad, querido?

Francisco José pareció meditar un segundo y luego dijo:

—Lo sé.

Y tras mandar el telegrama, se lavó las manos en una pila de agua húngara y no volvió a dedicar un segundo más a ese asunto.

El telegrama no llegó a tiempo.

4

Benito Juárez había tomado la decisión de fusilar a Maximiliano desde el día en que el emperador se embarcó en la *Novara*. No podía permitir que nadie en Europa, imperialista o colonialista, volviese a pensar en civilizar a un país americano. Aunque para eso la sangre de un Habsburgo desfilase cerro abajo.

Dio instrucciones de hacerle un juicio ante un tribunal militar porque él, ante todo, era un hombre de leyes y no un bárbaro justiciero que fusilaba al primer enemigo con que se topaba en el camino. Se le juzgó junto a Miramón y Mejía y, aunque el emperador no asistió a lo que consideraba una pantomima teatral, a los tres se les condenó a muerte. Las cartas que imploraban clemencia empezaron a llegar cada vez con más frecuencia. Personajes ilustres mandaban telegramas donde pedían demostrar la generosidad de los vencedores sobre los vencidos, del pueblo que gana al fin y que perdona, desde Garibaldi hasta Victor Hugo mandaron mensajes. El de este último llamó la atención del presidente. Recordaba la carta que desde su exilio el francés escribiera a los poblanos enalteciéndoles el ánimo por haber derrotado al Ejército de Intervención el 5 de mayo. Recordaba la sonrisa con que había recibido la noticia de que la gente pegaba la carta del escritor en las puertas de sus casas. «Ese hombre es un auténtico liberal», pensaba. La postura del francés contra Napoleón III no era ningún secreto: era su acérrimo detractor y la aventura mexicana siempre había hecho que le rechinaran los dientes, no tanto por México sino por el dispendio que representaba para Francia. El triunfo de la República haría más humillante la derrota francesa que, además, cargaría con la vergüenza. Por eso, de todas las cartas recibidas, fue la suya la que Juárez leyó con mayor interés.

Se sentó en su escritorio, como le gustaba hacer cuando se disponía a acometer algo de importancia, y poniéndose unos lentes de media luna comenzó a leer:

Hauteville House, a 20 junio de 1867

Al presidente de la República Mexicana, Benito Juárez:

Usted ha igualado a John Brown. La América actual tiene dos héroes, John Brown y usted. John Brown, por quien la esclavitud ha muerto; usted, por quien la libertad vive. México se ha salvado por un principio y por un hombre. El principio es la República, el hombre es usted.

Por lo demás, la suerte de todos los atentados monárquicos es terminar abortando. Toda usurpación empieza por Puebla y termina por Querétaro. En 1863, Europa se abalanzó contra América. Dos monarquías atacaron su democracia; una con un príncipe, otra con un ejército; el ejército llevó al príncipe. Entonces el mundo vio este espectáculo: por un lado, un ejército, el más aguerrido de Europa, teniendo como apoyo una flota tan poderosa en el mar como lo era él en tierra, teniendo como recursos todo el dinero de Francia, con un reclutamiento siempre renovado, un ejército bien dirigido, victorioso en África, en Crimea, en Italia, en China, valientemente fanático de su bandera, dueño de una gran cantidad de caballos, artillería y municiones formidables. Del otro lado, Juárez.

Por un lado, dos imperios; por otro, un hombre. Un hombre con otro puñado de hombres. Un hombre perseguido de ciudad en ciudad, de pueblo en pueblo, de bosque en bosque, en la mira de los infames fusiles de los consejos de guerra, acosado, errante, refundido en las cavernas como una bestia salvaje, aislado en el desierto, por cuya cabeza se paga una recompensa. Teniendo por generales algunos desesperados, por soldados algunos harapientos. Sin dinero, sin pan, sin pólvora, sin cañones. Los arbustos por ciudadelas. Aquí la usurpación, llamada legitimidad, allá el derecho, llamado bandido. La usurpación, casco bien puesto y espada en mano, aplaudida por los obispos, empujando ante sí y arrastrando detrás de sí todas las legiones de la fuerza. El derecho, solo y desnudo. Usted, el derecho, aceptó el combate. La batalla de uno contra todos duró cinco años. A falta de hombres, usted usó como proyectiles las cosas. El clima, terrible, vino en su ayuda; tuvo usted por ayudante al sol. Tuvo por defensores los lagos infranqueables, los torrentes llenos de caimanes, los pantanos, llenos de fiebre, las malezas mórbidas, el vómito prieto de las tierras calientes, las soledades de sal, las vastas arenas sin agua y sin hierba donde los caballos mueren de sed y de hambre, la gran planicie severa de Anáhuac que se cuida con su desnudez, como Castilla, las planicies con abismos, siempre trémulas por el temblor de los volcanes, desde el de Colima hasta el Nevado de Toluca; usted pidió ayuda a sus barreras naturales, la aspereza de las cordilleras, los altos diques basálticos, las colosales rocas de pórfido. Usted llevó a cabo una guerra de gigantes, combatiendo a golpes de montaña.

Y un día, después de cinco años de humo, de polvo y de ceguera, la nube se disipó y vimos a los dos imperios caer, no más monarquía, no más ejército, nada sino la enormidad de la usurpación en ruinas, y sobre estos escombros, un hombre de pie, Juárez, y, al lado de este hombre, la libertad.

Usted hizo tal cosa, Juárez, y es grande. Lo que le queda por hacer es más grande aún. Escuche, ciudadano presidente de la República Mexicana. Acaba usted de vencer a las monarquías con la democracia. Usted les mostró el poder de esta; muéstreles ahora su belleza. Después del rayo, muestre la aurora. Al cesarismo que masacra, muéstrele la República que deja vivir. A las monarquías que usurpan y exterminan, muéstreles el pueblo que reina y se modera. A los bárbaros, muéstreles la civilización. A los déspotas, los principios.

Dé a los reyes, frente al pueblo, la humillación del deslumbramiento. Acábelos mediante la piedad. Los principios se afirman, sobre todo, brindando protección a nuestro enemigo. La grandeza de los principios está en ignorar. Los hombres no tienen nombre ante los principios, los hombres son el Hombre. Los principios no conocen sino a sí mismos. En su estupidez augusta no saben sino esto: la vida humana es inviolable.

¡Oh, venerable imparcialidad de la verdad! El derecho sin discernimiento, ocupado solamente en ser derecho. ¡Qué belleza! Es importante que sea frente a aquellos que legalmente habrían merecido la muerte, cuando abjuremos de esta vía de hecho. La más bella caída del cadalso se hace delante del culpable.

¡Que el violador de principios sea salvaguardado por un principio! ¡Que tenga esa felicidad y esa vergüenza! Que el violador del derecho sea cobijado por el derecho. Despojándolo de su falsa inviolabilidad, la inviolabilidad real, pondrá usted al desnudo la verdadera, la inviolabilidad humana. Que quede estupefacto al ver que el lado por el cual él es sagrado es el mismo por el cual no es emperador. Que este príncipe, que no se sabía hombre, aprenda que hay en él una miseria, el príncipe, y una majestad, el hombre. Nunca se presentó una oportunidad tan magnífica como esta. ¿Se atreverán a matar a Berezowski en presencia de Maximiliano sano y salvo? Uno quiso matar a un rey; el otro, a una nación. Juárez, haga dar a la civilización ese paso inmenso. Juárez, abolid sobre toda la tierra la pena de muerte. Que el mundo vea esta cosa prodigiosa: la República tiene en su poder a su asesino, un emperador; en el momento de arrollarlo, se da cuenta de que es un hombre, lo suelta y le dice: «Eres del pueblo como los demás. Vete».

Esa será, Juárez, su segunda victoria. La primera, vencer a la usurpación, es soberbia; la segunda, perdonar al usurpador, será sublime. Sí, a esos reyes cuyas prisiones están repletas, cuyos cadalsos están oxidados de asesinatos, a esos reyes de caza, de exilios, de presidios y de Siberia, a los que tienen a Polonia, a Irlanda, a La Habana, a Creta, a esos príncipes obedecidos por los jueces, a esos jueces obedecidos por los verdugos, a esos verdugos obedecidos por la muerte, a esos emperadores que tan fácilmente mandan cortar una cabeza, ¡muéstreles cómo se salva la cabeza de un emperador!

Por encima de todos los códigos monárquicos de los que caen gotas de sangre, abra la ley de la luz, y, en medio de la página más santa del libro supremo, que se vea el dedo de la República posado sobre esta orden de Dios: «No matarás». Estas dos palabras contienen el deber. Usted cumplirá ese deber.

El usurpador será perdonado y el liberador no ha podido serlo, lástima. Hace dos años, el 2 de diciembre de 1859, tomé la palabra en nombre de la democracia, y pedí a los Estados Unidos la vida de John Brown. No la obtuve. Hoy pido a México la vida de Maximiliano. ¿La obtendré? Sí. Y tal vez en estos momentos ya ha sido cumplida mi petición. Maximiliano le deberá la vida a Juárez. ¿Y el castigo?, preguntarán. El castigo, helo aquí, Maximiliano vivirá «por la gracia de la República».

Victor Hugo

Juárez se reclinó en su asiento. Si había algo en el mundo que le gustaba más que llevar razón era el placer de leer una carta bien escrita. Tuvo que reconocer que Victor Hugo era un hombre con el que le hubiera gustado sentarse a platicar. ¡Cuánto podrían contarse! Sin embargo, por mucho que entendiese los argumentos del francés, no podía permitirse flaquear.

Tras una noche larga en la que las palabras del autor de *Los miserables* rebotaron contra su almohada cada cinco minutos, Juárez se puso de pie. Y aún con el pijama puesto, fue hacia su mesa, tomó la pluma preferida con la que escribía decretos importantes y, encabezando una carta hacia el señor Victor Hugo, deslizó la escritura: «No mato al hombre, sino a la idea».

5

Cuando Constanza se marchó, Refugio se quedó en la soledad de su habitación, pensativa y triste. Se sentó en el borde de la cama y se preguntó qué había hecho mal. Se recriminó si otras decisiones hubieran sido más acertadas. Se preguntó si otra vida sería posible en esta tierra, si otros caminos podían caminarse una vez deshecho y pisoteado el empedrado. Constanza, su Constanza, sufría. Lo último que hubiera deseado para su hija era verla infeliz. Tenía tantos planes para su muchachita. Tanta vida que mostrarle. La había empujado hacia la mejor versión de ella misma. ¿Acaso no era eso lo que había estado haciendo desde el primer día? Desde el momento en que la vio y entendió que su niña estaba destinada para la grandeza. ¿Y qué había conseguido? Lágrimas y amargura. ¿Se habría equivocado? La duda le erizó los vellos de los brazos. Un escalofrío de culpa la recorrió como el relámpago surca el cielo antes del trueno. ¿Y si Vicente tenía razón y hubiera sido mejor dejar a la niña servir en la Corte, enamorarse de una idea, servir a la utopía? ¿Debería haberla dejado errar a voluntad? La cabeza le daba vueltas. «Mira en lo que me has convertido». Las palabras aún resonaban en su conciencia. No era fácil aconsejar a una mujer inteligente. Ese era el costo de tener criterio. Refugio sabía que en el pecado llevaría la penitencia. Lo cierto es que no le había costado mucho trabajo convencer a Constanza y a veces se preguntaba si haber llevado agua a su molino no tendría un precio demasiado alto a pagar. El tiempo empezaría a poner las cosas en su sitio y de pronto Refugio sintió temor.

El aroma a jazmín reventaba en medio de la noche. La luna brillaba en lo alto con forma de sonrisa y unas cuantas luciérnagas bailaban sin dirección. Refugio decidió dar un paseo para distraerse o, al menos, para pensar en movimiento. Caminó durante minutos, dudando, preguntándose. Tenía que sondear a sus hijos. A Salvador lo tenía más vigilado pues de vez en cuando solía llevarle tanto noticias de los liberales como de los avances de Constanza. Pero con Joaquín casi no hablaba. Lo extrañaba. Se habían ido distanciando lentamente sin darse apenas cuenta. No recordaba cuándo había sido la última vez que mantuviera con su hijo mayor una conversación donde reinase el afecto. Una sin exigencias ni explicaciones. Su Joaquín. Su hijo predilecto. Lo respetaba porque era incapaz de corromperse ni de delatar a un compañero. No por mérito de la educación de sus padres: ellos sólo habían sabido llenar un molde que venía así de nacimiento. Refugio sabía que, de haber comulgado con el bando liberal, habría hecho sombra al mismísimo general Díaz. Alguna vez había estado tentada de cooptarlo a la causa. Pero sabía que precisamente por esas mismas razones la rechazaría. Si por algo lo amaba era por la firmeza de sus convicciones. ¿Dónde estaría ahora? El relente de la noche la golpeó en el pecho. Una leve brisa traía el fresco de la nieve de las montañas y Refugio se envolvió en su chal como un tamal. Debía entrar en casa. Sentía embotada la cabeza. Le latía la sien izquierda con nerviosismo. Sí. Debía entrar. Y, si podía, servirse una copa de coñac junto a Vicente e intentar serenarse. Vicente. En los últimos tres años su Vicente había envejecido tan rápido como una jacaranda ve caer todas sus flores de un mes a otro. Parecía que la vida se le hubiera venido encima de golpe. Estaba cansado. Que el príncipe europeo le hubiera salido liberal fue un trago amargo que no pudo pasar. Cada vez que oía rumores sobre los niños indígenas que el emperador adoptaba, o que a falta de herederos al trono nombrara delfines a los nietos de Iturbide, el corazón se le compungía. A los dos. A Vicente por haberse equivocado de candidato y a Refugio por la similitud de ideas que profesaba con los liberales. Ni siquiera el presidente Juárez —con raíces zapotecas hundidas en su Oaxaca natal— había defendido a los indígenas como el emperador. Pero su Vicente no estaba listo para reconocer logros de ese cariz. Se le había puesto el pelo blanco y, de ser un hombre respetable y admirado por todos, comenzó a pasar las tardes jugando póker y bebiendo whisky. Se pasaba todo el tiempo despotricando sobre cualquier decisión política tomada o por tomar. De su boca sólo salían sapos y culebras y llegó un momento en que Refugio optó por no escucharlo, pues sentía que con cada palabra de su marido su alma se secaba más y más. En más de una ocasión, aturdida por palabras grandilocuentes que no llevaban a ninguna parte, se encontró deseando haberse casado con un hombre cuya mente sólo se entretuviera en saber cuántas cartas pedir para jugar al *blackjack*. Pero entonces su corazón lo extrañaba y buscaba en su mirada al hombre idealista que había habitado en él. Al ambicioso capaz de luchar por un ideal cuando le acababan de volar una pierna en combate y, por un instante muy corto, casi efímero, creía encontrarlo. Aquella, se dijo, podía ser una de esas noches.

Mañana buscaría a Joaquín para sondearlo. Sí. Eso haría. Quería saber de él. No hablarían de política ni de guerra. Tan sólo quería saber si estaba bien. Volver a cobijarlo entre sus brazos. Conocer su ánimo ahora que corrían voces acerca del desplome del Imperio. Volver a sentir que un pedazo de ese ser le pertenecía. Y al darse cuenta de su egoísmo, la conciencia se le retorció más que a Adán y Eva al darse cuenta de que andaban desnudos.

Avergonzada de sí misma, se fue a acostar sin hacer nada de lo que había planeado. Vicente roncaba a pierna suelta —la única que le quedaba— y el coñac se quedó sin servir en el mueble del bar. A diferencia de su marido, Refugio esa noche no pegó ojo.

No pudo hablar con Joaquín al otro día, ni al día después del siguiente. Al muchacho se lo había tragado la tierra. Nadie tenía noticias de él. Desesperada por no saber de su paradero, recurrió a Salvador. Él —como temía— trajo noticias desoladoras.

—Madre, Joaquín cayó preso en Querétaro.

Refugio palideció un segundo para decir al siguiente:

—Debes ir a rescatarlo.

—Es demasiado peligroso, madre. Podría exponer mi coartada.

—No podemos abandonarlo, Salvador. Lo fusilarán. Hazlo por tu madre. Confío en ti. Sabrás mantenerte a salvo.

Salvador dudó. El país era un polvorín. Las tropas juaristas avanzaban e iban tomando plazas gracias a sus generales. Los prisioneros de guerra caían como moscas y las peticiones de indulto muchas veces no tenían resultados halagüeños por más que se le implorara a

Juárez de rodillas. Se aleccionaba a los traidores con mano firme. Y aunque Salvador había sabido jugar muy bien con doble baraja, sabía que no podía darse el lujo de dinamitar su tapadera. Sin embargo, tampoco podía abandonar a Joaquín. Por primera vez en años, la conciencia se le inquietó. Tras pensarlo mucho, decidió:

—Iré, madre. Pero más vale que rece todo lo que sepa.

Después le dio un beso en la frente con sabor a hasta luego. Refugio, una vez más, se quedó sola.

A lo mejor no se había equivocado del todo, se decía. Ser simpatizante de los liberales y haber entregado a dos de sus hijos a la causa a lo mejor significaba la salvación de Joaquín. Se sentó en una mecedora de la sala y por primera vez en mucho tiempo se encomendó a la Virgen María, a la Guadalupana, a la Morenita, madre como ella.

Joaquín esperaba su sentencia en el Convento de las Capuchinas. En una celda más alejada, Maximiliano, aquejado de dolores estomacales severos, esperaba también.

Salvador llegó a Querétaro después de un penoso viaje desde la Ciudad de México. En la lista de próximos ejecutados se encontraban oficiales superiores mexicanos y europeos. Salvador, consciente de que su hermano sería probablemente candidato a la pena máxima, intentaba controlar su consternación. Descendió de la diligencia juarista dispuesto a negociar la liberación de su hermano. Tras un par de horas de estira y afloja, selló un pacto con un apretón de manos.

La cara de Joaquín cuando supo que su hermano estaba en plenas negociaciones con los del otro bando fue un poema: quedó atónito, avergonzado. Estaba preparado para ver a otros traicionar a la causa imperialista, pero no a Salvador, el mismo hombre que no hacía mucho había acudido a Miramar a pedir en persona a Maximiliano venir a México.

—Lo sabía —le dijo cuando lo tuvo enfrente—. Sabía que nuestro padre se equivocó al escogerte a ti.

Salvador no se inmutó.

—Toma este salvoconducto —le dijo—. Con él podrás abandonar Querétaro y embarcarte fuera del país. Es lo más que puedo hacer.

—Antes que salir huyendo de mi país prefiero que me maten.

—No seas orgulloso, Joaquín. Sálvate y haz tu vida lejos de México.

Joaquín lo escudriñaba con ojos rapaces.

—Si nuestro padre se enterase de esto, se moriría.

—Pues si no quieres cargar con esa culpa, no le digas nada.

—Antes o después se enterará. Y lo matarás.

—Nadie tiene por qué morir, Joaquín. No si haces lo que te digo.

—Yo juré lealtad al Imperio, Salvador.

—Y yo a Juárez.

El silencio que cayó entre ellos era denso. Ninguno quería decir nada de lo que arrepentirse. Calibraban el impacto de sus palabras. Tras unos segundos, Salvador insistió:

—Toma el salvoconducto.

—No.

Se miraron. Ambos sabían lo que pensaba el otro sin hablarse.

—Tómalo —le dijo Salvador—, y algún día podrás reclamarme por mis pecados. Pero no dejes que te fusilen como un traidor a la patria.

—Entre los dos sólo hay un traidor. Y no soy yo.

—Toma el salvoconducto, Joaquín. Hazlo por nuestra madre.

—Madre entenderá si muero por mis principios. Si un príncipe europeo puede morir por México, yo también.

—Siempre fuiste un necio.

—Te equivocas —le dijo—. Siempre fui un valiente.

Antes de despedirse para siempre, Salvador lo tomó por las solapas para tenerlo cara a cara. Quiso decir tantas cosas y, sin embargo, no fue capaz de decir nada. Quiso decirle que envidiaba su fortaleza de espíritu, su entereza ante la muerte. La paz con la que se responsabilizaba de sus actos. Pero tan sólo le regaló la mirada más lastimera con que lo había visto en su vida y le introdujo el salvoconducto en el bolsillo de la pechera; luego le dio dos palmadas sobre el corazón.

Salvador abandonó acongojado el Convento de las Capuchinas. En efecto, siempre supo que su hermano era un hombre de una sola pieza. Un hombre que sabía ver a la muerte a la cara sin arrugarse. Un hombre que no temía morir porque había progresado mucho en el arte de vivir. Él, sin embargo, sentía que aún le faltaba mucha vida. Una vida de angustia y penitencia, quizá, pero aún no estaba listo para partir.

Regresó a la ciudad deseando que su hermano hubiera entrado en razón. Tal vez delante de él no sería capaz de admitir temor ante un desenlace fatal, pero en la soledad de la celda probablemente recapacitaría. A los austríacos que capitularan se les dejaba partir sin represalias y, aunque el historial imperialista de su hermano no hacía albergar esperanzas, tenía un salvoconducto. Eso le salvaría la vida.

Nada más salir Salvador de la celda, Joaquín reparó en un oficial que lloraba amargamente por su cautiverio mientras contemplaba la fotografía ajada y muy maltratada de una niña pequeña.

—Es mi hija —le dijo.

Le explicó que no la había llegado a conocer porque se enroló en el Ejército antes de que su mujer diera a luz. El hombre besaba la foto con letanías, preparándose para la muerte. Joaquín entonces se acercó y dijo, rodilla en tierra:

—Con esto podrás volver a casa.

Luego le dio una palmada en el hombro y volvió a la intimidad de su celda.

El hombre, extrañado, dejó de llorar un segundo para ver el documento. No podía dar crédito. ¡Un salvoconducto firmado por el mismísimo general Escobedo! Alzó la vista para agradecer a su bienhechor, pero no lo encontró. Se había esfumado con la misma rapidez con que había llegado. Y luego, dando gracias al Cielo por el milagro, se levantó y apuró el paso lo más rápido que pudo en dirección contraria.

Joaquín fue fusilado por la espalda el 8 de julio de 1867 en la plaza de Santo Domingo, pocas horas después de que Salvador arribase a la Ciudad de México para tranquilizar a su madre y decirle que su hermano pronto sería liberado.

6

Constanza intentó alejarse lo más que pudo del olor a traición y muerte. Pero cuanto más se alejaba, más de cerca se sentía perseguida por su conciencia. Por más vueltas que le daba, sabía lo que tenía que hacer. El séquito de mexicanos que partieron acompañando a la emperatriz rumbo a Europa nunca volvió a verla una vez que pisó Miramar. Se oían historias terribles sobre su locura. Urgida por conocer la verdad, Constanza buscó por todas partes hasta dar con el paradero de Manuelita de Barrio, quien había decidido quedarse por esos lares con su marido cuando vieron perdidas las prerrogativas imperiales. Su respuesta por carta dejó a Constanza anonadada: «No nos dejaron volver a verla. El siniestro Bombelles la encerró en el Castillo de Miramar y, aunque nosotros estábamos en Trieste, muy cerca, jamás se nos permitió ir a visitarla. Algunas malas lenguas aseguraban que la emperatriz estaba en estado de buena esperanza. Hastiados, decidimos tomar otro camino, angustiados por las noticias descorazonadoras que nos llegaban de nuestra hermosa patria».

Así era. Así había sido. Constanza sabía que era verdad y no le costó trabajo imaginar que secuestrarían a la emperatriz hasta que diera a luz a ese niño. Al bastardo. Dios lo protegiera del infortunio y de la mezquindad.

Constanza sabía en su interior lo que debía hacer. Sabía que era una locura. Pero algo muy dentro, tan cerca de la calma que ella suponía debía de ser el corazón, le decía que no podía dejarla a merced de aquellos hombres. Si quería volver a mirarse al espejo sin avergonzarse de su reflejo, no había vuelta de hoja. Su sacrificio sería su sentencia. Pero tenía miedo. No sabía a ciencia cierta a qué, pero la respiración se le agitaba, la vista se le nublaba y debía medir sus pasos para no tropezar. Sabía que partir tras la emperatriz sería un camino arduo, máxime después de lo que le había contado Manuelita. Además, en México estaba en casa, conocía por dónde pisar, por dónde moverse; sabía a quién recurrir y a quién sí o a quién no pedir ayuda en caso de necesidad. Pero Europa era un universo paralelo demasiado complejo y lejano. ¿Sería capaz de sobrevivir allá sola? ¿Sin marido? ¿Cómo lanzarse a la aventura al otro lado del mar, por más altruista que fuera, sin un protector? Joaquín estaba muerto. Clotilde tenía puesta la cabeza en olvidar lo acontecido para seguir viviendo cuanto antes. Y su madre… Su madre y su padre se habían sumido en un llanto seco que sólo podía escucharse si se los abrazaba muy de cerca, pero que siempre, siempre, estaba ahí. Extrañaba a Philippe. Pero Philippe se había marchado para siempre con tanto rencor y veneno en sus palabras que Constanza prefería no tener que volver a verlo a los ojos jamás.

Estaba sola, aunque decidida. Debía partir. Tal vez tardaría años en lograrlo, pero le daba igual. Se había fijado una meta e iría por ella. Constanza nunca se imaginó que, mientras organizaba su futuro, tendría que conformarse con ver pasar por delante la vida de los demás.

A pesar de su delicado estado de salud, Clotilde se casó con un buen hombre que la mimaba, decía quererla, la mantenía y que, a pesar de casi matarla con cada parto, la llenó de hijos. Salvador ocupó cargos en el Gobierno una vez que Juárez regresó a tomar posesión del Palacio Nacional, y Agustín, Monsi, no llegó a ser obispo porque prefirió partir a la sierra a hacer apostolado.

Quince años después del fusilamiento en el cerro de las Campanas, quince años después de la muerte de Joaquín, Vicente murió en su cama con la mirada triste y Refugio tuvo que aprender a extrañarlo.

Así fueron pasando los meses, cada uno con sus días, hasta que años después, armada con una maleta y señas de ser una excelente institutriz por su dominio de los idiomas y de otras beldades en cuanto al uso de la etiqueta, habiendo cortado todas sus ataduras, Constanza se embarcó en Veracruz para ir en busca del perdón.

Al llegar a Bélgica, Constanza estaba entrada ya en sus cuarenta y tantos años largos. El siglo XX tocaba a las puertas de una modernidad que se antojaba excéntrica por los grandes avances en cuanto a tecnología, medicina y ciencia. El Imperio austríaco por el que tantas veces había brindado en su juventud vivía horas contadas, al igual que la era zarista, y aires del inicio de una guerra en Europa iban y venían con el viento. Pero, cuando Constanza tocó a las puertas del Castillo de Bouchout, sólo pensaba en una cosa: por fin saldaría las cuentas pendientes con Dios.

II

1

En Bouchout el tiempo avanzaba despacio. Constanza envejecía junto a Carlota a paso de caracol mientras afuera de los muros del castillo el mundo evolucionaba a pasos agigantados. El cielo veía volar dirigibles, las familias pudientes se entregaban al sonido atronador de aspiradoras de polvo y lavadoras de ropa que aligeraban el trabajo doméstico, el telegrama quedaba relegado a la Edad de Piedra con la revolución del teléfono y los primeros motores de combustión interna explotaban poniendo en marcha a los coches Ford. Y Carlota, que se hubiera maravillado ante semejantes inventos, seguía regando las flores de su alfombra.

María Enriqueta abandonaba su retiro autoimpuesto en la ciudad de Spa para acudir a visitarla una vez al mes y juntas se dejaban engullir por las tripas de Bouchout. La peinaba, la acompañaba en sus paseos y, cuando la emperatriz tomaba sus descansos, aprovechaba para hablar largo y tendido con Constanza y ponerse al tanto de los avances de Carlota. A veces podía ver que los ojos de la dama se llenaban de lágrimas al narrarle episodios de crisis en los que rompía cosas, aventaba platos contra el suelo y hacía añicos cuanto papel encontrase.

—Curiosamente, lo único que respeta son las imágenes del emperador, aunque no entiendo por qué —dijo Constanza en voz más baja.

—Maximiliano —decía María Enriqueta—. Su amor eterno siempre será el archiduque.

Y Constanza, sin querer, dejaba escapar una mueca de desagrado.

María Enriqueta intuía que Constanza sabía más cosas de las que contaba, pero también veía que Carlota parecía estar en calma a su lado y por eso nunca quiso indagar de más. Si entre las dos tenían una historia, entre ellas guardarían el secreto.

Carlota, a pesar de estar gorda y cana, cumplía un año tras otro en competencia con los árboles de hoja perenne. Y un día María Enriqueta, la cuñada a la que había amado y odiado en igual proporción —aunque ya casi no se acordaba de ello—, incapaz de seguirle el ritmo, murió.

Carlota nunca preguntó por ella. Quizás el dolor de saberla perdida fue una pena más sobre sus hombros, aunque a esas alturas ya había aprendido a tener a sus muertos presentes en sus delirios. Privilegios de la locura.

Un fonógrafo amenizaba los días de la emperatriz con los discos de vinilo que ella, entusiasmada, colocaba cuidadosamente bajo la aguja una y otra vez cuando, de pronto, el ruido de aviones surcando el firmamento ensordeció la música. Carlota alzó la vista, maravillada: Maximiliano hubiera sido feliz al ver que el hombre había conseguido volar como los pájaros. Hubiera sido feliz sobrevolando el bosque de Miramar, el cerro del Chapulín. Pero donde ella veía magia, Constanza veía horror. Cada vez que los aviones sobrevolaban el cielo todos en palacio corrían a esconderse bajo tierra. Huían de los bombardeos. La Primera Guerra Mundial estallaba a las puertas del siglo XX.

Para evitar que el castillo fuera invadido por las tropas, un día Constanza mandó a hacer una placa de madera que luego colocó en la entrada. El letrero decía: «ESTE CASTILLO PERTENECE A LA CORONA DE BÉLGICA. ES LA RESIDENCIA DE LA EMPERATRIZ DE MÉXICO, CUÑADA DE NUESTRO ALIADO, EL EMPERADOR DE AUSTRIA-HUNGRÍA. LOS SOLDADOS ALEMANES DEBEN ABSTENERSE DE MOLESTAR ESTA MORADA».

Una vez colgado el aviso, Constanza se santiguó y rezó una plegaria para que surtiera efecto. Debió de rezar con fe, porque nunca ningún militar osó perturbar el descanso de Su Majestad Carlota y, para el caso, de los demás habitantes del castillo.

Ajena a las convulsiones del mundo, Carlota vivía. Engordaba, callaba y se aislaba. Constanza le leía, le cantaba y la piel se le ponía chinita cuando la emperatriz le pedía que le tocara el himno de México.

—Yo estuve casada con un gran soberano —soltó un día a bocajarro.

Constanza hizo inútiles esfuerzos por hacerla cambiar de tema, pero no fue posible. Era oír el himno al piano y la cabeza de la emperatriz se ponía en marcha: un trompo que giraba sin parar y que no se detenía. México se instalaba con fuerza, avivando el fuego de sus recuerdos. Hablaba de Napoleón III, de Maximiliano, de Philippe. Y cuando eso sucedía, el alma de Constanza se retorcía de dolor; el recuerdo de Philippe la azotaba como ningún otro. Entonces era Constanza quien recordaba las noches a su lado. Hubieran podido ser felices. Si tan sólo pudieran atravesar océanos de tiempo…

Carlota sacó a Constanza de su ensimismamiento.

—Extraño a mis dragones.

—¿A quiénes? —preguntó Constanza.

—A mis dragones belgas. A los Dragones de la Emperatriz.

Silencio. Constanza no interrumpía cuando Carlota hablaba así, porque la sentía más cuerda que nunca.

La emperatriz entonces dijo:

—¿Dónde estará mi Alfred? Yo estuve casada con él, ¿sabes? Era un gran soberano.

Constanza la corrigió:

—Querrá decir Maximiliano, Majestad.

—Sí, eso dije. Maximiliano.

Y Constanza, temiendo despertar al monstruo, se atrevió a decir en voz casi inaudible:

—Pero Alfred fue el padre de su hijo.

—Sí. Mi Alfred. Sí. Tuve un chiquillo, ¿sabes?

—¿Y dónde está ese niño?

—No sé. Me lo arrebataron.

Constanza palideció. Carlota se acordaba. En algún lugar, en los pasadizos de su memoria, todos ellos estaban vivos, latentes. Entonces pudo ver cómo, del ojo de la emperatriz, una lágrima resbaló muy despacio.

Y luego volvió a sumirse en un silencio del que Constanza no pudo sacarla.

Un miércoles a las siete de la mañana Constanza se levantó puntual, se aseó y se dirigió a los aposentos de la emperatriz para ayudarla a vestirse; ya casi no veía porque una tela de cataratas le cubría los ojos y el lado izquierdo del cuerpo se le había paralizado. Nada más entrar, con voz entrecortada Carlota le dijo:

—Constance, ¿podrías hacer el favor de entornar la puerta para ver a mi archiduque?

Constanza miró en dirección al retrato de cuerpo entero que colgaba frente a la cama de la emperatriz: Maximiliano en traje de almirante —el mismo con el que se había casado— la custodiaba. La puerta tapaba medio cuadro. Constanza obedeció. Al hacerlo, Carlota sonrió.

—Qué felices habríamos podido ser, ¿verdad, Constanza?

Constanza se puso blanca como el papel. En los treinta años que llevaba junto a ella, jamás la había llamado por su nombre en español. Y supo entonces, con clarividencia de oráculo, que Carlota siempre había sabido quién era ella.

—Sí, Majestad —dijo—. Hubieran sido felices.

Carlota pareció desvanecerse lentamente. Constanza temió lo peor.

—Majestad, regáleme una mirada.

Pero Carlota no pudo abrir los ojos.

—Majestad, dígame una palabra.

Pero Carlota no pudo hablarle.

Luego la emperatriz tornó sus ojos vacíos hacia Constanza, le tendió la mano y se la dio a besar.

—Por fin, todo esto terminó —dijo.

Y después Carlota, la emperatriz de México, dejó de serlo para siempre.

El Castillo de Bouchout abrió sus puertas por primera vez en décadas para que el pueblo acudiese a despedir a la emperatriz. Algunos fueron por curiosidad, por ver a la loca que llevaba encerrada en el castillo desde hacía medio siglo. Otros fueron a rendir homenaje a la leyenda que era la mujer de otro tiempo. Pero de todos ellos hubo uno, uno solo, que acudió con el corazón compungido. Un anciano de unos ochenta años, de porte elegante a pesar de la edad y cuyo rostro no disimulaba el profundo pesar que le provocaba la visita. El cuerpo expuesto de la emperatriz la dejaba ver con un gorro de encaje y un rosario entre las manos. En la muñeca derecha, una pulsera con piedras de colores verde, blanco y rojo traía reminiscencias de otras tierras. El hombre se aproximó al catafalco y en señal de respeto se quitó el sombrero.

Constanza, apoyada en una columna desde la que veía a la gente pasar, reconoció esa cabeza rala y canosa aun de espaldas. Lentamente, como si temiera despertar a algún fantasma, se acercó a él. La voz le tembló cuando pronunció su nombre:

—¿Philippe?

Y él se dio la vuelta.

Se reconocieron al ver las personas en que se habían convertido: un par de almas envejecidas y tristes contemplándose.

—Hola, Constanza.

Ella sonrió.

—Te has hecho viejo —dijo en voz alta, soltando un pensamiento que estaba destinado al silencio.

Philippe alzó los hombros. Y luego, como si el tiempo hubiera borrado de un plumazo los rencores, se abrazaron en un pésame no sólo por la muerte de Carlota sino por una vida entera desperdiciada.

Constanza se soltó en un llanto silencioso retenido durante demasiado tiempo, muchos años, en la garganta, mientras él, con boca temblorosa, le besaba la cabeza canosa. Así permanecieron largo rato.

Charlaron durante el resto del velorio mientras veían desfilar las caras de los curiosos frente al cuerpo de la emperatriz. Y al igual que cuando pasaban las tardes charlando entre clase y clase de francés, poco a poco, como si el alma reconociera la confianza y difuminara los rencores, conversaron con la parsimonia de otros tiempos. Él le contó que después de México regresó a Bélgica, se había casado, formado una familia y tenía dos hijos, ahora ya hombres. Le contó que nunca dejó de pensar en la infortunada Carlota y que había intentado seguir la pista del hijo que le arrebataron.

—¿Pero él vivió?

—Sí. Bombelles no tuvo sangre fría para deshacerse de él.

—¿Y dónde está? ¿Quién es?

—Es un militar francés. El general Weygand, se llama. El contador que lo registró negó conocer el nombre de la madre, lo cual es poco creíble, y trabaja para un financista amigo del rey Leopoldo.

—No puede ser.

—Es un gran militar. Por lo que sé, peleó en la guerra y es el director del Centro de Altos Estudios Militares. Todos sus estudios fueron pagados por la Casa Real belga —dijo Philippe guiñando un ojo.

—Pero… ¿él sabe que puede ser hijo de Carlota?

—Sólo rumores. A un oficial francés, un tal De Gaulle, le oí decir algo.

—¿De Gaulle?

—Sí. En una plática de oficiales, cuando discutían por qué la Intervención en México no había dejado nada bueno para Francia, De Gaulle intervino y dijo: «Nos dejó a Weygand».

—Pero entonces él debe de saber su origen.

—Probablemente, pero no dijo más. Weygand mismo refiere que su nacimiento es el único evento de su vida del cual no es responsable y que no tiene mayores recuerdos de su infancia.

Constanza tenía los ojos abiertos de par en par. Si Carlota lo hubiera sabido, pensaba. Tal vez no se habría vuelto loca. Tal vez hubiera tenido una razón para permanecer cuerda y no soltar amarras del mundo. Ya era tarde.

Philippe entrelazó entonces sus dedos con los de Constanza, se los llevó a los labios y besó la mano arrugada de su antigua amante.

—Ya déjala ir, Constanza. Dejémosla ir —le dijo.

Constanza asintió sin palabras, porque un cúmulo de lágrimas sofocó su voz.

Un carruaje con un enorme penacho llevó el féretro de la emperatriz, custodiado por lanceros y granaderos. Ese día nevaba copiosamente y las huellas de las ruedas se cubrían de un velo blanco a su paso. Se dirigían hacia Laeken, así lo había pedido Carlota. Al menos, Constanza así lo había interpretado un día en que, ya muy entrada en años, le había dicho:

—Quiero ir a Laeken. Se sube, se sube, y uno desaparece detrás de las torres.

Constanza, tras media vida junto a ella, entendió muy bien lo que la emperatriz quería decir.

No sería enterrada junto a Maximiliano, como le correspondería por ser consorte de un Habsburgo, puesto que el matrimonio había sido anulado. En su lugar, sus restos reposarían junto a su adorado padre, Leopoldo I; su madre, a quien apenas conoció; sus hermanos, que se le habían adelantado en el camino como el resto de sus contemporáneos, su adorada abuela y la querida María Enriqueta. Por fin estaría acompañada por los suyos tras una vida larga, larguísima, en soledad.

Seis viejos soldados belgas hicieron un esfuerzo descomunal por llevar en hombros el féretro de la emperatriz. Eran los sobrevivientes de la expedición mexicana.

—Los Dragones de la Emperatriz —dijo Philippe.

Constanza pudo ver la expresión de orgullo en la mirada del hombre ante ella. Sintió un enorme respeto y ternura por la cabeza enajenada de la emperatriz, que aun en su locura había logrado conservar espacio para los recuerdos del cariño. En su mente loca y triste siempre hubo lugar para sus amores no correspondidos. Hacia México, una tierra que nunca le perteneció y que sin embargo amó como al mayor de los amantes. Porque el pecado de Carlota siempre fue amar en círculos demasiado grandes: a un marido que no supo corresponderla, a un hijo que no conoció y que se llevó con él todos los besos jamás dados, a una corona arrebatada, a una familia ausente, a un amante perdido.

Constanza, rozando el filo de sus días, empezaba a convivir en paz con el implacable silencio de su conciencia, porque allí, habiendo vivido en penitencia, vio descender el féretro de Carlota. Y entonces comprendió que quizás en algún momento, por breve que hubiera sido, había logrado conseguir el perdón de la emperatriz.

ALGUNAS NOTAS Y AGRADECIMIENTOS

Quiero agradecer a todas las personas que han vivido conmigo la creación de esta novela, que si bien está basada en hechos históricos reales y cuya verosimilitud puede consultarse en distintas fuentes, mezcla —como toda novela histórica— ficción y realidad.

Existe la leyenda de que la emperatriz enloqueció por ingerir hierbas para concebir que a largo plazo resultaron venenosas. También existe la teoría de que enloqueció por culpa de una crisis nerviosa de la que nunca pudo recuperarse. En cualquier caso, me he basado en la ficción para contar una posible verdad.

Los mitos acerca de la homosexualidad de Maximiliano parecen ser hechos comprobados. Schertzenlechner en efecto existió y no es producto de mi imaginación.

Las cartas que Carlota escribía a Philippe en su locura, pidiendo ser azotada, existieron también, con la salvedad de que no iban dirigidas a él sino a Charles Loysel, un comandante del estado mayor francés que estaba bajo las órdenes de Bazaine y que apenas figura en los libros sobre el Imperio. Si era él —y no Van der Smissen— el destinatario de esas cartas tan apasionadas y lujuriosas continúa siendo un misterio; al fin y al cabo, la locura recorre a veces pasadizos inaccesibles a la lógica. Para efectos narrativos, hice que Philippe fuera el receptor de dichas cartas: no me cuesta trabajo imaginar que en los delirios a veces se tengan fantasías con amores no consumados. Estas misivas, recogidas en un libro por Laurence van Ypersele, constituyen una fuente interesante para los estudiosos de Carlota o de la locura, y recomiendo mucho su lectura.

Los supuestos hijos de Carlota y Maximiliano sobrevivieron y tuvieron vidas de lo más rocambolescas que merecen por sí mismas otras novelas. Uno fue el general Weygand, cuyo parecido con Van der Smissen es fácilmente comprobable en sus fotografías, y el otro, José Julio Sedano y Leguizamo, secretario de Rubén Darío —quien siempre presumió abiertamente de tener como empleado a un Habsburgo, aunque bastardo—, y que años después corrió el mismo destino que su supuesto padre al ser fusilado por espionaje en Francia.

La línea entre ficción y realidad es, a veces, muy delgada.

Gracias a todos los que han comido, bebido y respirado Segundo Imperio conmigo a lo largo de estos años.

A mis hijos, Alonso y Borja, por el entusiasmo que aun a su corta edad demuestran hacia mi oficio. De vez en cuando se asomaban a ver qué tanto escribía y me facilitaban títulos para la novela.

A mi marido, por creer en las segundas oportunidades y por ser capaz de virar de rumbo cuando el viento sopla en otra dirección.

A los alumnos de los #MiércolesDeTaller porque han vivido conmigo la creación de esta novela desde el origen hasta su culminación: Juan, Vera, Érika, Eli y Sara. Disfruté con ellos cada clase. Espero haberles enseñado (como testigos de primera mano que fueron del nacimiento de este libro) que la magia de una novela no se saca de la chistera.

A Verónica Llaca, por darme el empujón para arrancar y la ilusión por terminar.

A mis amigos mexicanos, a quienes llevaré por siempre en el corazón, en la distancia, en la locura y en la cordura.

A Willie Schavelzon y Bárbara Graham, por su paciencia y ánimos en esta carrera de fondo.

Y, por supuesto, a Martha Zamora, historiadora del Segundo Imperio mexicano, ya que sin su exhaustiva documentación no habría podido conocer a estos personajes que tan brevemente pasaron por la historia de México y cuya vida fue tan trágica. El entusiasmo de esta mujer, que dedicó su vida a investigar al respecto, me conmovió, y no bastando con eso me recibió en su casa sin apenas conocerme para charlar sobre Carlota hasta que ya no tuve más preguntas. Gracias, de corazón, por su generosidad.

BIBLIOGRAFÍA

Estoy en deuda con varios libros:

DEL PASO, Fernando, *Noticias del Imperio*. México, Fondo de Cultura Económica, 2012.

MOYANO Pahissa, Ángela, *Los belgas de Carlota. La expedición belga al Imperio de Maximiliano*. México, Pearson Educación, 2011.

REINACH Foussemagne, H. de, *Charlotte de Belgique, Impératrice du Mexique*. París, Plon-Nourrit et Cie., 1925.

VAN YPERSELE, Laurence, *Una emperatriz en la noche*. México, Martha Zamora, 2010.

ZAMORA, Martha, *Maximiliano y Carlota. Memoria presente*. México, Martha Zamora, 2012.